萧殷全集

第二卷
文学评论 I

名誉主编 王蒙
主编 傅修海

花城出版社
中国·广州

图书在版编目（CIP）数据

萧殷全集. 第二卷, 文学评论. 一 / 萧殷著；傅修海主编. -- 广州：花城出版社, 2023.8
ISBN 978-7-5360-9078-1

Ⅰ. ①萧⋯ Ⅱ. ①萧⋯ ②傅⋯ Ⅲ. ①萧殷（1915-1983）—全集②中国文学—文学评论—文集 Ⅳ. ①I217.2

中国国家版本馆CIP数据核字(2023)第142326号

出 版 人：张 懿
责任编辑：黎 萍 秦翊珊
责任校对：汤 迪
技术编辑：凌春梅
装帧设计：黄龙明 张绮华

书　　名	萧殷全集. 第二卷，文学评论. 一
	XIAO YIN QUANJI DI ER JUAN WENXUE PINGLUN YI
出版发行	花城出版社
	（广州市环市东路水荫路11号）
经　　销	全国新华书店
印　　刷	佛山市浩文彩色印刷有限公司
	（广东省佛山市南海区狮山科技工业园A区）
开　　本	787毫米×1092毫米 16开
印　　张	24.5 2插页
字　　数	425,000字
版　　次	2023年8月第1版 2023年8月第1次印刷
定　　价	800.00元（全十卷）

如发现印装质量问题，请直接与印刷厂联系调换。
购书热线：020-37604658 37602954
花城出版社网站：http://www.fcph.com.cn

文论探索
001~092

论写作对象与文艺活动对象 / 003

脱离典型环境去追求性格，行吗？ / 007

论艺术的真实 / 018

论"赶任务" / 025

光辉灿烂的榜样 / 036

要正确地对待生活中的消极现象
——评秋耘同志的所谓"生活的真实" / 041

别忘了目标 / 052

事件的个别性与艺术的典型性 / 054

是"英雄典型"，还是阴谋家形象？
——"四人帮"对"无产阶级英雄形象"的无耻篡改 / 061

狠批"三突出"，努力创造高大的英雄形象 / 066

艺术创造必须用形象思维 / 075

形象思维
——艺术创造的必由之路 / 078

关于典型环境中的典型人物 / 081

现实主义的胜利 / 085

作家作品论
093~242

论典型环境与事件
——《再谈忍让》批判 / 095

从实际出发与具体分析
——读《谈洋气》后 / 098

评《木偶奇遇记》
——略谈文艺形式与内容 / 101

谈《桥》 / 105

谈主题、情节和性格
——评《红石山》与《望南山》 / 108

读《撞车》 / 119

《永不掉队》怎样展开它的主题 / 123

评《内蒙人民的胜利》 / 133

中国人民电影事业的新胜利 / 135

由《撞车》谈到思想矛盾的描写 / 139

论主题的普遍意义
　　——兼评柯夫的剧本《堤》/ 144

惊险场面不能填补生活的不足
　　——评电影《刘胡兰》/ 156

评《葡萄熟了的时候》/ 160

仿佛是一部录音机 / 166

作品的内容为什么这样贫乏和肤浅？
　　——评刘绍棠的小说 / 167

读《青春万岁》/ 178

是阶级论主宰了思维，还是永恒原则？
　　——与一位青年朋友讨论《组织部新来的青年人》/ 181

为什么不能发掘得更深些？
　　——与苏玉林同志讨论小说《杨春林》的一封信 / 186

典型形象
　　——熟悉的陌生人 / 192

艺术构思和作品效果为什么会脱节
　　——论《金沙洲》/ 206

"辩护"的积极意义在哪里？
　　——关于旧版《金沙洲》的艺术构思问题 / 220

《伤痕》是"眼泪文学"吗？/ 232

随感录 / 236

读《谈"问题小说"》/ 239

文艺时评

恐惧与无畏 / 245

谈谈文艺批评 / 247

一条走不通的歪路 / 250

再深入一步 / 253

想起一件小事 / 255

不要辜负了这光荣称号 / 257

向文学汲取精神力量
　　——为《文艺学习》讨论"作品内容与自己生活没有直接关系，读了有什么用"问题所写的总结 / 259

生活应当和思想感情相融合
　　——为《文艺学习》纪念毛泽东同志的《在延安文艺座谈会
　　　上的讲话》发表十五周年而作 / 273
不要把自己摆在一个危险的位置上 / 279
工农兵文艺方针不容动摇 / 282
应当深入到基层去 / 285
良好的开端
　　——读"在农村社会主义建设的道路上"征文以后 / 288
把社会主义的激情唱出来
　　——为《龙川报》作 / 291
文艺批评的歧路 / 305
砌砖铺瓦的精神 / 319
一定要把立足点移过来
　　——纪念《在延安文艺座谈会上的讲话》发表三十五周年 / 321
讨伐"文艺黑线专政"论 / 328
赶快建立文学队伍 / 330
作品概念化的原因何在？ / 332
关键在于领导 / 337
领导思想要再解放一点 / 340
能纳入批判现实主义吗？ / 343
他们用的是什么武器？ / 346
清除障碍，是为了前进 / 351
探索是为了什么？ / 354
为社会主义文学事业发现人才、培养人才
　　——广州文学讲习所成立致语 / 357

其他

做一个文艺通讯员 / 361
给读者以激励　给读者以发迪 / 363
希望有个辅导青年的文艺刊物出现 / 365
发挥文艺编辑培养新人的作用 / 368
关于编辑、创作问题的问答 / 372
关于文学评论与编辑工作 / 378
关于文学期刊的编辑工作 / 382

001~092

文论探索

论写作对象与文艺活动对象[*]

一

目前,我们要依靠谁来建设人民城市呢?主要的是应该依靠城市中的工人阶级。而城市中的文艺活动也应该以工人阶级为主要对象,这是毫无疑义的了。

但是,有人把"为工人阶级"与"写工人阶级"混为一谈,因此他们认为:文艺既然是为工人阶级服务,当然只应该以工人为唯一的描写对象,只应该以工人为唯一的读者(观众)对象。不错,工人群众应该当作主要的描写对象,而且应该作为文艺活动的主要对象。可是,只是这样还是不够的。如果以为这样就是"为工人阶级"的全部内容,未免把问题看得太简单了。

事实上,以无产阶级为领导的中国新民主主义的革命事业之所以获得今天这样巨大的胜利,主要是靠革命者长时期在各方面奋斗的结果。他们除了直接到工厂里"为"工人群众工作之外,同时还要善于团结广大的劳动群众、小资产阶级……在自己的周围,一起向敌人斗争。直接服务于工人阶级的工作,当然是"为工人阶级",这是没有问题的。但是,争取教育其他广大劳动群众及小资产阶级,团结他们一同为工人阶级的革命事业去斗争……的工作,也同样是"为工人阶级"。在文学艺术的活动上,也是这样。以工人作为描写对象的正确地反映了工人的生活与斗争的作品,固然是"为"工人阶级服务,但以工人阶级的利益为出发点去描写其他劳动人民、小资产阶级(小市民、知识分子等)的作品,也同样是"为"工人阶级服务。

---

[*] 载1951年版《论文学与现实》。

其次，是写给什么人看的问题，既然在城市建设的斗争中主要的力量是工人阶级，那当然应首先写给工人看。但并不等于说，城市中的小资产阶级就可以抛在一边完全不管。在城市中，除工人阶级以外，还有广大的市民阶层，这个阶层存在着许多糊涂观念，旧的渣滓他们保留得最多，如果不进行适当的教育，不积极争取，那么，在城市建设中他们就不能起什么积极的作用，工人阶级如果不取得广大群众（小市民也在内）的积极协助，建设工作多少总会受到一些损失，哪怕是微小的损失吧，但也总是损失。

毛主席一再地教导我们：要善于团结教育广大的群众，共同建设新民主主义的新中国。因而，我们不但应该善于直接描写工人阶级，同时也应该善于站在工人阶级的立场上去描写其他阶级，不但要善于使文学艺术为工人群众所喜爱，同时也应该善于使新文艺接近其他群众，并教育其他群众。

小市民阶层的确有着许多肮脏的思想感情，在某种程度上，甚至他们的情绪还对革命有些抗拒，这是由他们的历史环境及其一贯的生活方式所造成的，却并不是出于自觉的政治行为。（自然，其中也有反革命分子，但到底为数极少。）既然如此，所以积极地教育争取他们，在目前来说，并不是没有意义的。

教育争取小市民层，除了群众工作之外，通过文艺作品给以教育，实在是很有必要的。适当地供给他们一些思想正确的文艺读物，也是有益无害的。

二

退一步说，如果我们没有文艺作品给小市民看，就是说，如果我们没有在形式或内容上能吸引着他们的作品，他们就仍然会看那些充满了忠君、迷信、剑侠、色情等有毒的文艺，这就给反动文艺留下阵地，小市民的思想就会继续被毒害。现在许多城市的街头上，"小人书"仍然被儿童和青年们贪婪地阅读着，色情小说还在市民中间流行着，有毒的旧戏还反复地演唱着。如果这样让它"流行"下去，小市民的思想感情就更难与革命文化接近，这只会给以后的革命思想建设留下更多麻烦。

只要反动的文艺阵地存在一天，它的毒汁就会不断地向外喷射，它的毒素就会不断地侵蚀小市民的意识。虽然有人主张取缔这些含有毒汁的东西，其实取缔是容易的，政府出一纸布告就可以办到，但取缔以后怎么办呢？你能叫市民与文艺完全隔绝吗？绝对不可能。他们得不到新文艺的哺养，就一定继续咀嚼有毒的文艺，这是摆在我们眼前的事实。

现在最重要的，是积极地把反动文艺阵地夺取过来，代之以富有革命意识、在形式上又容易为他们所接受的新文艺。只有拿出很多这样的作品来，才可能真正把反动的文艺阵地夺掉，否则"阵地"是夺不过来的。

夺取反动文艺阵地的目的，主要是通过文艺来促进小市民思想意识的改造，刺激他们走向进步。如果我们忘记了这个目的，而空谈夺取阵地，结果就可能变成毫无意义的争夺市场，如果单为争夺市场，那就很容易有意无意地陷入投合小市民低级趣味的泥坑里。

三

是的，由于小市民阶层一贯的生活方式和历史环境，有他们一种低级的趣味和爱好。于是问题发生了：既然要写给小市民看，又不能迎合他们恶劣的趣味，那怎么办呢？有人以为这是一个不可能解决的问题，为什么这样"以为"呢？因为如果不能投合他们的趣味，他们就不愿看，要是迎合了他们的低级趣味，那么作品的积极意义就会受到损害。

我认为：不迁就小市民的低级趣味是正确的，而且绝对不能迁就。但是却不能得出这样的结论：即是除了低级趣味的文艺作品外，别的作品小市民都不愿看。《新儿女英雄传》和《白毛女》等作品不是也很为小市民所喜爱吗？所以关键不完全是趣味相投与否，最主要的，是作品是否能真正动人，艺术形式是否容易和他们接近。如果作品的内容尽是开会，或者尽是两个人物一问一答地谈"道理"，在情节上不能给人更深的印象和更多的感动的话，不仅小市民不会喜爱它，工人群众也不会喜欢它，自然更不会从中得到教育了。

一般地讲，凡故事性较强（情节曲折）的作品，小市民比较爱看，形式通俗的作品也易为他们所喜爱。

自然，在目前（注意：我是说在目前）与他们的生活离得太远的作品，还不容易为他们所接受。但如果能够通过艺术形象去暴露市民层的某些基本弱点，或描写他们中某些人的思想转变过程，或抓住他们某些萌芽状态的积极因素（表现），给以艺术概括并加以发展，都是有利于人民事业的。像这样的作品，可以断言，不仅市民喜爱它，将从中获得教育，就是工人群众看了，也同样可以得到有益的启示。

许多生长在城市的人，他们熟悉城市，了解小市民的各种性格，写写小市民也是可以的（如果他愿意写的话）。当然，我们希望更多人深入工农兵群众中去写工农兵，但是在没有机会到工厂、到农村、到部队的时候，先写眼前熟悉的小市民生活也未尝不可。只要坚定地站"为工农兵"的立场，以工农兵的根本利益为出发点去写小市民层的生活，同样也可能产生富有意义的作品的。

总之，为工农兵不是仅仅局限于写工农兵，也不能仅仅局限于工农兵为文艺活动对象。基本的群众固然应以更多精力去为他们写作，去提高他们，但其他阶层（反动阶层当然除外）的群众，也必须通过文艺给以适当的教育，借以改造他们的头脑，肃清他们思想里的毒素，并逐步使他们变成建设新中国的积极参加者，这是很必要的。

一九四九年七月十六日于北京

脱离典型环境去追求性格，行吗？*

一

自从《红旗歌》①问世以来，曾引起广大人士普遍的注意与重视，并且博得了不少的好评。其实，它之所以受到如此广泛的注意和重视，并不是偶然的。

《红旗歌》的初稿，完成于一九四八年冬。在此以前，解放区的剧作绝大部分都是反映农村、反映部队的生活和斗争；正面反映产业工人生活的剧作，几乎还没有。在华北来说，《红旗歌》是第一部反映工人生活的剧作。这个剧本不仅在内容上给读者（观众）带来崭新的题材，在形式上也有一些新的突破。这是《红旗歌》给文艺界留下的最深刻的印象。

《红旗歌》之所以普遍地受到重视，除了上述原因之外，我们认为它富有文学的魅力，也是一个重要的因素。有好些剧作只适于上演，读起来却枯燥无味，但《红旗歌》不是这样，它的语言富有个性，结构严密紧凑，事件都组织在重要角色的纠葛上，而且许多人物都有鲜明的性格。因此，许多读者爱拿《红旗歌》当文学作品来阅读。这一点，是目前好些剧作所不及的。

让我举个例子吧：

美　你说不是吗？他们一来了就热闹啦，大梅骂马芬姐是个"顽固堡垒"，马芬姐骂大梅是个"瞎积极"，两人一见面，眼也红啦，气也粗啦，那多好看哪！……

---

* 载1950年2月25日《文艺报》第一卷十一期。本文为1984年4月版《萧殷自选集》收录的版本。
① 本文是根据《红旗歌》第一版写的。

嗳，金芳，看戏不打票，这个星期日也不算白过呀！（大笑）

　　……

　　美　（精明地）我？！——我才不劝哪，放着好人不做，我闯那个祸去？……

　　月　是呵！大梅，你不是答应过金芳姐，不跟她们吵吗？

　　大　（气得跺脚）对，答应过你的，不跟她们吵，光跟人家说好话，敬着人家，捧着人家（将金等猛力一推）！哼！窝囊废，受气包！（向车当冲下）

　　用这样恰当的语言描写出人物的性格，那是很难得的。读者几乎能够听出什么话就知道是谁说的。在整个《红旗歌》中（除最末尾外），几乎不容易找到生硬的不合人物个性的语言。我们认为《红旗歌》的作者，在这方面的努力，已得到不小的成就。

　　其次，《红旗歌》的主题也是有着巨大意义的，它是企图通过某纱厂的红旗竞赛运动，来表现一个工人如何从落后到觉悟的复杂的心理变化过程，企图通过马芬姐这样的"顽固堡垒"的觉悟来说明共产党教育落后工人的重大意义。那么，这样的主题有没有现实意义呢？有的。共产党自一九二七年退入农村之后，各城市和主要交通线都被敌人占据着，这就使得我们的工人兄弟长期地与革命队伍相隔离，我们不否认，即在敌人血腥的统治下，共产党人仍然在工人中间坚持工作，坚持斗争，但这种斗争毕竟是隐蔽的活动，对于工人群众的阶级教育，不可能像在革命根据地那样有系统有计划地去进行，同时敌人长期欺骗宣传，工人群众多少会受到一些影响，甚至有个别工人还可能对共产党不了解。因此，我们一回到城市之后，首要的任务是加紧进行工人的阶级教育，使落后工人觉悟过来，使一般工人的阶级觉悟提高一步。而《红旗歌》恰好在这样的时候出现，它之受到欢迎也是不难理解的。

　　《红旗歌》的作者所企图把握的主题，的确是抓住了现实中心的问题，如果能够把这主题处理得很恰当，无疑它在工人的阶级教育上，会起更大的启发作用与推动作用。

　　那么，《红旗歌》怎样展开它的主题呢？它是以红旗竞赛为线索，以马芬姐为中心；通过马芬姐和助理员万国英的纠葛，通过马芬姐和张大梅的纠葛，把马芬姐落后的性格展示在观众面前：跑车，旷工，捣蛋，以至于扔了围腰，走出工厂，最后厂方仍叫她回厂上班，于是一切误会冰释，于是马芬姐觉醒了。

马芬姐既然是《红旗歌》的中心人物，而且她的觉悟又是开展主题的重要环节，那么，这人物性格是否处理得适当，是决定主题好坏的一个关键。如果这人物处理得很恰当，主题就会得到预期的效果，否则，主题的积极意义就会受到损害。

二

我觉得马芬姐这样人物的现实性，是可以研究的。请设想一下吧：解放后工人与工厂的关系已根本改变了，工人与工人之间的关系也更正常了；再加上解放初期我们许多新的措施与新的作风，工人对共产党、解放军以及工厂当局会毫无认识吗？会一点新的觉悟都没有吗？这是不符合一般情况，也不符合一般规律的。

据作者介绍，马芬姐是个七八年工龄的老工人，是"一个被旧世界的剥削、压榨、凌辱所歪曲了的性格"，但据一般情形却是这样：在旧社会里被压迫得深重的工人，只可能产生两种看法，一是以为这是命里注定，抱着默默忍受下去的态度；一种是忍不了这种压迫，勇敢地起来反抗。像马芬姐这样"倔强"的人，应该属于后者，照理她应该很容易接受新社会的思想，很容易理解新社会与旧社会在本质上的不同。在旧社会越是受压迫的人，对于反对旧社会的新制度就越容易为他们所理解和接受，这是平凡的道理。可是马芬姐却不是这样：马芬姐曾在旧社会里两次被开除出厂，这是作品中所介绍的她被旧世界剥削、压榨、凌辱的不幸遭遇。其实像这样的遭遇，绝不是个别工人偶然碰到的，在旧社会的工厂里，开除工人乃是一种相当普遍的现象，也可以说是一种寻常的现象。与马芬姐同时工作的工人，也可能被开除过，也可能还遭受到更深重的凌辱，为什么一般工人在新社会容易觉醒，而她却独独变得如此落后，以至于成为"顽固堡垒"呢？马芬姐对于人民解放军是冷淡的，对于共产党领导下的公营工厂怀着恶意，她认为"共产党比日本鬼子、国民党的办法好一点儿"，但她又认为共产党"办法好是办法好，谁知道人家心眼儿里怎么样哪"。她仇视生产竞赛，"你不提竞赛算没事儿，你一提竞赛咱们是解不开的冤仇！"她也仇视红旗，认为那是糊弄小孩子、捉大头的玩意儿。她仇视积极分子，"积极了工厂好收你当个干闺女呀！"她怠工，并且带动别人怠工，她给人扔了白花还诬赖别人……这种种极恶劣的行动和思想，难道都是旧社会压迫剥削所造成的吗？说她还有其他特殊的原因吧，那么特殊的原因又在哪里呢？作者把"一个被旧世界剥削、压榨、凌辱"的老工人,写得这样自私、冷酷、阴险、无赖,几乎使观众怀疑作者不是在描写工人;在观众的印象里,除知道马芬姐对技术比较熟练外,就再也感不到她有什么工人气质。为什么一个对旧社会怀着深刻仇恨的老工人,竟会在新社会里变成这样莫名其妙的性格呢?这是很难理解的。

据作品给人的印象,好像马芬姐之所以不能很快觉悟,是由于助理员万国英的官僚主义作风和张大梅的"左"倾冒险主义作风的结果,仿佛都是客观原因所造成。可是,马芬姐说:"她(大梅)也不想想,咱们都是在人家手下受苦,咱们工人该向工人,可她不,她当傻瓜蛋吧,还叫我跟她学,就因为这我跟她有仇!"这难道是客观原因吗?奇怪的是别人都不因为这两个人的作风而"落后",却偏偏马芬姐成了"顽固堡垒"。一个对旧社会怀着深刻仇恨的工人,难道真会这样糊涂,糊涂到连解放后工厂与工人的关系的基本改变也毫无感觉吗?其次,万国英这人物也是不够现实的,据一般情形,即令他们在思想上还存留着旧的渣滓,但他们懂得共产党是反对欺压工人的,他们绝不敢做得这么露骨(像万国英那样)。即使旧思想偶尔冒出来,欺压了工人,而工人们也绝不会认为他的欺压行为就是厂方的意志。《红旗歌》反复强调助理员的坏作风对马芬姐的影响,这实在是很悬空的。

因此,我以为:马芬姐这人物是不现实的,缺乏社会基础,是作者头脑里虚构出来的产物。其所以如此,主要原因,是作者强烈地追求这种所谓"倔强"的"有骨气"的性格。

作者很偏爱这样的性格,为了使这性格刻画得更深刻、更完整,作者竟忘了客观环境,形式主义地去追求性格,"人工"地塑造性格。在剧情发展中,这种"人工"地违反逻辑的现象,是常常可以看见的:

彭 (停下)好,你不生气了,咱们说了才有用。……马芬姐,刚才扔白花的事情想通了没有?

马 张大梅逼我扔的呀!

彭 谁的错误多?!——比如说,你好好看车,少出白花,不影响她们得红旗,她还能逼你吗?……大梅说得有道理,肚里没病死不了人!

马 我有错?!——我有错,她逼我,她一样有错呀!

彭 嗯!……可是话再说回来,马芬姐,刚才助理员给你画跑车号是怎么回事儿?

马　（仍倔强）他胡画的呀!

彭　嗯!就算是他胡画的吧,可是,马芬姐,你想想,是谁叫小美姑去刷鞋的?!

马　（欲赖无语）……

彭　好,你说扔白花是大梅逼你犯的错误,我也同意有一部分理由;可是你想想,别人都在紧张生产,你叫小美姑去刷鞋,这是谁逼你犯的错误?!

马　（不语）……

彭　小美姑刷鞋回来,你叫她装肚子痛,欺骗助理员,这又是谁逼你犯的错误?!

马　（不语）……

彭　刚才我开会回来你就找我,说助理员给你错画了跑车号,不说就是你叫小美姑刷鞋去的,这样来欺骗我,这又是谁逼你犯的错误!

马　（在彭步步逼近下,内心步步败退,痛苦异常,无话可说）……

彭　为什么刚才月香来报告,你吓唬她,为自己掩护,还说是为小美姑,这又是谁逼你犯的错误?!

马　（不语）……

彭　马芬姐,我也不给你发脾气,我也不给你闹态度,你刚才嫌大梅逼你,不是要讲理吗,现在你就先跟我讲讲理吧!

马　（不语）……

彭　马芬姐,你不是很有理由吗,你为什么不说话呀?!

马　（挣扎起来）行啦,管理员,你别说啦!反正我里里外外都叫你看穿啦,我也就不用瞒着你啦,要打、要罚、要记过、要开除,全由你去,我二话不说,可是这笔账我要——

管理员问得这么尖锐,她"内心步步败退",连赖也赖不过去的情况下,她难道不知道自己的错误吗?这时候,她内心的矛盾不是已经到了快要爆炸的时候吗?但是,作者却执拗地压抑着她内心的矛盾,"人工"地支撑着她的"倔强"性格,这是合理的吗?

当马芬姐听了她娘一番酸辛话，正急于找街长另找出路，而又未见到街长转回家里时，作者写着：

马　（沉一下）小豆豆，你跑到我家来干什么，找死呵？
仙　（理直气壮地）等你来啦！
马　等我?!——谁叫你等我？
仙　金芳姐！
马　金芳?!
仙　（快）嗯，金芳姐叫我等你啦，要等不着你呵，我就不走啦！
马　等我干什么，走，走，走！——叫金芳也走，我不见她！
仙　哟，真是狗咬吕洞宾，你不识好人心哪！——打你昨天下午扔了围腰证章以后，金芳姐就忙着找管理员，为你说好话；回到车上又劝大梅，叫她跟你和好；今儿个早起金芳一爬起来，就又去找管理员跟分会主任，为你快把脚后跟都跑掉啦，你还不知情啊?!——等着吧，大梅也来啦，我们就是给你们做这团结工作哪，要不是为了团结你们哪，狗才到这儿来受这样的罪哪！（向月香门跑下）
马　（气愤）大梅?!——滚，滚，滚！

这时候，马芬姐所迫切需要解决的问题，是找到工作，她母亲也急切地希望女儿找到工作，而街长那条出路又还靠不住的时候，当仙妮告诉她大家为她的事情奔走时，马芬姐难道没有一点内心的斗争，竟用如此决绝、冷酷的态度拒人于门外，马芬姐这种表现难道能够真实地反映她内心的活动吗？这样描写之后，好像还嫌这性格不够"倔强"，还不够深刻似的，于是作者继续写着：

金　不，咱们是为了工作，为了大伙儿，这不光是你们两个人的事儿！
马　为了工作更用不着啦！
金　为什么？
马　因为我不再回厂上班啦呀！
金　怎么，芬姐，你不回厂上班啦？
马　（狂傲地）嗯，我外头的事儿都快找好啦，有两个厂子争着叫我去，两条大道任我挑，我就不信拿着我马芬姐八年的手艺，还找不出一碗饭吃来！

这样一来，的确加深了读者（观众）对马芬姐这人物的印象，使她那"倔强""有骨气"的性格更加突出，但是读者也同时感到，这"倔强"的性格并不真实，因为，当马芬姐正焦虑地寻找工作的时候，她能够这样决然地说"我不再回厂上班"吗？她能够完全没有内心矛盾吗？

像这样的例子还有很多，不必再摘录了。因为这不是某一幕某一场中的个别情形，而是贯串全剧的形式主义地追求性格的写作方法。这种"方法"从表面看来，仿佛可以帮助性格表现得更鲜明突出，但是这种突出是"人工"制造的，这种"人工"塑造出来的性格越突出，这性格就越缺少真实成分，就越发违背了人物内在思想与当时环境发生关系时的逻辑的真实。

《红旗歌》给人们一种强烈的印象，就是作者很喜爱马芬姐这样"倔强"的"有骨气"的性格。如果拿这种"顽强"性格来对待工作，来对待工作中的困难，或者用来对待一切敌人，都是很有积极意义的。但是《红旗歌》中所表现的，却是以"顽强"来对待自己阶级的党，对待自己的工厂，对待自己的同志。尤其是处在初解放时，这样的性格值得歌颂吗？作者对于这种性格，不但很少批判，反而无原则地表示同情：

马　（不愿接触此问题，很快地堵金的嘴）噢，扔围腰证章的事儿两句话也就说完啦；谁也不是有扔围腰证章的瘾，谁也知道扔了围腰证章不同小可，可人家非叫我扔，我也不敢不扔呵！

金　（听出了马之隐痛，同情地）噢！……（沉默一下），芬姐，听说刚才你出去找事儿啦？

马　鸟儿起飞还得找个落处哪，厂里不要我啦，我不找事儿干什么？

这是"隐痛"吗？这"隐痛"应完全归咎客观原因吗？这是"人家非叫她扔"吗？这样的所谓"隐痛"值得同情吗？

试设想一下吧，在一个工人阶级政党领导下的工厂，而这工厂又正展开红旗竞赛运动，厂里的工人大多数已经有了阶级自觉，这样新的环境难道是培育敌对的"顽强"的"有骨气"的性格的土壤吗？在这样工厂与工人利益完全一致的环境中，难道有培育敌对性格的条件与可能吗？作者忽视了这些，忽视了环境与性格互相作用的关系，凭空地去追求"顽强"性格，"人工"地去塑造人物性格。

从整个作品看，作者对于这种"顽强"的性格也是同情多于批判。即使偶尔批判一下，也是非常无力的、表面的，对于马芬姐的仇视工厂的思想却很少接触到，有时按情节发展的情势看，好像应该正面展开斗争了——好像应该对她的思想展开斗争了——可是作者常常用别的人物的突然出现来"解围"，就这样，对马芬姐的思想批评，一直没有展开。作者反而把万国英、张大梅和马芬姐的纠葛当作问题关键来处理，好像马芬姐的"顽固""落后"都是由于万国英和张大梅的坏作风所造成。一直到最后，那造成马芬姐"顽固""落后"的根本思想并没有解决，反而只顺着她，护着她，捧着她，一直到顺遂了她的私愿，问题就算全部解决。我们没有忘记，马芬姐曾怠工、捣蛋，但作者不愿对这"倔强""落后"的性格加以打击和破坏，总是顺着她，一切都顺着她，作者不愿去破坏这样"顽强"的性格和损害她的自尊心，一直到最后作者仍不愿让她受到应有的批评。

作者采取这样态度来处理马芬姐这个人物，并不是偶然的，这恰好反映了作者对这"倔强"的"有骨气"的性格的无原则的偏爱，也充分反映了作者小资产阶级的看问题的方法。

作者由这种偏爱出发，强烈地追寻这种性格，为了塑造一个完美的"倔强"性格，作者不惜"人为"地压抑着人物的内心活动，压抑着马芬姐的内心矛盾，结果是：作者愈想深刻完美地表现这样的性格，这性格就愈悬空、愈不真实。

作者越想深刻地表现这个性格，就越发把性格引到绝境的尖端，表现在尖端上的性格越突出，"回头"的道路就越难走。

三

由于作者形式主义地追求性格，"人工"地压制着人物的内心矛盾，结果，人物的性格越突出，这性格的改变就越困难。作者硬把马芬姐拖到"倔强"的峰尖，而且不让她有一点内心的矛盾，一直到第三幕快完，分会主任送回围腰证章之前，马芬姐这个"顽固堡垒"还是完整无损——她对共产党，对工厂，对积极分子，对红旗竞赛的偏见与敌意，还依然完整无损，她的内心还没有任何斗争，没有任何矛盾，也没有任何动摇。

但是，作者把这个性格拉到峰尖之后，显然也有些焦虑：怎么办呢？马芬姐总是要觉醒的，一百八十度的大弯子，如何转得过来？

据说在初次彩排之后，有同志向作者建议：希望不要把马芬姐的性格写得太"倔"，要马芬姐的性格"转变"得合理，应在马芬姐的内心埋伏两种思想，让这两种思想去斗争，让她内心有矛盾、有动摇。这意见是很有道理的，可是由于作者太爱这"倔强"的性格，舍不得这样的性格，他不忍让这性格因内心斗争而遭受破坏。既然要保留这样的性格，那么如何处理马芬姐的觉醒呢？在作品中可以看出作者是费了不少心思的。作者不是从人物性格内部去寻找人物觉醒的因素，反而从表现手法上去下功夫，企图用表现手法去填补这个缺陷，当然是徒劳的。

作者在分会主任送配卖面与围腰证章之前，也就是在人物性格"突变"之前，先让马芬姐有一个想回厂上班的要求：

马　（狂野地将金一把抓住）金芳，走，陪我进厂去！

金　（莫名其妙）干什么?! 干什么?!

马　找助理员磕头认错去，求他饶我这一回！

金　芬姐，怎么啦?! 怎么啦?!

马　哼，他三尺的城门、我五尺的汉子，我不能再不低头，算咱胳臂拧不过人家大腿！

金　芬姐，怎么啦，你胡说！

马　（激愤地）助理员都打电话来啦，我不能胡说！反正刀把儿在人家手里攥着哪，我还有什么话讲?! 我要给人家说好话去，我不愿说也得说，为了我老娘也得说，为了我挣人家几个钱吃饭也得说！——

金　（截断马）芬姐，你胡说，什么助理员打电话来啦，我敢保险压根儿就没有这回事儿，压根儿就用不着找他说好话去！

马　人有脸，树有皮，我要不是个穷工人，我也不愿意跟人家说好话呀？——走吧，金芳，你不是心疼我吗，管理员不是人强吗，走，帮我给助理员说好话去，这回我什么错都承认，叫我立下个字据攥在他手心里我也答应，叫我给大梅认错我也答应，叫我给吃屎的孩子认错我也答应，走，走，走！

　　作者的意图是明显的，大概以为有了这么一个穿插，就可以给马芬姐预备下一个转变的因素。可是，这近乎歇斯底里的激情的发作，并没有使她的偏见发生任何的动摇。这怎么会给她的觉悟铺平道路呢？紧接着这激情发作之后，是分会主任亲自送来了配卖面、围腰和证章，并叫马芬姐的娘到工厂治病，接着是金芳和大梅向马芬姐认错，接着是彭管理员来告诉她："助理员的错误也同样受到了处分！"于是马芬姐"被事实击垮了"，于是她觉醒了。作者也许以为这样处理人物的转变是合理的，是符合马芬姐所曾"神圣庄严地宣布"过的理想的，即"我想着有一天，咱们不挨骂、不受气，工人受了欺侮、厂里给咱撑腰，管工的犯了错，厂里不护着他，不随便夺咱的饭碗子！"

　　其实这种"理想"也是悬空的、不真实的、没有社会基础的。这是作者在悬空地创造了这个性格之后，觉得人物性格已发展到了"僵局"，但又不能不叫这样性格不觉醒，为了便于"突然"觉醒，为了给突然觉醒准备下一个思想基础，作者竟不惜"人为"地给马芬姐"制造"了一套"理想"。但其实，这种手法并不能使性格的"转变"得到任何的帮助。

　　退一步说，就算马芬姐真有这样的理想吧，但为什么她对解放后的工厂与工人之间的关系的根本变化，以及工厂当局对于作风不正的工作人员的基本态度，竟会毫无感觉呢？这是很难理解的。像马芬姐这样的老工人，她真会这样"有目无珠"地把助理员（留用的旧人员）的作风误认为厂方的意志吗？如果马芬姐的"理想"有社会基础的话，那么她对于工厂的新作风早就应该有所理解，她的内心早就会产生矛盾，她的"倔强""落后"的性格怎么能继续发展下来，以至于发展到尖端呢？这不能不是作者"人工"地压制着人物内心矛盾的结果。

　　正因为如此，所以马芬姐的"觉悟"，跟马芬姐的性格没有社会基础一样，是没有思想基础的；同时因作者偏爱马芬姐的"顽强"性格，在感情上，作者不忍从思想上去摧垮这个性格，所以只能从表面上来处理马芬姐的"转变"，只能与追求马芬姐性格时所用的方法一样，用形式主义的方法来处理人物性格的"转变"，因而，不管"觉悟"后的马芬姐的话说得如何进步，但在读者看来，都是不真实的、无思想基础的、缺乏说服力的。——就这样，《红旗歌》的主题遭到严重的损害。这难道不是事实吗？

四

  我在这里特别指出《红旗歌》的主角的性格无社会基础和她的"觉悟"无思想基础，主要目的是在于指责一切脱离生活、脱离典型环境、形式主义地追求人物性格的不良倾向，在于希望有这类倾向的作者不要再继续这样写下去。因此，与其说我的批评专对《红旗歌》，反不如说我拿《红旗歌》这具体作品，来证明轻视生活、形式主义地追求性格的创作方法，是一种有害的创作方法。这种创作方法是主观主义的思想作风在创作上的表现，是与革命现实主义的创作方法背道而驰的。

一九五〇年二月四日于北京

论艺术的真实*

一

据说，一个有经验的电影老导演，有一次在拍摄一部影片的战场背景时，把百十门大炮排列在一起，集中在一个小面积里；一位有经验的人民解放军看见这种情形，就提出意见说："这是不真实的，战场上的大炮哪能这样集中呢？"电影导演回答道："那是现象的真实，我们要创造的是艺术的真实，即通过影片的艺术安排把生活的真实面貌表现出来；因此，我们不能机械地照着生活表面的样子去照抄。"

这位老导演的话，是意味深长的。他告诉我们：生活外表上真实的东西，未必就是艺术上真实的东西。艺术的真实应该比生活现象的真实更有状态、更有组织、更集中、更典型。

类似这样的情形，在文艺读者（观众）中间也是存在着的。有不少读者或批评家常常狭隘地根据个人片面的见闻或经验，或根据某一地区的特殊经验来衡量作品的真实性，凡是符合他所经验过或者见闻过的情况的，都以为是真实的；否则，统统被斥为不真实的。当然，符合他经验的作品，也未必就是不真实的作品；我只是说，仅仅凭这点点狭隘经验来作为衡量作品是否真实的根据是不够的，因为用这种标尺来衡量文艺作品，只会使我们的判断陷入片面性甚至错误。

一篇作品是否真实，不在于它是否"如实地"描写了事实或现象，关键在于它是否通过事物的现象透视到事物的本质，是否通过生活现象的描写反映了生活的真实面

---

* 载1984年4月版《萧殷自选集》。

貌（本质面貌），是否反映了一般事实的逻辑的真实。如果不是这样，尽管你所写的事实或现象十分逼真，读者仍然会认为这篇作品所反映的生活是不真实的。鲁迅先生之所以能在《一件小事》中，通过一个场景的描写，勾绘出劳动人民的崇高品质；高尔基之所以能在《我的旅伴》中，通过一个旅行伴侣的描写，写出了市侩主义者的形象……主要是由于他们并没有停止在现象的描写上，而是通过现象，看出这现象背后所隐藏的、要经过深深思索之后才能发现的更深刻的意义。我们有好些作者常常过于相信自己的眼睛和耳朵，认为自己耳目所经验的，就是真实的；他们不仅满足于表面现象的观察上，而且也满足于表面现象的描写上。有的人甚至这样说："描写我自己亲眼看见的事实或现象，其真实性是不容怀疑的。"但事实上，这样的作品却常常引起人们的怀疑；于是他们说："你怀疑，那是由于你不了解情况，我反正是真实地反映了生活。"实际上我们的耳目所接触的，常常是现实生活的表面现象或片面现象，有时甚至是偶然现象，对于这些事实或现象，如果不经过发掘、深化，就算你描写得很生动吧，但是它能引导读者去认识生活本质吗？不能。能让读者通过你的描写看到历史的真实面貌——历史发展的逻辑吗？也不能。既然这样，那么，有什么理由说自己的作品反映了生活的真实呢？

二

我这样强调艺术真实与生活中实有的现象的区别，是否可能给读者造成一种印象，以为我贬低生活对于文学创作的重要性呢？不是的，我完全不是这样的意思；我只是说，机械地描摹生活中的实有现象，很难真正地反映出生活的真实面貌，也就很难创造出艺术的真实。

杜勃罗留波夫说过："艺术家所创造出来的形象，是实际人生中各种事实的集中表现。"这里所谓"实际人生中各种事实"，就是社会生活中的各种存在的现象和事实，对于一个初学写作者来说，首先要求他准确地描写出"实际人生中各种事实"，是十分必要的，正如对一个初学绘画者首先要求他准确地描绘出某人的肖像一样。因为，如果我们不能准确地描写生活中实有的东西，我们就谈不到"典型地"去表现它们。也就是说，如果我们不能首先生动地精确地写出生活中实有的状态和面貌，要创造艺术的真实就将无从谈起。写得"像"，应该是一切文艺写作者最起码的要求。但对于一位艺术家来说，仅仅写得"像"是不够的；艺术家的任务，应该在现实生活的基础上，在共产主义理想光辉的照耀下，创造出能够反映生活本质面貌以及发展趋势的艺术形象。

我相信，没有人会怀疑现实生活对于创作的重要性，恰恰相反，现实生活正是作家创造艺术真实的最重要的原料；离开了深入生活或离开了斗争实践，作家就会失去创造艺术真实的任何可能。

但是，生活只是艺术的源泉，它本身并不等于艺术；因此，机械地描写生活的现象不能造成艺术；对事实和现象的如实描写，也不能创造艺术的真实。

为什么呢？

人们的生活，从表面上看，是杂乱无章的。譬如一个英雄吧，除了他的英雄事迹之外，仍然有许多偶然的、非特征的琐事夹杂其间，倘若我们不善于选择，不善于通过各种的现象找出他的基本特征，而又不从这基本特征的各个侧面去描写他，反而"如实地"去记录他的日常生活，那么，可以想象，这样"记录"的结果，不仅不可能真实地写出这英雄性格，反而会因其他枝节的描写而掩盖了这人物的基本特征。

社会现象也是这样，它是形形色色的、散漫的、杂乱的，如果我们不认识构成这些社会现象的社会矛盾，我们就很难理解纷纭万状的社会现象。自然主义的作家就是只满足于现象的描写，他们主张"实有物底承认和描写"，他们排斥艺术真实的创造，主张对社会事务不加评价和判断。现在，为明了起见，不妨举出左拉的小说《失业》作为例子，并加以简要的分析。

在《失业》中，左拉描写着一个工人失业后的悲惨生活的情景，这小说不仅细腻地描写了工人失业后痛苦的经历与心情，同时也以同样细腻的笔触描写了工人的家庭——工人的妻子和七岁的女孩——的饥饿、悲苦的惨象。它所描写的生活细节确是很逼真的，但这小说到底告诉了读者一些什么呢？作者只描写了工人失业后的浮面现象，它不能告诉读者造成工人失业的基本原因是什么。甚至对于工厂主的描写，也是表面的。厂主说：

我不是只顾自己的私利者，不是的，我与你们发誓，我的情况也是一样的可怕，或许比你们的更可怕……我本来想襄助你们度过这不好的岁月，但是现在已经完了，我已仆地了；我再没有与人平分的面包了。

既然这样，那么，造成工厂倒闭、工人失业的原因是什么呢？左拉竟丝毫没有透露，也丝毫没有加以判断。他的全部描写，都是局限于表面的事实和现象上，这样，他（左拉）给读者提供了失业的假象，把工厂倒闭与工人失业写成为一种不可理解的东西、一种莫名其妙的灾难。因此我以为，这样的文学作品，只配称为事实和现象的"如实"记录，它还没有在艺术上创造出什么真实来。

类似这样的作品，我们之所以说它不真实，或者说它虚伪，主要是因为它"把现实生活中一些偶然的、虚假的现象当作它（社会）的主要的特征来描写"。

三

文学是通过个别来表现一般，也就是通过有血肉有个性的行动着的人物、通过他们之间的关系来表现社会关系及其矛盾发展的真实面貌。

要达到这样的目的，只"如实地"描写现象和事实是不行的。怎样通过个别的人来表现社会面貌呢？只按照个别人物或个别现象原有的样子来描写吗？这样写，个性当然可以写出来；但能真实地反映现实社会的面貌吗？恐怕不是每个个别现象或人物都包含着同样深刻的内容。那么，从社会全局去描写吗？这样写，当然可以勾画出社会的一般状态，但能写出活生生的形象来吗？肯定是做不到的。如果没有活生生的形象，那所谓"社会状态"，肯定只会变成抽象的和没有感染力的。

前面已提到过，艺术形象的创造，是实际人生各种事实集中的表现。但所谓"集中"，并不是机械地集中，不是数学加法式地集中；假如离开社会历史的具体条件来空谈集中，是很荒唐的。因为离开了具体的社会环境，人物的性格就无法捉摸。离开了一定历史的社会矛盾及其发展的真实状态去表现某种性格的形成与发展，无论如何是做不到的。

为什么呢？

我们试举《孔乙己》为例吧。孔乙己所以是文学上的典型人物，正因为鲁迅先生认识了科举制度给孔乙己所造成"不会营生，好喝懒做"的性格，又因为他没有进学，而他生活着的社会又是那样"世态炎凉"，人们除了拿他开心，谁对他也没有兴趣，他愈来愈穷，终于偷起别人的东西来了，结果被打折了腿，最后死去。

因此，所谓"典型环境中的典型性格"，其含义，一方面要求通过典型的性格去反映现实中的矛盾及其发展的典型状态；另一方面，又要求作家严格地在现实矛盾与发展的典型状态中去把握人物性格。愈能反映出一定社会矛盾发展状态下所形成的一定性格，其典型意义就愈高。否则，一切离开典型环境影响的性格，都不能算是典型的。

但是，要求通过典型人物反映典型环境，并不是放弃对局部社会生活的观察、发掘与描写；相反，应从局部去反映全部，从个别去反映一般。因为所谓全局或全面是由各个局部或各个方面所构成的，局部就是全局的一部分，而局部之间又互相联系，彼此之间存在着某些共同的本质的东西。虽然部分与部分之间有着共同的东西，但并不是什么都完全相同，仍然各有各的特点；也许有一种现象在这部分很突出，而在那部分还很晦暗；也许在这部分已发展得相当成熟，但在那部分却还停留在萌芽状态中。艺术家要创造典型，就必须深入各局部生活，从中把握全局性质的特点给以艺术的概括。

但是部分与全部是对立又是统一的，实际上，部分的社会环境是直接影响人的生活方式、生活态度、思想作风的客观条件。这部分的社会又是全社会与个人的联结点，所以通过这部分社会的真实描写，就可能真实地反映出全社会的基本特征。如果局部生活中的矛盾及其发展具有全局的性质，那么，对这个部分生活的单独描写，就足以创造艺术的真实——艺术典型。某些"真人真事"的写作，之所以还有它一定的典型意义，理由也就在这里。

四

高尔基说："艺术的基本的使命，是要站在比现实更高的地方，从新人类的创造者——无产阶级所建树的光辉的目标的高处，来看今日的事业。"所谓"站在比现实更高的地方"，并不是离开现实基础去幻想，而应该是从现实深处看出它发展的趋向和发展的前景。如果文学艺术家有崇高的革命理想，有开拓未来和缔造未来的热情和愿望，他就有可能从目前洞察到未来的远景。因而他们就有可能去反映一眼不能看透的现实发展的趋势。所谓发展趋势，并不是按照社会科学的概念，使人物事件图式化、划一化；而应该通过对个别事物与个别人物的深刻观察，透视到现实生活的实质，从实质的描写中透视到未来的发展。瓦希列夫斯卡的《虹》之所以被苏联誉为

"社会主义现实主义的典范作品",不是偶然的。她不仅写她观察到体验到的事迹和人物,而且也写她思索到、预见到的事迹和人物。就是说,她不仅把她的耳目所经验的事实,加以艺术的概括,使之更集中、更典型;更重要的,是她能本质地认识了现实斗争中苏维埃人民不屈的斗争意志与毅力,由于这种认识,所以作者能深一层地认识战争发展的道路与前途。《虹》是1942年写成的作品,那年夏天,德国法西斯在苏联南方集中了大批的军队与飞机坦克,并且从法、比、荷、意、匈等国调来了大量兵力,利用这庞大军队,由1942年5月到8月,占了顿河及库班的广大区域,攻占了南方的重要工业城市:伏洛希洛夫格勒、诺佛切尔卡斯克、沙哈特、罗斯托夫、阿马威尔、迈伊考普……虽然当时的情势如此险恶,但瓦希列夫斯卡在《虹》里,却预见性地描写了在乌克兰的胜利反攻。这种大胆的描写,不是出于幻想,不是凭空虚构,而是作者深刻地认识了现实,把握了现实的实质,从而清楚地洞察到战争的发展道路与远景。那远景就是红军的胜利、德寇的败亡。以后(1943年—1945年)的事实,也证明了她预见性的描写,是符合事实发展规律的,是写出了"逻辑的真实"的。

由此,我们认识到,只有深刻地理解并真实地描写了"现有的"那个样子的生活面貌,才可能写出"它应该有的"那个样子的生活面貌。离开了"现有的"基础去幻想将来,是不合适的。

因为离开"现有的"生活的真实描写,就不可能理解现实生活的基本特征,抓不住这基本特征,就无法理解它的发展法则,也就无法预见它的未来。关于这,高尔基说得最清楚,他说:"在得自事实的思想上,我们加上点什么,把思想发展得更远一点,并依照逻辑的假设,在形象上加添一点可以想望得到的东西,——那么,我们就有了浪漫主义。"

但是爬行的经验主义者,不管他如何生动地描写了生活现象,仍然不可能看到事物运动的法则,不能预见到未来。一个作家能不能抓住现实生活的基本特征,这取决于作家站在什么立场上和对革命事业所抱的态度。

一个富有革命热情且富有政治敏感的艺术家,他总是善于捕住一切萌芽状态的东西。所有刚萌芽的东西,往往不是一眼能看透的,而且常常是在大多数人的意识之外的。艺术家的责任,就是要善于捕捉并描写这些萌芽状态的、新生的东西,并加以肯定。法捷耶夫告诉我们,应该"从新的因素的种子上,看出这新因素已经在获得胜利",而且要善于"发现和艺术地去描写正在发展中和在远景中的这个新因素"(如高尔基《母亲》中尼洛芙娜的形象的创造）；要善于捕捉并描写人民要求提出但还没有提出的问题（如考涅楚克《前线》中戈尔洛夫形象的创造）。

文学艺术家创造艺术真实的过程，是一种概括、提高的过程。艺术的真实，应该比生活中实有的事实更有组织、更集中、更理想和更典型。

凡是善于发掘群众生活中的根本问题与提出群众的根本需要的，哪怕这问题还没有为群众所明确认识，只要及时给以艺术的概括，群众不仅乐于接受，而且能引导他们去思考、去行动。

所谓艺术的真实，它是比现实生活中所实际存在的现象更提高了一级的东西。一切还不为人们所自觉到或群众还没有明确认识的问题，要求文学艺术家敏锐地明确地认识它，并描写它。只有如此，文学艺术才能帮助读者深入地认识生活。

像这样的作品，我们还不很多。目前，在我们文艺作品中，记录事实与现象的作品，要比深刻地反映生活、说明生活的作品多得多。我们新文艺的历史还很短，经验还不够丰富；因此在开始阶段，较多地记录生活现象，也是一种自然的现象，这是一时难免的。但是这种情况不应该长久持续下去，为了使文艺能更好地为人民所利用，更有力地去推动现实前进，文艺工作者应该从记录生活事实的现状下提高一步，去创造更多富有艺术真实性的作品，现在是时候了。

一九五一年三月二十五日于北京

论"赶任务"*

一

文艺应该为政治服务,文艺作品应该与革命运动相结合,这是肯定了的。可是,有一些人只把它当作口头禅挂在嘴边;当他们写作时,却又拒绝这样做。他们的理由是:"我应该写我感兴趣的主题,为结合革命运动而写作,会妨碍我的艺术才能。"还有一种人,认为为结合政治而写作,会破坏自己的写作计划,他们说:"如果一个作家常常都为政治运动而写作,那'不朽的艺术巨著'就永远也不会创作出来。"

我们认为:作家应该自觉地使自己的写作与政治相结合。作家是人民的一分子,他应该以他的写作技能来为人民服务,应该自觉地负反映生活、教育人民的责任。特别是我们的文工团与专业艺术团体中的写作者,应该用高度的热情去结合革命运动,并在结合革命运动中努力写出具有高度思想性与艺术性的作品。但是事实上,有些写作者不是热烈地去迎接革命运动,反而把领导机构交给自己的创作任务当作负担,感到厌烦。我们的文艺既然是整个革命工作中的一部分,是教育人民的有力的手段之一,自然不应当把它搁置起来,让它"超然"于革命运动之外。而领导机构总是全面地或比较全面地掌握着革命运动,能够较充分地了解什么是运动中的主要矛盾,以及什么是矛盾的特点、意义和规律;他们能够告诉你应该注意些什么,告诉你怎样才能深刻而有力地反映生活。因此,在一定的阶段给予一定思想的写作任务,正是对作者一种切实有力的帮助、指导和督促。这有什么不好呢?

当然,在分配写作任务时,领导方面应该善于在思想上去启发作者和帮助作者;

---

* 载1951年6月25日《文艺报》第四卷第五期。

应该善于引导作者从一个时期或一个革命阶段去结合革命运动。事实上，许多领导同志确是这样做的。但也有一些领导者在指定写作任务时，过多地注意了内容的规定，忽视了思想的启发；这样分配任务，事实上成为规定一个死框框，叫作者去硬套。有些同志在给予任务时，把作品的内容规定得非常具体，变成"配合政策宣传"，而且包含着许多项目，如征公粮、劳模运动、学文化、村选……都希望在一篇作品里写进去，希望把一个时期的各种工作任务都写进去。有些同志要求一点不走样地记录事实，甚至连时间地点也不容有一点变动。从领导的角度来考虑，自然也可以认为这是很需要的；但作者如何能把这么多的内容通过艺术形象表现出来呢？又如何能够概括成艺术形象呢？却很少考虑。作者在这种无可奈何的情况下，常常把各种现象拼凑到一起，再生硬地塞进一些标语口号，这样，"作品"算"编"成了，但这样的"作品"，对人民能有什么深刻的教育意义呢？

其次，写作任务分配得太多，也很难收到预期的效果。据读者来信，"仅就齐市来说，今天开省人民代表会，明天开市人民代表会，后天又开劳模会，一会又三八节，一会又五一节，接着又'五四'，一会又儿童节……节日多得很。另外，时事宣传任务、政策宣传任务……总之，多得很，而且都要配合"，那么怎么办呢？"只好不管黑夜白天，关在房子里，看看报纸上的材料，闭门造车吧。这样一来，不公式化又怎么办呢？"

上述这两种情况，都必须改变。但不等于说，革命运动可以不配合。领导上应该有计划有远见地去组织写作，适当地照顾作者的时间与创作的特点，还是必要的。因为任务太多，作者思考生活与形象构思的时间都不充分。如果一个作者总是不间断地"赶写"作品，他就没有可能使生活和思想感情相融合，他就不可能看得更远更深。应当承认，写作是有它的特殊规律的，一个作家要把生活素材变成艺术品，他不仅需要对生活有认识，而且还要把他所认识的生活通过有生命有个性的形象表现出来，这是生活认识与艺术表现的统一过程，是一种刻苦的劳动过程。如果分配的写作任务过多，限期又急，作者虽勉强"赶"成，但却不一定能起多少作用。我们希望领导方面更多地在政治上思想上去启发作者、帮助作者，使他们对事物认识得更深刻，使作品能概括更广阔的生活内容和表现出更深刻的思想意义。只有经常地在政治上、思想上和思想方法上帮助他们，并鼓励他们不断地提高艺术技巧，作品的思想水平才会逐步提高；才不会因"时过境迁"而丧失了作品的时代意义。

二

事实已经证明,这十几年来,我们的文艺写作在结合革命运动上起过很大作用,鼓舞了人民,而且也有了一些较优秀的作品。但是就作品质量来看,好的作品却还占少数。上面所谈的原因,只是个别的,不能看作是主要的原因,有些情形是作者用来做借口,固然会降低作品的质量,但我以为,最主要的责任,应由作者自己来负。有些领导者在一定的思想范围内给以任务,在这种任务下,作者创作活动的范围,原很宽广,尽有发挥才能的余地;但是,有些写作者对写作与革命运动结合的重要性认识不足,或者没有认识,忘记了这是向人民进行思想教育的重要手段;把"任务"看作负担,用一种"应差"观点去对待"文艺服务政治"的严肃工作;敷衍塞责;潦草从事,"赶"完就算;很少想到这是关系教育广大人民的重大问题,也很少想到自己的作品是否能打动观众(听众、读者)的心灵,是否能收到应有的教育效果。这种种不正确的态度,难道不应该由作者自己负责吗?正因为对政治任务抱着如此不正确的看法,以致产生了下列三种现象:

(一)满足于现象罗列。譬如要配合练兵的任务,就把练兵的某些现象搬上戏台;作者像一架摄影机器,把表面的事实原封不动地写到作品里,除了大家都熟知的表面现象之外,再也看不出什么新的意义;观众看了以后说:"这样的'戏'我们不是时时刻刻在演吗?谁还要你们来演?"这类作品虽然在表面上好像与当前的革命运动相结合,而实际上,它却不能收到应有的效果。因为作者所描写的生活并没有与作者的思想感情相融合;作者往往对于所描写的生活缺乏兴趣,也不曾被感动过;在这种心情下所写出来的作品,当然不可能有感动观众的力量。许多作品在思想内容上表现了惊人的贫乏,写农民翻身,就只看到他们眼前的一点利益,常常把一条牛、三亩地当作最高的理想来歌颂。这类作品不能引导人们向前看,自然就经不起时间的考验;等运动一过去,很快就丧失了它的生命和价值。

(二)从概念出发。许多写作者在接受了任务之后,首先就在脑子里确定一个中心思想,然后借人物的口来说教。这类作品,既无生活气息,更无可感可触的形象。另外一种情形,就是先确定主题思想,然后编造故事,作者企图使故事曲折动人,但对现实生活中的问题又不了解,就人为地制造了一些矛盾;热闹固然很热闹,但却没有一点真实感。还有一种情形,就是制造人物之间的误会,企图以辩论形式来完成主题思想，或以此来加强戏剧性。所有这些，都不是从生活出发，他们的方法是这样："我们要在文艺作品中反对某种思想，就先想出几个不同思想的人物，使他们展开斗争，再由一个人来说服他们，这样就对群众起了思想教育作用。"或者说"一个任务来了时，立刻到附近居民住处或机关搜集一些材料，参考一下报纸，马上就编故事，开它一个夜车，作品就出来了"。这样写出来的作品，怎能不成为无血无肉、枯燥无味的死公式呢？虽然他所宣传的道理是不错的，但因这道理没有与血肉生活相融合，仍然不能很好地在思想上或在感情上为群众所接受。

（三）添尾巴和加帽子。在抗战期间，解放区曾演出过一个名叫《大学教授》的话剧，是描写一个主张科学救国、不问政治的老教授；他虽然这样"清高"，国民党还怀疑他，还不断骚扰他的住宅；后来广大学生因反饥饿而起来罢课，这位教授曾说了几句公道话，就被学校当局解聘了；他失了业，生活日趋困难，他越觉得生活无趣，最后，他自杀了。这出戏一直演了好些时候；有一天，墨索里尼在意大利北部被游击队枪毙的消息传来了，演出者为了紧密地配合当前的政治宣传工作，生硬地叫这位教授于自杀之前大骂国民党反动派，并且借教授的嘴说："墨索里尼的下场，就是你们的下场。"但是根据剧情中所显示的教授的性格，他却没有这样的政治觉悟，那样的话从他的嘴里说出来，只会给人一种牵强的、不真实的感觉。

这样的做法，现在仍然到处沿用。如有人把一出讽刺害怕"共产"的商人狼狈相的短剧，在台词里加了几句"抗美援朝保家卫国的运动起来之后，我们工商界也参加示威游行……"（大意），原来的剧情则丝毫没有变动，就以为配合了抗美援朝。其实用"尾巴"和"帽子"来配合任务，只会造成一种结果，那就是：全部的人物情节与"尾巴"和"帽子"毫无关系或牵强附会，不仅没有一点真实感，反而可能收到很不好的效果。

三

现在，在青年作者中间，对文艺与政治结合的问题，还存在着种种不正确的看法，现在我想就这些问题做些简单的论述和必要的分析。

有人以为"现在由于客观需要，不能不赶任务；有计划的写作，和创作艺术性与思想性更高的作品，只好留待将来"。这类同志企图拿这论点去说服别人，要求别人安心"赶任务",这动机是好的,但这看法却是错误的。我们认为一个革命作家他不仅今天应与政治相结合,将来也是这样。写作的目的就是反映生活、教育人民,要达到教育目的,必须与政治结合。政治是人民意志、要求集中的表现,离开某个历史阶段的革命任务,离开人民的根本利益,人民还需要我们教育什么呢?离开了当前的现实,我们的作品还能推动社会前进吗?

革命文艺工作者,是人民一分子;写作是革命事业的一部分;倘若离开了当前人民的主要问题与重大的政治需要,文学写作者还能起别的什么作用呢?凡是具有革命品格的作者,他所关心的不是其他,而是广大人民群众的要求与希望以及他们在前进道路中所遇到的种种障碍。这样的作者,他不会逃避政治,而是热情地参加现实斗争,探求、思索斗争中的问题,以自己的创作实践参加这些斗争,并努力使这斗争走向胜利。

这样的作者,就能和人民共呼吸、共喜怒,与革命的脉搏一起跳动。他也善于敏锐地觉察人民的思想、情绪、意志和希望。这些觉察与政治需要绝不会矛盾;相反,政治需要只会促使他加速地理解现实的生活与斗争。(因而,所谓"赶任务"的说法,是不完全妥当的。)

这时候,即使是领导上交来"任务",他也绝不会感到突然、感到生疏、感到无从下手。因为革命运动的发展不是突然的,它是根据事物的运动规律发展下来的,有轨迹可寻的;只要平日关心它,到临时就不会"茫无所知"。

我们认为文艺作品的思想性、艺术性与政治需要之间并无矛盾,相反,正因为作品真实地反映了现实的重大事件——革命运动而获得了更高度的思想内容,而这思想内容如果是通过艺术形象体现出来,那么作品就会达到思想性与艺术性的统一。

因此认为"结合政治的作品,粗制是难免"的提法,是不对的。认为"避免了原则错误就可以"的想法,也是不对的。这种种想法,等于说:政治与艺术是相矛盾的;等于说:凡是配合革命运动的文艺作品,可以降低艺术性。毛主席教导我们:"缺乏艺术性的艺术品,无论政治上怎样进步,也是没有力量的。"我们革命的文艺工作者,不管什么时候,都不能脱离政治,不能不结合政治。试问,如果以为结合政治的作品可以不要艺术性,那么我们什么时候才可以写出政治性与艺术性相统一的作品呢?难道只有当我们描写与政治无关的主题时才可以写出艺术性最高的作品来吗?——这显然是谬论,是一种"为艺术而艺术"的谬论。

结合政治的作品，必须有，而且一定要有艺术性。只有体现在高度艺术形象中的思想性，才有感染读者与说服读者的力量。否则，凡是没有体现在艺术形象里的所谓"思想性"，它仅仅是作家希望或企图表现的理念，实际上它还够不上叫作"作品的思想性"。如果我们容许结合政治需要的作品可以没有艺术性，那就等于说：我们可以不问教育效果，不管群众是否接受。这就牵连到一个原则问题：我们是拿文艺来教育人民呢，还是拿文艺来达到别的目的？如果我们的写作是为了教育人民，那我们除了首先考虑作品所表达的思想内容是否正确之外，还必须考虑到这正确的思想内容是否能够为人民群众所接受；就是说，那思想内容是否体现在形象之中。如果只顾前者，而忽略了后者，这显然是一种对人民不负责任的态度。

不要以为艺术性只有"文人雅士"才能欣赏，不要以为劳动人民只配看一些艺术性低劣的"货色"。实际上，所谓艺术性并不是什么高深莫测的东西，凡是通过活生生的形象真实地反映了生活真实的作品，即具有艺术性。许多民间传说也有很高的艺术性。越富有艺术性的作品，它就越有感染力量；越是通过真实生动的生活情景所体现出来的思想性，就越有说服力量和感人力量。

正因为上述种种理由，我们要求文艺工作者用更认真更严肃的态度来写作，这不是"文字游戏"，这是关系着广大人民教育的大问题。

要求艺术性与思想性在作品中得到统一，应该是我们每个写作者努力的目标，绝不能因为结合政治而原谅了自己，以至于放弃了真实地生动地描写生活的努力。当然，由于我们的思想水平与写作修养的限制，不能一下子要求所有的作品的艺术性与思想性都能高度地结合；但这却是写作者必须努力奋斗的目标。我们要从这样结合革命运动的作品中产生不朽的艺术品，而且也一定可以产生不朽的艺术品。

还有另一种意见，认为"配合任务的作品，只在一个运动中起到一定的作用就行；这个运动过去之后，作品便被人忘记，或作用不大，这是很自然的，不足为怪，因为它就是为了配合当前的政治任务呀"。如果照这种看法加以推论，是否会得出这样一种错误的结论呢？凡是结合革命运动的作品，都是短命的；反转来说，如果要使我们的作品有不朽的价值，就不要结合当前的现实斗争。这结论显然是极端错误的。在一般的情况下，凡是不朽的杰作（如《水浒》《阿Q正传》《母亲》《毁灭》……），都曾在当时起过巨大的作用。如果它在当时的人民群众中毫无影响，对当时的历史不能起任何一点积极的作用，它就不可能流传到后世。"没有今天就没有明天"，文艺创作反映着现实的生活与斗争，它不仅在说明，并且是在推进现实的生活与斗争。如果一篇文艺作品对当时的人民（我说的是人民）没有任何积极的影响与作用，那么这作品绝对不会在后世忽然被人民认为是"不朽的杰作"。凡是被人长期珍爱的作品，都是被当时人民珍爱过的；凡是脱离了、歪曲了当时历史社会的主要斗争或与此毫不相干的作品，都不可能成为"不朽的杰作"。相反，只有紧紧地与现实相结合，并真实地反映了人民生活的典型面貌、起过积极作用的作品，才可能有"不朽"的价值。

同样，认为有技术就可以写出"不朽"作品的看法，也是不对的。有一位同志来信说："假若写作水平高，足以结合任务，而又及时完成任务，写作态度也严肃，那么他的作品思想性是高的，教育意义也是深刻的，纵使时间已过，他的作品的价值是存在的、不朽的。但是文学修养比较差，写作水平又不高的人，虽然他态度严肃，作品的思想性、教育意义、时间价值都是靠不住的。"这段话的意思是很明白的，即作品的思想性、教育意义、时间价值与写作水平的高低成正比。但是请问：一个充满了个人主义思想的作者，能够靠他的熟练的写作技术，写出一个具有高尚品格的共产党员的形象来吗？一个充满了市侩思想的作者，能够靠他熟练的写作技术，写出舍己为公的革命英雄的性格吗？我们的答案是否定的。既然不可能真实地把握并写出人物的思想感情，不能揭露斗争的主要矛盾及其规律，那么作品的思想性和教育意义从何而来呢？它的"不朽的价值"又从何而来呢？文艺如何才能更好地为政治服务，写作技巧——善于概括典型现象和创造人物——是重要的，但单靠写作技术是不行的。同样重要的，是要善于认识现实的生活与斗争，把握它们的发展趋向。这就需要依靠作者的政治觉悟和形象思维的能力。高尔基曾说过，创作是生活的认识与表现的统一过程；如果作家不能正确地认识生活，他如何能正确地表现生活呢？

四

在我们结合革命运动的作品中，虽然产生过一些好作品；但也有许多作品，还是机械地从表面现象上去"配合"任务。譬如巩固部队吧，就仅仅是写巩固部队；为什么要巩固部队呢？只说是为了消灭敌人。又譬如为动员军人复员吧，也仅仅写复员；为什么叫他们复员呢？只说是"国内和平了，不战争了"。一九四五年冬，蒋介石撕毁了"双十协定",向解放区发动疯狂的军事进攻;这时候,我们的好些文艺工作者都为结合巩固部队的任务而写作;这些作品所表现的思想内容,正像上面所指出的那样,仅仅是为了消灭敌人,所以才要巩固部队。到底为什么要消灭敌人?它的最高目的,明明是以战争消灭战争,以期争取世界和平与人民民主;可惜大多数的作品都没有通过艺术形象来发挥这个极有意义的主题。虽然这样,但好些作品还没有"赶"完,复员令下来了;因为当时的"北平军事调处执行部"已经成立,我们为了争取和平,决定复员一部分军人,于是我们的一些写作者又发生了"苦闷":认为这样前后矛盾的情况,无论如何也很难统一起来理解的。但是,这两个现象真是无法理解吗?不是。巩固部队的目的是为了争取和平,复员不也是为了争取和平吗?如果我们从更高的意义上去描写巩固部队与复员,绝不会觉得这两者是矛盾的。我们把两种任务看成矛盾,正说明我们不善于从事件的表面看到事件的本质,不善于从事物内部的联系上去结合政治任务。我们常常听到这样的一种论调,以为不写朝鲜,不写鸭绿江,不写朝鲜人民军和中国人民志愿军的军事活动,不写美帝国主义在朝鲜的暴行,就不是"抗美援朝"的作品。而对于国内人民在抗美援朝运动中的斗争和他们的思想感情,却熟视无睹。当然,在抗美援朝第一线的英勇斗争中,是集中地、突出地体现了全国人民的思想感情的,我们应当很好来表现它。但是有着"非写朝鲜即非抗美援朝作品"那种观点的人,却往往只是从形式上来理解"抗美援朝"运动。他们放弃了对国内现实生活的观察、体验和理解;反而只凭想象,只凭一点从报纸上看来的关于前方的材料,便编写作品。这种观点,遮盖了我们写作的宽广原野,阻塞了从更深远的思想上结合政治运动的道路,使我们局促地从表面"配合"表面、从形式"配合"形式;这样写作的结果,当然不可能写出较深的思想内容,因而很快就失去了意义。因为表面的东西,很快就消失了,过去了;写表面现象的作品怎能不过时呢?但是某种思想矛盾与斗争,却不是一下就能消失的。如果我们能够透过现象看到实质,而且能够在实质上去配合战斗;我想,运动虽"过去"了,这作品还是有价值的。

要从思想上,或从事物内部的联系上去结合政治需要,首先要求作者要善于洞察现实生活,然后才谈得上深刻地表现现实生活。过去,在解放战争的时代,我们有好些作品,都曾企图以"打败老蒋享太平"的观念,来鼓舞战士和人民;可是大陆解放之后,美帝国主义又想通过朝鲜来进犯我们的祖国,于是这种"享太平"的提法很快就被认为是不恰当的。为什么呢?主要是因为我们的作者没有明确地了解(至少是没有表现出来）我们之所以要打倒蒋介石，正是因为我们要反对民族的压迫与阶级的压迫。只要群众有了这种认识，他们就会知道：打败了蒋介石，并不等于已经消灭了一切内外反动派。可惜我们的作者不善于从更深的意义上去理解生活与斗争，不善于在思想上去启发读者。记得有一个同志说出了这样一个事实："去年和平签名运动时，各地农村都需要宣传和平签名的剧本，但专业从事创作的同志们，还正在'赶'，'赶'出之后，任务完了，有些闹'剧本荒'的剧团，饥不择食地拿来上演，群众看了，反映说：'刚签过名，为啥还要签名呢？'……"从表面看，剧作家没有"赶"上，似乎有点可惜；其实，就是"赶"上了，很快也会过时的。为什么呢？因为作者不了解和平签名运动更深远的意义。以现象来配合现象，无怪这个剧本除了叫人签名之外，任何别的意义都看不出来。剧本的主题既然如此狭隘、如此表面，怎么会不因"时过境迁"而失去意义呢？

五

我们许多作者之所以当任务来到时，要去"赶"，以至于"赶"不上和"赶"不好，主要原因是缺乏对政治的关心和缺乏敏锐的政治嗅觉。如果一个写作者平日关心现实的生活与斗争，并热情地注视或参加这些生活与斗争；经常地观察、体验、分析这些生活与斗争，那么，他就不会无动于衷。只要他真正地注视或参加这些运动，他就不会对运动的来龙去脉毫无理解，对斗争中的各种人物没有爱憎，对现实斗争中哪些是主要的问题与次要的问题茫无所知。只要他对这一切发生了战斗的感情，那么，他一定就有艺术表现的欲望（单抱着搜集材料的观点，这欲望就很难产生），于是他就有了创作计划。如果他所把握的矛盾确是现实生活中主要的矛盾，那么，不管他是按照自己计划写作也好，或者是接受任务写作也好，他都能比较真实地反映生活。这样他就不会处于被动地位，也就用不着在运动后面去"赶"了。

矛盾，在这里主要是指人与人（阶级与阶级）的矛盾、我与敌的矛盾、新生与保守的矛盾、落后与先进的矛盾。运动只要继续前进，新的矛盾总是不断产生。革命者的任务就是不断地及时地发现矛盾，解决矛盾，使运动不断前进。作家的任务是通过作品中的人物与事件的描写，来表现这些矛盾及其解决，来教育人民，使社会不断前进。但是如果作家不经常深入生活、深入运动，他就不可能具体地理解矛盾，就不可能通过艺术形象来表现矛盾。有些作者满足于过去一段深入生活的经历，处处表示自己已经生活得很够，而且认为"现在的问题不是生活，问题是写作技巧与时间"。他们错误地以为凭着过去一点生活经验，就可以拿来表现现在的生活与斗争，这显然是不对的。因为运动不断地前进，人民的思想也不断地发展，如果我们不与现实的生活与斗争息息相关，就不可能真实地深刻地把握住人物的性格及其精神面貌。

文艺作者所要把握与表现的矛盾，不是抽象的，主要是表现人的思想感情。只有通过事件写出了人物的思想感情，通过人物与人物之间的思想感情的关系，合情理地写出事件的发生和发展，才能把现实的生活与斗争中的矛盾充分地表现出来。因此，在文艺作品中，描写人物是非常重要的。

但是，在我们许多结合革命运动的作品中，恰恰表现为写事件重于写人物、写外表重于写性格。读完以后，除了告诉读者一个或几个现象之外，不能在思想上给人任何启发，在感情上也不能引起较强烈的爱憎。

为什么呢？

那是因为事件本身常常带有特殊性质，譬如写练兵吧，如果作者只写练兵中的某些现象，而不发掘与描写练兵中的某些思想矛盾，读者就会觉得枯燥无味，或者觉得没有什么意思。但如果深入地发掘并深刻地表现了练兵中战士之间的思想斗争，那么，这作品就可能有较普遍的意义与价值。因为人们的性格——思想感情，是由社会生活与历史环境所逐渐形成的，它不是个别人所特有，而是带有社会性质。这种思想感情（性格），不仅仅会在这个运动阶段出现，也可能在另一个运动阶段出现；它不仅仅在这地区存在，也可能在另一个地区存在。

然而，并不是什么样的思想感情（性格），都有意义和价值。我们既承认文艺应服务于现实斗争，那么我们写作者就必须考虑到某种思想感情对于现实斗争会起什么作用。我们认为，越能反映斗争特征的思想感情，就越能真实地反映斗争的社会面貌；就越带典型性质；它的意义就越大。我们之所以坚决反对在写作中用所谓"误会法"的手法去制造矛盾，并不是一般地反对去写生活中的误会法，主要是反对作者"人为地"虚假地制造矛盾。这些作品中所表现的所谓矛盾，其实，在现实斗争中并不存在，纯粹是作者"闭门造车"所空想出来的东西。试问，这样制造出来的矛盾，能真实地反映生活与斗争的本来面貌吗？当然不能；能教育人民吗？也不能。

但是，只把握了斗争中富有特征的思想感情，并不是就能有力地教育人民，还必须经过深刻的生动的表现。思想感情的描写要通过行动、言谈和关系来表现。作品要表现某种思想的矛盾（斗争），当然不能不描写人与人（思想与思想）的关系，也就是说，不能不通过情节来表现人物之间的思想矛盾（或斗争）；越能生动合理地通过情节体现出人的思想感情和越能生动合理地通过人物之间的思想的矛盾来展开情节，这种思想斗争就越有感染力和说服力，就越能在感情上拨动读者（观众、听众）的心弦。这样的作品，就一定越能经得起时间的考验。

我们的文工团和艺术团体的青年写作者，如果能这样去认识生活，这样去进行创作，那么，我相信，即使是接受任务去写作，也可能写出较有思想内容的作品来；至少，他不会觉得为结合革命运动而写作，会与作品的思想性、教育意义以及时间价值等有什么矛盾。

一九五一年六月十三日于北京

光辉灿烂的榜样*

苏联——有如一座巨大的灯塔,光照四方。无论在严寒的冬夜,或者在狂风暴雨的阴暗的日子里,她永远给人们以温暖、光明和希望。

俄罗斯劳动人民优秀的儿女以及怀着崇高理想、英勇奋战的苏维埃人民,使我们感到特别亲切,特别喜欢和特别容易为我们所理解。苏维埃人民的高贵品格,在优秀的苏维埃作家的笔下,被描写得栩栩如生:巴威尔·符拉索夫和他的母亲①;保尔·柯察金②;郭如鹤③;莱奋生④;战斗在克拉斯诺顿的青年近卫军们⑤;密烈西耶夫⑥;沙布洛夫⑦;卓娅和舒拉以及塔拉斯—雅村珂的一家人⑧……都生龙活虎似的活在我们的脑海里,活在我们的心灵里;他们不但是我们最好的战友,同时也是我们最亲爱的姐妹和兄弟。

这些有着崇高的革命品质和高尚的社会主义道德的人,有的早为我们所熟悉,有的却是近几年来才认识的。认识的时间虽有先后,但一经认识,我们就心不由己地爱上了他们。不仅我们热爱他们、尊敬他们,同时他们也不间断地给予我们以友爱的鼓

---

* 载1957年11月24日《收获》第三期。
① 高尔基的《母亲》中的主人公。
② 《钢铁是怎炼成的》的主人公。
③ 《铁流》中的人物。
④ 《毁灭》中的人物。
⑤ 指《青年近卫军》中的英雄们。
⑥ 《真正的人》的主人公。
⑦ 《日日夜夜》中的人物。
⑧ 《宁死不屈》中的主人公们。

舞,激发我们斗争的勇气和热情;有时候,特别是在困难的日子里,他们还用严峻的眼光望着我们,以不屈的精神鞭策我们:"别在困难面前低头!挺起胸膛前进!前进!向社会主义的道路前进!"

这些巨人似的益友良师,这些苏联文学作品中的英雄形象,一个个坚强无比地站在我们的面前:有的欢喜讲话,有的沉默寡言;有的常露出一张笑脸,有的却冷冷地咬着牙根;不管他们的气质和个性多么不同,但他们都有一颗伟大的心灵。在他们的血管里泛滥着对资本主义制度的仇恨,而沸腾在他们内心深处的却是对劳动人民和社会主义祖国的热爱。因而,他们有信心、有勇气;能奋不顾身地去工作、去战斗;能以最坚毅的精神去突破各种困难,创造了胜利,建立并巩固了社会主义的祖国。

正是这样一些有着伟大心灵的人物,常常在我们的脑际闪过:他们有时向我们提醒点什么,有时又给我们带来了胜利的信心;有时严厉地向我们提出警告,有时又给我们以恳切的勉励。我想,除了我们的党和人民能这样有力地督促、教导和鼓舞我们前进之外;苏联文学作品中激动人心的英雄形象所给予我们的教育和鼓舞,不能不说是巨大的。

巴威尔·符拉索夫和他的母亲彼拉盖雅·尼洛夫娜的形象,他们觉醒了的性格、他们无畏的斗志以及他们不屈的革命精神和毅力,会给我们这些在白色恐怖笼罩下从事救亡活动的年轻人多少鼓舞、多少勇气和多少力量!每当我们遇到重重困难的时候,我们就拿巴威尔的勇气来激励自己。在那些艰难的岁月,我们特别喜欢想到巴威尔和他的母亲。他们不仅在精神上支持着我们,使我们坚持地对国民党反动派进行了一连串的斗争,而同时,他们简直成了我们最爱谈论的、最亲近的精神上的伙伴。

我不会忘记一九四〇年的冬天,日寇在太行山大烧大杀的日子。那时候,我们的确很困难,一方面要对付敌人的"大扫荡",一方面粮食又发生了困难,每日还得背着"铺盖"翻山越岭,与敌人"兜圈圈"。我们所经过的村庄,大部分给日寇烧光了;除了焦黑的瓦砾和门窗的黑灰,几乎什么都看不见了。在山岗上,却躺着被日寇杀死的尸体……就在这样困难的时刻,有一位"伙伴"动摇了,他对敌人的"大扫荡"害怕起来,说要回"大后方"去。记得那天夜里,我们当着他的面谈起美谛克和木罗式加[①]。虽然近处的战斗仍在继续着,机关枪和手榴弹仍不间断地轰鸣着;但我们却肆无忌惮地讥笑着美谛克,对他那种小资产阶级知识分子的坏习气,拿最刻毒的

---

① 《被开垦的处女地》中的人物。

字眼加以咒骂；接着，我们却又把木罗式加美美地称赞了一番。如果有人把我们这番话当作文学评论来看，那是再荒唐也没有了：这番话，不仅对美谛克的咒骂太过火，而且对木罗式加的赞美也不恰当。实际上，与其说是评论美谛克，毋宁说是借美谛克这人物狠狠地抒发了我们对那位"胆小鬼"的不满。也许正因为我们的"评论"带着强烈的感情成分，而那位"伙伴"却不能不震惊起来；紧跟着，他一连三天悄悄地阅读了《毁灭》这部小说；第四天，他说他不想走了，并说："木罗式加比美谛克坚强。"

以后，这位伙伴坚持下来了，而且在战争的环境中逐渐得到锻炼，慢慢变得坚强起来。战争结束之后，有一次他还谈起这件事，他说："要不是我在美谛克身上照见自己龌龊的影子，怕早已做了革命的逃兵。"

你看！美谛克这形象，对于小资产阶级知识分子的劣根性，曾给以多么有力的鞭笞！

在战争最紧张的日子里，各种各样的非无产阶级的坏习气，是最容易显露出来的，如自私、贪生怕死、消极以至于动摇等。然而，说来奇怪，当一个人静下来的时候，特别是当他独自一个人面对着一大堆使他苦恼的事情的时候，在他头脑里闪动的，并不常常是什么抽象的原则，而更多的，是一些感动过他的人，是这些人的某一个表情、某几句话，或者是某个人的遭遇……所有这些都像影片似的在他脑际闪过。这里有生活中的人物，也有小说中的人物。这些人物会一个个地站出来，向你发出规劝、提出警告，或者娓娓动听地诉说着他的遭遇。一些动人的苏联文学中的典型人物，常常也会在这样的时候走到你的面前来。

当我们在行军时因没有向民工很好说理而犯了错误的时候，我们很容易想起玛加尔·拉古尔洛夫①。他虽然有良好的愿望和远大的理想，可是他不习惯去对人进行耐心的说理工作，性急，总想通过一条最短的道路走向目标去，因而他犯了不少的错误。然而，每当我们一想到拉古尔洛夫，想到他那像涂了油一样的黄色的眼睛、那弯弯的黑色的眉毛、那短小的鼻子和眼睛上那层混浊的薄膜的时候，他仿佛摆开他那两条骑兵式的、向外弯曲的腿脚向我们提出告诫："你可别像我那样！"

其次，郭必诺老妈子②的火壶，也是我们常拿来作为鞭挞我们自己的工具。在抗日战争初期，有些人正跟郭必诺老妈子一样，留恋着过去的生活，痛惜着失去的一切，不仅自己的一点点东西舍不得抛弃，就连发了霉的思想感情也舍不得抛开。遇到

---

① 《毁灭》中的人物。
② 《铁流》中的一个人物。

这种现象，我们都习惯地搬出郭必诺来："你难道真像郭必诺恋惜她那把丢失了的火壶那样去留恋你过去的一切吗？"话虽平常，可是很有效。慢慢地，这句话变成我们的口头禅，它成了一种鞭策我们前进的力量，成为我们驱除自己身上那些腐朽观念和没落情绪的药剂。

戈尔洛夫①也是常常挂在我们嘴边的人物。在抗日根据地或者在游击区里，我们的干部几乎都熟悉戈尔洛夫这人物。一遇到那些喜欢摆老资格、因循着老一套而对新事物不感兴趣的人，大家都会不约而同地讥讽他为"戈尔洛夫"或"戈尔洛夫式的人物"。别小看了这个艺术形象，它在当时我们的抗日根据地里，已变成了一根鞭挞官僚主义和故步自封的鞭子。

我似乎不必再去叙述保尔·柯察金、卓娅、密烈西叶夫以及青年近卫军们在我们的斗争和生活中所激起的沸腾的热力和豪迈的社会主义的激情了。

我也用不着去细说达维多夫、伏罗巴耶夫……的高贵的工人阶级的品质以及他们为社会主义事业而献身的热情，曾多么强烈地拨动了我们的心弦和我们受到多么深刻的影响了。

但是，我得说一说沙布洛夫的坚强性格所给予我们的影响。

那是一九四六年的冬天。我们正从张家口向阜平山区撤退。敌人的飞机整整追了我们两天。到第二天半夜，好容易在一个山沟里找到了一个村庄。河流早已冰冻了，深夜里的冷风刀割似的向脸上刮来。当我们站在一个山巅上，望见了远远的山沟里的灯光的时候，谁也顾不得山坡有多陡，夜色多么昏暗，就一直跌跌跄跄地朝村庄走去。……

灯光越来越亮，我们离村庄愈来愈近了。到这时候，我们才感到肚子里空得难受、口渴得发黏。大家都希望在这僻静的山村里能找些吃的，然后安静地休息一夜，准备明日一早继续赶路。

但是，谁知道这样偏僻的村庄，却早已住满了人，——据说他们是在两小时之前来到这里的。村长同情地望着我们这二三十个男男女女，可是他没法帮助我们，只摇着脑袋，唉声叹气地站在屋檐下。最后，他领我们到各处去看了一下；的的确确、所有能住人的地方都住得满满的，连牲口棚也躺满了人。我们整整转了一个钟头，最后还是村长同志想的办法，把我们安置在一个长久无人居住的破院房里。夜这样寒冷，

---

① 剧本《前线》中的人物。

而这里却一点烟火气都闻不到；门窗全敞着，冷风毫无阻挡地灌进屋子里。大家都你望我、我望你地沉默着，唯有一个小孩哇哇地啼哭。我们把棉被尽量给了小孩和体弱的妇女，然后我们在地上躺下来。地下冷冰冰的，躺了不多会，腿已给冻麻了；睡不着，无论如何也睡不着。……

人当静下来的时候，特别是在困难的时刻，脑海里是常常会闪出一些动人的场景和动人的脸庞。虽然大家都蜷缩成一团，仿佛泡在冰水里，但大家静默着。可是忽然，一位躺在我旁边的同志，自言自语地说："沙布洛夫，你真了不起！"这个人常常喜欢细声地自言自语，可是在这严寒的静夜里，声音却觉得特别洪亮。问他是怎么回事，沙布洛夫是什么人。起初他不愿说，怕妨害别人的休息，经大家一再要求，他才讲述了沙布洛夫在一个夜晚，三次冒险爬过伏尔加岸的故事，最后他说："沙布洛夫在冰冻了的地上爬行，对岸的敌人又不断地射出致命的机关枪的子弹，每时每刻都有被打中的可能，又寒冷，又疲乏，可是，为了战胜德寇，他忍受了，而且胜利地完成了任务！真了不起！我们今天夜里所遇到的困难，比起沙布洛夫所遇到的，算得什么呢？……"大家听完了沙布洛夫的这段事迹之后，所受到的感动，我现在真难以用笔墨来形容。只记得有一个小伙子（他因村长没有给我们找到温暖而舒适的房间，曾大声地发了一顿牢骚），当他听完了这段故事之后，竟惭愧得几乎哭起来；他说："比起沙布洛夫来，我哪里还有一点革命者的气味！"这时刻，我们看见几个女同志也冷得睡不着，我们咬了咬牙根，决定到山坡上去拔野草；不管多么寒冷，我们决定用沙布洛夫的坚毅精神去克服一切困难；结果，我们真的胜利了；下半夜，我们大家都酣睡在温暖的野草堆上……

从此，我们永远忘不了沙布洛夫：我们熟读了有关他的每章每节，每当我们遇到重大困难的时候，沙布洛夫总是严峻地突然站到我们的眼前来。近几年以来，除了沙布洛夫之外，还有密烈西叶夫，他也像沙布洛夫那样，常拿严峻的目光望着我们，不许我们在困难面前低头。他们都是拿火热的眼光注视着我们，要求我们大胆地跨过重重困难，勇猛地向社会主义，向共产主义前进。

想到这些，我抑不住自己的热情：我们要衷心地感谢这些英雄形象的创造者——伟大的苏联作家们，由于他们的炽热的社会主义的热情和辛勤的创造性的劳动，塑造了不朽的英雄形象，给全世界的劳动人民提供了光辉灿烂的社会主义的品质和精神的榜样。

一九五七年九月于北京

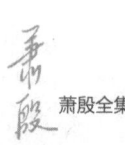

要正确地对待生活中的消极现象*
——评秋耘同志的所谓"生活的真实"

一 从"爪哇牛请了病假"谈起

要探索秋耘的文艺思想，先考察他的一篇题叫"爪哇牛请了病假"的特写（发表在今年七月号的《作品》上），是有必要的。因为他的创作实践可以给我们提供更确切的资料。

这篇特写，主要是写一个绰号叫作"爪哇牛"的人物。他是国营南海农场的工人，是个从马来西亚归国的难侨。他有正义感，有"好打不平"的脾气，而且"自小就热爱祖国"。在吉隆坡时，他不但敢于"带头闹罢工"，而且勇于跟帝国主义的走狗作对。正是这样，他被关进了集中营，之后，被遣送回国。爪哇牛回到祖国之后，一直在南海农场工作了四个年头，头三年，他过得称心如意，立过功，被评为先进生产者和劳动模范。可是，当爪哇牛调到第四生产队以后，遇到了一个品质恶劣的官僚主义者——第四队的队长徐炳通。

这个徐炳通，"原来是个省里机关的干部，由于精简机构才调到农场里来工作的。他根本不安心在农村待下去，怕田里的大粪臭，怕茅屋里的蚊子多，埋怨没有电灯，没有收音机……整日他都愁眉苦脸"，可是他架子十足，"工人有事向他请示，也要在部队门口喊声报告"。虽然，他"对农业生产知识是一窍不通"，但"却偏要冒充内行，不懂装懂""工人们给他气得哭笑不得"。但他有一套本领："每逢农场本部召开什么生产会议，他总是先跟技术员商量好，然后拟定一个书面发言稿，请技

---
* 载1959年7月版《鳞爪集》。

术员给他修改过。一到会议场上，他就抢着第一个发言，而且说得头头是道，有条有理，给领导上一个好印象。"然而他在群众中间却没有什么威信。

有一次，徐炳通为了"给自己争取个第一个完成秋收任务的荣誉"，下命令叫第四队一定要在当天把稻子全部割完，事实上是办不到的，于是工人们"不得不使用快刀斩乱麻的手法来收割了，他们顾不得乱，禾穗散得一地都是"。爪哇牛看得过意不去，要求延长一天时间，但徐炳通激动起来，说他调皮捣蛋。爪哇牛气不过，半夜回到地里，看见"好几个工人累得神志不清，给镰刀割伤了手；有些体力弱的，困得简直要晕过去"，爪哇牛实在忍不了，就违抗了徐炳通的命令，宣布收工。为了这件事，爪哇牛被记了一个小过。然而事情还没有完结：工人麦锦顺打了几天摆子，连"喝口水下去也吐出来"，爪哇牛请求徐炳通派个公差划船送他到镇上去看看病，徐炳通却不答应，可是第二天，徐炳通却命令爪哇牛从组里派出个公差，划船送他夫妇俩到镇上去看戏。趁这机会，爪哇牛说："顺便把麦锦顺也带去看看病吧！"而徐炳通却说："不知他生的什么病，恐怕会传染的。"这一来，爪哇牛激怒了，两人大吵了一场。这还不算，徐炳通"突然心血来潮，借口加强保卫工作，不准外人随便在农场里进进出出，下命令要工人把基围上的蕉树通通砍掉"。这些蕉树原是老百姓的，他们请求徐炳通收回成命。爪哇牛也不同意徐炳通这种做法。从此，两人的别扭愈闹愈凶，一天，爪哇牛为麦锦顺的补助问题，又跟徐炳通吵了一场，他回来之后，灌了半斤酒，蒙头大睡，第二天就请了"病假"。这时，"他有一种不可克制的欲望——马上去把徐炳通狠狠地揍一顿"。同时，他也有些想不通，"为什么解放了已经七年多的祖国，还有徐炳通这号人呢？为什么领导上还让这样卑鄙自私的家伙当上干部呢？为什么领导还相信徐炳通的话呢？是领导上给徐炳通蒙蔽了，还是他们根本就是官官相护呢？"爪哇牛非常难过，连饭也吃不下去。正在这时，一个曾在吉隆坡集中营里认识的难侨——张老师来看他，指出他这样消极怠工的做法不能战胜官僚主义，末了这位张老师"答应代爪哇牛写一份详细的书面报告，把第四生产队的情况反映给农场党委会"。但"这一夜，爪哇牛翻来覆去也睡不着，他反复思考着张老师这些话，一会儿似乎想通了，一会儿似乎又想不通。但，最后还是下了决心，第二天一早就去销假复工"……

特写就这样结束了。

只看看这个梗概，人们的心情就不免会感到一阵阴冷。爪哇牛虽然复工了，但徐炳通和爪哇牛之间的矛盾，却没有解决，也没有解决的任何迹象；虽然张老师曾代爪哇牛写了一份详细的书面报告，然而这份报告却还没有下文，看样子也似乎不会有什么下文了。作者为什么不继续写下去，为什么不敢把情节发展下去呢？在"附记"里，他这样说：

这篇特写还没有结束，但，暂时我不打算写下去了。……正如张老师所说，事情总会有个结果的。但是它将来究竟会怎么样发展呢？我目前还不敢预言。我还需要在现实生活中再观察一下，才能动笔写续篇。

人们不免要奇怪，现实生活早已在这方面给我们提供了丰富的材料，但作者为什么不敢"预言"事情"究竟会怎么样发展呢"？作者在"附记"里，明明告诉我们：他所写的人名、地名、职别，都是虚构的。既然人名、地名和职别可以虚构，为什么作者不敢根据现实生活中大量存在的事实，——克服官僚主义的事实，加以概括，使他们之间的斗争有个合乎常情的发展呢？作者不会不知道，"艺术的真实，不仅是指事实或人物行为的真实，而且是指环境的真实，人物性格发展的逻辑"，那么，作者为什么不敢依据典型的环境去发展人物的性格和事件呢？

二 问题在哪里？

原来在秋耘的眼睛里，现实生活是另外一个样子的。他不但不敢相信官僚主义或生活中其他的消极现象能够克服，甚至他把阴暗面看作是现实生活中主要的、决定性的东西。他说：

在这种可怕的气氛底下，有为数不少的作家会在精神上感到极度的不安。他们不愿意昧着良心去粉饰现实，可是又不能真实地去描写生活；他们不忍在人民的困难和疾苦面前闭上眼睛，可是又不得不对震动自己良心的事件保持缄默。（见《刺在哪里？》）

又说：

我以为，教条主义理论指导思想对于创作的桎梏，强使作家接受一种认为文学作品只应歌颂光明面、不应该揭露阴暗面（或者换一种说法：只谈成绩，不谈困难和弱点）的观点，粉饰现实的作品受到不应有的赞扬，真实地反映生活的作品受到不应有的责难和打击，仍然是问题的症结所在。（同前文）

什么叫作"真实地反映生活"？要怎样去"反映"才算是"真实"的呢？按照秋耘的解释，仿佛只有反映了生活阴暗面的作品，才配称作是"真实地反映生活"的作品。不然，为什么处处拿"歌颂现实"与"真实地描写生活"对立着来提出问题呢？难道在我们的现实生活中，只有阴暗的一面才是"真实"的，而光明的一面是虚假的吗？如果秋耘不是这样看，那么，他为什么把歌颂光明的作品，笼统地称为"粉饰现实"和"廉价颂歌"呢？为什么偏偏以最激越的热情去赞誉"本报内部消息"这样阴暗的作品，并认为从这作品里"看到了生活的真实"呢？

在秋耘的文章中，虽然也曾说过："社会主义的朝霞是光辉灿烂的，只要是头脑正常的人，决不会把部分的暗淡当作满天阴霾"（见"不要在人民的疾苦面前闭上眼睛"）；但，如果这也是秋耘的观点，那么，贯穿在"刺在哪里？""不要在人民的疾苦面前闭上眼睛""启示""锈损了灵魂的悲剧"和特写"爪哇牛请了病假"等一系列作品中的基调——它们的错误观点和阴暗情绪——又如何做统一的解释呢？

不难理解，正是因为他把社会上"畸形的、病态的和黑暗的"现象，"放大"了来看，把局部当作全局来看，把一些浮面现象当作特征来看，因此，他把作家"揭露隐蔽的社会病症"当作是作家"积极地参与解决人民生活中关键性的问题"。

正是这样，所以他错误地认为：只有在揭露了现实的阴暗面的作品里面，才能看到"生活的真实"。

这种观点，显然是错误的。

但秋耘为什么对社会上的消极现象和阴暗面如此敏感？对于新生的蓬蓬勃勃的社会主义的事物，为什么反而感觉迟钝呢？为什么生活中一些阴暗的现象使他如此震动，如此忧心忡忡，如此惶惶不可终日？而对于一日千里地向前发展的社会主义事业，对于在社会主义建设中不断涌现的新人新事、新的道德品质和新的社会风气，为什么反而不能打动他的心弦呢？

我想，这同他的资产阶级的人性论的观点是分不开的。据秋耘自己说：一些古典

作品所提倡的旧人道主义精神，曾在他的精神上发生了血缘关系；于是他渴求着所谓"自由、平等、博爱"的理想，"认为正义和同情心是人生最高的美德"。于是他开口谈"良心"，闭口谈"正直"。

我们并不反对"正直"，也不反对"自由、平等"……问题在于：如果离开了阶级的事业，离开了社会主义和广大劳动人民的根本利益，只从抽象的所谓"良心""正直"出发去看问题，结果，自然就不能得出合理的结论。尽管在理性上认为"社会主义制度比资本主义制度优越得多"，但由于心灵深处躲藏着资产阶级人性论的观点，因此，一碰到现实生活中的消极现象或病态现象，就不免"忧心忡忡，惶惶不可终日"了，就难免要"痛苦地感到"："社会主义制度原来也不是如我过去所想的那么完全光明，那么完全美好，也有它的阴暗的一面。"于是"理想"破灭了，情绪灰暗起来，出现在他眼前的现实生活也变得更加阴暗了。

试问，在这样的精神状态之下，他还哪里能够判断什么是"生活的真实"？还哪里能够认清现实生活的主流和本质呢？

怀着这样灰暗的、对社会主义事业缺乏信心的情绪去描写现实生活中的缺点和错误，请想想看，这样的作品（譬如《爪哇牛请了病假》）能"引起疗救的注意"吗？像周围在"老油条"中、刘绍棠在"西苑草"中那样怀着幸灾乐祸的心理来揭露缺点，固然无法"引起疗救的注意"，即使像王蒙在《组织部新来的青年人》里面那样以资产阶级人性论作为出发点去批判缺点，也同样不能"引起疗救的注意"；这些作品（包括《爪哇牛请了病假》在内）都不能引导读者去战胜困难和缺点，不能在精神上给读者以战胜困难的信心；相反，它们使读者丧气，使读者失去了向社会主义前途迈进的自信和决心。

三 可不可以描写消极现象？

为什么这些作品会引起人们的反感？难道我们大家都是主张"粉饰现实""掩盖缺点"的"无冲突论者"吗？不，马克思主义者从来没有反对过描写生活中的消极现象，而只是主张以共产主义的、高瞻远瞩的目光，以"为人类光明的未来开辟道路"的精神来对待我们生活中的消极现象。

我们从来不否认在我们的社会里存在着缺点、错误和困难，也从来不掩盖我们社会中的矛盾与斗争；而是主张暴露矛盾，展开斗争，使正确的、先进的东西不断地向前发展。在文学上，我们同样认为：应当揭露一切阻碍社会前进的腐朽事物，批判一切落后的、有害于社会主义事业的现象。

各种消极现象或腐朽事物的存在，说明被消灭了的阶级意识与作风，还没有肃清；新社会的风习自然不能容许这种腐朽意识继续存在下去，于是产生了矛盾与斗争。这是不足为奇的。社会主义越向前发展，这种腐朽意识与作风越成为前进的障碍，因此先进与落后的、新与旧的矛盾与斗争，就越不可避免。批判落后的、腐朽的一面，扶植新生的、先进的一面，无论在任何时候，都是需要的。在文学上，也是一样。

问题已经非常清楚：现实生活中的不良现象，是可以且必须描写的，关键在于作家抱着什么态度和怀着什么目的去描写。

有些人，为写不良现象而去写不良现象，还美其名曰"真实地反映生活"，这是极端荒谬的。可以问问这些人，如果他们自誉为"革命作家"的话，那么，他们准备拿什么来参加革命工作？准备站在什么岗位上来为革命事业服务？如果是想拿文学这门武器来服务，那么，当他们描写生活中的不良现象时，为什么又完全抛弃了革命的理想和革命的立场？"把腐朽的树木砍掉，是为了保持树林的健康，可是，这一点仿佛被遗忘了。某些作家把局部当作了全体。"（见康·费定的《作家与生活》）揭露缺点，是为了消灭缺点，使事业进展得更顺利、更迅速；如果忘记了这个崇高的目的，只拿缺点或错误来吓唬自己和吓唬别人，这哪里还有一点革命作家的气味？

萨波托斯基同志说得好："我是赞成批评的，但是，我经常问自己，我用我的批评会改进什么呢？还是损害了什么？"（见《党必须领导文学艺术》）

只知道揭露生活的缺点或阴暗面，而不问揭露之后会产生什么效果，不是一个社会主义现实主义者所应有的态度。革命的作家，不喜欢拿缺点或错误来吓唬自己和别人，使人悲观失望；而是怀着消除缺点或错误的满腔热情和信心，去揭露它们，为社会主义的事业扫除障碍。这些作家不喜欢拿阴暗的生活场景来败坏读者的心情和削弱读者的意志；他们最关心的，是如何才能扫清社会主义前进道路上的障碍，如何才能激起人们为社会主义事业去献身的毅力和热情以及如何才能增强人们去战胜一切不良现象的信心和勇气。

四 应当怎样去看待现实生活中的消极现象？

秋耘说：

只要是常常深入到生活中去的人，谁都会看到这样或那样的民间疾苦。好些人有眼泪，并非因为笑得太过分，而是因为困难和不愉快的遭遇在折磨人。（见《不要在人民的疾苦面前闭上眼睛》）

如果现实生活的面貌确如秋耘所描绘的那样可怕、那样暗无天日，那我们将无话可说；但实际的情形却并不是这样。

在前面，我曾经说过，在我们的现实生活中，的确存在着缺点和困难、矛盾和斗争的；我们没有必要去掩饰生活中的缺点和困难，但我们也不喜欢有人去夸大我们生活中的缺点和困难。

秋耘认为："常常深入到生活中的人，谁都会看到这样或那样的民间疾苦。"我以为，只有那些用旁观的眼光站在一边的、只偶尔接触一些表面现象的"观察家"，或者那些抱着小资产阶级幻想的、不习惯以阶级观点来对待问题的人，才会对生活中的缺点和困难大惊小怪，悲观失望。真正常常深入到生活中、深入到人民群众中和深入到基层组织中去的人，是不能同意秋耘的这种看法和这种判断的。

有些现象，乍一看，是会使人感到失望的；但是如果观察只到此为止，并且只凭这点感觉就想做出结论，却很危险。

为了避免空泛的议论，我想通过自己的一点点感性的经验来说明我对生活认识的复杂过程。当然，我的经验不一定带有普遍意义，但至少，它可以替下述的论点提出例证，这论点是：我们一旦离开了阶级观点，离开了历史发展的观点去观察生活，就无法理解现实生活的真实面貌。

当我第一次到一个村庄去观察生活时，我的确因那里不正常的干群关系而感到吃惊，甚至有些担心。群众的意见很多，有的背地里发牢骚，有的在公共场所破口大骂；一些区乡干部只知道完成上级布置下来的任务，却不太注意对群众进行教育说服的工作，强迫命令的现象常常发生。这种种，使我有些迷惑不解，以至于在心灵上蒙上了一层阴影。如果我的观察到此为止，显然只会把农村看成"漆黑一团"；好在我每年都下去,继续不断地、反复地观察、研究了许多具体问题;到后来,我才发现了所有缺点和困难的产生,都有着极其复杂的原因。

首先,我发现那些意见最多的人当中,有着各种各样的人。其中的确有些人的意见是正确的,主要是反映了某些干部的民主作风很不够,不善于遇事与群众商量,把事情看得很简单,喜欢独断独行,以致损害了群众的利益,伤害了他们的政治积极性。另外,还有一部分人,却是由于极端自私和对区乡干部怀着偏见,常常幸灾乐祸地去寻找干部的缺点和错误,只要抓到一点把柄,就大叫大嚷。这部分人大都是富裕中农和一些有浓厚资本主义思想的贫农。

同时,我也发现了干部产生缺点的复杂原因。除了极少数确实品质不好的之外,绝大多数的区乡干部,都是忠心耿耿、勤勤恳恳的。但由于经验不足(理解政策的能力不足;还未学会正确地处理人民内部矛盾;有时还不能恰当地处理个人利益与集体利益的关系),难免会发生一些错误。如果遇到县的某些干部又有主观主义,那么区乡干部的强迫命令现象就更难避免了。总之,情况是复杂的,困难很多,他们天天所遇到的问题,可以说都是新的,大家对这方面都还没有足够的经验。在摸索的阶段,要完全避免缺点或错误,确实是很难的;更何况这些干部中的大部分也还是社会主义的幼芽。经过几年连续地观察与了解,特别是当我设身处地地处在他们的地位上来思考问题的时候,当我以当事者的身份来估计主观的和客观的种种条件和困难的时候,我对区乡干部却获得进一步的理解:我不仅看见他们勤勤恳恳地工作,而且也理解到他们内心的焦虑(怕不能完成任务,怕弄坏了与群众的关系,又怕对党的政策理解得有偏差)和良好的愿望,他们想把工作做得又快又好,既有利于群众个人,也有利于社会主义事业,但又苦于缺少经验。经过这样的了解之后,对于他们的缺点,就不再是片面地责难,而是更多地站在他们的位置上替他们所遇到的种种困难设想了。

更重要的,是通过几年来的观察,我发现了一小部分品质不好的干部受到了党的严格的批评,个别仍然坚持错误的干部,甚至受到了应有的处分;另外许多忠心耿耿的干部,由于他们本身不断地努力,无论在与群众的关系上,在处理矛盾的问题上,在对党的政策的理解上,都一年比一年有进步,有显著的改善。这说明,这些社会主义的新生力量逐年地趋向成熟,他们处理社会主义建设与处理人民内部矛盾的经验,逐年地丰富起来,共产主义的正气正逐年地在这些干部的头脑中上升。

清楚地认识了这些,我们就不会失去信心了。相反,我们看到了大批的新生的、

社会主义的力量正在成长壮大,看到了社会主义的建设经验,在县区乡的干部身上逐年丰富。这种认识非常重要,它们说明了现实在前进。经过这样的了解之后,不仅发现了群众中的先进因素在逐年增加,社会主义的正气在逐年扩大;同时也认识了产生缺点或错误的真正原因,找到了"疗救"的方法。虽然我们仍然可能遇到一些不愉快的现象,但不会再在这些现象面前迷失方向了。虽然面前还摆着许多困难和障碍,还需要经过不少复杂曲折的努力和斗争,甚至还可能出现一些类似"阴暗面"的现象,但绝不会吓倒我们。只要清楚地看见历史发展的情况,我们就不难发现共产主义的精神逐年地在干部中、在群众中增长的事实,党所设计的事业蓝图在逐年地接近实现。

如果这样来看待现实生活,我以为,是容易看到生活中主要的、决定性的东西的,也就是主流和本质的东西。

只要清楚地看到了生活中主要的、决定性的东西,清楚地望见了社会主义的波涛壮阔的长河勇往直前地流去;那么,一小股或几小股的逆流,波涛上的一些渣滓和一些污浊的泥沙,又怎么能使我们丧气?怎么能使我们"惶惶不可终日"呢?

五 关键在于站在什么立场上

这就明白地告诉我们,在现实生活中,在飞速发展的社会主义的现实生活中,除了缺点和困难之外,还有更壮阔的、更主要的一面,那就是崭新的、社会主义事业蓬勃发展的一面。这是过去多少伟大的理想家所梦想的、多少先烈不惜"抛头颅,洒热血"地追求着的社会制度和生活方式。今天,伟大的理想已成为现实,有的快成为现实。但有些人却看不见这伟大的一面,不承认这伟大的一面,反而把小股的逆流、渣滓和泥沙,看作是"生活的真实",这是万分荒谬的。

既然这是伟大的、决定性的一面,因此,我们主张以最大的热情、以最优美的抒情诗的笔触去描绘、去歌颂这伟大的一面,歌颂一切崭新的、社会主义的事物和人物。既然这是我们(包括我们的革命先辈)的伟大理想的结晶,是我们长期奋斗的美好的目标,我们为什么不应该热情歌唱?既然我们是这个美好社会的主人,为什么我们的作家不应该创造出足以作为仿效对象的符合这个社会需要的理想人物?每个阶级或每个社会阶层,都有他们的最高理想,都有他们心目中的、足以作为榜样的人物;只要不是出于幻想和凭空捏造,如能根据现实生活中已经存在的事实和因素,再添上一点可以想望得到的东西，这样创造出来的完美的理想人物，又有什么不好呢？又有什么不真实呢？

我这样说，是不是可能引起某些人的反感，认为我的论调又带来了一股"教条主义"的"寒流"，怀疑我在提倡"粉饰现实"、提倡"回避严峻的生活真实，仅仅满足于表面的歌颂和空虚的赞美，而有意掩饰我们在斗争和成长中的困难和痛苦"呢？我以为，每个有头脑的写作者都应当忠于生活、忠于人民和忠于社会主义的伟大理想，而且应当把这些都结合起来；"如果有谁撒谎，那是由于他的机会主义，想给自己带来好处，但是，可别嫁祸于人，说有谁强迫他这样做了。"（见萨波托斯基的《党必须领导文学艺术》一文）问题十分清楚：你没有看清的东西，不等于说在现实中就不存在；你认为是主要的、决定性的东西，未必就是左右现实生活动向的东西；你认为是阴暗的，实际上也未必就是阴暗。

这种分歧，显然是由于彼此对待社会的态度不同、彼此人生观的不同。如果不从"人生观"这个根本问题上探索原因，反而硬把别人经过多方考验所认识的真理，扣上"教条主义"的帽子；硬把别人经过深入研究之后所认为是非主流、非本质的东西，说成是"生活的真实面貌"，这只能是自欺欺人之谈。

再重复一遍：我们从来不反对描写我们现实中的缺点和困难。但是，如果我们确实认识了现实生活中什么是主要的、决定性的东西，什么是附属的、日益衰亡的东西；那么，我们就能够对缺点和困难采取正确的态度。

为什么有些人描写我们生活中的缺点或困难的时候，使人完全看不见光明灿烂的、勇往直前的社会背景呢？为什么会忘记了壮阔的、一日千里地向前迈进的现实环境，孤立地去欣赏生活中的缺点和困难呢？为什么有人"揭露我们新世界建设道路上的障碍的时候，往往忘记了我们的新世界是新的，以致把我们的世界变成了果戈理笔下的那个不可救药的密尔格拉德"呢？（见康·费定的《作家与生活》）这绝不是什么表现手法的问题，而是观点与态度的问题；说得确切些，就是这些作者不但怀疑甚至不承认我们的社会在前进，也不承认光明是我们现实生活的基本特征。但至少，也表现了他们自己被困难吓倒了，丧失了前进的信心。

党正响亮地号召我们，要反对主观主义、宗派主义和官僚主义。因此可不可以批评生活中的缺点或错误的问题，应当是已经毫无疑义了；问题是，你站在什么立场上去批判生活中的消极现象。H.米哈伊洛夫伦有一段话说得好，现在我把它抄在下

面,作为我这篇文章的收尾,他说:

'我们从党中央全体会议的文件中可以看到不少尖锐的问题。因此问题不在于能不能写尖锐的问题,而是在于站在什么立场上来批评我们的缺点,来提问题。如果一个艺术家站在马克思列宁主义的、党的立场上来批评妨碍我们生活前进的缺点的话,那么他就不会犯错误。但如果批评个别的、局部的阴暗面的热情使作者看不到现实生活的全貌的话,那就是错误的。(见《思想性与技巧》)

一九五七年十一月十八日于北京

别忘了目标*

题材多样化，我双手赞成；但有人把"多样化"与"为工农兵"对立起来，以为从此可为个人的偏见或低级趣味大开方便之门；或者把"多样化"与"群众需要"对立起来，以为从此可以大写与广大群众无关的身边琐事或毫无时代气息的情思，都未免片面。

当然，那些只许写政治斗争，只许写正面人物或重大事件的议论，也是片面的。这些论者与前一种人不同，把"为工农兵"与"广泛反映生活"对立起来，仿佛有了后者就会失去前者，为了当者就必须摒弃后者。这种理解，实际上也是题材多样化的障碍。

症结在哪里？曰：方向模糊。或曰：忘了目标。一个作家如果对广大读者缺少责任感，没意识到在道德品质上或情操上给以有益的启发，那他自然只会"信之所由"地抒发个人的兴趣和偏见，这是一；另一面，有些人不顾"服务对象"多方面的需要和广泛的兴趣，主观地定死几项题材，结果把题材局限在一个狭小的圈子里。也是忘了目标的一种表现。

事实上，人们的需要是多方面的，既需要严肃紧张，也需要轻松活泼；需要真理的哺养，也需美感的满足。抛弃了任何一个方面，都不能适应人民的要求。

现实生活既多彩多姿，值得用彩笔去描绘它，又有汲之不尽的源泉；只要作品不腐蚀人们的心灵，不败坏人们的趣味，能将人们引向一个美好的方向——为无产阶级事业的最后胜利；这中间，尽管还有直接与间接之分，但只要有利于战略目标的实现，有助于团结广大人民为共同目标去努力，我看，在这样的前提下，题材的选择，

---

* 载1962年1月15日《作品》新一卷一期，署名文洲。

可以有最广阔的自由，也应当有最广阔的自由。

我们广东好些诗歌作者，近来都致力于学习古典诗词，想在它的基础上，创作出为人民群众所喜闻乐见的新诗。这是一桩好事，值得大力提倡。

但是，也有一些写诗的同志，学习了古典诗词之后，急于求成，马上转弦易辙，抛却原来自己擅长的格调，来个一百八十度的大拐弯，去唱古腔古调。其志弥坚，用心良苦，但未免有单从形式着眼的毛病。弯儿转得太急太猛，固然会吃"欲速则不达"的亏；万一走了回头路，就更不值得。

我以为，学习古诗词，应着眼于古人之长，以攻我们之短。比如：古诗词有其精练之长，可攻松懈、散漫、噜苏之短；有蕴藉、含蓄之长，可供一直说去，不留余地之短；其造境深且远，创意高且新之长，则可攻肤浅、平庸之短；其音节和谐、铿锵动听的韵律，正可供拗口结舌，诵不成声。……凡此等等，举不胜举。若能得其精粹，克服自己的短处，调子可转则博，慢慢地转；或竟各按原有所长的格调唱去，亦无不可。

在学习过程中，初钻进去，一时间钻不出来，唱出些半古不今，甚至是古腔古调，也是常情难免。只要唱的是现实生活，革命感情，并且不以能唱古风古意而自得就不要紧。在摸索、尝试的过程中，当他觉得胸怀受到束缚，笔锋难以伸张的时候，就想打破羁绊，脱颖而出。问题在于不断实践，勇于改进，就能神而化之，寻求到一种能适合革命的政治内容，又为人民群众所喜闻乐见的新的格调。

可虑者，是钻进古人堆中，受了他们某些思想感情的熏陶，加上生活之泉源不大丰润，一时以为题材既然无限宽广，形式又百样千般，便只着眼于草芥微尘，身边琐事。以士大夫式的柔情蜜意为新鲜，骚人墨客的风花雪月为典雅。致使诗歌多了清风明月，却少了时代激流，诗人变成古人，那就不足为法了。

事件的个别性与艺术的典型性*

> 缺乏艺术性的艺术品，无论政治上怎样进步，也是没有力量的。因此，我们既反对政治观点错误的艺术品，也反对只有正确的政治观点而没有艺术力量的所谓"标语口号式"的倾向。我们应该进行文艺问题上的两条战线斗争。
>
> ——毛泽东：《在延安文艺座谈会上的讲话》

毛泽东同志在二十年前所做出的这个英明指示，一直成为革命的作家、艺术家时刻警惕的座右铭。然而"心愿不就是事实"，如何正确地去理解这一指示，如何更好地运用文艺的特性去反映生活，使生活被反映得更富有艺术魅力，和更有力地去鼓舞人民，显然还需要一个摸索的过程。

文艺之所以不同于其他意识形态的科学，正是因为它是文艺。它不仅能起到一种别的教育方式不能代替的教育作用；就反映现实生活来说，也有它不同的特点。

可惜现在有人忽视了这个特点，对艺术如何反映生活的复杂问题，做了极其简单的理解。例如作品中的事件与典型性的关系问题，就因为被误解，不但使丰富多彩的生活流于公式，使题材的多样性受到束缚，同时也阻碍文学创作的思想力量与艺术力量的提高。因此，趁纪念《在延安文艺座谈会上的讲话》发表二十周年的时候，谈一谈我们对这问题的一点粗浅的想法，以兹抛砖引玉，大概不会是毫无意义的吧。

---

* 载1962年6月1日《作品》新一卷五、六期。

性格划一化与环境划一化，必然造成情节的划一化

公式化概念化的作品，常常是"千部一腔，千人一面"，这类作品的题材，虽然各不相同，也有各种不同的表现形态，但归根结底，它们却有一个共同的特征，就是把典型性格和典型环境划一化。作者进行创作，主观上大抵都有一些固定的框框，从一般的生活印象出发，按照阶级、集团的本质特征去塑造人物。写知识分子出身的工程师，免不了软弱、保守、自命清高、瞧不起工人群众的创造发明；中农入社，必然三心二意，怀疑观望；党委书记，一定样样正确，满口原则……总之，根据人物的出身、经历，贴上了各种各样集团特征的标签，写一个党委书记，必须要他代表所有的党委书记，写一类人物只允许有一种性格，也就是说，只要共性，不要个性，把千差万别的个性特征抽象化、划一化；个性既然湮没了，所谓"典型性格"也就变成千篇一律。

不仅对性格如此，对环境的描写，也同样是千篇一律的。反映大跃进，主人公周围的环境必然是热火朝天的，不是你追我赶，挑战应战，就是废寝忘餐，通宵苦战；工人的发明创造，开始都受到保守分子的嘲笑和阻挠，经过党的鼓励、支持，才取得最后的胜利；而代表落后势力的技术人员或老师傅，经过了事实的教育和人们的批评，最后也必然承认自己保守，转变过来……主人公活动的环境，都是按照理论逻辑的公式编造、描绘出来的。而事件进程的逻辑，又都是以抽象的生活本质做蓝图，跳不出一般规律的窠臼。总之，只承认典型环境的普遍性，不承认典型环境的特殊性，把生活的主流当成典型环境的唯一内容，而排斥了在主流冲击下的非主流的环境，排斥了社会生活的复杂性和多样性，把支配人物性格及其活动的典型环境绝对化和简单化。这一来，所谓"典型环境"，哪能不千篇一律呢？

性格和环境的划一化，必然会导致事件过程的划一化。

我们知道，作品的事件，是人物之间在特定环境中发生特定关系、矛盾或冲突的总和，体现着性格与环境之间的矛盾冲突。作者在构思的时候，既然撇开了丰富的生活实际，直接从抽象的概念或规律出发，那么，就必然把一些从表面看来可以图解阶级本质或生活规律的事件过程，当作题材的内容。譬如写中学毕业生回乡生产，作品的情节就常常落于陈套：或则是听了老师的教导，决心不考学校，回乡生产，却招来家庭的不满和落后群众的嘲笑，后来做出了成绩，才扭转人们的看法；或则是考不

上学校，回乡之后，轻视劳动，经过启发教育，才转变过来，安心劳动，如此等等。这些过程自然合乎生活的规律，并不是不可以写，问题是作者把它模式化了，以为凡是回乡生产的学生都必然如此，似乎只有经过这样一些过程，才能表现生活的本质和规律性。这样一来，就把原来丰富多彩、变化万端的生活事象，简单地纳入一些经过抽象的、高度概括的规律或公式之中，从而否定了生活的个别现象，取消了个别的形态，抹去了特定环境与特定性格之间所构成的特定关系，变成从一般去反映一般。其原因，是因为作者事先就在主观上厘定了一幅图解生活的蓝图——人物的性格和脸谱及其活动的环境；而这些都按照阶级（集团）特征和生活的进程规定好了，然后到生活中去找寻"砖瓦材料"。性格和环境既然在抽象的概念或规律的支配下被划一化了，那么，作为联系着和体现着性格和环境之间的关系及其矛盾冲突的事件、情节，当然不可避免地也落入公式之中，而成为规律或本质的图解。

以一般反映一般，不是艺术的方法

以事件过程的本身去图解本质和规律，是和作者对于所谓"典型事件"的片面理解分不开的。

生活中的典型事件，通常是指那些具有代表性的、能够显露某一事物或运动发展过程的某种本质特征和规律性的事件。其实典型事件本身也是一种个别的生活形态，但在这个别中却反映了事物的一般特征。艺术典型的创造，并不排斥这种普遍存在的、具有典型性的生活事件。但是，艺术典型既不是生活中许多类似事件的平均数，也不是所谓"典型事件"表面过程的再现；艺术典型不但体现着生活的本质特征，体现着陌生与熟悉、个性与共性在一定条件下的辩证统一，而且是具有心灵和血肉的活生生的具体形象。因此，在文艺创作上，问题并不在于反映典型事件的题材是不是可以写，而是在于怎么去写：是通过个别形态的事件来揭示人与人之间的关系，创造出典型环境中的典型性格，从而艺术地反映生活的本质或规律呢？还是依赖这个事件过程的本身直接去反映本质或规律呢？那些迷信用事件过程去图解概念的作者，在创作时所努力追求的，显然是后者而不是前者。

对于"典型事件"，现在存在着两种不正确的理解。

一方面，把典型事件做了抽象的理解，把典型事件与事物的本质、规律完全等同

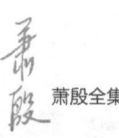

起来,以为生活中的典型事件既然显示着事物的某种本质和规律性,那么在作品中只要写出了事件过程的本身,就可以达到反映生活本质和规律的目的了。因此在艺术创作上就忽略了创造特定环境中的特定人物,而满足于再现事件过程的本身,用事件的过程去图解规律。持这种看法的作者忘记了:艺术是生活的镜子,却不是生活的翻版。艺术的最终目的,是要反映出生活的本质和规律,帮助人们去认识生活和改造生活,推动现实前进;但这个目的,只有通过个别的活生生的典型形象才能达到。因为艺术之于生活,不仅是再现,而且也是创造。就其来源于生活而又以生活的本来面目反映生活来说,它是一种再现;但是,生活的真实并不等于艺术的真实,艺术的真实"应该比普通的实际生活更高,更强烈,更有集中性,更典型,更理想,因此就更带普遍性"。所以就其与生活的差别来说,则是一种创造。看不到艺术的这种特性,完全拘泥于事实的表面"真实",忽视了作者的想象、虚构和概括手段对于艺术的重大作用,放弃了艺术形象的创造,而去追求事物的表面形态及其一般的发展过程,就表面反映表面,就一般反映一般,结果违背了通过个别反映一般的艺术规律,陷入公式化概念化的泥沼。

另一方面,把典型事件绝对化,以为只有具有典型性的事件,才能反映出生活的本质和规律性,而排斥那些具有个别性质的特殊事件。其实,在艺术创造上,不仅生活中普遍存在的、最常见的事件,可以成为艺术加工的对象,而且那些极个别的甚至是带有偶然性质的事件,也可以成为构思题材的基础。因为合乎生活真实的偶然性的事件,一旦经过了作家的想象、虚构和艺术的概括,纳入了合乎事物发展规律的轨道,就可以从偶然中反映必然,从生活的"巧合"中揭示出社会冲突的本质或规律。我国许多优秀的古典小说,就常常通过偶然性的事件,反映出巨大的社会冲突。例如在朱素臣的剧本《十五贯》中,苏戌娟和熊友兰在途中相遇同行,这是很偶然的,但是他们之含冤下狱,几乎丧命,却不是偶然的,而是封建社会中草菅人命的合乎规律的必然现象。可见,偶然性的事件,是可以成为作家进行巨大概括的基础的。文学艺术总是通过个别反映一般的;所谓"个别",不仅指人物性格,也不仅是指环境,应该包括事件的"个别形态"。古今中外一些成功的文艺作品,如小说《阿Q正传》(鲁迅)、《堂吉诃德》(塞万提斯)、电影《战火中的青春》、歌剧《白毛女》等作品,它们所撷取的事件,显然都不是生活中大量存在、处处发生、处处看见的普遍现象。它们之所以能够引人入胜,具有震撼人心的艺术力量,就是因为它们能够通过仿佛是陌生的、不平常的甚至是离奇的特殊事件，反映出大家都很熟悉、很典型的环境和性格。如果承认典型性格和典型环境都是个别形态的不可代替的"这一个"的话，那么，构成它们的事件或情节，也必然是个别形态的不可代替的"这一个"。作品所反映的事件是否独特、情节是否曲折，读者是关心的，我国许多古典名著（如《聊斋志异》《三言》等）之所以受到广大群众的喜爱和欢迎，和它们通过作者的想象、虚构而概括出来的、具有强烈的戏剧性或传奇性的故事情节，有着很大的关系。如果作品的事件与社会学上的发展规律一模一样，平淡无奇，平铺直叙，事件的发展和结局总是一个样子，总是循着一般规律的轨迹去演变，那么，人物性格不但难以发出光彩，同时在很大程度上也就失去了艺术的魅力。因此，事件之具有特殊性甚至离奇性，不但为艺术所允许，而且是必需的；问题是作者的想象和虚构，必须符合于生活的真实，必须通过这种个别形态或特殊形态的事件，反映出典型的生活状态，反映出典型环境中的典型性格。排斥了事件的个别性和特殊性，片面地追求合乎发展规律的事件的过程，结果，只会从一般表现一般，只会造成性格、环境和题材的划一化，给真正的艺术创造带来人为的障碍。

值得注意的是，近年来创作界常常发生的"抢题材""抢新闻事件"的风气，和上述对"典型事件"的片面理解不无关系。而这种风气的流行，在客观上也助长了这种违反艺术规律的创作倾向的发展。

通过个别或独特形态的事件，反映出典型环境中的典型性格

我们强调重视事件的个别性或特殊性，当然不是为个别而个别，或为特殊而特殊，而是要求通过个别的、特殊的、离奇的或者是平凡的事件，进行情节的提炼，从这一独特的事件或情节中，揭示出典型环境中的典型性格，曲折地展现性格与环境之间的出乎意料而又合乎情理的矛盾冲突，并从艺术形象本身的必然逻辑中，体现出生活的本质和规律。这种要求，不但合乎以个别反映一般的艺术规律，而且也可以从古今中外一些成功的作品中得到印证。

在现实生活中，乔装参军的情况是极为罕见的，电影《战火中的青春》却通过这一独特事件，概括地反映了千千万万劳动妇女的革命意志，反映了我国无产阶级革命斗争的历史真实，赋予高山这一"现代花木兰"的英雄形象以典型的社会意义。在歌

剧《白毛女》中，喜儿被迫逃到深山里住了几年，这是很不平常的吧？可是，正是这个具有传奇性质的情节，集中反映了主人公顽强的反抗意志，以生活本身不可辩驳的逻辑，体现了"旧社会使人变成鬼，新社会使鬼变成人"的普遍真理。乞乞科夫到处去收买"死魂灵"的离奇事件，在生活中也是绝无仅有的，但果戈理却通过它深刻地展现了沙皇时代农奴的悲惨命运，暴露了贵族地主、官吏极其庸俗、无耻的典型的精神状态，使《死魂灵》成为震撼世界的不朽之作。契诃夫在《一个公务员的死》中，通过主人公切尔维亚科夫在看戏时偶然打的一个"喷嚏"（这是贯串全篇小说的中心事件），令人信服地揭示了主人公的悲剧性格，并且发掘了形成这种悲剧性格的社会根源。《阿Q正传》所展开描写的全部细节，在当时旧中国的社会生活中，可以说平凡极了，谁都不会去注意和研究这种习见的、个别的生活现象。可是经过了鲁迅先生的集中概括，却塑造了标志着我国一代文学高峰的艺术典型阿Q……类似这种见微知著、由小及大的作品，在中外文学史上是屡见不鲜的。

　　自然，成功的文学艺术作品之所以能够脍炙人口，流传不朽，并不仅仅因为选择了个别独特的事件，更重要的是取决于作家、艺术家的世界观、思想的深度、观察力的锐利，和艺术概括的功力。但从精选事件的角度来看，却都有一个共同的特点：就是慧眼独具、匠心独运，善于从生活中发掘个别独特的事件，作为构思题材的基础。这种为作家所透彻理解和深刻感受的具有个别特征的生活现象，经过作家的思想感情的融化和热情的哺育，逐渐在作家的头脑中形成了有生命的、个别的完整形象。在这个别的完整形象中，既熔铸着作家自己的社会观点和美学理想，也概括着生活中某些方面的典型特征；作品正是通过它，去再现出典型环境中的典型性格，把读者在生活中原来不大注意去思考、追究的事物，像清晰的特写镜头那样，一下推到读者的面前，使事物的本质明亮地凸显出来，从而使读者原来只是模糊感觉到的东西，一下变得明晰起来，恍然憬悟。

　　如果说，作家笔下的典型形象，对于读者来说是熟悉的陌生人，那么，为作家所选择并加以哺养、提炼、使之典型化的个别形态的事件，在读者的心目中也应该是既陌生又熟悉的。作家只有通过陌生去反映熟悉，通过特殊去反映一般，在这一个特定事件的基础上创造出典型环境中的典型性格，作品才能获得独特的艺术生命，以它的棱角鲜明的艺术形象和曲折、生动、充满魅力的情节，去征服读者的心灵。使读者在艺术欣赏的过程中，从陌生中看到熟悉，从特殊中看到一般，从艺术形象本身所显示的因果关系中，不知不觉地领会生活的本质和规律。

＊　＊　＊

　　上面，我们就事件的个别性与艺术的典型性之间的辩证关系，提出了一些粗浅的看法；这些看法如果符合艺术创作规律的话，那么，在艺术如何反映生活的复杂问题上，也许可以避免简单化的理解。生活是无限丰富和复杂的，只要真正面向生活，善于从丰富的生活宝藏中发掘富于特征的个别事物，通过作者的想象和虚构，遵循艺术典型化的原则，从个别形态的事件中反映出典型环境中的典型性格，就可以突破思想上的障碍，从公式主义的束缚中解放出来。如果公式主义破除了，那么，展现在作者面前的、可供艺术加工的题材，自然就会变得异常广阔和多样；而作品的思想力量和艺术力量，也就有进一步提高的可能。所以我们认为，个别事件与艺术典型之间的辩证关系、艺术如何反映生活的特殊规律，都值得加以探讨，这不仅有助于克服创作上的公式化概念化现象，也有利于题材风格的多样化的发展。

一九六二年四月于广州

（本文是与易准同志合写）

是"英雄典型",还是阴谋家形象?*
——"四人帮"对"无产阶级英雄形象"的无耻篡改

一

远在三十五年前,毛泽东同志就这样教导我们:文艺要歌颂人民,歌颂"这个人类世界的创造者"。这里,除人民群众的优秀代表之外,也包括群众的政治家和"群众政治家的领袖"。到新中国成立之后,他又进一步号召作家艺术家歌颂新出现的英雄人物,并号召作家艺术家歌颂"群众中涌现了大批的聪明、能干、公道、积极的领袖人物",即群众政治家的领袖。

这种政治家,"是千千万万的群众政治家的领袖,他们的任务在于把群众政治家的意见集中起来,加以提炼,再使之回到群众中去,为群众所接受,所实践"。这种政治家与那种"闭门造车,自作聪明,只此一家,别无分店"的贵族式的所谓"政治家"是有"原则区别"的,前一种是"无产阶级政治家",后一种乃是"腐朽了的资产阶级政治家"。我们所需要并热情歌颂的,是无产阶级的政治家,也就是代表无产阶级利益的英雄人物。

每个阶级都需要自己阶级的英雄。由于社会的发展,新的生产关系的确立,在上层建筑领域中必然引起变革,必然产生新的意识形态及其代表人物。无产阶级掌权之后,社会主义的生产关系形成了,也必然出现一种反映新的生产关系的新文化和自己阶级所需要的代表人物。在艺术上也是如此,随着新的历史时代的来临,无产阶级无论从哪个角度着想,都必须积极创造代表本阶级利益和思想感情的典型人物——无产

---

* 载1983年8月版《萧殷文学评论选》。

阶级的英雄形象。这是毋庸置疑的，是无产阶级文艺战士责无旁贷的。

可是这些年来，自诩为"文艺革命旗手"的大野心家江青之流却把"塑造无产阶级英雄典型"当作他们的独家招牌货来兜售，到处叫卖，叫得最起劲，也叫得最响亮；装出一副假惺惺的嘴脸，好像只有他们最爱无产阶级，只有他们对无产阶级英雄最有感情；好像在这个世界上，只有他们最急切、最热心创造无产阶级的文学。但是我们还记得列宁曾说过的一句话："在市场上常常可以看到一种情况：那个叫喊得最凶的和发誓发得最厉害的人，正是希望把最坏的货物推销出去的人。"而江青之流正是这类嘴尖皮厚、贪得无厌的政治掮客。尽管他们装出一种黄莺唱歌的腔调，但只要看看事实和仔细瞧瞧他们所"塑造"的所谓"英雄"，你就会恍然大悟：什么"文艺革命旗手"，他们原来是一群挂羊头卖狗肉的黑帮分子。

二

那么他们所鼓吹的所谓"精心培育"的"英雄"到底是些什么货色呢？简言之，小则是一些趾高气扬、高人一等、居高临下，动辄训人的"救世主"；或者是一些脱离实际、脱离群众，但却未卜先知、料事如神的"超天才"。大则是一些"头上长角、身上长刺"、目无党纪国法、到处张牙舞爪，以捣乱为革命，把破坏当造反的政治流氓；或者是一些满嘴"民主派""走资派""还乡团"，勇于制造事端、善于嫁祸于人、专搞阴谋诡计、专搞分裂，以篡夺党政大权为目标的大野心家。从《春苗》中那个所谓赤脚医生，到《反击》中那个所谓"黄河大学党委书记"，你在他们身上能闻到半点无产阶级气味吗？尽管他们打着"反潮流""反复辟"的旗号，妄图借此欺世盗名，事实上，他们才实实在在是干着破坏党、破坏革命、破坏社会主义事业的罪恶勾当。这些灌满了资产阶级血液、偏见和仇恨的"英雄"，惯于把"走资派"的帽子硬扣给别人，把"造反派""正确路线的代表"的桂冠抓给自己；他们对那些起骨干作用、对党忠心耿耿的革命老干部怀着刻骨的仇恨，诬蔑为"凡老皆修""越老越修"，然后以断章取义、掐头去尾的手法造谣生事，再用张冠李戴、移花接木的卑劣手段嫁祸于人，并叫嚷要"动大手术"，要层层揪"走资派"，并取而代之。这类"英雄"，论其气派，与流氓无异，究其作为，与"四人帮"十分相似：不仅惯于耍无赖，而且还大打出手。既然如此，你哪里还能在他们身上看到一点无产阶级的影子！恰恰相反，在这些所谓的"英雄"身上，倒可以闻到一股资产阶级的臭味和一股反革命别动队所特有的那种血腥味。凡是对无产阶级有利的，符合毛主席革命路线的，他们就竭力歪曲，拼命破坏；凡是无产阶级所反对的，他们却视若珍宝，大肆鼓吹。譬如：你要抓革命促生产，他就诬蔑你"搞唯生产力论"；为保证产品质量，你强调要有规章制度，他就诬蔑你搞"管、卡、压""翻文化大革命的案"；你执行团结、教育、改造知识分子政策，他就诬蔑你"搞阶级投降"；你想强调一下基础理论的重要，他就诬蔑你"搞理论脱离实际"；你要批判资产阶级派性，他就骂你"压制革命新生事物""整造反派"；你稍微注意一下文化课的质量，他就诬蔑你"鼓吹智育第一"；你强调要遵守革命纪律，他却诬蔑你是"小绵羊""奴隶主义"……总之，他们处处跟人民、跟无产阶级、跟共产党"对着干"，这就是白骨精之流所"精心培育"的"英雄人物"的性格特征，也可以说，这些特征，正是"四人帮"的反革命"帮性"在那些"英雄"身上的体现。

够了，类似这样心狠手辣、倒行逆施的行为，是不胜枚举的；但仅仅这一些，就足以说明"四人帮"所要"塑造"的所谓"无产阶级英雄典型"是些什么东西了：这些"英雄"不是在各地区、各条战线上肆意捣乱，就是疯狂地直接向中央放射毒箭；其目的是紧密配合"四人帮"把思想搞乱，把经济搞乱，把社会搞乱，把整个国家搞乱，梦想在乱中篡党，在乱中夺权，并梦想建立一个以白骨精为女皇帝的封建法西斯"帮"天下。

三

我们不需要这类反党、反社会主义的"英雄"，让赵昕、江涛、田春苗之流见鬼去吧！

我们所需要、所喜爱的，是周挺杉、华程（《创业》），靳恭绶、赵锦章（《大浪淘沙》），韩英、刘闯（《洪湖赤卫队》）……一类的英雄人物，他们是"千千万万的群众政治家的领袖"：他们来自群众，在火热斗争中成长；他们生根于群众之中，带着丰富的群众的经验和智慧以及群众的强烈的爱憎感情；他们代表群众，一切为着群众，无论遇到什么情况，他们首先考虑的是广大群众的长远利益，为了人民的利益，他们不怕一切艰难险阻，甚至也不惜鲜血和生命。他们不仅遵守着严明的革命纪律，而且还保留着党的优良传统，因此，他们最懂得依靠群众和依靠党的领导，因为这是无穷无尽的力量的源泉，是战胜敌人最可靠的保证。

这些英雄与"四人帮"所捏造出来的所谓"英雄"完全两样，这些人是为绝大多数人谋利益，而赵昕、江涛之流（还有他们的生活原型退群、张铁生、翁森鹤……之流）则为一小撮叛徒、特务、阶级异己分子和一帮政治扒手、社会渣滓、流氓、惯偷以及一批哈巴狗谋私利；前者是革命的无产阶级的英雄，而后者则是一群与人民为敌、权迷心窍、暴戾恣睢的恶棍。

为绝大多数人谋利益还是为一小撮人谋私利，这是革命与反革命的分水岭，也是马克思主义与修正主义的分水岭。对于艺术形象的鉴别，不是凭借标签，也不是依靠解说；最主要的是看人物在行动时站在哪个阶级一边，为哪个阶级谋利益，替哪个阶级说话。是代表广大人民群众，还是代表一小撮？是光明磊落，还是鬼鬼祟祟？是站在群众中间，还是站在群众之上或之外？是遇事同群众商量，"把群众……的意见集中起来，加以提炼，再使之回到群众中去"，还是"闭门造车，自作聪明"，摆出一副救世主的嘴脸指手画脚？……这是两类截然不同的政治家，一类是无产阶级政治家，另一类则是腐朽了的资产阶级政治家。

毛泽东同志于三十五年前《在延安文艺座谈会上的讲话》中，为防止一些人把政治和政治家庸俗化，特别指出这两种不同阶级政治家的特点，认为只有写出了与革命群众血肉相连的政治家，"文艺的政治性和真实性才能够完全一致"。到了农业合作化时期，他又再次号召文学家去接触和描写陈学孟类型的群众政治家——生根于群众之中，并带领群众一起去创业的英雄人物。并指出：在农村里，这类"英雄事迹"很多，并且在"群众中涌出了大批的聪明、能干、公道、积极的领袖人物"。毛主席对这种情况十分兴奋，认为"这就是我们整个国家的形象"，于是他老人家发出发人深省的浩叹："在中国，这类英雄人物何止成千上万，可惜文学家们还没有去找他们。"（以上均见《中国农村的社会主义高潮》的按语）之后，在不少文艺作品上，虽然曾出现过一些英雄形象，但很不够，不管在量上还是在质上，都远远落后于人民的需要，也远远落后于历史的需要。

"四人帮"窃据要职，夺得文权，霸占了所有文艺阵地的同时，叫喊高举这面旗帜，还贴着"无产阶级"的招牌，可是它的实质早已被篡改得面目全非。所谓"英雄"，不但无产阶级的阶级性与党性被阉割了，连无产阶级的一般气质和品性，也被抹得一干二净，不仅如此，他们还公然让这些所谓"英雄"在光天化日之下，肆无忌惮地大搞阴谋诡计，大搞分裂勾当，大肆破坏社会主义事业；公然对抗"三要三不要"原则，反其道而行之；其次，"全党必须服从统一的纪律"是党章所规定的，谁也不能违反，但在白骨精的死党、亲信指使下所捏造的"英雄"面前，却视若敝屣，肆意践踏。是可忍，孰不可忍！还有更甚者，他们竟公然蔑视毛主席所制定的六条政治标准，露骨地仇恨党的领导，疯狂地破坏社会主义。这样的"英雄"，与无产阶级风马牛不相及，可是要是把他们称为"反党英雄"或"阴谋家典型"却是再恰当也没有了。

这些年来，由于"四人帮"的胡作非为，完全把"无产阶级英雄"这个概念搞乱了，虽然有不少青年一直保持着清醒的头脑，可是也有一部分青年，由于经验不足，受了很大影响。思想上相当混乱，连什么是革命英雄，什么是冒牌的"英雄"或反党"英雄"，都辨别不清，这说明肃清"四人帮"恶劣影响的工作，不能草草收场，还要继续展开，继续深入。

四

因此，值此纪念《在延安文艺座谈会上的讲话》发表三十五周年之际，重新强调学习毛主席的文艺思想，重温毛主席关于英雄形象的教导，对今后深入生活、改造世界观和发展创作，以及创造高大的、富于魅力的无产阶级英雄形象，都有重大的意义。

我们一定要坚持毛泽东文艺路线，在党中央领导下，同工农兵群众一道，同广大业余作者一道，团结起来，对准祸国殃民的"四人帮"猛烈开火，把他们所散布的修正主义一套黑货批深批透，批倒批臭。只要我们坚定不移地按照《在延安文艺座谈会上的讲话》所指引的方向走下去，具有强大思想力和艺术魅力的无产阶级英雄形象，定会像雨后春笋蓬勃地生长起来。现在风和日丽，紧接着便是繁花似锦、百花斗艳的阳春三月。

一九七七年三月十五日于广州

狠批"三突出",努力创造高大的英雄形象*

"四人帮"被粉碎快一整年了,可是有些人,对于以"三突出"为中心的一套编造模式,还恋恋不舍,甚之还有人想方设法为之辩护,说什么"'三突出'一套很完整,用起来很方便";说什么"'三突出'好比一条桥,走惯了,熟悉了,现在忽然把它拆掉,叫人怎么过?"还有人认为:"只要不把'三突出'当作唯一的,作为一般的创作方法,还是可用的",等等。另外,还有一些变相的"三突出"维护者,他们拿出一些似是而非的歪道理来质问我们:"你们批了'三突出',以后还写不写英雄人物?"又说:"不强调'三突出',今后怎么去表现英雄人物?"还有人表示担心,怕对"三突出"批过了头,中间人物将趁机抬头。还有人对《闹海记》的作者说:"你们喊着反对'三突出',但你们却写了罗北海这个英雄人物,可见你们也离不开'三突出'……"有些人不仅拿"三突出"来编造"作品",还拿"三突出"作为评论作品的标尺。一看没有第一号人物就摇头;一看作品的主人公不够"完美",一顶"中间人物"的大帽子马上就扣过来。总之,奇谈怪论,不一而足,说法很多,不胜枚举。

这里,也许还有"四人帮"的别有用心的谬论,暂且不管它;但更多的恐怕还是认识问题:有的把"创造英雄形象"与"三突出"混为一谈;有的则把"一般正面人物"(非高大英雄人物)与"中间人物"混为一谈。此外,还暴露了一些同志对创作或创作方法的一些不正确的看法,错误地以为创作是按照模子刻出来的,以为艺术形象是机械地按照一种刻板的模式和刻板的手续刻出来的——就像把面坯填进模子里然后刻出饼来那样简单。持有这样观点的人,就承认"三突出"那套模式很"完

---

* 载1984年4月版《萧殷自选集》。

整""用起来很方便";但搪出来的是不是有生命的又有艺术感染力的形象呢?他们就不愿讨论了。

一

以"三突出"为中心的这套模式,到底是什么东西?这套模式能不能当作创作方法来使用呢?我打算从三个方面来谈谈。

第一,从生活与艺术的关系来看,文艺创作,从马克思主义观点来看,"是一定的社会生活在人类头脑中的反映的产物。革命的文艺,则是人民生活在革命作家头脑中的反映的产物"。因而,现实生活是"一切文学艺术的取之不尽、用之不竭的唯一的源泉"。没有对现实生活的观察、体验、研究、分析,没有对现实生活的集中概括,就无从创作;因而文艺作品中的人物之间的关系应当是现实生活中人和人关系的反映。但现实生活中人与人的关系,是错综复杂、千差万别、千变万化的,因而反映到文艺作品中的人物之间的关系,也应当是千姿百态、多种多样的。可是"四人帮"却以什么"三突出"的框框,把丰富多彩、充满着阶级矛盾的人与人的关系,一律规定为"烘托"与"被烘托"、"陪衬"与"被陪衬"、"铺垫"与"被铺垫"的关系。他们规定"在正面人物与反面人物之间,反面人物要反衬正面人物;在所有正面人物之中,一般人物要烘托、陪衬英雄人物;在所有英雄人物之中,非主要人物要烘托、陪衬主要英雄人物"。这个所谓主要英雄人物,他们有时也称之为"第一号人物"。不管在什么革命时期,也不管在什么具体环境下,更不管是什么性质的矛盾冲突,一律规定必须按照这个模式去突出、去陪衬、去烘托他们心目中的主要英雄人物。也就是说,所有人物都得从各个角度为"第一号人物"做铺垫,有的远铺垫,有的近铺垫,有的正铺垫,有的反铺垫。这简直把创造人类历史的人民群众当作垫脚石,成了只会迎合"四人帮"的应声虫,这是对人民群众的莫大侮辱!

从这样的模子里刻出来的"作品",当然都是千人一面、千部一腔的公式化的东西,不仅不能正确地反映人与人的社会关系,而是严重地歪曲了人与人的关系;不仅不能正确地反映典型环境中的典型人物,而是被歪曲得连一点生活影子也没有了;不仅不能真实地反映现实矛盾斗争的实质,而是将错综复杂的社会关系模式化了。这种把生活与艺术的关系颠倒过来的做法,正像恩格斯所指出的那样:"某一对象的特性不是从对象本身去认识，而是从对象的概念中逻辑地推论出来。……这时，已经不是概念应当和对象相适应，而是对象应当和概念相适应了。"毒草影片《反击》《欢腾的小凉河》就是突出的例证，这难道还不够说明这套模式论是彻头彻尾的唯心主义和形而上学的大杂烩吗？对于这种出自篡党野心而胡编乱凑的东西，居然还有人把它看作创作方法，如果不是出于天真，至少也证明这些同志在政治上已经麻痹到了危险的程度。

第二，从生活发展的逻辑来看，"三突出"的模式绝不能真实地反映任何矛盾冲突发生、发展的过程。因为按照"三突出"的要求，作者首先要接受"四人帮"的反革命意图，根据这个反革命意图来确定主题（即所谓"主题先行"）；根据这个主题，去"设置第一号人物"，然后根据"第一号人物"的需要再去安排矛盾和冲突。而"第一号人物"，一定是一个"头上长角、身上长刺"的"反潮流英雄"，或者是一个勇于"同走资派斗争的英雄"。作为这个英雄的对立面，一定是一个坏得不得了的老干部。作品的矛盾冲突就在"反潮流英雄"与老干部之间展开，一直到把老干部打倒了，矛盾才算解决。在这些所谓矛盾冲突中，还有一条规律，就是年轻的一定要整年老的、女的一定要整男的。为什么女的总是整男的，没有看见他们的理论根据，其唯一的理由很可能因为江青是个女的；最近曾读到两句诗，诗曰："什么老子天下第一，老娘才是天下第一！"（见《诗刊》1977年第8期）表现那个女妖婆的那副德性，倒也传神。为什么年轻的总是整年老的呢？据说"越老越修""凡老皆修"。既然这样，又为了突出"第一号人物"，他们就得把老干部写得坏得不得了；为了达到这个目的，也不管人物所处的典型环境是什么；"四人帮"明明是要写现在，但为了在老干部脸上抹黑，竟不惜对社会环境肆意歪曲；使观众感到，这个革命老干部竟坏得比专事破坏革命的国民党特务还要坏；他所干出来的坏事，不可能发生在我们社会主义环境里，倒像在解放前的国民党统治区内。你若问："江青之流为什么把老干部写得这样坏？"一是为了反衬"英雄人物"。因为只有把你写得越坏，他们的"英雄"才能显得越高大。二是为他们策划反革命制造借口。因为只有把革命老干部写得越坏，"四人帮"篡党夺权的罪恶行径就越是名正言顺。

现实生活是这样的吗？现实中的矛盾冲突，难道都是按照一个模式发展的吗？不是，绝对不是，现实生活是千姿百态、千变万化的，因为"矛盾的主要和非主要的方面互相转化着，事物的性质也就随着起变化。在矛盾发展的一定过程或一定阶段上，主要方面属于甲方，非主要方面属于乙方；到了另一发展阶段或另一发展过程时，就互易其位置，这是依靠事物发展中矛盾双方斗争的力量的增减程度来决定的"。正因为如此，所以矛盾斗争不是直线发展的，而是复杂曲折的、千变万化的。

可见那种按照"三突出"而图解反革命意图的做法，与以生活为源泉的创作方法是格格不入的；那种把矛盾冲突模式化的"写作三字经"，与辩证唯物主义的反映论是势不两立的；那种完全脱离生活、脱离典型环境的具体条件，只根据反革命政治需要随心所欲、任意编造出来的所谓矛盾冲突，是彻头彻尾虚假的。对于这种"情节"，谁也不相信，谁看了都讨厌。

既然这样，这套极端荒谬的模式论，能作为创作方法来使用吗？当然是不行的。

第三，从历史唯物主义的角度来看，这套模式也是荒唐可笑的。按照"三突出"的要求，凡出场的人物，都要为"突出""第一号人物"服务。在"作品"编造过程中，所有人物的安排和一切矛盾冲突的处理，都必须便利于"突出""第一号人物"；这是"三突出"的核心，也是"三突出"的要害。因此江青之流及其亲信规定："第一号人物""起点要高"，要"始终坐第一把交椅"；要"突出"他"在矛盾冲突中的主导地位和支配地位"，并"突出"他在任何场合都要自始至终主宰一切；不仅如此，还规定这个"第一号人物"一出场，就显出一种能"扭转局势"、能"推动一切和解决一切困难"的气魄和力量，规定他一出场，就是"一尊完美的雕像"，并"要从头到尾显示他的光辉"；还规定"绝不容许有任何一个细节损害这个英雄形象"；命令作者或编导必须用"最好的语言，最好的音乐，最挺拔的表演动作，最重要的舞台位置和最突出的灯光和服饰"去歌颂这个"主要英雄人物"。

叛徒江青之流为什么那样积极调动一切手段去"突出""主要英雄人物"？为什么他们千方百计地要求所塑造的"英雄"一生出来就高大完美、神乎其神？为什么"四人帮"强制作者要把"第一号人物"写得无所不能、无所不晓？其目的，难道是想塑造什么"无产阶级英雄典型"吗？不！绝不！他们的目的是妄图通过"三突出"那套模式，以反面人物要反衬英雄人物为理由——凡反面人物一定要给英雄人物做铺垫为理由，无中生有，肆无忌惮地捏造事端，然后用移花接木的手法，嫁祸于人，妄图陷害一大批坚持毛主席革命路线的老干部，诬之为"走资派""还乡团"，梦想用这种卑鄙手段为他们篡党夺权清除障碍。这是一方面。另一方面，他们以"突出"主要英雄人物做借口，强迫作者要把"第一号人物"写成万能的神灵、超群拔俗的先知、主宰一切的全能的救世主。这个"第一号人物"手拿指挥棒,不仅可以任意指挥群众,而且也可以任意指挥党。他高于一切,而其他人物,包括人民群众、党的领导都要做他的垫脚石,供他驱使,由他随意支配。这是英雄史观、天才论、超人哲学在文艺创作中最露骨的表现,妄想以此来"突出"那伙以"英雄"自居,骑在人民头上作威作福的资产阶级野心家的形象,借此为他们涂脂抹粉,树碑立传,为篡党夺权制造舆论和捞取政治资本。

这就是江青之流杜撰"三突出""三陪衬"一套模式的政治目的,也是他们破坏毛主席革命文艺路线,破坏深入生活,破坏思想改造,颠倒生活与创作的辩证关系,破坏"两结合"的创作方法的一系列罪行的一种极其恶毒的手段。"四人帮"这一套与毛主席所教导的创作道路与创作方法是水火不相容的。我们必须擦亮眼睛,明辨是非,一刀两断,彻底肃清"四人帮"这种种流毒;否则,不仅我们的文艺幼苗会被污染,影响长势,而且我们无产阶级文艺事业的繁荣与发展,也将受到严重的损害,千万不要等闲视之,更不能心慈手软!

二

那么,"批了'三突出'之后,还写不写英雄人物呢?""不强调'三突出',今后怎么塑造英雄形象呢?"面对这类问题,我们该怎么回答呢?

创造无产阶级英雄形象,创造代表无产阶级利益和代表无产阶级理想与意志的理想人物——即无产阶级高大的英雄形象,是我们革命文艺战士责无旁贷的职责,也是我们文艺工作者应该努力完成的光荣的任务。

因为每个阶级,当它经过长期奋斗,在政治上取得巨大胜利,又确立了新的生产关系,正肩负着历史的使命向前迈进的时候,就迫切需要上层建筑方面的配合。这时候,不仅迫切需要新的意识形态,而且也迫切需要新的代表人物。过去所有的阶级,无论是奴隶主、封建贵族或资产阶级莫不如此。他们不仅积极地建设自己阶级所需要的、有利于巩固本阶级统治、有利于推进社会改造和社会生产的文化;而且在文学艺术上,也以巨大的热情去创造代表本阶级利益、宣扬本阶级思想感情的英雄人物。马克思曾经引用爱尔维修的话说:"每一个社会时代都需要有自己的伟大人物,如果没有这样的人物,它就要创造出这样的人物来。"在这个经历着伟大社会变革的时代,正是一个需要英雄的时代，也是一个产生英雄的时代。

我们正处在社会主义现代化建设的新时代。这是一个伟大的时代，是一个英雄辈出、朝气蓬勃的时代。在这样除旧布新、日新月异的生活激流里，我们不仅应当而且能够塑造出高大的无产阶级英雄形象，这不仅是阶级的需要、革命的需要，而且也是体现这个伟大时代的革命精神的需要。

但是，我们所塑造的英雄人物，绝不能像"四人帮"那样从概念出发，按照一套什么模式去凭空捏造；而应从现实生活出发，以丰富多彩的生活为基础。在我们的社会中，劳动英雄、战斗英雄、先进工作者为数众多，而且是多种多样、丰富多彩的；只要文艺工作者深入到三大革命实践中去，多接触他们，与他们并肩作战，素材是取之不尽、用之不竭的。依据这些素材，经过去粗取精、去伪存真、由表及里的深化过程，并经过典型化、个性化的艺术创造过程，无产阶级的高大英雄形象，不但能够塑造出来，而且还能塑造得既真实又动人。但在塑造过程中，我们一定要紧紧记住：人物如何行动，一定要以性格和环境之间的关系的辩证法为依据；围绕着英雄人物所展开的矛盾冲突，一定要由典型环境与典型人物之间的关系的必然性来决定，由事物本身的辩证法来决定。坚决反对那种只按主观需要凭空编造的做法。

因此，我们从丰富的生活素材中所集中概括出来的英雄人物，绝不是神灵，而是人，是普普通通的人，平凡的人；我们坚决排斥那种一出场就趾高气扬、指手画脚、无所不晓、无所不能的所谓"英雄"人物；"四人帮"把这类"英雄"写得神乎其神：他不出场，什么都漆黑一团，全场一片慌乱，天仿佛就要塌下来似的，面对这种困难局面，群众和党都束手无策；等他一出场，什么都有条有理，他生就一种未卜先知、料事如神的天性，经他一点，就什么事都清清楚楚，泾渭分明，于是什么难题也就迎刃而解。不过，这些所谓"英雄"，哪里像人，简直是神通广大的神灵，他们不是来自人间，而是从上帝那里派来的"救世主"。虽然"四人帮"对这类神灵似的"英雄"，扬扬得意，大肆吹嘘，可是广大观众却嗤之以鼻，报以冷笑。

敬爱的周总理在观看《豹子湾战斗》后关于塑造英雄形象问题的谈话时指出：先进人物主导方面是先进的、积极的，所以是可爱的。对待任何事物都是两分法，对先进人物也是如此。又说：先进人物是最平凡、最普通的，现实中没有神化了的人物。又说：写先进人物，应该写他的发展、成长。先进人物所以先进，是因为他不断实践，不断总结经验。周总理的指示，在如何塑造英雄形象上，给了我们极为深刻的启示,从而使我们清楚地理解到:群众才是真正的英雄,我们所要塑造的无产阶级英雄形象应当是现实生活中先进人物典型化的反映,是革命群众的典型代表,是群众的高贵品质、优良作风、智慧和才干的高度集中和概括,并赋予鲜明个性的艺术形象。这类英雄生活在群众之中,与群众同命运,共患难,爱群众之所爱,乐群众之所乐,急群众之所急,总之与群众息息相关。他们之所以成为英雄,首先是因为他们对人民革命事业无限忠诚,为了广大人民的利益,他们从来不避艰险,从来不向困难低头,正像毛泽东同志所指出的那样:"它要压倒一切敌人,而决不被敌人所屈服。"无论在与阶级敌人斗争中,或者在与自然界的斗争中,他们总是表现出一种非凡的毅力、魄力,同时流露出一种必胜的信心和不怕任何牺牲的气概;因而他们能在斗争中为人民做出巨大的贡献,为时代建立丰功伟绩。这是一方面。另一方面,他们之所以成为英雄,也由于他们不断克服思想差距,紧紧跟上时代,使自己总是站在时代的前列。因为时代在不断前进,人的思想并不是总是适应客观事物的发展的;相反,常常出现自己的思想同发展着的形势存在着距离;如果不缩短或消灭这种差距,就会落后于形势,就会犯错误;只有勇于正视自己的缺点,敢于寻找自己的思想差距,不断总结经验,不断提高认识,才能克服这个差距,才能不断保持先进。而勇于正视缺点、敢于寻找差距的人,绝不是那种私心极重、偶有所获即沾沾自喜的人。一心为公才能忘私,无私才能无畏,只有那些事事出于公心、处处公而忘私的人,才有勇气去寻找差距,才能正视自己的缺点错误,从而不断克服差距,紧紧跟上时代。这种人在政治品质上,其主导方面是革命的、积极的、先进的。他不断以主导因素克服非主导因素,即以积极的、先进的因素克服消极的、落后的因素,单就这种战胜缺点过程的本身就体现出这个先进人物的英雄气质和英雄本色。

当然,我们也要塑造高大的英雄形象,但所谓"高大",绝不能像"四人帮"及其亲信那样,要求把"英雄"都写得神通广大、高不可攀、独来独往、神乎其神。真正的英雄不是天上掉下来的,而是从群众中产生,在群众中成长起来的。他们之所以被人们称为英雄,最重要的是由于他们代表了人民的利益,集中了群众的经验和智慧,体现了群众的愿望,得到了群众的支持,因而他们能在推动历史前进的运动中发挥了卓越的作用,为时代做出巨大的贡献。

其次,所谓"高大",也不能理解为从娘胎一落地就是英雄,"四人帮"及其亲信要求把"英雄人物"都写成"天生之才",是极其荒谬的。真正的英雄,是在不断的斗争中成长起来的，因为一切事物都因其内部的矛盾而引起运动和发展，由于矛盾运动是永远不停的，所以发展也就不会停止。根据这个观点，无产阶级的英雄人物，也是在不断运动中发展的，如果他的思想停滞了，他就跟不上时代，从而他就丧失了先进的素质，也就不称其为先进人物了。

江青之流说什么"英雄一出场就不能再发展""一写成长就不高大完美"，是十足的胡说。其实这种不让人物发展的做法，只会使英雄人物僵化，绝不能使英雄人物"高大完美"。要使英雄高大，只有让他不断实践，不断总结经验，不断前进，不断发展；让英雄人物身上占主导地位的先进因素，不断克服次要的落后因素，继续走在时代的前列。若能这样，这个英雄人物，自然就会在读者、观众眼前高大起来。

因此，"高大"与"两点论"在英雄人物身上应当统一。毛主席说："对立统一规律是宇宙的根本规律"，对立统一的法则，"是自然和社会的根本法则，因而也是思维的根本法则"。任何事物都包含着矛盾的相互依赖和相互斗争。在英雄人物身上同样也存在着矛盾的相互依赖和相互斗争。正是因为这种内在的矛盾运动，才推动了思想的发展。只有这样来描写先进人物的成长和发展，人物的优秀品质才能深刻地反映出来。因而也才能把英雄人物写得更真实、更有使人信服的力量。

在塑造先进人物时，只倾注大量热情，狂热地去渲染人物的"高大完美"，而完全抛开人物内部矛盾的对立统一的刻画，抛开矛盾的相互依赖和相互斗争，抛开人物在斗争中成长发展的描写，就会使人觉得人物太神奇，难以理解，高不可攀，无法效仿。

反过来，只冷漠地、客观地去写思想的对立统一运动，只细致地机械地去写斗争中的发展过程，结果就会使先进人物显得极其平凡、极其一般；英雄的气质和英雄的气概就很难凸显出来，甚至显得暗淡无光。

这里反映出两种态度：一种完全抛开现实生活，只在主观上下功夫，心目中怀着一种愿望，想方设法，狂热地去追求一种幻想中的形象；另一种，却缺乏鲜明的美学理想，只忠实地精确地去描绘生活中矛盾和斗争的细节和过程，但却缺少一个先进人物应有的那种光辉、那种豪迈之气。

这里确实需要理想主义与科学态度相结合，需要革命现实主义和革命浪漫主义相结合，缺乏任何一方面都是不行的。一方面要遵照革命现实主义的原则，真实地描绘先进人物自身的矛盾、斗争，及其在斗争中的发展；另一方面也要遵照革命浪漫主义的原则，高瞻远瞩，大胆展开想象和幻想，注入大量热情，努力使先进人物显示出一种恰如其分的革命英雄主义的光辉和同性格相适应的英雄气魄和革命胸怀。

总之，我们所要塑造的无产阶级英雄形象，既是英雄，又是普通的人；既有高大英雄人物的特征，又具有普通人在日常生活中所表现的那种常情心绪；他使人感到既高大，又平凡；既令人敬佩，又使人感到亲切；既是学习的榜样，又是生活在一起的同伴和战友。

最后，我想谈一谈借以体现和考验英雄人物性格和品质的矛盾斗争的问题。"四人帮"的亲信常常说"风口浪尖"，说要把英雄人物放到"风口浪尖"去考验。所谓"风口浪尖"，大约就是发生在英雄人物周围的矛盾和斗争；但我们也知道，"四人帮"在酝酿题材时，只按照反革命的政治需要来安排"第一号人物"和他的对立面——反面人物，然后根据"第一号人物"和反面人物斗争的需要，任意编造矛盾，既不管时代、社会的具体条件和典型特征，也不管特定人物之间的关系的可能性与必然性；只要符合他们篡党夺权的反革命需要，什么荒唐无稽的矛盾冲突，他们都可以杜撰出来；譬如所谓"写走资派"，就是他们抛开现实，抛开社会关系的典型状态，肆意捏造、胡乱编造矛盾的最露骨的最狂妄的表现。其实这类所谓的矛盾斗争算什么"风口浪尖"呢？只不过是空想出来的空中楼阁或是漂浮不定的流沙，依靠这类虚假的矛盾冲突所"突出"的所谓"英雄形象"，正像一座建筑在流沙上的土地庙，经不起任何推敲，随时都会垮台的。当然更说不上它有什么生命。

真正无产阶级的英雄，不靠这类凭空捏造的矛盾来烘托自己，他是生活在一定的时代社会里，在他面前所展现的矛盾和斗争，是他所生活的那个社会里面人们之间相互关系合乎逻辑的发展；在这些矛盾斗争中，他之所以成为英雄，并不是有什么人想方设法去"抬高"他，或"突出"他，更不是因为他有什么凌驾于党和人民之上的"天才"或"才干"；主要是由于他代表了人民的利益，集中了群众的愿望，因而在推动历史前进的重要时刻，他起了卓越的作用，为人民做出了出色的贡献，于是人民称颂他为英雄。

这就是我们所需要的英雄，也是这个伟大时代所产生的英雄。

一九七七年九月于广州

艺术创造必须用形象思维*

读了《毛主席给陈毅同志谈诗的一封信》，好像在阴霾连绵的春寒季节，忽然一道温煦的阳光照临大地，不仅给人们以温暖，而且还给万物生长带来蓬勃的活力。尤其是三次提到形象思维的巨大意义，使被压抑了多年的真理，重又显出它的光辉和生命力；毫无疑问，它将为新的文艺繁荣开辟广阔的远景。

可是万恶的"四人帮"及其帮凶，却胡说什么形象思维是一种资产阶级文艺思潮，把这个不以人们的意志为转移的客观规律硬说成是资产阶级所独有的，真是荒谬绝伦。除了暴露出他们对艺术形象的创造一窍不通之外，还表明他们心怀叵测，别有用心。

客观事物的规律是一回事，利用这规律去为谁服务又是一回事；两者不能混淆，也不能代替。形象思维是进行艺术创造的客观法则，不管你是资产阶级或者是无产阶级，你要创造艺术形象，你就得运用形象思维。这种思维方式的本身是没有阶级性的，你用哪个阶级的世界观去驾驭它，它就产生出符合那个阶级需要、为那个阶级所用的艺术形象。

他们说，"所谓形象思维在世界上是根本不存在的"，并断言"形象思维"是为抗拒党的领导所编造出来的"黑论"，还恬不知耻地造谣："每当某些文艺工作者拒绝党的领导、向党进攻的时候，他们就搬出形象思维来，宣称：党不应该'干涉'文艺创作，因为党委是运用逻辑思维的，而他们这些特殊人物却是用形象思维的。"不！这是无耻的诽谤！是无稽的谎话！除了表明他们善于造谣，惯于陷害别人的恶毒用心之外，还能说明什么！那么形象思维到底有没有呢？既然概念和论理反映现实生

---

* 载1978年1月19日《广州日报》第三版，署名肖殷。

活有它的法则,为什么艺术反映现实生活就没有法则呢?既然艺术形象同理性阶段的本质或规律性,在形态上是不同的,那么,两者从感觉印象到逻辑结论(论理或主题),在深化方式上,难道可能是一样的吗?很明显,形象思维不但在客观中存在,而且是一切作家在进行艺术创造时所不能缺少的一种思维活动。

这种思维活动的最大特点,是自始至终都伴随着具体的感性的生活血肉,而不是像逻辑思维那样,在改造制作过程中逐步抛弃感性印象,到最后只留下抽象的概念和理论系统。而形象思维并不神秘,却比较复杂,不容易三言四语讲清楚;但如果一定要谈它的活动过程,我认为可以勉强归结为如下几句话:作者在生活斗争中不断进行深入的观察和细致的体验,时间久了,积累了丰富的感性的生活素材;在作者的世界观的统率下,经过去粗取精、去伪存真、由此及彼、由表及里的提炼功夫;把能体现生活本质特征或发展规律特征的细节和场景,按性质加以集中概括,同时依据典型化的原则加上想象和感情的融合和补充,使之成为有生命的个性鲜明的艺术形象。作者的世界观在这过程中始终发挥着统帅的作用,因之所有的画面、情节都贯串着作者的观点和情绪。正是通过这种种作品,就自自然然地表露出作者的政治态度和思想倾向。

很显然,那种否定形象思维,以为人类有了认识一般事物的逻辑思维,就不需要形象思维,妄图以抽象思维代替形象思维的观点,是极端错误的。毛泽东同志说过:"马克思主义只能包括而不能代替文艺创作中的现实主义,正如它只能包括而不能代替物理科学中的原子论、电子论一样。"逻辑思维从感性阶段到理性阶段的过程中,的确包括了形象思维中某些深化的活动;但无论如何,它不能代替形象思维中自始至终伴随着感性印象一同深化的特点。也就是说,逻辑思维不能像形象思维那样,在说明某种生活本质或发展趋势的同时,又创造出栩栩如生的艺术形象。

相反,以为艺术创作光靠形象思维的观点也是错误的。有人把形象思维强调到神化的地步,甚至把创作方法与马克思主义世界观对立起来,这显然也是错误的。我们认为一个革命作家,他首先应当是一个革命者,因此,马克思主义,马克思主义哲学,是指导他一切行动和一切思想的理论基础;离开了这些基础,他就无法与"革命"联系起来。只有在这个基础上,他去运用形象思维,才可能得到他所预期的结果;只有在无产阶级世界观的指引下,形象思维才能帮助他创造出既有革命精神又有强大艺术魅力的作品。

因此，两种思维方式不应被视为互不相容的。当我们深入生活（即深入斗争、深入实践）时，我们一定要善于运用感觉、概念、判断和推理这一套逻辑思维去判断、揭示事物的本质及其内在的联系。否则，我们将无法应对工作，也不能理解眼前发生的一切，因而你就对什么都将束手无策。倘如此，你还能深入生活和认识生活吗？

但当素材积累得很多，对某些事物又产生了强烈的爱憎的时候，也就是说，进入创作的条件已经成熟，这时候，即当你对人物形象进行酝酿、构思，直到提笔描绘的时候，你必须充分地发挥形象思维的作用；只有如此，最后你才可能在把握了主题的同时，也听到你的人物的粗重呼吸和他们轻轻谈话的声音……

我们一定要遵循形象创造的客观规律："诗要用形象思维"，不仅写诗应当如此，一切艺术形象的创造都应当遵循这个艺术规律。只有在艺术实践中坚决地按照这个规律去做，我们才能进一步地粉碎"四人帮"那套荒谬透顶的"创作三字经"和"主题先行"一类狗屁不通的邪说。

一九七八年一月八日于广州

形象思维*
——艺术创造的必由之路

毛泽东同志在给陈毅同志谈诗的信中,三次提到形象思维,可见形象思维这一思维方式,对于艺术形象或艺术境界的创造,具有何等巨大的意义!而不学无术的林彪、江青之流以及一些鹦鹉学舌的糊涂虫,却把形象思维污蔑为"反马克思主义的认识论体系",是"现代修正主义文艺思潮的一个认识论基础",污蔑为"进行反党、反马克思主义活动的理论武器",并且还断言:"这个特殊理论,无益于作家,相反,正是它,迷误了许多作家。"

事实上真是如此可怕吗?我们都知道,各种活动、各种事物都有它本身的运动形式,有它本身独特的性质和规律;而艺术创造的活动,自然也不例外。

既然一般事物的认识有它的法则,从现实生活到形象塑造的活动过程,难道就没有它自己的法则吗?既然艺术形象与一般抽象的概念或规律在形态上是不同的,那么,从感觉印象到理性——论理(主题或结论)阶段,其深化方式当然不可能是一样的。如果承认这两者是不同的,那么为什么"四人帮"及其同类这样杀气腾腾,左一个"反马克思主义的认识论体系",右一个"反党活动的理论武器",为什么?无他,只是为"文艺黑线专政"论编造理论根据,妄图把从事形象创造的作家、艺术家及青年文艺工作者通通赶入"黑网",逐步扩及其他战线,为他们"改朝换代"制造口实。

现在的问题是,一些中了毒的人仍然把形象思维这一思维方式视为"修正主义货色",它竟像一块带菌的干酪,谁看见都害怕三分,不但不敢拿它来吃,连提到它的

---

* 载1978年1月28日《南方日报》第三版,署名肖殷。

名称，也讳莫如深。

偶尔提起"形象思维"，就令人觉得莫测高深，再加上"四人帮"用各种最恐怖的颜色把它涂抹得像个面目混沌的魔鬼，使人更加觉得既玄虚，又可怕。

其实，人们大概都喜欢接触和欣赏艺术作品，或看戏，或读诗，或看画，或读小说，而且大家都希望这些作品具有引人共鸣共感、打动人心的艺术力量（或者叫作感染力量）。但要取得这样的艺术效果，作品起码要有栩栩如生的个性鲜明的形象或情景交融的耐人寻味的意境。那么，靠逻辑思维，靠感觉、概念、判断和推理等活动，能否创造出形象和意境呢？不能，绝对不能！其结果只能像马克思所指出的那样："把个人变成时代精神的单纯的传声筒。"或者只会像毛泽东同志所批评的那样：由于"不懂诗是要用形象思维的，一反唐人规律，所以味同嚼蜡"。其所以会导致这么坏的结果，可能还有其他原因，而最主要的却是由于忽视了艺术反映生活的特殊规律。

这个特殊规律，就是形象思维。不管人们如何评价它，也不管你承认不承认它；只要你想创造艺术形象，特别是想创造具有强大感染力的艺术形象或诗的意境，那么，你就非通过形象思维不可。

形象思维到底是一种什么样的思维呢？我对这问题很少研究，更没有进行过深入的钻研，很难讲得清楚。按照我粗浅的理解，我认为：首先，形象思维是从生活开始的，而且在深化过程中，自始至终总是伴随着感性的生活形态，其过程是：作者在生活斗争中不断进行深入观察、体验，积累了大量感性的生活素材，在世界观的指引下，经过去粗取精、去伪存真、由此及彼、由表及里的提炼功夫，把能体现生活本质和规律特征的细节和场景，按性质加以集中概括，按照典型化的原则给以想象和感情的融合和补充，使之成为有生命的个性鲜明的艺术形象。这是形象思维的一种方式。另一种方式，是在长期深入观察和反复体验生活过程中，捕捉一些最有意义、最能表现爱憎感情、最激动人心的生活片段，通过赋、比、兴的方法，努力使之情景交融、物我一体，造成耐人寻味，引起共鸣共感的诗的境界（或诗的意境）。正是通过这种种画面，自自然然地表露出作者的思想倾向。

真正的艺术作品，大概都是在这种思维支配下创作出来的，这说明形象思维正是创造艺术形象所必经的途径，而且不是其他思维所能代替得了的。既然如此，那么形象思维有什么可怕呢？

有人把形象思维看作是一种资产阶级的文艺思潮，认为它会把作家或文艺工作者引入歧途，进而陷入资产阶级的泥坑。这里不仅表现出他们对艺术创造的无知，而且还暴露了他们把事物法则与世界观混为一谈。为哪个阶级服务，取决于你树立哪个阶级的世界观。用无产阶级世界观去驾驭形象思维，有什么不对呢？实际上，只有这样创造出来的作品，才可能是政治性与艺术性高度统一的作品，才可能是既有无产阶级革命精神，又有激动人心、富有艺术魅力的作品！

　　《毛主席给陈毅同志谈诗的一封信》的发表，意义重大，不仅对诗，而且对于整个文艺创作都是如此，都会发生有益的作用。它不但将鼓励我们创造更多的作品，而且还将引导我们创造出更富有战斗力和感染力的艺术形象！

一九七八年一月九日于广州

关于典型环境中的典型人物[*]

……大约有半年没有通信了,几次想写信,可是知道你正在写长篇,怕干扰你的创作情绪,所以几次提笔,又几次放下,但我常常怀念你。中秋前夕,忽然收到来信,一见你那刀刻似的字迹,仿佛看到你愉快的笑脸。可是读了信,你那股流露在字里行间的烦闷、沉郁的情绪,却使我有点惶惑,也有点替你发愁;但我不会感到意外,其实,你所听到和遇到的这种种,我又何尝没有感觉到呢!

有些人真像惊弓之鸟,仿佛给"四人帮"那套反革命邪说吓怕了。在"四人帮"被踢翻了两年之后还这样风声鹤唳、闻风丧胆,则未免使人莫名其妙。"四人帮"的余党、爪牙以及由他们豢养起来的帮派分子,看见揭露"四人帮"祸害及其种种罪行的文艺作品,当然是咬牙切齿的,恨不能把镇压"黑线专政"的血腥岁月倒拉回来。这类家伙怀着这种仇恨心理,是不足为奇的。可是使人惊异的,倒是一些在组织上同"四人帮"毫无牵扯的人,看了几篇这类作品之后,竟也忧心忡忡,惶惶不可终日,不是担心这作品"暴露了社会主义阴暗面",就是怀疑那作品"丑化了我们的新社会"……其中有些人甚至火上浇油,挥舞起"暴露文学""批判现实主义""引向修正主义道路"等蛊惑人心的大帽子,想要把刚刚冒芽的、带着旺盛生命力的新作品和那股生意盎然的创作朝气压下去……

这种种现象使你气闷和压抑,也使你为之担心:"为什么有些人对林彪、'四人帮'十多年来的疯狂破坏和残酷迫害,好像无动于衷,而现在有几篇作品(至多不超过二十篇)开始暴露'四人帮'一星半点的暴行和恶果,他们就大吵大嚷起来,为什么?难道这种精神状态能够用'心有余悸'来解释吗?"是的,你这种疑虑,我有同

---

[*] 载1979年1月20日《人民文学》第1期。

感,也引起了我的共鸣。

　　当然,这却不等于说我赞同那种所谓"眼泪文学",赞同那种只满足于控诉,目的仅仅限于吐苦水,而怀着一种悲伤、低沉、无可奈何的心情,把被害者写得像懦夫、像绵羊那样处于软弱无能的境地,甚至把被害者本人写成一个十分可怜、毫无反抗、毫无革命风骨的庸人。不!我不喜欢这样的作品!这样的作品的确可能博得读者(或观众)的几滴同情之泪,但这样的受害者,到底有多少典型意义?这样的人物能反映出这场十分残酷、十分复杂、十分惨烈的搏斗吗?

　　你是了解我的,我固然不喜欢把革命群众和革命干部写得软弱无能或贪生怕死,但我也不欣赏那种脱离特定环境、任意杜撰的革命干部如何英勇搏斗的故事。在"四人帮"横行霸道、暗无天日的岁月,在"顺帮者昌,逆帮者亡"的环境里,只要稍一不合他们的心意,随时都有被置之死地的可能;因此,公开的、面对面的抗争,是极端困难的。只有在他们的势力比较薄弱的一些地区或单位,做形式比较隐蔽的暗斗,则是可能的,而且是经常的。但是,不管在什么具体环境下,革命干部和革命群众,当他们遭到诬陷或迫害时,不可能不流露出愤恨、义愤以至于抗争的情绪,有时不仅表现在面色上,甚至从语言中爆发出来。这种对诬陷的激怒和对迫害的反抗,正是革命人民的革命正气的反映,无论在什么时候,是不容一刻疏忽的!当然,正如你所一贯坚持的那样,这种革命正气并不是在任何环境下都能毫无顾忌地表露出来的。对于它,要表现到什么程度,通过什么方式来表现,不能随心所欲,而是要由人物所处的特定环境如何来决定的。在某种具体条件下,这种正气可以发作得很猛烈、很露骨;而在另一种具体条件下,至多只能以压抑的方式被表现为在背后的咒骂,或被表现为不露声色的暗斗。如果不顾人物所处的环境及其具体条件(譬如敌人的迫害正极端疯狂),而轻率地安排被迫害者做英勇的反击,其结果,只会遭到更惨烈的杀害。但这种悲惨的结局,却往往会招来读者的非议和责问:"这种盲动的斗争方式,难道是此时此地所必需的吗?"在这种生杀予夺的白色恐怖的环境下,凡有点斗争经验的革命者,大概都不采取这种方式。其实,问题不在于你怎样去表现被迫害者的反抗,问题的关键在于:既要真实地反映革命的正气,又不削弱"四人帮"横行霸道的特定环境。只有这样,典型环境中的典型人物才能被表现出来,才能真实地反映出生活的本质及其规律性。在这样的环境下,革命者进行有节制的斗争,并在斗争中处处显得为人正直、无私,事事体现出为人民的赤胆忠心,为正义而无所畏惧,因而引起了读者的共鸣和敬仰。尽管最后还是受到惨无人道的迫害，可是这样的悲剧所激起的反应，决不是绝望的悲伤和软弱的呻吟，而是切齿的痛恨，是刻骨的深仇。如果一篇作品能激起读者火焰般的仇恨，进而激励人们对"四人帮"做殊死的战斗，那么，这篇作品难道不是既有犀利的思想力量，又有强大的艺术力量吗？

毛泽东同志曾说："一切危害人民群众的黑暗势力必须暴露之……"又说暴露的对象，只能是"侵略者、剥削者、压迫者及其在人民中所遗留的恶劣影响"，而"四人帮"正是一切剥削者、压迫者的总代表，是全国人民最凶恶的敌人。用尖锐的武器去揭露他们的罪行，这种做法与毛泽东同志的暴露黑暗势力的说法不是正相符合吗？因而那些把揭露"四人帮"的作品张冠李戴地与所谓"暴露社会主义黑暗面"、所谓"丑化我们的新社会"、所谓"暴露文学"和所谓"批判现实主义"等硬扯在一起的做法，显然不是实事求是，也都经不起一驳的。

使人担心的，倒不是该不该揭露"四人帮"及其罪恶的问题，现在真正令人担心的，倒是在创作中存在着这样的一种倾向，那就是在揭露坏人作恶时，不注意描写围绕着坏人并促使他们作恶的特定环境。你在埋头写长篇，可能这类现象还未引起你的注意，可是我每日都要接触不少来稿，在这些作品中，我看见一些人物（一些坏蛋）在史无前例大动乱的环境中进行罪恶的活动，而这些坏蛋又是胆大妄为、无恶不作的，有的专门坑害革命老干部；有的把好好一家人逼得家破人亡；有的把好人逼得精神失常或满身创伤……总之，这些恶棍无法无天，胡作非为，闹得天怒人怨，暗无天日。可是这种种罪行难道是偶然发生的吗？难道仅仅是由于某个人的天性所造成的吗？显然不是！事实上每一事件的发生都不是孤立的，它总是与社会相关联，总是代表着一定集团的利益，受着一定集团势力的影响和制约的；不写出这个影响他、促使他作恶的特定环境，不仅不能清楚地揭示这些罪恶的社会（或阶级）根源，反而由于作者把一般的社会作为人物行动（作恶）的背景，因而有些读者可能把社会主义制度误认为是这些罪恶的根源，显然，这样的反映是不正确的！这是一种情况。

还有另一种情况，人物行动的背景不是"文化大革命"，而是我国一般的社会生活、一般的社会环境。而那些头上长角的家伙，就在这个环境中肆无忌惮地诬陷、折磨、迫害革命干部和革命群众，而且作者所着力描绘的，是被害者的苦情和惨状，惨到令人目不忍睹，可是为非作歹之徒是受谁的指使，按照什么政治主张行事，代表哪一派的社会势力……却没有在典型环境的描写中揭示出来。结果，作品不但不能明确地点出罪恶产生的渊源,而且也不能把仇恨引到该仇恨的人物(或集团)上面去。有些作品明明是揭露"四人帮"罪恶的,所描写的事件也明显地留下"四人帮"的烙印,可是作者却没有写出促使人物活动的典型环境,更没有在典型环境描写中把这背后的阴谋诡计、罪恶计划及其指使者揭露出来;因而读者对于产生悲剧的社会根源模模糊糊,对于憎恨的对象也闹不清楚。这样的作品不但不能揭示生活(斗争)的本质,而且也不能引人同真正的敌人作斗争。不仅如此,还可能使人把悲剧的发生归咎于社会主义制度或社会主义风习上去。这显然是极端错误的,应当引起严重的注意!

现在有些作品,特别是在编辑部里所看到的一些作品,常常只看见描写事件,却不注意对酿成事件的特定环境的描写;只见作者着力去描绘悲剧的惨状,却不去深刻地、真实地把悲剧产生的特定势力通过对坏人的社会关系的描写表现出来,这类作品留给读者的印象,其情节是够曲折的,但却使人觉得内容肤浅,仿佛没有接触到社会的矛盾,更没有通过对支配事件的当事人及其社会关系的描写,深一层地把影响这事件发生、发展的某种社会势力揭示出来。因而,就不可能反映出事件的实质,也不可能揭示出事件本身所固有的社会意义。

不少作品的主题思想为什么这样肤浅,其原因大概就在这点上做得太差。据我了解,不仅有些业余作者不善于从事件与典型环境的关系中去把握主题,而且还有些文学刊物的编辑人员也不很理解这一点。有些同志甚至把主题简单地理解为某种概念——政治学概念或社会学概念;这种理解正好是"主题先行"的防空洞,又是"创作应从生活出发"的拦路虎。如果你不信,那么就请你听听下面的提问吧,他们问:"你们既然反对'主题先行',那么,作品还要不要政治挂帅?在下笔之前要不要有一种政治设想?""既然创作要从生活出发,却又不能自然主义,也不能'主题先行',叫人怎么办?"……你也许嫌我太啰唆了,但在目前的业余写作中,这类现象并不是个别的,这说明"四人帮"的流毒仍然在毒害我们的青年,仍然在创作实践中起着不宜低估的破坏作用。

好啦,扯得太远了,我也得歇一会了。窗外,正阳光灿烂,秋色迷人;虽临近"霜降",而岭南还温煦如春……

一九七八年十月于羊城

现实主义的胜利[*]

一

从前题材有很多禁区，现在一个个地冲破了，开始走向多样化。由于缺乏经验，创作上有某些不足的地方，那是难免的。我们十多年不敢写悲剧，也不敢写爱情了，现在大胆地写了，读者也很欢迎，可是却遭到某些人的指责。这种现象，我以为是不正常的。

还有人提意见，说："为什么总让那些小人物当主角，这与资产阶级的文艺有什么区别？"我不知道资产阶级有哪些文艺作品是写小人物的，资产阶级根本看不起劳动人民，怎么会去反映他们呢？在批判现实主义作家的笔下曾描写过一些小人物，像契诃夫等，但这不能算是资产阶级的文艺。我们的文艺，当然应该写各种各样的人物，不能再像"四人帮"那样，只准写"高、大、全"的英雄人物，不准写普通群众，不准写老百姓。这个意见其实是一种成见、一种责难，是对新生事物看不惯的一种表现。

揭批"四人帮"的作品，不可避免地要出现一些悲剧，那是因为"四人帮"无法无天，作恶太甚，惨无人道，制造了不少的悲剧。我们今天要反映那一段的生活斗争，当然会出现很悲惨、令人伤心落泪的悲剧。没想到，这引起了一些人的非议和责难，说这是什么"眼泪文学""伤感文学""问题文学""暴露文学"和批判现实主义等，扣了一大堆帽子。我以为这种种责难都是不公平的。

什么叫批判现实主义？从前，在资本主义社会里，有一些比较进步的、有点民主

---

[*] 载1983年8月版《萧殷文学评论选》。

思想的作家，如巴尔扎克、托尔斯泰等，看到了统治阶级的腐朽，看到了社会上种种不平现象，产生了不满，于是就去揭露它、批判它。但是，那个时候马克思主义还没有诞生，社会主义的任务也没有提出来，他们虽然对那个社会不满意，但不知要向什么社会去奋斗，对前途不明确，只能朦朦胧胧地去反对那个社会。因此，他们把社会的丑恶本质揭露出来之后，任务就完成了。人民看到了社会的丑恶本质，对旧社会很不满，对统治阶级产生了怀疑和憎恨。恩格斯说过，当时的小说不用指出社会发展前途，能够使人对统治阶级发生怀疑，就达到了目的。所以说，批判现实主义就是只破不立，或只破少立，用今天的话说，就是前进的目标不明确，因为要向什么样的社会发展，当时还是不明确的。

我们现在揭批"四人帮"，不能叫作批判现实主义，因为我们明明是为了建设社会主义，向四个现代化前进的，无处不是朝着这个目标去奋斗的。我们破坏旧的，是为了建立新的生活，而把过去的东西打扫干净，正是为了前进。批判现实主义的立场与我们也完全不同，他们是在野派，与当权派有矛盾，我们是站在社会主义立场，与人民一道是国家的主人。

为什么有些评论者对揭批"四人帮"罪恶的一些作品加以指责呢？写"四人帮"造成的悲剧难道就没有革命的激情，只能引起消沉吗？有人这样讲："现在有些文艺不是向前看的，一味揭露，与资产阶级的文艺没有什么区别。"还有人说："要真实地反映社会的本质，要引导人们向前看，光揭露不行，要展现前途。"好像揭露与向前看是互相对立的。

一个革命的作家，总是有他的政治理想，为他的理想去奋斗，带着这个理想去判断生活和反映生活的。没有革命理想，不可能成为革命的作家，成为革命现实主义的作家。当然，作家的理想应该与广大人民的愿望和利益是一致的。他就是带着这种革命理想去观察生活、分析生活、概括生活和表现生活，而不是看见什么就反映什么。如果是写悲剧，也不应为写悲剧而写悲剧，他绝不应忘记他的政治目标。这就是毛泽东同志提出的"两结合"的创作方法，现实生活是基础，革命理想是主导；这也就是向前看。你有这个革命理想，就不会老是留恋过去，不会满足现状、停滞不前。中央提出安定团结、一切向前看，就是要求人们为了前面的政治目标和革命理想，为了实现四个现代化，不要总是纠缠在过去的派系的旧账上；这并不是说凡是揭露"四人帮"罪恶的作品都是向后看。"四人帮"把我们的国家推到崩溃的边缘，他们为什么能这样胡作非为？我们把他们罪恶的结果、把他们所制造的悲剧写出来，让广大人民了解悲剧的社会根源和历史根源，从中取得一些教训，使今后能加以警惕，避免悲剧重现，这难道不是为了未来吗？向前看，就是要怀着远大的理想，去发现问题、研究问题、解决问题，出发点就是使我们美好的理想能早日实现。问题解决得越快，理想的实现越早。只要我们写作前本着这样的观点去选择研究题材，哪里会产生向前看抑或是向后看的问题呢？

有人要求作品要展现前途，但要引导读者走向光明大道，是不是一定要搞一条光明尾巴呢？我看不一定。这要看发生斗争时的具体条件，以及什么样的典型环境来决定。一九二七年广州起义时，我们占据了城市，但周围都是反动势力，两三天就不能不撤出广州。你能在这极恶劣的环境条件下硬加上一条胜利的尾巴吗？要是勉强加上，也是没有说服力的。

把读者引向光明，可能有各种渠道和各种方式。有些作品是把一条大路打开，让你向前走，让你平平稳稳、顺顺当当地走向革命道路。如过去引导你到延安去参加革命，虽然有点风险，基本上还是平平稳稳的。还有一些作品，只揭示出一条道路，引导你去参加斗争、参加血战。许多极其有价值，起了很大作用的中外小说多是属于这一类。它们引导你去仇恨那些腐朽势力，激发你起来斗争。如鲁迅的《祝福》，祥林嫂是中国一个普通、善良的劳动妇女，最后葬身于封建礼教下，成了悲剧。是谁使她成为悲剧的呢？是中国的封建社会。这就引起了我们对这个社会产生了憎恨，产生了要摧毁这个社会制度的义愤。《白毛女》也是起这种作用的。白毛女受到一种摧残、压迫，引起人们的同情，激起人们对地主的仇恨。当年《白毛女》在解放区演出时，有一个战士看了怒火满腔，竟情不自禁地拔出枪来，把台上的"黄世仁"当作真的地主打死了。这种戏艺术效果很强烈，对土地改革起了极其巨大的作用。

革命文学不是让你去吃现成饭，或者引导你走进象牙之塔，而是引导你去革命，去战斗，去争取人民的自由和幸福，甚至要经过风险、经过流血的。

革命文学的作用是多种多样的，有一些是作为榜样的，如马特洛索夫、董存瑞等一类英雄；有一种是给人精神上、情操上以巨大的鼓舞；也有一种是激发你的某种精神，引导你去仇恨旧的、落后的、丑恶的东西，去参加战斗，去争取光明的未来。

生活是多种多样的，环境也是各不相同的，文艺作品不可能是同样的过程和同样的结果。揭露敌人的罪恶，其结局也不能是同样的。有一种是揭露他的阴谋诡计，撕破他的丑恶嘴脸，让大家认清他的真面目。中外古今许多名著都属这一类。另一种是，在可能的环境下狠狠地惩罚他一顿。这当然使读者感到痛快，但必须在一定环境条件下才可能，并不是在任何环境下都可能，也不是任何人物都能这样处理的。在另一种情况下，只有把悲惨的结果显露出来，以激起读者的悲痛和仇恨，暗示人们要消除这种罪恶的根源，就要奋起革命。

二

……有些揭露"四人帮"罪恶的作品，由于写到一些受害者可怕的遭遇和悲惨的命运，曾激起广大读者巨大的同情与义愤，这是作者面对现实的结果，是现实主义的胜利；但也引起某些评论者的反感和不满，认为这样的作品会使人感伤和消沉。尤其是对小说《我应该怎么办？》，他们发出更多脱离作品实际的指责，除指责它不真实、不典型之外，还死死抓住薛子君一句撕裂人心的呼喊"天哪，我应该怎么办"大做文章。有人竟把这句呼喊看成是作者别有用心地向社会主义社会提出一个难题，认为这个难题——即一个妻子两个丈夫的难题，社会主义制度是无法解决的。于是有人提出意见："小说提出'怎么办'的问题，是社会主义、共产党无法解决的矛盾，这不是证明了我们的社会主义制度落后了吗？"我要反问，评论者所引用的《上海屋檐下》《春桃》和《收获》中两个丈夫一个妻子的问题的"解决"，难道是他们所生活的社会制度所促成的吗？如果不是，怎么能"证明我们的社会主义制度落后了"呢？

还有一种意见："在社会主义国家里，不应该提出这样的问题，这不是等于说，粉碎了'四人帮'以后，由'四人帮'造成的社会上的伤痕可以医治，而由'四人帮'造成的家庭、婚姻的伤痕，永远不能医治，这能给人什么希望呢？"

我们也可以向这些同志反问："社会"是什么？它难道是抽象的吗？离开人、离开人与人的关系和活动，离开家庭与个人遭遇，还有什么社会生活呢？《我应该怎么办？》这类悲剧的确是很难解决的，但究竟是谁造成这样的悲剧？是谁破坏了他们的爱情呢？是谁使得薛子君有了两个丈夫呢？是"四人帮"及其一伙！这篇小说把仇恨引到"四人帮"一伙的头上，以激起一种要扑灭"四人帮"一伙的战斗激情。这种不可挽回的损失，正是引起人们去战斗的动力。这正是作者的意图和要达到的目的。人们也就从斗争中产生了希望，寄希望于战斗。

是不是先进的社会制度，什么具体问题都能解决呢？大概不能这样回答吧！在现实生活中，我们不少的革命家、艺术家、科学家、先进工作者和许许多多善良的群众，都受到"四人帮"的迫害，有些被折磨致死，有些被逼成精神病，终身残废。对于这些人，谁能够使他们起死回生呢？人死了当然不能再活，得了严重的伤残症，要恢复正常状态也不可能。由于我们社会出现了这种不幸现象，就能说我们的社会制度落后吗？不。这只能说明我们的社会法制还有不完善的地方，还有藏垢纳污的空隙，还需要逐步完善它。世界上大概找不出一种先进的能够避免产生悲剧的和使人起死回生的社会制度。如果损伤或死亡能够挽救（或解决），就不成为悲剧了。因此我们不能不承认社会有悲剧。这些悲剧里面有些是属于敌我矛盾，有些则是属于人民内部矛盾。如官僚主义、帮派势力、主观主义等都可能造成悲剧，有些人受到委屈，一下子想不通，就走上绝路，这能挽回吗？无疑这是悲剧。但写这种悲剧不能像写敌人造成的悲剧那样，它是内部的错伤；应该严厉批评，但批评它要有分寸；目的是希望同类的人吸取教训，改正错误，使这类悲剧不再重演。这种现象在社会主义制度下既不是本质，也不是主流；虽然只作为偶然现象来反映，但它却仍然是悲剧。那种以为在社会主义社会里不应当反映"这类无法解决的问题"的说法，是极其荒谬的、错误的。社会主义制度的优越性并不是保证每一个人不发生不幸，也不保证每一个人不发生悲剧。社会主义的优越性表现于：大家万众一心，为整个集体积极地创造福利，并齐心合力来维护这个福利（包括个人福利在内）。因此，在政治上、工作上人人平等，没有剥削，没有压迫。这种情况，在资本主义社会或保持着封建贵族制度的国度里是没有的。社会主义制度比它们优越得多。在这个社会里所发生的悲剧，不管是来自人民内部，还是来自敌人，其根源都是来自腐朽阶级或其流毒。毛泽东同志曾讲过，我们暴露的对象是敌人，或者是敌人留下的残余势力及其残余思想。我们队伍中某些不良作风，譬如官僚主义，就是腐朽阶级所遗留下来的，而不是我们无产阶级所固有的东西。我们要写这些东西，就要写出它的根源，只有把人物性格的社会基础揭示出来，作品才有思想力量。

　　有人提出："作品的问题可以不必在作品中解答，但读者看了以后要自己回答出来。但《我应该怎么办？》提出的问题，读者却没法回答。"

　　在文学作品中，解决问题不能像自然科学那样具体，例如在医学上，我患了某种病，你必须给我开个药方，病如果是酸性的，你来个碱性的中和剂，大概就能解决问题。而小说却不能这样，不要你一个一个地去解决具体矛盾，也不需要你去回答每个难题。有些作品，只通过个人悲惨遭遇的描绘反映出一种社会矛盾，揭露出悲惨遭遇的社会根源，向读者暗示斗争的大方向。比如《白毛女》《祝福》等都是这样。有些作品只能引起你去思考、去反省。如《阿Q正传》，当时中国相当普遍地存在着这种精神胜利法，事实上本来已经上了当、吃了亏，可是还用自己哄骗自己的方法来自我安慰或自我麻痹。在被压迫的国家和民族中，这种精神胜利法只会削弱对敌人的抵抗。鲁迅刻画这个性格之后，引起大家的深思，引起了人们的警惕。塞万提斯的《堂吉诃德》中所描写的那种主观主义，也引起人们的深思与警惕。欧洲还有不少这类作品，如《哈姆雷特》《欧也妮·葛朗台》等，就曾引起人们去思考，给人们很大启发，也曾经给人们作为借鉴。这些作品都不一定是给人们具体解决问题的。

"怎么办"这实际上是个题目，完全可以换成另一些题目，如"我们有什么罪"，或"谁之过"等。但有人却把这种呼喊看成是问题，有同志提出："《上海屋檐下》《春桃》《收获》都是写一妇两夫的，但都没有提出怎么办的问题。它们最后都解决了问题。《我应该怎么办？》却提出了'怎么办'这个不能解决的问题，在我们社会主义国家里不应该提出这个问题，更不能提倡这样的作品。"把一个感叹词当一个问题来追究，实在使人难以理解。这篇作品的结局就是一场悲剧，只要作品揭示了这场悲剧产生的根源，就完成了作品的任务。题目不一定是问题的实质，有些作品的题目不仅很浮泛，而且还很含蓄的，绝不应当把题目当作问题来追究。有个读者写道："我们都认为《我应该怎么办？》是一篇好作品，许多干部、战士看了以后，主要不是议论'薛子君怎么办？'而是思索'薛子君怎么会有两个丈夫'。"有一个读者来信说："作品是没有具体地回答薛子君的个人关系如何解决，那不是作品要回答的问题，它要回答更重大更深刻的问题：为了不使子君式的历史悲剧重演，我们应该吸取沉痛的历史教训，要彻底铲除'四人帮'滋生的土壤。"这是一针见血的意见，比那些老在"怎么办"上兜圈子的人高明得多。

在现实生活中，人物在特定的环境下，必然产生一种特定性格，这就是恩格斯所说过的"典型环境中的典型人物"。至于所谓"典型事件"的说法，在马克思主义艺术论中却是没有听说过的。

据说有人怀疑陈国凯的《我应该怎么办？》是抄袭天安门大字报的。我曾听说作者是听说过这类事情的。其实，这种现象广州也有。把听说来的某些情节酝酿缀合成为小说，能不能叫作抄袭呢？不能。十九世纪果戈理写过两部很著名的小说——《死魂灵》和《外套》，其事件轮廓都是普希金讲给他的。但是他自己如果不是非常熟悉那种生活和那些人物，是写不出来的。果戈理如果不熟悉地主的生活，他绝写不出《死魂灵》；他不了解俄罗斯下级文官的寒碜生活以及他们的性格，绝写不出《外套》。法捷耶夫的《青年近卫军》，也是依靠听来的事迹经过想象、联想、概括、缀合而成。在战时，他就听说克拉斯诺顿地区有一批青年人在敌后英勇抗战的事迹，战后他曾到那里采访，找资料，最后写出了这部小说。但他自己说，如果他没有在矿山生活过若干年，不熟悉矿工和矿山的生活；如果他没有在远东打过游击，不熟悉游击队员和战争生活，则无论如何写不出《青年近卫军》的。全国有好几篇类似《我应该怎么办？》的作品，但陈国凯同志却写得比较真实，是什么道理呢？据他自己说，他对亦民、子君这类人物比较熟悉；在他的朋友中，具有这类性格的人有好几个。如果他不熟悉这类人物，只凭听来的情节，无论如何是写不出这篇小说的。因此，采纳听来的某些事件作为作品的线索，与抄袭行为不能混为一谈。

有人说："在林彪、'四人帮'制造的许多婚姻、家庭悲剧里，到底有多少女人出现两个丈夫的情况呢？因此这是个别、奇特的现象，并不等于典型的事件，因为它在现实中不带普遍性。"

那么，像《我应该怎么办？》的悲剧，是不是个别的、奇特的现象呢？据天津市中级人民法院民庭申诉组一位同志来信说："我们对林彪、'四人帮'造成的冤假错案体会较深。我们亲手处理过无数像李丽文、刘亦民那样的好同志，现在又受理了好多像薛子君那样的不知道应该怎么办的婚姻案件。件件案件都使我们想起《我应该怎么办？》。我们有一位女同志在受理一件类似薛子君的境遇的案件时，眼泪夺眶而出，心里十分难过。这篇小说使许多同志浮想联翩，我们说这就是小说的真实性所在。"类似子君、李丽文和亦民这样的遭遇，我们还可以举出很多例子：山东、四川、江西、辽宁和海南岛等地的读者都给我们提供了许多类似的事实，这些事实有力地驳斥了妄图否定小说主题的普遍意义的那些人。另外还有一种意见，就是所谓"偶然的情节"，他们说："《我应该怎么办？》所借以建立的故事基础，都是一些个别的偶然的现象。作者挖空心思，设计了许多纯粹是偶然的情节，这些情节远远地超过一般的文艺作品为了故事的衔接、过渡的需要。请你想一想吧，如果子君和李丽文不是长期分居两地，鞭长莫及；子君家里不是只有一个老处女的姑妈；扑在铁轨上自杀的丽文没有给工人发现；救子君的人不是老同学；街坊组长既不面容和善，更不是亦民的姨妈；亦民也不是失恋的单身汉，并没有独用的房子……显然，这根特制的链条，哪怕有一个环节断裂了，小说的结局就完全变了，子君就不会在粉碎'四人帮'后，大多数人都在笑逐颜开庆胜利的时候，独自发出绝望的呼喊'天哪，我应该怎么办？'了！"因而，这位评论者断定这篇小说是不典型、不真实的。

　　如果能像这个评论者这样任意设想，大概任何一篇小说都可以被推翻、被抹杀，因为许多作品都是借助偶然的事件来表现必然的规律的。《白毛女》，假使她家里有钱；不欠地主的债；父亲不被地主逼死；自己不被黄世仁奸污，她就不会逃上山了；以后一系列的情节也就不会发生，《白毛女》这个作品压根儿就不会出现。然而，创作是依据大量的现实生活做基础，加以集中、概括、缀合而成的。事件只要符合典型环境中的条件，符合人物的性格，就是真实可信的，也是合乎创作规律的。历史真实就不一样，它的依据是要有实有其事。小说则不一定，只要合理，只要揭示出事物发展的质的必然性，只要典型环境是真实的，环境里存在着这样的性格，这个性格所造成的事件是可以创造的。很多作品的事件是很离奇的，而不是带普遍性的。如《十五贯》，难道是很普遍的、到处都有的吗？它是偶然的事件，但它很典型，反映了典型环境中的典型人物。果戈理的《死魂灵》，写专买死农奴名单的，是十分奇特、十分个别的现象，但是通过这种奇特的现象却把俄国地主的各种典型性格充分地表现出来了。环境、性格一定要典型，但事件却可以非常特殊；也就是生活描写，人与人关系的描写，必须在情理之中，而情节的发生、发展和结局，却在意料之外的意思。如果看了头就知道尾，固然杜绝了偶然性，但这样的作品谁愿意看下去？……

一九七九年十月三十日

作家作品论

论典型环境与事件*
——《再谈忍让》批判

读了《略谈忍让》之后，我觉得这篇批评不够实际，硬搬出什么"典型"一类书本上的原则公式来套活生生的作品，不仅毫不中肯，反而无原则地抹去了该作品的任何价值。当时我就想写出我的感想就商于该文作者，无奈琐事缠身，未能如愿。最近又获机会读到《再谈忍让》的原稿，我不能不写了。"千虑之一得"，意见还很不成熟，但愿供读者参考，并希批评。

所谓典型，并不是或不完全是政治概念的形象化。如果有人以为一篇文艺作品没有完完全全地说明了某个政治概念，就认为不典型，这种看法，显然是不合实际的。其实当执行一种政治任务或一种政策时，每每不是直线的，而且可能自成几个阶段，每阶段都有每阶段的不同具体情况与特性表现各阶段的文艺作品，都可以成为典型的。而称得起典型的文艺作品，则一定能够充分表现这阶段的特性之各方面，即是说，不仅表现出性格的阶段的特性，而且也表现出环境与事件的阶段的特性。这三者都是有机相连、不可割裂的东西，因此我们批评创作时，千万不要离开作品中所表现的环境（具体情况）而空谈事件（或作法）。实际上，围绕着事件的环境，是有决定意识的。某种具体情况决定采取某种行动，这是极简单的道理，用不着我来啰唆了。

那么，《忍让》中所表现的环境是什么呢？是国民党反动派向我解放区发了十一炮，是无耻的骚扰。像这样的挑衅行为不仅发生于青龙桥一地，许多两军对峙的地区都是如此，这是极普遍的现象，因此这种情况我们称之为"典型的环境"。环境既然如此，那么我们应如何处理"事件"呢？依照《再谈忍让》作者的主张。乃是"坚决

---

* 载1946年7月12日《晋察冀日报》第四版，署名何远。

自卫,坚决用武力来保卫和平,给进攻者以反击"。假如情节真是如此处理,那么,连长就应该同意柱子的提议,再下面的情节,就该是"炮火连天"的自卫战争了。这样处理法是否合理呢?不,我以为这样处理不仅不是典型的,而且是根本歪曲了现实。因为实际上并非如此。如果有人说确有过"他一犯,我就自卫反击"的情形,(不管是否事实)。但这只能算是偶然的个别现象,绝非典型的。已然这样,怎么能把"个别现象"拿来做"典型事件"处理呢?据我所知,当反动派只是骚扰、挑衅,还没有侵害到我们的基本利益时,即像《忍让》中所表现的那样时,我们总是采取忍让态度。这是我军一致的态度与做法,因此是典型的。但如果反动派一挑再挑,一进再进,我忍到一定限度时,便毫不犹豫地起而作坚决自卫或反击。这也是我军一致的做法,也是典型的。《再谈忍让》的作者写道:"我在《略谈忍让》的那篇短评里说过,它主要的缺点就在于作者在取材上仅仅限于国民党军队在向我们炮击,而没有看到国民党军队到处撕破协定向我们进攻,没有看到人民的军队坚决给敢于进攻者以自卫的反击,因而不能使作品成为典型……"这种说法,令人看了莫名其妙!他完全抛开了《忍让》那篇具体创作,而专拿抽象的概念去硬套人家的作品,套不上就说不是典型的。什么叫做典型呢?我再说一遍:典型并不是或不完全是政治概念的形象化。我完全承认,反动派到处撕破协定向我进攻,是事实;人民军队曾坚决地自卫反击,也是事实;但是我要问,是否除了这事实之外,别的题材就无写的价值呢?是不是除了这算是典型之外,写写"他挑战,我忍让"就不算典型呢?是不是"他一挑衅,我马上反击"倒叫做典型呢?

该文作者只知道:"概括现实,抓住各种现象的本质,把他统一在作品里,造成艺术的典型。"但却忽略——典型事件与典型环境的关系,忽略了在一个大的政治任务之下还有各个小的环节。这正是他立论的症结。

《再谈忍让》作者为了否定《忍让》的价值,竟搬出一位"读者"的话来作"撑腰柱子",这位"读者"是否实有其人,我且不去管他,奇怪的,是作者把这篇糊涂透顶的话当作宝贝,拿来当作说明《忍让》"效果不良"的证据,并且还加以发挥,不能不使人惊异不止!老实说,这位"读者"的那篇话,不仅没有力量去否定《忍让》的价值,反而露骨地暴露了小资产阶级无原则的感情冲动,和违背党的精神的偏激。由这偏激所引起的"不满",明明是不对的,怎么可以把责任推到"党的政策"上呢?党的自卫原则及争取和平的方针都是完全正确的,连长约束柱子的行动,是掌握了党的政策原则的（并不是教条的），这种约束也是完全正确的。像这样的约束现象已不是个别的了，因此，它也是典型的。但《再谈忍让》的作者却写道："……激起他（指柱子）对反动派的憎恨到最高峰的时候，他却一下子被作者通过作为代表党的政策的连长，用一套教条的原则把他框住，使柱子的性格和感情再不能够得到一步的发展，这就是使读者感到精神受压抑，感到对党的政策不满的原因。"但我却以为小资产阶级一切无原则的感情冲动，与一切易于触犯党的政策（触犯人民利益）的性格，都应该受到约束。不但人家可以约束，更重要的是自己自觉地约束。如果任这种感情性格"发展"，党的事业（人民事业）势必要遭到损害，党的政策之执行，就会遭到不应有的困难。这不是很明白么？如果以为柱子的感情不能任意发展，影响了某些读者精神感受压抑，因之对党的政策"不满"，那是由于"不满者"自己还存在着许多"腐朽"思想的缘故，奇怪的是《再谈忍让》的作者，竟以此种思想为理论资本，且加以发挥，诚使人"为之担忧"，希望及时警惕！

总之，我认为《略谈忍让》与《再谈忍让》两文，都是离开具体作品，纯从抽象概念及一些文艺教条出发，去硬套人家活生生的作品。像这样不良的批评方法，不仅对读者作者无任何帮助，反而只会助长一种恶劣的批评偏向。至于写个别事件是否仅限于新闻消息这问题，我觉得该文作者的看法也极典型（？）。因为与本题无关，拟另日专文讨论。

《编者的话》：

立高同志的创作《忍让》于本刊二十五期发表后，引起很大的争论。这是一种研究创作，开展文艺批评的蓬勃气象，今后应继续发扬这种风气，以利互相观摩与提高研究学术的兴趣。

自伍廷秀同志的《略谈忍让》（第三十期）与晨耕同志的《评略谈忍让》（第三十七期）发表后，我们继续收到不少关于《忍让》批评之批评的文章。但可惜，来稿都嫌太表面、太单调，思想深度不够。且大部分来稿，都离开文艺创作问题，专争论政策问题去了。这是一个大缺点。凡内容重复的，我们都割爱了。幸作者原谅！

今天，我们选了三篇文章，一起刊登出来。各篇论点、方法、态度，都各不相同，饶有趣味，希望读者比较研究，谁是谁非，大概可以了然了。

因此，我们认为：《忍让》争论可告结束。以后有关《忍让》来稿，一律不再采用。

从实际出发与具体分析*
——读《谈洋气》后

三月三日副刊发表了唏同志的《谈洋气》一文后,三月五日又发表了唯木同志的《谈洋气有感》。在我看来,唯木同志的论点是"实事求是"的,因为他不仅指出《谈洋气》的结论是违反了事实,而且用探讨问题的冷静头脑,分析了产生这错误逻辑的原因。我特别同意他下面这句话,即:"离开了好处……而空谈什么'洋气''土气'的利害云云,一定是谈不通的。"

因此:我认为《谈洋气》这命题本身,就是一个缺乏从实际出发的糊涂概念。这是该文的症结所在,也是铸成错误的基本原因。其实"舶来品"与"土产"是多种多样的,有的有益人民,有的却有害人民。如果不加以严格的抉择,不加以具体分析,只一味毫无原则地强调外来品的好处,那不仅会把我们的头脑愈弄愈糊涂,而且会把我们的工作愈弄愈糟。即使是马克思主义吧,如果不经过消化,不把它变成切合当地实际需要的时候,人民也是不欢迎它的。作者所指出的"稍微生疏,不习惯,新奇,或者仅仅他个人少见或存偏见,认为不合口味的一切"的东西,到底是指些什么呢?如果都是些不切合实际需要的"洋教条"或"洋八股",或是些"生吞活剥"来的资产阶级"那一套",人民当然会加以"鄙弃和排斥"的。

《谈洋气》的作者却撇开从实际出发的具体分析,一般地强调了一切外来的事物的好处,仿佛外来的东西一多了,什么问题都可以解决似的。由于作者过分强调了这点,结果便不知不觉地陷入"取消主义"的泥坑中,那就是说,不知不觉地否定了本国的一切。

---

* 载1951年1月版《生活·思想·随笔》。

为什么会得出这样不合事实的结论呢？第一，可能因为作者中的"教条主义"的毒太深，他的"那一套"被人认为"生疏、不习惯、新奇……"甚至被人讥为"洋气"，或受了鄙弃和排斥，因而他错觉地觉得人家在"排外"，因而把人家一套有用的东西，统统误认为无用的"公式"。第二，由于作者过分强调了外来事物的好处，结果就看不见当地的优点与成就。如果再把某些缺点扩大一下，那就难怪作者觉得处处"不合口胃"了。

这是一种"走极端"的思想，如果一个人在这种思想支配下，永远不可能得出"符合事实"的结论来。许多犯着教条主义或经验主义的同志，常常还自鸣得意，以为自己懂得很多，其实除了一套不切实际的教条或狭隘经验之外，还差得很远。我希望有这种思想的同志深加警惕！否则你便永远不可能获得真正"切合人民需要"的东西。

当然，我并不否认我们也存在着某些缺点，如唯木同志所指出的"干部思想和作风的限制性"，就是一例。如果闭着眼睛，硬把存在着的缺点（哪怕是小缺点）加以否认，也不合乎毛主席"实事求是"的精神。因为这样做，不但不会有什么好处，反而只会造成干部的"自满"情绪，和麻痹大家"时刻检查自己"的警惕心理。

我们一贯就主张看问题应看到各方面，应向深处看，只有如此，才可能找出"实事求是"的结论来。如果把微小的或个别的缺点，当作普遍事实，甚至于因此把一切优点和成就都一笔抹杀，显然是极其错误的。

一九四七年三月

附：谈洋气

有不少这样的人，对于他们自己稍为生疏，不习惯，新奇，或者仅仅是他个人少见或存偏见，认为不合胃口的一切，便加上一个"洋气"的封号，予以鄙弃或排斥！

我们长期生长于农村，环境缺少大的变化，又因战争使我们和其他地方隔阂，这便造成我们某些人的"排外"和"自满"，对于新的东西不容易接受。上面所说那些有"洋气观"的人，实质上就是"自满"和"排外"的思想表现。

由于"洋气观"的毒害，使我们习惯于已有，满足于已有。便把已有的一些东西，互相模仿与抄袭，大家在圈子里转，结果便形成公式主义：工作老一套，生活老一套，反映在文化上，也是大同小异，内容和形式都贫乏枯燥。谁不信，可以看我们的刊物，报纸，开会和布置工作……

用"洋"和"不洋"来决定要和不要，那是很不恰当的！马克思主义，洋枪、洋炮，电报、电灯，等等，当然都是洋的，而且"洋气"得很，如果按照"洋气"论者，是不该接受的，而且应该讥之骂之。如果当初真的这样，岂不糟糕！

粗粗看起来，我们现在好像什么也有一套了，但严格地说，我们还少得很多。应该多多研究、分析、接受别人的东西，特别在技术上，更应如此。否则，如果仍存在着那种"洋气观"，那对于多样接受外来有用东西的工作是有百害而无一利的！我一方面希望有"洋气观"的人，收起偏见，免得故步自封，弄得眼光非常狭小。另一方面，则希望大家不怕洋气之讥，各尽所能，多介绍一些有用的东西，只要有科学分析的精神，有阶级分析的方法，外来的东西愈多，我们就会越丰富，越结实，我们的工作，一定会做得更好！

评《木偶奇遇记》*
——略谈文艺形式与内容

一

五彩卡通《木偶奇遇记》自放映以来，曾听到不少同志极口称赞：有的认为这部片子很有教育意义，有的认为这部片子非常优美，有的则五体投地地"嗟叹"它"每一镜头都充满了让人不忘的美"。

实际上，《木偶奇遇记》是资产阶级用来宣传宿命论的作品，这部影片从头至尾贯串着"听天由命"的资产阶级的愚民哲学。它只会给观众留下这样的印象：不管境遇多么恶劣、敌手多么凶残，被迫害与被侮辱的人，无须去反抗，也不必去斗争，反正"命运女神"自然会来搭救，幸福的生活也自然会自己来到的。这正是整部《木偶奇遇记》中所暗示给观众的主要思想，也即是这部影片的主题。

像这样的主题，显然只会毒害我们的革命意识，它不仅对儿童有害，对头脑不清醒的成年人也有害。

但是《一部美的影片》（附后）的作者却说："虽然这影片中还反映了作者——一个资产阶级艺术家的思想，但这部影片也有它进步的一面，可以作为儿童的教育作品。"该作者既然认为它是反映资产阶级的思想的东西，怎么又认为它可以作为儿童的教育作品呢？是不是因为作者看见"木偶戏班主的钱落在袋里的时候，木偶的眼泪落下了"，和"另一个残暴的马戏班的班主虐待他的奴隶"等几个场面，就认为有教育儿童的价值呢？其实，这些悲惨场面的描写，只是为了便于说明"命运女神"的

---

* 载1950年2月版《论文学的现实性》。

"伟大"，它有什么教育儿童的价值可言呢？

如果我们抛开了全部情节所暗示出来的主题思想（宿命论）而不顾，只断章取义地把几个场面割裂开来去评价作品的意义，或把割裂出来的几个场面评为"进步的一面"，是极其错误的。因为场面只是作品的构成部分，不能孤立地把它割裂开来评价的。

二

《一部美的影片》的作者说：

"当你看到《木偶奇遇记》的时候，首先就给你一个深刻的印象，那明朗而美丽的颜色，和活泼细腻的画面，每一个镜头都充满了让人不忘的美。几乎这部影片里处处都是经艺术家的精心创造，为使观众满意的欣赏而努力，为使个个甚至极微小的故事都在画的线条、色彩、配乐各方面的美的结合中表现而努力，我们会惊奇于他的灵活而丰富的想象力，我们会嗟叹于他的'天才'的技巧，我们也不会为这影片中的故事玄妙而喜悦。"

作者阿贵同志这样五体投地地崇拜资产阶级的艺术，这样醉心于资产阶级的美，这样欣赏资产阶级的形式主义的作品，这样心满意足地"为这部影片中的故事玄妙而喜悦"，不能不使人"惊奇"！

很明显，作者所"嗟叹"所"惊奇"的是形式，而不是内容。但是抛开内容去谈什么形式的美，是很难理解的。《木偶奇遇记》的主题思想既然是教人安于"命运"支配，取消斗争努力，那么，为表现"安于命运"的线条，色彩所构成的形式，我们（工农兵及其干部）有什么根据说它是美的呢？

车尔尼舍夫斯基说得好："美是生活——任何东西看来，就是美的，美的对象，就是使人想起生活的东西。"——在艺术作品中，如果能真实而又形象地表现了人们所理解的生活（即切合社会发展法则的生活），或者艺术作品能引导人们去生活，或为"理应如此的生活"去斗争的，就是美的。凡是恰如其分地表现这种美的东西的形式（线条、彩色声音、语言等），也是美的。我们的秧歌舞虽然有人嫌它"粗糙"，但它能表现出农民的生活与感情，正因为如此，所以我们认为这形式很美。

《木偶奇遇记》的确是资产阶级艺术家运用线条、色彩，恰当地表现了反动的

"宿命观念"。若站在大资产阶级的立场来看，因形象恰好表现了他想表达的思想，确是"美"的。但是这种"美"与我们劳动人民的美在本质上是两回事，应严格地区别开来看，否则，我们就会上当，资产阶级的"文化毒素"就会侵入我们的血液。因为一般崇拜资产阶级形式美的人，实质上同时也憧憬着（或留恋着）资产阶级的生活、感情和趣味的。

一九四九年一月二十日于石家庄

附：

一部美的影片
——看《木偶奇遇记》后记

《木偶奇遇记》是一部美的影片。

这部影片是华尔狄斯耐根据早已闻名全世界的《木偶奇遇记》那一部童话故事画成的。当你看到《木偶奇遇记》的时候，首先就给你一个深刻的印象，那明朗而美丽的颜色和活泼细腻的画面，每一个镜头都充满了让人不忘的美。几乎这部影片里处处都是经过艺术家的精心创造，为使观众满意的欣赏而努力，为使个个甚至极微小的故事都在画的线条、色彩、配乐各方面的美结合中，表现而努力。我们会惊奇于他的灵活而丰富的想象力，我们会嗟叹于他的天才的技巧，我们也会为这影片中的故事玄妙而喜悦。

但是这部影片之所以在艺术作品中能得到较好的赞扬，并不是只在形式的美上成功了；我们还可以看得出，虽然是画家笔下产生的作品，并不是真实的人物在表演，虽然是神妙的童话，并不是真实的故事，可是在其中每一个角色——无论是制作木偶的老人、木偶、狐狸、猫或者是鱼，都表现了人的性格。

同时通过这些角色的性格，我们可以看穿这部影片的故事是对儿童有某些教育意义，我们看到木偶刚刚走上了复杂的社会，就被奸猾的狐狸骗住了、他相信狐狸蜜语甜言诳骗而坠入陷阱；那里又有木偶戏的班主对他的压迫损害，那班主的钱落在袋里的时候，木偶的眼泪落下了；又看到另一个残暴的马戏班的班主怎样虐待他的奴隶。人在那没有自由的地方都会变成被奴役的动物。

我们也能由这影片中看出华尔狄斯耐并不能明确地站在时代的革命的立场来处理这个故事，虽然这影片中还反映了作者——一个资产阶级的艺术家的思想，但这影片也是有它进步的一面，可以作为儿童教育的作品。车尔尼舍夫斯基曾经说过："艺术就只有在对生活之真实具体的反映中才能获得美。"我以为《木偶奇遇记》正是这样一部"美"的影片。

谈《桥》

《桥》是东北电影制片厂摄制的第一部故事片,虽然在技术上和生活细节上,还存在着若干缺点,但它给人的印象却是良好的,崭新的。在题材上它已突破了中国旧电影的圈套,摈除了旧电影的因袭趣味;最可喜的,则是这部片子饱含着高度的思想性。

《桥》的主题是积极而正确的。在银幕上,不仅工人阶级的伟大创造精神得到艺术的表现,更重要的,是通过各种斗争说明了如下的真理,那就是:在共产党领导下,没有什么困难不可克服的。片子同时证明:也只有在共产党的领导下,才有可能发动群众和发挥群众的积极性与创造性;只有群众的积极性与创造性发挥起来,才可以克服任何困难。——这就是《桥》所暗示出来的中心思想。

那么,《桥》用什么方法去表现这些思想呢?

现在流行的许多作品中,其"主题"虽然大多数是积极的,正确的,但表现"主题"的方法,在好些作品中却是概念的;甚至有赤裸裸地以说教来代替艺术表现的。像这样作品的"主题",当然不会有什么艺术的说服力。《桥》则不同,它的主题是通过血肉生活暗示出来的。它在银幕上展示给观众的,都是有血有肉的斗争生活与行动着的有生命的人物,而在血肉生活及行动着的人物背后却明确地暗示出一种思想来。

《桥》一开始就将"困难重重"的画卷展示在观众眼前,首先是物质的困难,没有钢,没有立刻可以使用的炼钢炉;其次是思想的障碍,原来的职员和工程师没有战胜困难的信心,一遇到困难就向困难低头,还有少数工人存在着雇佣思想;等等,所有这些困难,都不是以罗列的形式摆出,而是组织在新旧思想的斗争中,当作根本的问题提出来的。

通过艺术形象提出问题，固然不是一件容易事，但更困难的，是通过艺术形象解决问题。可是有些作品，往往是这样：问题的提出是艺术的，但解决问题时却是概念的。有些作品是：问题提出是本质的，但"解决"问题却是表面的。《红旗歌》就是例子。所谓问题，当然是指矛盾的本质，如果矛盾的本质不解决，问题就不能算是真正的解决。有些作品常常只在表面上求"解决"，而不是从思想上求解决，因而，毫无思想过程，看不见思想变化的规律。形成了问题"解决"前后的两种不同形象的罗列，这样的作品，虽然作者主观上企图解决问题，但在观众的印象里，问题却是没有解决。

在这一点上，我们认为《桥》是有它的长处的。至于那个落后工人的雇佣思想的转变，暂且不说他，单拿那位工程师的思想变化来说吧：开始时，他是因为"从来没有发动群众的经验"，不相信劳动群众有创造性，这正是他向困难低头的思想根源，也是新旧思想斗争中的矛盾的本质。可是当共产党真正把工人发动起来，当工人真正发挥了他们的创造性，正如他自己所说的"不信耳朵，只相信眼睛"——当他亲眼看见钢出炉的时候，也就是当他的旧经验和旧看法为新的事实所粉碎的时候，他转变了。这思想过程的艺术表现是扼要的，但却是自然的，符合规律的。正因为如此，所以我们认为《桥》是富有思想性，富有教育意义的片子。

特别值得提到的是，是这片子正确地处理了党的领导在各种斗争中所起的作用。如果这一点处理得不适当，甚或把党的领导作用抛在一边，那末，一切问题的解决将是不可理解的。事实上，现在有许多作品对党的领导作用的处理大部分是不适当的。

其次，《桥》在围绕它的主题所展开的各种斗争中，也给了观众有益的教育。《桥》通过银幕形象明确地告诉大家：在克服物质困难的斗争中，只要依靠群众，启发大家用脑子，任何困难都可克服的；在思想斗争中，观众也从银幕形象上得到启示，那就是帮助别人的思想改造，不应用打击方式，而应该以团结精神去影响对方，不应说教，而应该用行动去诱导对方。此外，这部片子对观众工作情绪的刺激也是不小的，据说北平电影制片厂的工人看了《桥》以后，第二天的工作情绪更提高了，他们说："人家当时困难这么多，还干得那么带劲，我们现在条件好多了，要好好干才是。"

虽然如此，《桥》不是没有缺点的，严格地说，《桥》的艺术性还赶不上它的思

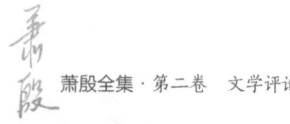

想性，就是说《桥》在艺术表现方法上还有未能恰如其分地表现它的思想内容的地方。它还没有把真理更好地揉合在生活中，它仍然没有超出报道性的范围。在题材处理上，仍然有《桥》的痕迹，比如硬让一个"土木"工程师去审查炼钢炉的砖块和修理发电机，都使人觉得太勉强。

《桥》是解放区的第一部故事片子。在这以前，我们在这方面没有多少经验，特别以电影艺术来表现新时代和新人物，这还是第一次尝试。虽然如此，但"头一炮"却打得很响。不管其中还有多少缺点吧，但是若从它主要方面看，若从比较的观点看，我们认为《桥》仍然是一部好电影。

一九四九年六月五日于北平

谈主题、情节和性格*
——评《红石山》与《望南山》

一

早在1938年,杨朔就开始在武汉的一个文艺刊物上发表小说和报告,到解放区后,他曾陆陆续续地发表了不少短篇小说。可是由于作者当时正热衷于"走马看花"地对待生活,地方虽然走得很多,但却没有深入生活;那时杨朔在作品中所追求的,似乎大部分是传奇性的故事,对现实生活理解得不深,所描写的人物也就不够丰满,因而没有引起人们很大注意。但是,最近出版的《红石山》与《望南山》,却是值得注意的作品。可以说,这两篇作品在人物描写方面,已突破了他以前的创作水平,因而作品的思想内容也相应地有了提高。

《红石山》(新华书店出版)与《望南山》(天下图书公司出版)这两个中篇小说,都是今年八月出版的。前者是作者于日本投降后在庞家堡矿山住了九个月写成的。早在1946年秋,我就读到一部分原稿;虽未读完,但是,作品中一些富有生命的语言与浓重的生活气氛,却给我留下一个极其深刻的印象。《望南山》是作者根据去年秋天随军北征察南所感受的素材写成的。可以说,这两篇作品都是从斗争的生活里吸取题材,而且用比较正确的观点处理了这些题材的;从整体来说,《红石山》与《望南山》,都是比较真实地反映了现实生活的作品,因此,它们都有一定的思想内容与教育意义。

---

* 载1949年10月25日《文艺报》第一卷第三期。本文为1980年6月版《谈写作》收录的版本。

二

作者企图通过红石山工人反抗日本帝国主义侵略的事实来表现工人阶级的英雄事迹，并通过这些事实体现这样一种意义，即：工人阶级要求得解放，只有在共产党的领导下才能得到实现。

作品主要是通过三个不同性格的工人的遭遇来体现它的主题思想：（一）董长兴，这是一个在痛苦里煎熬，对敌人怀着仇恨的人物；可是他缺乏反抗的勇气；结果，在难堪的痛苦重压下牺牲了。（二）殷冬水，也是一个仇恨敌人的人物，他敢作敢为，敢于反抗；可惜他只凭个人感情来行事，没有经过有组织的力量来进行斗争；结果，被敌人惨杀了。（三）胡金海，是个勇敢而富有反抗精神的工人。这是作者在这作品中企图展示给读者的正面人物。始初，他所走的道路跟殷冬水一样，所不同的，是殷冬水在逃路上被敌人抓回去杀了，而他却从虎口里逃出来；只有当他见到罗区长之后，才认识了组织力量，才得到共产党的支持；这样，他才参加了有组织的武装斗争，最终协同人民军队解放了矿山，解放了工人，也解放了他自己。

作者从工人的广泛生活中找到这三个人物，把他们一起放到抗日斗争中去考验；而且把他们最后的命运揭示出来，这是很有教育意义的。具有这三种性格的工人，在抗日时期的工厂里，的确是相当普遍地存在着。这三种人有着三条不同的人生道路；哪一条是绝路，哪一条是活路，在《红石山》中已清清楚楚地揭示出来了。像这样的作品比起好些只写表面现象的作品，要好得多，在思想内容上也深厚得多。

因此，我以为《红石山》是目前较好的作品之一。我之所以说"较好"，而不说"很好"，是因为它还存在着一些缺点。

三

虽然我在前面曾一再肯定这部作品的积极意义，但如果我们进一步地考察一下作品的感染力，那么这部作品却有许多值得商讨的地方。即是说：作品所传达的思想虽然明确而积极；但如果作品的思想不是体现在艺术形象里，它就不可能有什么艺术的感染力。也可以这样说：一部作品如果不能让读者在艺术的感受中去领会主题思想，如果人物的性格与情节的发展没有"必然性"；那么，不管情节如何曲折，作品所表达的思想如何积极，而作品的感染力一定会受到损害的。

《红石山》的艺术感染力怎样呢？现在不妨来考察一下。

我以为《红石山》前十一章是动人的，它有血有肉，人物有个性，情节的发展也很合情理；可是后半部，情节的发展就显得生硬而不自然了。在后半部只剩下故事，大部分人物都失去了个性；就是前半部的人物再在后半部出现时，却再也没有生命了。为什么会产生这样的现象呢？

作者急于完成他的主题，只注意到情节的发展，忽略了性格的发展，忽略了某些人物的思想、情绪变化的辩证法；有些地方，只拿人物去"迁就"故事，结果，自然只会格杀了人物的性格。因此，愈到情节高潮，人物就愈模糊，愈概念化。相反，像庆儿娘与董长兴等次要人物的性格，却比较完整，前后比较一致；但像胡金海、脆萝卜嗓子等的性格，却是愈到高潮就愈模糊。譬如胡金海吧，前半部的胡金海是活的，后半部的胡金海却失去了生命。

大毛驴霍地跳起来，也不问情由，左右开弓打了胡金海两个耳光子，又卡住他的脖子使劲地摇，摇得胡金海的帽斗都掉了。然后几绊子把胡金海绊倒，气汹汹地骂道："操你个奶奶，你卖了多少火药给八路军？"

胡金海蹲起来，红脸涨成紫色，呼哧呼哧地喘着，低着眼冷笑道："别冤枉人，谁看见我卖给八路啦？……"

烂剥皮喝道："他妈的，还敢顶嘴，非打不行！"

就有几个人马上把胡金海按倒。大毛驴抡起根镐把子，没头没脸地乱打一阵，打一下，问一句道："你卖没卖？你卖没卖？"

胡金海一点不肯服软，直着嗓子辩道："我就没卖！你们也不能骨头上按花朵，瞎造是非！"（见《红石山》二十三页）

请允许我再抄一段：

……胡金海像是道电光，嗖地闪进来。大毛驴一呆，没等定过神来，胡金海早蹿到跟前，举起手里的洋镐，劈头打下来。大毛驴慌的拿胳膊一挡，跳起来想跑，第二镐又打过来，恰巧打中他的脑袋，冒了血花。

"富士"呜的一声扑上来,咬住胡金海的破棉裤,使劲摆头。胡金海连打几镐,打得它吭唧吭唧叫着钻到桌子底下去。胡金海抢着镐,又朝大毛驴的头打了几镐,然后撇了家伙,冷笑一声蹿出去。

刚交半夜,天阴的挺厚,风刮的正猛。他四下望了望,顺着一道又高又陡的山坡爬上去,转眼融化进黑茫茫的夜色里。(见《红石山》二十四页)

这儿所写的胡金海是活的。作者把这个"拧脾气,常常恨在心里,要干就干"的人物性格把握住了,而且活生生地表现出来,这是好的。但是,只把握(和表现)了胡金海萌芽状态中的积极性格,是不够的。当胡金海参加了游击队、随着他的积极行动的发展,理应更深地发掘他的性格和发展他的性格;可是在作品中,却是愈到高潮,胡金海的性格就愈模糊,甚至愈概念化,如:

罗区长一赶到工人区,召集全山的工人开会。胡金海扬起蝴蝶须似的长眼眉,招呼一声,带着游击队跟王世武他们汇合一起,赶去包围了大疙瘩,写信进去,叫广岛投降。

……………

胡金海手一挥道:"撑这个狗崽的!不投降就揍他个稀里哗啦!"

他领着游击队和浑身是红的工人武装。带上新缴的枪,连夜撑下山去。(见《红石山》八十五页)

愈写到后来,胡金海这人物就愈模糊了。除了表面动作之外,读者再也感觉不到胡金海有什么生命了。

当殷冬水被杀了,董长兴又病着,而胡金海已离开工厂的时候,作者为使情节能够发展下去,临时把王世武、吴黑两个陌生的人物拉出来串演情节。虽然作者对于这两个人物费了不少气力,但这种卖力对于作品的说服力是无补的。作者虽然希图表现他们的革命品质,但是在艺术形象中让读者所感受到的,却总是旧气息与旧品性。

……头天下午,他(吴黑)像个鸭子,摆呀摆呀的,特意从炮楼前走。

高义从枪眼里叫道:"吴黑,你孤鬼冤魂的,往哪瞎逛荡?"

吴黑假装一愣,笑骂道:"操你娘,我当是谁!"又扬了扬手里拿的黄芹说:"我摘山茶来了,你要不要?"

高义的尖鼻子伸进枪眼,叫道:"我当什么好东西,谁稀罕你的,要孝敬老子就孝敬点好吃的东西。"

吴黑仰着脸笑道:"看把你美的!你想吃什么?我家里还有糕,给你送些来好不好?"(见《红石山》五十五页)

一个革命者为了对付旧环境,有时的确也必须采用一些能适应环境的作风,否则,工作就难进行。但在作品中,单只表现这应付环境的一面性格,显然是不够的。像吴黑那样的人物,作者只表现出他的性格最表面的一面——应付敌人的一面,对于他本质的一面性格,却是模糊不清的;这就很可能使读者发生这样的怀疑:"吴黑这样'流里流气'的人物,是否能够做出这样的英雄行径来?"

正因为这样,使人觉得情节的发展与人物性格有些游离,甚至使人觉得作者在"人工"地编造情节。一篇作品,如果人物性格不真实,或表现得不真实,就很难说明情节发展的"必然性",就很难说明情节非如此发展不可。一篇作品,如果人物没有性格,或者只有表面的"性格",也同样很难说明情节发展的"必然性"。《红石山》的情节虽然很曲折,但由于几个主要人物的性格没有表现得很真实或很丰满,结果,使读者觉得其中某些情节的发展不太真实。(虽然董长兴的性格与他的行动发展表现得很真实、很完整,但作品是有机体,主题思想是由许多人物之间的关系体现出来的;只有一个人物被描写得真实生动,对于整个作品仍然是无补的。)正因为如此,所以作者所企图表达的思想,也因此而削弱了它的艺术感染力。

四

《望南山》主要是反映农民保卫土地的斗争。作者企图通过边沿区复杂的斗争,来证明"土地能使农民产生力量"这一真理。作者在作品的末尾也这样写着:"但我明白,这正是土地给人的力量。这力量使人在斗争中变得坚强,变得伟大。在这种力量底下,千千万万人团结在一起,团结得像一座大山,最终把敌人压成稀泥烂浆。"这正是《望南山》所企图表达的主题思想。

那么，作品如何展开它的主题思想呢？

这时候是1946年10月10日，一连几天，队伍从张家口那边过来，顺着山口退到山南去。河渠和村里人天天立在村头上，也没心思做活，手搭着凉棚，远远眺望着大路上撤退的队伍。赶十三那天，掩护的部队最后一走，就再不见人了。

情节就从这里开始。大王疃从此紧张起来，人心吊在半空中，只等村里一筛锣，便准备朝南山跑，有人埋怨八路军不该说走就走。恰在这时，区委书记周连元来了，大家知道他还留在这里领导斗争，并正准备组织护地队，大家也就定了心。第二天，那个在土改时逃跑了的地主蔡八翠领着保安队回到大王疃，堡子里的年轻人都跑到南山脚下。一个叫吴宝山的，原是地主，因假装开明，献了地，混进农会里，骨子里却是蔡八翠一条线的人，这时他从村子里出来，骗村民回村，虽然经河渠劝告，但河渠的哥哥邹多喜却悄悄回村了。多喜回到村里一见他奶奶，就知道事情不妙，正想往外跑，就遇着蔡八翠，结果被绑走了，还说要还清土改后的租子才放人。第二天，老奶奶去看多喜，多喜的棉袄已叫人剥去，鞋袜也剥光，赤着脚躺在冰上，脸是泥皮色，胡子上挂着冰，早不像人样了。当晚，等老奶奶求亲告友地弄来两斗多米去赎人时，多喜已被蔡八翠铡了头。河渠等在南山下已组织起护地队，听见多喜的事，就星夜摸回村里把蔡八翠枪决了。敌人保安队摸不清护地队的底细，就退出大王疃。护地队的声势越来越大，屡次打击保安队，敌人气极生疯，常来大王疃抢东西，点房子。大家有些不安，天天都盼望解放军早日回到察南来搭救他们。这时，那个内奸吴宝山趁机活动，企图破坏护地队，被周连元发现了。吴宝山知道他的秘密已被发现，索性现了原形，亲自带领保安队到南山脚下围攻护地队，打了一整天，除周连元与河渠突围外，其他的人把手榴弹打完后，都在窑洞里自戕了。不久，解放军果真回来了，终于解放了察南，穷人所得到的土地从此也牢靠了。

单看这作品的梗概，我们就可以看出作品的主题思想是明确的、积极的。它不仅通过这惨烈的斗争反映了农民不惜生命地保卫土地；同时《望南山》也是许多被侵占的解放区农民斗争的缩影。在自卫战争初期，哪一个被占区的农村不进行惨烈的斗争呢？哪一次斗争不是为着土地问题呢？因此，我认为《望南山》所表现的事件，是具有典型意义的，也可以说，《望南山》是一部很有教育意义的作品。

五

主题虽然明确而积极,但《望南山》跟《红石山》有着同样的缺点,那就是:仅仅情节有吸引人的力量,人物的描写却很不够。除了几个次要角色,如许老用和老奶奶的性格比较真实,邹多喜虽然只寥寥数笔,也刻画得很突出;所有主要的正面人物,如河渠、周连元、赵璧等,都缺乏个性,甚至表现得相当概念化。

如果拿《望南山》中的河渠来比《红石山》中的胡金海,我以为胡金海在开始时性格还比较明显,愈到后来就愈概念化,而河渠呢?却是从始到终都是概念的。虽然作者这样介绍过:"河渠是个小个子,挺精干,两个黄眼珠一闪一闪的,像电光,嘴老闭得绷紧,不大言语。""河渠这后生平时像个没嘴的葫芦,胆量可有天大,大伙举他作新农会主任,领着头翻身。"但这仅仅从作者的说明里才知道,读者却不能在艺术形象中感受到这样的性格。周连元的性格也是仅仅局限于作者的说明中,在人物的行动上,读者却感受不到。这不能不说是个缺陷。

其次是赵璧,他是个领导大伙在窑里坚持了一天苦战,最后又领导大伙自杀的人物。这样重要的角色,作者对于他的性格的描写却很马虎。我真怀疑是作者因临时要用他,才把他拉出来做"英雄"的;否则,为什么他前面的表现与他最后的壮烈行为如此不协调呢?

> 第二天,堡子里又出了谣言,先是说:"解放军终归是个后娘,拿着咱就不会像老解放区一样,管你死活呢?"
>
> 后来就说:"解放军早叫人消灭光了,人毛也没剩,还盼个啥?大毛栏儿在涞源亲自听说的。"
>
> 赵璧心眼直,谣言搅得他光会发躁。……(见《望南山》四十五页)

当许老用数说蔡八翠赶集盗粮时,赵璧还不信世界上会有这种刻薄鬼,摆着手笑道:"我不信。我看你是吃柳条,拉筐子,肚子里编。"(见《望南山》六页)

像这样的人物,凭什么"精神力量"去推动他如此坚决地领导大伙苦战呢?说他在实际斗争中变坚强了吧,但在作品中又没有提到他"变"过,也从未触及他的思想变化;反而"忽然"在战斗中表现出这么一种"惊天动地"的英雄行径,实在很难使读者相信。

人物既然缺少血肉，人物的性格与他的行动既然存在矛盾，那么，即使作者企图表达的主题思想很积极，也不会得到预期的效果。因为：主题思想如果不是融合在血肉之中，如果不是体现在可感可触的艺术形象之中，主题思想的说服力一定是微弱的。只有当情节成为有生命的人物与环境相接触所发生的必然现象或事件时；只有当情节成为一定的性格与一定的环境相冲激所发生的现象或事件时；情节才具有动人的力量。只有由这样的情节所体现出来的主题思想，才可能有巨大的说服力。

虽然《望南山》的写作距《红石山》的写作有三年之久，但是，《红石山》的缺点仍然保留在《望南山》中，有些地方甚至还不如《红石山》好，这一点，很值得作者警惕。

六

一篇小说有曲折的情节，应该承认是好的；可是，如果忽略了人物性格的描写，忽略了人物情绪变化过程的描写；或忘记了性格与环境对于情节发展的因果关系；而专门去追求情节，甚或只拿人物去"迁就"预定的情节，就一定不能艺术地完成主题。

根据杨朔最近发表的几个短篇，再加上《红石山》与《望南山》所得的总的印象，我以为他不能更好地表现新的人物形象，并不是偶然的。他自己何尝不焦灼地追求更完整的性格呢？他何尝不希望更好地去表现新英雄与新品质呢？但是，在杨朔的作品中，却出现过这样的情形，那就是：在他的一些作品中所表现的积极的性格，往往不如灰暗的性格那样深刻生动。《红石山》中的董长兴与庆儿娘的性格，要比王世武和吴黑的性格深刻生动得多。在《望南山》中，许老用和老奶奶的性格，要比周连元、河渠和赵璧等人的性格深刻生动得多，而且作者流露出更多更热烈的情绪。如：

赶她苏醒过来，已经躺在自家炕上。天大黑了，屋里点着盏胡麻油灯，昏沉沉的，灯后设着个木头牌位，供着碗白水。许老用和赵璧媳妇不知从哪里弄到几张白纸，正在灯影里糊阴魂幡。这是做啥？她起初不懂，忽然触起刚才的事，心里咬的一样痛，哼出声道："多喜，你死的好屈呀！"

赵璧媳妇坐到炕沿上说："奶奶，你好点吗？人死了，哭也哭不活了！这年月，早死一天，倒是前世修下的！"说着眼圈先红了。

奶奶倒没有一滴泪，硬撑着坐起身，脸色冰冷，两眼发直，盯着那个牌位有气无力地问道："我那多喜呢？"

许老用道："抬回来啦，停在外边。他劳累了一辈子，明天让他拣个地方去睡吧，再也不用起五更，爬半夜了。"

奶奶点点头，又说："他吃饭了没有？我知道孩子爱吃糕，赶明天给他做点糕。我活一天，也有他吃的；我死了，他也就没人管了！"说得赵璧媳妇抽打着鼻子，小声哭起来。（见《望南山》二十八页）

又如：

快到洞口，董长兴一眼望见烂剥皮站在一堆柴火前。他知道这家伙惯会豆腐里挑骨头，诈财骗钱，怕他找碴，就连忙肘了他的同伴一下，推着车跑起来。

烂剥皮早在后面喝道："慌什么？又没有鬼追命！"三步两步抢过来，紧眨着左眼，拍着车沿骂道："操你个奶奶，你们这是来骗谁，车装的满都不满！"董长兴明知他要诈财，可是腰里掏不出钱。烂剥皮更火了，用手翻了翻"红"，叫得更凶："装不满也罢，怎么还有石头？非扣你们的车数不可！"

那个抽大烟的工人僵在洞口，风搅着雪，一阵一阵白旋风绕着他打转。他肚里无食，身上无衣，又有口瘾，早冻的受不住了，浑身直打冷战。烂剥皮对准他的腿腕子就是一脚，恶狠狠地骂道："滚你妈的蛋，别在这装蒜！"

那人哼了一声，一头栽倒，只是哆嗦。烂剥皮还不肯放松，对着他的头又铿铿地踩了几脚，一面骂道："好杂种操的，再叫你装死！我看你的脑壳硬不硬，硬就得干活！"

那人蹬了蹬腿，不动了。董长兴上去摸摸他的胸口，吃惊地道："咳，他冻死啦！"

烂剥皮先还不信，用手试了试死人的嘴，也有点慌，随后敛住神色喝道："死就死了吧！反正有的是中国人，死一个半个不算什么！"就把死人横拖竖拉到洞外的沟沿上，拿脚一踹，死尸顺着山坡骨碌骨碌滚到沟底去。风雪正紧，转眼把死尸埋在大

雪里了。（见《红石山》十一页）

这是多么生动！多么真实！可以说，作者的情绪与人物的情绪完全交融一气了。像这样简练的细节描写与性格描写，在《红石山》《望南山》中还有好几处；可是写到勇壮的（如《望南山》中赵璧等自杀）或欢乐的（如《红石山》最后写到胡金海重回矿山）的场面时，或者写到新的人物品质时，就显得相当无力，作者的情绪也就显得干瘪。如：

胡金海道："大婶，你心里也不用不踏实，咱们的天下算定啦。姓蒋的要能讨到便宜，除非是驴长角。"
庆儿又拉着金海的手笑问道："王世武他们哪去啦？"
胡金海说："王世武和吴黑都又出来闹民兵自卫队了。罗区长于今在宣化武装部，倒是叫我就便看看山上的情形。"
庆儿挽起袖子，对他娘道："娘，我帮你擀面。留金海大哥在这吃饭。"
胡金海摆着手道："不行，我还得到大坝口去一趟。"（见《红石山》九十二页）

写到这儿，作者的情绪与人物的情绪游离了，人物再也没有什么生命；这说明一个什么问题呢？

这就说明作者对于新事物与新性格还不太熟悉，说明作者还没有足够的感受力去感受新事物；说明作者的情感还没有与新英雄人物的感情融合一气。因为：如果一个作家的思想感情赶不上他作品中新的人物，那么，他就很难形象地把握这些人物；当然也就很难形象地表现这些人物。

然而，现在我们所特别缺少的，正是真实地表现新的英雄人物的作品。现在，被大家公认为较出色的作品，大部分都还是停留在旧人物的刻画上；能够出色地表现新英雄人物的作品，真太少了。而新的英雄时代、英雄人物和英雄事迹，却迫切要求得到艺术的表现。过去的生活与过去的性格本来也可以描写，但如果总是停留在这些生活与这些性格的描写上，那么，我们就无法更真实地反映这个英雄时代。对杨朔来说，也是如此。如果作者不放弃浮光掠影地"采访"生活的方式，忽视在思想感情上与现实斗争相结合；忽视反复地观察、深入地研究生活；那么，新的品质与新的英雄性格就很难把握。虽然，我们的作家对新的现实与新的人物也有感受或感动，也可能由某一点感动的触发，而开始"孕育"人物形象；但是，如果没有丰富的生活做基础，想象就会受到限制。如果没有与新人物相一致的思想感情做基础，就很难理解新人物的精神面貌，因而，较完整的英雄形象就很难创造出来。

扯得太远了，话得拉回来。《红石山》与《望南山》的主题思想虽然很积极，但由于上述原因，却不能收到它们应有的艺术效果。

七

虽然我在这里对《红石山》与《望南山》提出了一些意见，但并不能因此得出结论，说"这是要不得的作品"，我的意思不是这样。若与现在某些作品相比较，我认为这两部小说也是较好的作品。我所以更多地论到他的缺点，也不过是根据这个"有了十年以上写作经验和十年以上解放区生活"的具体作家，提出我的具体要求罢了。

一九四九年十月于北京

读《撞车》*

《撞车》这篇不到二千字的短篇作品，是通过描写一件平常的小事，体现新社会里城乡关系的变化，体现劳动人民的品质的成长。虽然这篇作品还存在着一些缺点，但毫无疑问，它是一篇有着教育意义，启示读者向上的作品。

第一，在这篇作品里，作者没有停留在撞车纠纷的表面描写上，它是通过这些现象，较深入地透视到事件的本质，发掘了事件发生的基本原因。这基本原因是什么呢？那就是：今天仍有人（如作品中的炕洞）拿旧社会里劳动人民对待地主阶级的一套老办法来对待"自家人"——翻身后的贫雇农。这就是纠纷发生的根本原因，也是《撞车》这篇作品中所提出来的思想问题。其次，纠纷产生的第二个原因，就是有些城里人（如炕洞）仍然瞧不起乡下人，还保留着过去那种城乡对立的观念，这是《撞车》这作品提出来的第二个思想问题。作者很明确地通过常保和一位警察同志的嘴，尖锐地批评了这两种思想的错误。正因为这样，这篇作品获得了思想内容。（当然，这里也存在着缺点，留在后面再谈。）

第二，《撞车》的取材也是值得开始学习写作的同志学习的。作者选择现实中看起来很平常的生活现象，截取其中最突出、最有代表性的一段或一个侧面，加以发掘，找出根本原因，给以艺术的表现。这是学习短篇的一种较好的方法：它和那些把事件从头写到尾，平铺直叙的写作方法不同，后者常常写得很长，但却写得很表面，主题也不明确。

第三，我觉得这篇作品的语言，也是很朴素很生动的，随便举一个例子吧：

---

* 载1959年9月版《与习作者谈写作》。

炕洞推着两麻袋烂煤，吱哑吱哑地推到南关。从南面轰隆轰隆来了一辆牛车，炕洞一股劲只管推，也不躲道，也不吭声，赶车的拉着牛紧躲慢躲没躲开。"哗啦"一下子，把小车给撞翻了，麻袋被甩的开了口，煤倾了一地，炕洞把车背带放下，往旁边一立，丧着脸看起来了。人家赶车的急忙住了车，蹲下去，一捧一捧的把煤往口袋里放。

这段描写没有什么润饰，没有"花花绿绿"的辞藻；它朴素、生动，能把当时的情景明了地正确地表现出来，文字很干净，句子又短，这正是民间语言的本色。

但是《撞车》也有它的缺点，这是一个开始学习写作的青年所难免的。首先是人物思想的变化表现得过分简单和过分表面，当炕洞听完了常保和警察同志的劝导之后，他只"低头愣了一下，脸一红，笑了笑"，就彻底转变了。的确，炕洞听了别人的劝导后，马上认识了错误，彻底转变自己的思想，是完全可能的；但问题不在这里，而是在于作品没有深一步地去表现炕洞在听劝导时的心理活动。假如单从外表看，好像只是"低头愣了一下，脸一红，笑了笑"，就转变了；然而事实上，在他的内心却不是突然的，而是有过程的。当作一篇文学作品来描写人物转变心理活动的过程，是一定要交代清楚的，否则，就难免使读者感到"转变得太突然"了。

正因为炕洞的心理活动没有被表现出来，就使人觉得：这篇作品中的思想斗争是不具体的。虽然思想问题的提出表现得很生动，但思想的解决，仅仅用常保的一篇大道理来解决，却很不够。本来常保的那篇劝导的话，句句都是针对着炕洞的错误思想的，如果作者能在常保说话中间，同时穿插着写出炕洞的内心斗争，那么，不仅可以避免场面的单调，同时可以生动地展开一幅思想斗争的图画，而且情节的发展也会自然得多了。

一九五○年四月十六日

附：撞车 文/董品芬

腊月二十六，获鹿城集上热闹的和过庙唱戏一样。炕洞推着两麻袋烂煤，吱哑吱哑的推到南关。从南面轰隆轰隆来了一辆牛车，炕洞一股劲只管推，也不躲道，也不吭声，赶车的拉着牛紧躲慢躲没躲开。"哗啦"一下子，把小车给撞翻了，麻袋被甩的开了口,煤倾了一地,炕洞把车背带放下,往旁边一立,丧着脸看起来了。人家赶车的急忙住了车,蹲下去,一捧一捧的把煤往口袋里放。

炕洞是获鹿城里的人,推脚推了三十多年了。在老百姓中间,亘古就有这么一个习惯:大车得给小车让路,要是大车撞着了小车,大车就走不了,一来因为大车是牲口力,小车是人力,可是主要的还是赶大车是有钱的,推小车是穷的。炕洞向来是见了大车便大模大样的只顾推,大车要撞着了他的小车,不但要赔错,还得赔损失。这回炕洞又被撞了,炕洞就在旁边看着赶车的往麻袋里捧煤。

赶车的一会儿把煤捧完了,从车上拿了条麻绳把麻袋口绑上,把麻袋放在小车上,拿起了鞭子想吆喝着牲口走,这时炕洞嚷道:"就这样就算了吗?走不了!"赶车的说:"咋啦?"炕洞说:"脱秤了!"赶车的说:"我把煤原封都给你捧起来了,也不会脱多少秤,请你包屈吧!走开得了。"炕洞说:"那不沾!我是给人家推脚的,走!你跟上我到那里过秤去,脱几斤你赔人家几斤。"炕洞不让赶车的走,人们围了一个大圈。这时,一个××村的生产委员常保过来了,问明白了这是怎么一回子事后,他对炕洞说:"算了,让他走吧!"炕洞丧榔榔地说:"就这个样子他走不了!"说完后,又冲着赶车的说:"你会赶车不会?你出过门没有?"赶车的紧着就说:"是!是!是不会赶车,过去就没有使过牲口,翻身后才喂上牲口使上了车,可不是哗!也没出过门,过去轻易也不进城,现在来卖了这车大白菜,换一车炭烧,请你包屈点吧!"炕洞用手指着赶车的说:"你整个的是乡瓜子!"常保向炕洞说:"看看,这就是你的不对了,他撞了你的车固然是他的不对,人家紧给你赔错,你还不答应,就是你的不是了。你别起火,听我给你说:在过去套大车的都是地主和一些个有钱的,咱们是穷人家的,他们是畜力,咱们是人力,他给咱撞了,咱不吃他那一套,不受他们的欺负,就是不让他们,这是对的;可是现在就讲不通了,地主阶级被推翻了,农民都翻了身,喂上牲口了,净自己的人了,要再那么着就不对了;城乡要互助,你是城市的,他是乡村的,他来了,你不应该看不起他,应该帮助他,他在城里不熟,你帮助他把菜卖卖,把炭买上,该多么好!赶你到了乡村也是一样,他们也要想法帮助你哩!……"正说到这里,一位警察同志跑来了,问道:"同志,你们怎么了?"常保从头到尾对警察同志原封说了一遍。警察同志向炕洞说:"对!这位同志说得很对,你应该帮助他,照顾他点,不应该欺负他乡下人,现在不能和以往一样:城里的人和乡下人闹别扭;现在要城乡互助!"警察同志说到这里,炕洞低头愣了一下，脸一红，笑了笑说："同志们！说得对，我想错了，净是一家人。咱们走开吧！"说罢，——又拉住赶车的手，亲热地说："老乡：别计较，以后咱要做个好朋友，我叫炕洞，就在南关这里住着！"炕洞用手指着前边的黑大门说："就是那个大门里，你到那里一打听就知道了，我那里卖炭，你卖了白菜可以来我这里拉炭，钱不够的话以后再给也行！变了黑可以到我那里歇去，以后你有什么事要我帮助，来找我！"赶车的赶快地说："好好！我叫老成，以后来了请你多照顾，炕洞哥！给你两棵白菜吃罢！"说后拿了两棵白菜往炕洞的小车上放，炕洞说："可别这样！我吃着了我买去！"老成说："吃去吧！自己地里长的，何必要再去买哩！"说罢撑上车轰隆轰隆进城了，炕洞没奈何，把两大棵白菜放好，也推上车走了。

　　老成卖了菜，从炕洞那里拉了三百斤炭，炕洞给的秤很高，并且要留老成吃饭，老成没吃，说在外边早吃了，老成撑上车回了家。

　　打这以后，两个人成了朋友，老成常拉了白菜萝卜什么的让炕洞给找户卖，老成从炕洞这里拉炭卖，卖了炭才给炕洞钱，老成也介绍乡亲们来炕洞这里拉烧的，炕洞卖的煤和炭比以前多多了，老成贩卖炭和菜蔬也赚了好多粮食。

　　炕洞自打和老成撞了车以后，遇着了大车他就躲道，不能躲时，他便站一下，让车过去，万一躲不开撞翻了他的小车时，他就赶紧地说："走开吧！没事儿，我自己收拾好了。"

一九五〇年二月

《永不掉队》怎样展开它的主题*

　　A·龚察尔的短篇小说《永不掉队》，是一篇富有思想性、富有教育价值的作品。被译成中文之后，在好些报纸上发表转载过，而且得到广大读者热烈的反响与很高的评价，许多读者都表示：从这篇小说得到了教育与启示。

　　这篇小说的主题，着重指出如何建立领导与被领导之间的正确关系。在人民掌握政权的国家，任何一个干部，都对国家负着一定的责任，因此被领导的人，不管其原来职位有多高，他必须服从他目前领导者的领导。这种关系的规定，不是从某些个人主义的观点出发，而是对国家负责。人们必须永远彼此互相为国家负责，"有时你替我负责，有时我替你负责"。

　　我以为，这篇小说不仅仅在苏联有现实意义，在目前的中国也有现实意义。当中国的解放战争取得基本胜利，转入和平建设之后，不是有一部分同志悲观失望，认为"自己不中用了""吃不开了"吗？不是有一部分同志背上"老革命"的包袱，在新的情况下，不喜欢学习新事物，不太愿意接受一个比自己年轻（但有建设经验或特长）的人的领导吗？不是有一些刚刚参加革命的青年知识分子，自以为文化水平高，不愿意接受工农干部的领导吗？……《永不掉队》这篇小说告诉我们：不服从领导，不依照国家所委托的一定的领导者的意志去进行顽强的工作和学习，就会掉队。这样的问题，在一个由战争转入和平建设的时期，是容易发生的。因此作者选择这样的主题，不是偶然的，中国广大读者对这篇小说热烈的反应，也不是偶然的。

　　这篇小说之所以能普遍地打动读者的心灵，深刻地教育读者，不仅仅由于作者抓住了这个极有现实意义的主题思想，更重要的，是作者通过对有血有肉的生活的描

---

* 载1956年3月19日《语文学习》3月号。

写，体现了这个主题思想。只有真实地深刻地描写了生活，揭露了生活深处的矛盾，并解决了这矛盾，那么由生活描写中所企图体现的主题思想，才能有力地说服读者。

《永不掉队》中，大学助教葛洛巴在武装部队里当了少尉高洛沃依的战士，战争结束后，高洛沃依又当了葛洛巴的学生，通过这两个不同的场合，他们之间的领导关系，互相倒换着。作者就通过这样倒换的关系来组织题材，展开主题并完成主题。但有人以为这两个人物，是作者硬把他们放在一起的，带着很大的偶然性，而且认为"用'巧遇'来组织人物之间的关系，多少会减损事件的真实性"。这意见是否正确呢？我以为是不正确的。只要回想一下苏德战争爆发之后，许多苏联的教授、工程师、医生、艺术家踊跃奔赴前线作战的事实，就会知道一个大学助教当了一个普通少尉的士兵，是可以想象的；只要回忆一下苏德战争结束之后，许多中下级军官又重回到学校里学习的事实，就会知道一个军官又当了他的士兵的学生，也是可以想象的。乍一看，好像这是偶然的"巧遇"，但如果从总的趋势与总的情况看，却不是偶然的。《永不掉队》里描写葛洛巴与高洛沃依的两度"相处"，恰恰是反映了这两个阶级的特点，即：有时我替你负责，有时你替我负责。就葛洛巴与高洛沃依两人在领导关系倒换中所发生的问题，绝不是几个人才有的特殊问题，而是反映了这时期中许多人所共有的问题。如果是这样，那么，就可以肯首这篇作品的主题，并不是作者自己主观的产物，而是作者从现实生活中观察研究的结果。既然这样，我们可以理解：作者所采取的所谓"巧遇"形式，并不能就此证明事件是偶然的，相反，它恰恰是社会面貌真实的集中的反映。

但是，仅事件富有现实意义，还不能保证作品就有高度的思想性，还要看事件中所提出来的具体矛盾是否合理，和矛盾是否得到真正的解决。只有这两个问题能艺术地得到合理的表现，这篇作品的思想性才能确定。

《永不掉队》所提出来的思想矛盾是什么呢？第一个矛盾，是葛洛巴因掉队受了指挥官高洛沃依粗野地训斥之后，他又难受又痛心，他不习惯别人用这样的态度对待他。他，一个鬓发将白的工程师，觉得受了委屈。第二个矛盾，是高洛沃依回到学校之后，因功课赶不上，他觉得这已超过他的能力，有些吃不消，他，甚而偶尔也想甩袖而去，另找地方。

请设想一下吧，当一个大学助教忽然因为国家的需要而出现在战场上的时候，当他受到一个年轻军官呵斥的时候，由于他往日的职务与生活习惯的关系，他内心不自

觉地产生一种不痛快的情绪，或一种受委屈的情绪，那是很自然的事。再设想一下吧，当一个长期在战场上作战的指挥官，忽然因国家需要，要他以顽强的精神去学习他所不熟悉的东西的时候，也容易因一时赶不上，感到苦恼，或悲观失望，甚至不愿再干下去，也是容易理解的事。这种种情绪的或思想的矛盾，如果任它发展下去，结果很可能使这部分人远远掉在国家需要的后面，而成为"落伍的人"。

其实，葛洛巴与高洛沃依都是具有苏维埃人民高度政治觉悟和优良品质的人物，他们虽然在矛盾发生之后，心里有过不痛快，但他们能够很快地打通了思想，服从了领导，继续前进。葛洛巴在受了呵责之后，又难受又痛心，不习惯别人用这样的态度来对待自己，但因为他有高度的政治觉悟，他知道军规，他很快就认识到高洛沃依的严厉和不留情面的做法是对的：他这样做，只是出于对他的战士的品性负责而已。这样，葛洛巴想通了，思想上的矛盾解决了。至于高洛沃依呢？当他遇到困难想退缩的时候，葛洛巴问他：

"您还记得那次在大草原上的漆黑的一夜吗？"

"记得。"

"您还记得您那时候说的话吗？'没听到……聋啦……光是为您负责……'"

"记得。"

"我……也还记得。高洛沃依同志，您那时教会了我很多。最初我觉得委屈，但是后来……后来，我想起那时，我证实了您的行为是对的。您过去替我们，战士们，在祖国的面前负责。如今我们依照国家的意志，换了一下位子，难道说我现在不替高洛沃依负责吗？难道说他若掉队，他要抛开科学，我就不痛心吗？"

到最后，高洛沃依也想通了。但是有人这样怀疑："一个人的思想矛盾，难道经过几句话就能真正解决吗？"但请不要忘记，高洛沃依是曾经为国家负责过的人，他很懂得领导者对祖国负责的意义，因而他也能理解葛洛巴依照祖国的意志为他负责的意义。

这篇作品之所以具有这样的教育意义，不仅仅因为它解决了葛洛巴与高洛沃依之间特殊的问题，更重要的，是通过这两个特殊问题的深刻解决，深入一个更根本的更带有一般意义的问题，那就是：为国家负责。这样根本的问题，已不是仅仅教育了葛洛巴与高洛沃依一类的人物，同时也教育了更广大的读者。

一九五〇年十月十五日于北京

附：永不掉队   文/A·龚察尔

一

助教站在讲台上，就像站在船长的桥板上一样。他在讲课，大学生们站着记笔记。教室空空如也，活像是甲板，既没有书桌，又没有椅子：一切都被德国匪徒烧光了。

但是异国侵略者没有消减春天，春天把太阳的光芒和栗子树的绿叶投入破碎的窗子。

每当下课后，少女们已不像战前那样争先恐后地奔向凉台。如今通往凉台的门板都被钉死了；破毁的凉台摇摇欲坠地挂在墙上。

助教咯咯敲着手杖走下讲台。在这一刹那，他听见一个人迈着强有力的步伐迎面走来。

"德米特里·伊凡诺维奇……"

如果助教还具有视官的话，他会看见站在他面前的是最近入院的一位青年军官。

"德米特里·伊凡诺维奇！"青年人说道，"我还记得您呢！从前您是我那一连里的战士。"

"您……您……"

"高洛沃依。"

"高洛沃依少尉？"

"不，我已是近卫上尉高洛沃依了。但是现在是……大学生高洛沃依。"

"好极了！"助教说着伸出手来，"怎么？怎么给我左手呢？"

"我……没有右手了，德米特里·伊凡诺维奇。"

助教那副晒黑了的脸，萎缩了。两个人沉默了几秒钟。

"为什么您还称呼我的父名呢？"（按：苏联人对别人尊重客气时均连称其父名）

"大家在这里都是这样地称呼您么！"

"请您……还像从前一样，随随便便叫我：葛洛巴同志吧！这样叫我，会让我节节记起从前我在您那一连当战士的时代……"

二

葛洛巴清清楚楚地记起高落沃依。他记得年轻的、善于发火的少尉，同时在他心里总是牵连着一股痛心与懊悔的感觉。

这事是在一九四一年的翻天覆地的八月里。

有一天夜里，高落沃依的连从战场的一个地区调到另一个地区去，夜色漆黑，淋着温暖的密雨。连队在急行进军。当队伍的头排人无声无息地止住脚步时，后面的人便会撞在前面的身上，他们碰到同志们的后背，便觉醒过来。战士在这以前已有几夜没睡觉了。

每逢停止行军，稍稍休息一会时，大家都不去找块干的地方坐坐——走到哪里下了令，便在哪里倒下——在泥水里，在大道上。同时马上就能睡着，只有指挥官们不能允许自己这样享受：他们必须值班，看着表。

葛洛巴还记得他趁着五分钟休息的工夫。时间足够他躺下，用大衣襟盖着大枪：整整头底下的钢盔，甚至做个香梦。梦见的东西是各式各样、花花绿绿的，这就使他觉得是睡了良久了。当别人提醒他，用皮靴踢他的腰的时候，他并不相信仅仅过了五分钟。

葛洛巴在一次休息时候睡熟了，别人也没把他唤醒。他事先故意躺在道上，好让别人一动就能踢着他。偏巧谁也没碰他，而他又没有听见发令声，深夜里默默地出动了。

葛洛巴醒来时，周围一个人也不见了。

天漆黑，下着大雨，葛洛巴突然感到了害怕。他觉得自己是被抛弃在漫无人烟的陌生的地方。他纵身站起来，在黑夜里破声大叫：

"喂……唉……唉！……"

他伫立着，他倾听着。然而没有一个回声。

他扭声朝着另一方向：

"喂……唉……唉！……"

黑夜寂寂无声。

他拔腿跑去，压碎的大道在他背后喳喳直叫。

一堆一堆的荆棘丛，黑黑地站在道旁。它们是从哪儿来的呢？它们好像是趁着葛洛巴睡的时候,便在这儿长出来了。在这以前,他并没注意它们。

恐惧攫住了葛洛巴。这岂不是太傻太混了吗?……恰好是在他们志愿兵,渴望战斗,各兜装满新的子弹时!……连队急行进军了,连走了,大概是去作战了,可是他……同志们会说他怎么一回事呢!开小差?逃兵……这事吓得他比死亡都可怕。

他跑呵,跑呵,勒紧了大枪的皮带。

"站住,什么人?"

从黑暗里冒出两个头戴钢盔的人影,人影站在他的前面。

"自己人。"

"谁是自己人?往哪里跑?"

"掉队啦……他们没叫醒我……妈的……我去追自己人……"

"追自己人!"两人笑了,"你上哪里去追他们哪?他们不是在火线上吗?……"

"我也是往……"

"你,这是往后方跑哪!"

"你们说什么?"葛洛巴傻了,"往后方?"

那两个人又笑了,并问道他是那个部队的。原来他们都是同一营的战士。

"转一个一百八十度的大弯吧!"他们告诉葛洛巴,"跟我们一起走!跟我们就丢不了啦,我们也在追哪!"

这两位心肠慈善的人还是在前一休息时离开队伍的。但是他们确信很快就会赶上自己的人,所以不太着急。也许因为他们是两个人的关系:两个人向来是比较轻快的。

当他们赶上了营的时候,天已在破晓。高洛沃依少尉大概知道了连里丢个战士,所以他一味地回头看望。葛洛巴一眼望到自己的指挥官,从老远就向他高兴地点起头来。他很想扑到他的脖子上,像扑在一个亲人的脖子上一样。

高洛沃依咬紧牙关在道旁上停住了。

"葛洛巴,你到什么地方逛去啦?"他向战士质问道。

"少尉同志!我掉了队……我没听见……"

"没听见!聋啦!"高洛沃依粗野也骂出声来,"敌人已在渡聂泊尔河,你没听见……光是……为你负责……"

"少尉同志……"葛洛巴打算解释一番。

"放开步，撑吧！"

葛洛巴三步变成了两步。他又难受又痛心。他不习惯别人这样态度对待他。他，鬓发将白的工程师，一如挨了一顿暴打。他很想转向这个不留情面的青年，向他解释这是发生了经过。

然而葛洛巴知道军规，一句话也没说。少尉的话刺进了他的心。

他有时想尽量依着自己的看法来证实青年军官的严声厉色是合理的。那时，不正是千钧一发的关头么？有时就很难管制住自己。所以这个眼睛臃肿而又发红的青年，这样严厉地叱责他的一个下级，并算不了什么大事。然而这个青年指挥官，是否知道这位上了年纪的、静肃的战士，在三个月以前还在给数百名和少尉一样的、身穿线衣的少年上课呢？再说，高洛沃依怎能管他——葛洛巴——在战前是做什么事呢：管他是个倍受尊重的工程师，抑或是个农民，管他是个驰名或是无名的人物呢？少尉只知道一个葛洛巴——他的第四连的战士，他要为这个人的品性负责。

过了几天，别人报告高洛沃依，说战士葛洛巴受了重伤。少尉的脸色阴沉了：

"他怎么会负伤呢？"

他们述说一辆敌人的小坦克向葛洛巴的战壕开来。战士从搁置弹药的土坎上抽出一个烧夷瓶，举在头上，打算扔出去，恰好在这一刹那，一颗子弹打在烧夷瓶子上了。火焰包围了葛洛巴，火焰钻入了战壕。大家可以预料到战士会从战壕里跳出来——这是绝对的牺牲。但是他没有跳出来，没有跳上正遭敌人机枪扫射的地面上。他站在窄小的战壕里，战壕里充满了火烟。他伸手从土坎上又抓起一个烧夷瓶。

"怎么样了呢？"少尉瞪大了眼睛。

"打中了！"

"好。"高洛沃依轻松地喘了一口气；现在他甚至很愧惜他前夜那夜严厉地责备过的那个战士。

傍晚，填写阵亡人名单时，少尉把葛洛巴也给填上了，他没想到将来还能和他见面。

三

高洛沃依在学院里没有立刻打定主意走近助教的身边。每逢在通道或是在课堂里遇见他时，这个军官总觉得自己有些别扭。不知为什么，高洛沃依至今还记得那次在行军时的辛酸事。

但他同时也感到骄傲，因为他曾经指挥过这种人。从前那几十个青年的和上了岁数的战士，于一九四一年曾经默默在国境线上战壕，一听见他的命令马上就会纵身冲锋的，那些决死作战的人都是些谁呢？也许那里有过大名鼎鼎的拖拉机师和矿工、诗人和工程师，现在站在讲台前，凭着记忆向学员们背诵着几十个复杂的方程式，像这位的头发斑白的技工科学硕士，也许……但是那个时候，高洛沃依不能细致地看看他们中间的每个人。这会是第一个线上的狙击兵连，所以人员在这个连里停留不久。让活着和死者，过去对他们照顾不周的人们，饶恕了他吧！

是的，那是一个战场，这是另一个战场了。如今在高洛沃依面前站着的是他从前的一位列兵，站在新的讲台前，高昂的头颅，有时向旁边转转。教室里的人员静听着他的每个字。

听写是不易的。高洛沃依有时觉得他吃不消这些东西。他努力而又努力，但是总还要拖在后面。当他随着战士们偷偷地通过埋置了地雷的原野，爬向敌人的第一道堑壕时，他并没有想到理论物理……而现在……有时他觉得这已是超过他的能力了。偶尔也想甩袖而去，另找地方。

他和葛洛巴已经谈过几次话了，然而教授甚至连一次也没影射过那遥远的插话的现象。"他也许是忘记了？"高洛沃依有时就这样想，"那毕竟是些小事……发火。因为葛洛巴如果在心中隐藏着受辱的情感的话，那么他还能用这样衷心地、认真地同情来对待他吗？他一定在某个地方，某句话里露出来。"

有一次，高洛沃依和同一系的少女们到葛洛巴那里去请教。最初少女们询问德米特里·伊凡诺维奇一些问题。后来他依着自己的习惯反问起她们来，测验她们熟悉材料的程度。

德米特里·伊凡诺维奇身穿黑制服，照旧扣着衣扣，挺着腰板坐在桌子旁。他那带有伤痕的面孔不住地痉挛。

葛洛巴所问的少女，没能解答。他又问了第二个人。

"雅斜涅茨卡娅，您来解答吧！"

"我也……不知道……"雅斜涅茨卡娅吞吞吐吐地说。

"高洛沃依，您呢？"教师很客气地继续问道，"您也许能知道？"

高洛沃依红着脸，站起来了。

"我知道。"

其实，他对于这个问题知道的也并不熟悉，可是舌头没能转过弯来说个"不"字。

"那就请您讲一讲吧！"葛洛巴说道。

他的脸色透出了光辉。他虽然看不见那位身材均匀的、锻炼出来的指挥官，可是看样子，他在众人面前也以他而感到骄矜。少女们咬耳低语起来，盯着这两位战线上的伙伴。在这一瞬间，他们没有感到眼前的两个人都是残疾。好像是两株壮大的橡树被突然的闪电烧伤了一般。

高洛沃依慌了。说走嘴了，又说了一遍。德米特里·伊凡诺维奇耐心地听着。高洛沃依觉得自己是在胡捣乱讲。最后，高洛沃依凶凶地一摆手：

"算了！"

"高洛沃依，什么算啦？"助教惊动了。

"我不干了……我要离开学院。"

"您说什么？"葛洛巴慢慢地站起来，"你说什么，高洛沃依？您再重复一遍。"

"我耽误了四年。如今……赶不上啦。"

"您赶不上？"助教几乎叫起来，他的双手在桌子上直颤，"您赶不上？"

少女们又在喁语。

"请你们……先出去一会儿。"助教焦灼地对她们说道，"请先出去吧！"

女大学生们出去了。

"您想干什么？"助教激动地低声说道，"你打算找条好走的道？这儿费劲吃力吗？可是，你是否还记得……"

高洛沃依感觉到葛洛巴现在会提起遥远的往事。葛洛巴真的说了：

"您还记得那次在大草原上的漆黑的一夜吗？"

"记得。"

"您还记得我掉队了，您是怎样地对我……"

"记得。"

"您还记得您那时说的话吗？'没听见……声啦……光是为您负责……'"

"记得。"

"我……也还记得。高洛沃依同志,您那时教会了我很多。最初我觉得委屈,但是后来……后来,我想起那时,我证实了您的行为是对的。你过去替我们,战士们,在祖国的面前负责。如今我们依照祖国的意志,换了一下位子。难道说我现在不替高洛沃依负责吗?难道说他若掉队,他要抛开科学,我就不痛心吗?请您告诉我,我应该把您这种举动叫作什么呢?"

高洛沃依挺身站在葛洛巴面前一声不响。

"我们的生活就是这样地安排下了,"助教稍微镇静了一些,继续说道,"就是这样地安排下了,我们永远要彼此互相负责。有时您替我负责,有时——我就替您。那时,当您对我喊道……"

"'放开步!'"高洛沃依骄傲地想起来。

"对了,还是这样……就像您一把抓住了我,往前推了一下。而我……就赶上了。"

"在那里要容易些。"

"所克服了的一切,总会觉得是比较容易的。"助教认真地说下去,"我本不打算把这件事提醒给您。请您不要以为我是健忘的人。"

"我并没有这样想。"高洛沃依说道;他的确也没有这样想。

"好吧,让我再也别听见类似的话了。"助教生气地说道。

"是。"

"连队……向物理进攻了。是的,向物理。而您呢,高洛沃依同志,必须赶上。"

高洛沃依轻轻地笑了:

"是。"

"去吧!"

"他真有指挥官的美点。"高洛沃依想到,宛如第一次端详自己那位过去的战士,"真是毫不留情面的人!"

乌兰汉译自一九四七年第二十三号《火星》杂记

评《内蒙人民的胜利》*

我们中国是一个多民族的国家，但由于国民党反动派长期施行大汉族主义，横暴地压迫少数民族的结果，造成了民族之间的严重隔阂，一直到少数民族的地区获得解放之后，由于我们正确地执行了民族政策，民族之间的隔阂才开始逐渐消除。

《内蒙人民的胜利》是一部反映我们民族政策伟大胜利的影片。它正确地反映了中央人民政府对于国内各民族的政策，并清楚地告诉我们如何去执行这个政策，才能粉碎美帝国主义及其走狗的阴谋，并取得伟大的胜利。

这部影片，描写了解放前内蒙古王公对人民的残暴与奴役，以及内蒙古人民对于上层统治的愤恨情绪与深重的灾难，它通过对有血有肉的生活与斗争的描写，通过艺术形象体现出来，不仅让观众能看到，能感觉到，而且一直深入观众的心里。

影片恰当地反映了内蒙古某些王爷的真实情况。当解放战争已由防御转入强大反攻，蒋介石匪帮派遣特务到内蒙古进行阴谋活动的时候，当内蒙古人民还未普遍觉醒之时，有一部分王爷对于蒋匪帮还直接间接地保持着一些微妙的关系。这种"脚踏两只船"的微妙态度，在《内蒙人民的胜利》中有了恰当的表现。譬如道尔基王爷吧，他虽然表面上已表示过赞成人民政府的政策，但仍示意其协理吐斯勒格其把国民党特务隐藏到喇嘛庙里；在敖包会上，当我军事代表发现了伪装的国民党特务时，他仍设法敷衍、包庇……但道尔基王爷并不敢公开反共，而且他在此时此刻的某些措置（如停止了建筑王爷府，使大批牧民能从苦役中解放出来），也还符合我们的基本精神。而我们"对于内蒙王公的态度是：只要他肯为人民效力，坚决反对美帝国主义和蒋介

---

* 载1951年3月16日《人民日报》第三版"新片评介"，署名郑文森；又载1951年4月《新华月报》第4期，署名郑文森。本文录入的为前者版本。

石匪帮，政府一定本着团结的方针，给他改过自新的机会"（苏合语）。由于我们坚决执行了这一方针，所以最后严厉地镇压了死心塌地的蒙奸吐斯勒格其，也争取了道尔基王爷。这是毛泽东民族政策的伟大胜利。

《内蒙人民的胜利》这部影片之所以有巨大的教育意义，就因为它不仅使我们懂得民族政策如何在内蒙古贯彻执行，并获得胜利的情形，而且也告诉我们，应当怎样把民族政策贯彻到其他民族中去。

国民党反动派对内蒙古人民的长期奴役与压迫，造成了内蒙古人民对汉族人民许多不应有的误会，使得两族人民在一段很长的时间存在着感情的距离。《内蒙人民的胜利》中的主角顿得布开始对苏合等的冷淡与怀疑，就正是这种看法与情绪的反映。这不能怪他，这是国民党反动派的残暴奴役与横欲的压迫所造成的恶果，我们的干部是能理解这种情绪的，所以当苏合合孟赫巴特尔遇到顿得布这种冷淡态度时，不仅没有责怪他，反而以实际行动去感化他，教育他；再加上他经验了国民党对他的凌辱，和国民党特务对他爱人乌云碧勒格的无礼举动，使他逐渐认识了国民党反动派与蒙奸才是他真正的敌人。

影片对顿得布思想变化与发展过程的描写，是很合情理的。编导同志把握了他的思想矛盾，并解决了这个矛盾，而且表现得很真实，很有力量。

饰顿得布的恩和森同志，是蒙古人。据说他并不是一个有经验的演员，但第一次出现银幕，就表现出这样卓越的成就。

《内蒙人民的胜利》明确地告诉了我们：如果我们不发动群众，不依靠群众，或者发动群众的工作方式不好，我们就不可能有效地争取那个民族的中上层统治者。同样，如果我们对中上层采用不适当的选举的方针，也不可能真正发动起群众来。

这是《内蒙人民的胜利》的主题内容，也是这影片给予我们最有意义的教育。

中国人民电影事业的新胜利

国营电影厂出品新片展览月,自本月八日在全国二十个大城市六十个电影院开始举行。这是一次新电影的大检阅,是中国电影有史以来第一次的大检阅,其意义非常重大,值得我们热烈祝贺。

一九五〇年新片的巨大产量,标志着中国新电影的大丰收。仅故事片一项就有二十六部,此外还有大型纪录片十三部,中小型纪录片三十九部,美术短片与教育短片六部(私营厂的出品还未计算在内)。更重要的,是这些出品都遵循了毛主席所指示的工农兵方向。中国电影只有三十年的历史,但能真正有计划有组织把电影艺术服务于劳动人民,服务于工农兵,却是在中国人民革命赢得基本胜利之后才开始的。在这短短的一年时间,就制作了如此巨量的影片,应该说,这是中国人民电影事业的重大成就,毛主席文艺思想的伟大胜利,就三十年的中国电影历史来看,也是最有光彩的一页。

从内容看,这些影片所反映的方面,是广泛的,多样而丰富的:有反映抗日战争中农民在共产党领导下如何成长的描绘(如《新儿女英雄传》等),有共产党员坚贞不屈的斗争形象(如《钢铁战士》《赵一曼》《上饶集中营》《刘胡兰》等),有无敌战士性格的刻画(如《人民的战士》等),有革命胜利前工人斗争、学生运动及少数民族问题的描写(如《团结起来到明天》《民主青年进行曲》《内蒙人民的胜利》等),有农民支援革命战争的动人图画(如《光荣人家》等),有描写工业建设中新英雄主义的成长(如《高歌猛进》《红旗歌》等)……在纪录片方面,反映的方面就更广泛:有正面记录人民战争的大西南凯歌等,有描写后方生产建设的生产战线和胜利之路等,有歌颂新中国欢乐气象的普天同庆……我们先不论它们反映的深度如何,但从总的方面看，这些影片却反映出十余年来中国革命的主要面貌，反映了新中国建设的主要面貌。特别令人兴奋的，这些影片都是以中国人民的革命事业和生产斗争的英雄事迹为题材，歌颂着工农兵在对敌斗争中或生产建设中的革命英雄主义、爱国主义和集体主义。

中国人民翻身以后，在政治上文化上都大大提高了，旧的电影不再能满足他们的需要，含有大量毒汁的美国帝国主义的电影，已被广大中国人民所唾弃。因此，一九五〇年国营和私营电影厂巨量的出品，就有它更积极的意义与作用：它们不仅胜利地消灭了美国帝国主义在中国的电影市场；更重要的，是这些新影片将大大提高人民对祖国的认识和热爱，并将提高人民的政治水平与思想水平。

一年来的事实告诉我们，电影观众的需要与趣味，已经有了显著的变化，新的电影观众越来越多了，即以最近在京津两地首次公映的《钢铁战士》，就有二十五万观众，这正是人民渴望新电影的有力证明。因此我们认为一九五〇年的新影片一定将受到人民的热烈欢迎，一定将成为教育与鼓舞全国人民的有力工具，并将成为今年全国人民文化生活中的重要因素。

一九五〇年新电影出品的展览，不仅仅说明了中国电影艺术反映了现实的历史的主要面貌，同时也说明了新的演员、新的导演、新的电影工作各方面人员在新中国的土壤上的迅速成长。原来在上海、香港等地从事电影事业的进步电影工作者，在新的生活体验中，在新人物的形象的艰苦捉摸创造过程中，已有了显著的进步和新的成就。他们已开始能够把握劳动人民的形象了，有好些演员和编导已能够较恰当地准确地去表现工、农、兵的形象了。老解放区的电影工作者，虽然有一部分才刚刚开始从事电影工作，在技术上，还有不够熟练的地方，但是他们对新的生活比较熟悉，比较容易把握新的人物形象，正因为如此，所以能够在短短的一两年时间创造了很多的成绩。一九五〇年中国电影事业之所以获得如此重大的成就，其中有一个重要的因素，就是新老电影工作者能够互相学习、帮助、团结和合作。

如果没有这一大批新老电影工作者的团结合作，如果没有他们共同的艰苦努力，要想在的短短一年期间制作如此巨量的、富有教育意义的影片，是很难想象的。

当然，这个重大的成就与中国共产党和中央人民政府的领导和文艺界的支持以及部队、机关、群众团体、学校的协助，是分不开的，与中国人民解放战争的伟大胜利，也是分不开的。

一九五〇年国营厂和私营厂的巨量出品,对人民是一大贡献。我们希望各电影厂能以一九五〇年的健壮姿态,更向前迈进,希望在一九五一年创造出更多更富有思想性与艺术性结合的影片。

因此:(一)我们希望今后的故事片应更摆脱新闻报道的形态,和尽量避免局限于一地一事的狭小圈子里的取材方法,应更好地写出人物,以达到更集中,更典型地反映现实的生活与斗争。这样就更需要从全局着想去选择题材,使我们伟大祖国的气魄能得到更充分的表现。

(二)我们希望今后的故事片着重反映中国人民斗争中的乐观主义和新中国的欢歌气象。过去我们有一些文艺作品过多地描写了干部和人民受敌人严刑拷打的场面或情景。如果这是用来说明中国革命斗争的残酷性,是有它的意义的;但这仅仅是情况的一面,更重要的一面,是我们胜利地去打击敌人,大量地歼灭敌人。在战争紧张的日子里,我们的战士、工作人员和人民,的确曾经历过无数苦难,但这也仅仅是情况的一面,更主要的一面,是我们乐观主义地面对困难,克服困难,创造胜利。中华人民共和国成立之后,我们的祖国无论在哪一方面都表现得欣欣向荣。人民的新的品质不断成长,动人的英雄事迹不断产生,欢乐的气象到处可见,所有这些都希望能够得到更充分更生动的表现。

(三)希望电影剧本作家更大胆、更慎重、更多样、更深入地发现题材,选择主题。现在有些专业的电影剧本作家,常常从下乡(或下厂,或到部队)接触生活到写出剧本,只有四个月时间,真正在乡下或工厂的时间,只有一个月到一个半月,回来后还来不及把题材酝酿成熟,马上就要动笔,虽然从下乡到完稿约六个月,但大半时间都忙于修改。但由于一开始就没有很好地把生活形象与作者的思想感情相融合,所以修改就特别费力,甚至无法修改。这种情况希望从基本上加以适当的改善。

(四)我们希望文学艺术家们用最高的热忱来关怀我们新的电影事业,用更多实际的行动来协助我们新的电影事业。文学作家应经常重视电影剧本的写作。因为,没有优秀的电影剧本,要制作出优秀的影片将成为不可能。电影事业的成就的高低,与文艺各部门成就的高低是密切联系着的,它不能脱离文学艺术现状的影响,相反,电影是综合或接受文学、美术、戏剧、音乐的成果,再给予电影的特殊加工来完成的。因此,我们希望电影工作者与其他文艺工作者建立更密切的联系,更多的互相学习,互相帮助,共同为提高中国电影艺术而努力。

我们热烈地庆祝一九五〇年中国电影事业的辉煌成就,这成就给未来的中国新电影事业的光辉成果,给一九五一年中国电影事业的更重大的成就,打下了坚实的基础。

我们为中国人民电影事业的重大成就欢呼!

我们预祝今年中国电影艺术更高的成就!

一九五一年三月

由《撞车》谈到思想矛盾的描写[*]

在文学作品中，写人物思想转变也罢，写人物思想发展也罢，要写得有说服力量，都需要解决人物的思想矛盾（或克服思想障碍）。为什么呢？因为：一个思想落后的人物，在他转变之前，总是存在着一种思想障碍的，如果否认有这种思想障碍的存在，那就等于说，人物的落后可以没有思想根据。同样，一个基本思想是进步的，但对某个具体问题还想不通而表现得不够进步的人物，也存在着一种思想障碍，如果否认了这种思想障碍的存在，那就等于说，人物的"不够进步"可以没有思想根据。

我以为不管是人物思想落后的也好，是对某个具体问题想不通也好，都有一个思想障碍在阻碍着他，使得他不能前进，以致使他变成"落后"或"进步不够"。因而，要写人物转变或发展，也就是说，要使作品中的人物更前进一步，就必须解决他的思想矛盾（哪怕是极小的矛盾），而且应该把它写出来。如果不如此，读者就无法判断人物的思想是否真正转变，或者是否真正前进了一步。

董品芬同志的作品《撞车》只深刻地写出了思想矛盾，而没有深刻地解决思想矛盾，因此，我在《读〈撞车〉》一文中，除分析其优点之外，同时也指出它的缺点。我这样写道：

但是《撞车》也有它的缺点，这是一个开始学习写作的青年所难免的。首先是人物思想的变化表现得过分简单和过分表面，当炕洞听完了常保和警察同志的劝导之后，他只"低头愣了一下，脸一红，笑了笑"，就彻底转变了。的确，炕洞听了别人的劝导后，马上认识了错误，彻底转变自己的思想，是完全可能的；但问题不在这

---

[*] 载1959年9月版《与习作者谈写作》。

里,而是在于作品没有深一步地去表现炕洞在听劝导时的心理活动。假如单从外表看,好像只是"低头愣了一下,脸一红,笑了笑",就转变了;然后事实上,在他的内心却不是突然的,而是有过程的。当作一篇文学作品来描写人物转变心理活动的过程,是一定要交代清楚的,否则,就难免使读者感到"转变得太突然"了。

这段话,我一直到现在,还是没有发现它有什么错误。

然而《从人物转变说起》(见《文学评论》二十九期)的作者蒙树宏同志,硬说把炕洞的心理活动过程交代清楚,"是多余的"。他的理由,归纳起来大概有三点:(一)认为炕洞是"一个具有硬朗性格,勇敢认错的精神的人,则作者写他的转变是完全合理的"。(二)认为"这只是一件平常小事","不能把这个情节的发展,看做思想斗争那么严重,硬套一个公式,要炕洞按部就班地先来一回'内心斗争'才让他转变"。(三)认为"工农的阶级觉悟是和小资产阶级的转变有很大差异的。我们不能把炕洞的转变当作小资产阶级知识分子一样来看待,这一件平常小事也要在心里斗争、苦恼,甚而弄到失眠才能解决,也不能把它夸大,像工厂中的《顽固堡垒》变成为《生产模范》那样来处理"。

我认为这三个论点都有商讨的必要。

既然是描写人物思想的变化,就说明他在"思想变化"之前有过思想障碍。既有思想障碍,就必须解决了障碍才能使思想向前发展一步,这是普通的常识,用不着我来多说。但我为什么要求作者把"炕洞在听劝导时的心理活动"交代清楚呢?理由就是:如果只写外界的影响,而不写出人物内心的反应,读者怎么能感到他的思想因外界的影响而发生变化呢?文学作品的形象的说服性,不是靠读者去猜想,而是用形象直接去感染读者的。在《撞车》中,作者只以"低头愣了一下,脸一红,笑了笑",就算交代了人物的变化过程,对人物的思想变化过程(思想矛盾的变化过程),却一字不提,既然这样,谁知他的思想是否真正变化了呢?

有人也许会说:"他以后的表现不就说明了他的思想已经变化了吗?"是的,但是,我要问一句:既然如此,那么是否只把一个人物的思想变化前后的表现(现象)加以罗列,就可以写出人物思想的变化呢?显然不是这样。

蒙树宏同志说:"……在炕洞的思想中一时还没有明确这点,他还以仇视过去有钱人的眼光仇视今天赶大车的农人,他习惯把小车和大车对立起来,并没有想到大车的主人已经不同了。因此一待常保和警察同志提及,他的转变是很自然的,不会是包含有显著的'内心斗争'过程。"是的,不是显著的内心斗争过程,但不等于说没有斗争过程。所谓思想斗争,就是两种思想相遇时发生的心理活动,不要以为斗争过程,就是"苦恼,甚至弄到失眠"的过程。既然有思想斗争过程(哪怕是极短促的过程),就必须在文学作品中交代清楚。因为这是一个思想变化的关键(而不是战士冲锋)[①],不交代清楚,以后的行动读者就难以理解。既然蒙树宏同志承认炕洞"亘古就有这么一个习惯,推小车的仇视赶大车的",那么当另一种思想与他相接触时,他难道就丝毫没有心理活动吗?难道可以丝毫不经过心理活动,就彻底改变了他的"亘古就有"的看法与想法吗?既然蒙树宏同志承认"炕洞是具有一定的感性认识作基础,他了解到工人与农人是一家人,而在撞车的过程中,他仇视农人老成是基于仇视大车而发生的。——他便是在这个基础上接受常保和警察同志的理性知识的,故较为容易"。但是在作品中炕洞的感性认识的基础在哪里呢?读者是感受不到的。退一步说,即算他有感性认识罢,但从感性认识到理性认识,难道可以没有一点思想活动的过程吗?

曾经有一个同志,写了一篇作品,描写一个贫农不愿参加合作社,别人一再向他劝导,说明参加了有好处,并举出别的村子的事实来做证,但他毫无表示,等第三次劝说后,他立刻接受了意见,参加了。

原文是这样的:

……洛福沉默着,一句话也不说,长春就说:"你这人,就想不开,合作社是为咱们自己方便,赚了钱,也是大伙分的。"但洛福还是一句话不说,长春一气说:"你这人就像榆木头。"走了。

……

……

第二天,洛福正在院里编筐子,长春和和发来了。

长春一见就问:"你到底参加不参加?"洛福不哼声,只望着和发。和发走近他

[①] 蒙树宏同志在文中说:"记得刘白羽同志在一次演讲时曾说过,有些知识分子写军人冲锋杀敌时如何如何勇敢,一定要先写起在未参军以前是如何如何地受罪、吃苦;于是才拿起枪来勇敢地冲上去。他指出,这是不了解我们的人民解放军!仿佛在冲锋杀敌时一定要悠然地回想一番才有勇气似的,犯了主观上的错误。"

说:"洛福,河头村合作社昨天分红了,每股都分到八九千元红利,你是常到那里的,合作社里什么都有,豆饼啦,锄头啦,布啦,花油子啦……这些东西比集上的价钱都贱,……"

洛福这时抬起头来,眼睛睁得大大的,说:"好,我入三股。"……

于是有人问作者道:"那个贫农到底怎样认识了合作社的?"作者回答说:"这样简单的小事,经人再三劝说,还能不认识么?譬如你,在这样的劝导之下,能不觉悟吗?"于是发问者说:"是的,虽然是一件小事,这也是一个思想矛盾,别人虽再三劝导,但他对别人的劝说怎样想的呢?他心里有什么反应呢?你既然完全不写他的内心活动,那么他参加合作社到底是由于思想搞通了呢?还是怕别人再三劝说而敷衍了事呢?至少我是无法明白的。"

《撞车》中炕洞的思想变化难道不是这样吗?

文学作品的说服性,难道是叫人猜想,而不是由形象直接去说服读者吗?

"这只是一件平常小事",不能"看作思想斗争那么严重"的说法,是不妥当的、值得商讨的。短篇小说的作者常常取材于"平常小事"上,这"平常小事"能否作为好题材,问题就要看它是否包藏着尖锐的斗争,是不是矛盾的焦点。如果是,那么,虽然从表面看来是平常的小事,但它所内含的斗争却是尖锐的。

《撞车》的题材,确是一件平常小事,但它本身所蕴藏的思想矛盾却是重大的、尖锐的,正像蒙树宏同志自己所说,"这件事的本身便包含了一种阶级的对立与矛盾的问题。"我在《读〈撞车〉》一文中也这样说过:"今天仍有人(如作品中的炕洞)拿旧社会里劳动人民对待地主阶级的一套老办法来对待'自家人'——翻身后的贫雇农。""有些城里人(如炕洞)仍然瞧不起乡下人,还保留着过去那种城乡对立的观念。"这种种思想就是造成撞车纠纷的基本原因。既然思想矛盾如此尖锐,在解决这思想矛盾时,为什么不能"看作思想斗争"呢?既然承认这事件本身包含了阶级的对立与矛盾,为什么在解决这对立与矛盾时,反而不能"看作思想斗争"呢?

但是,要求进行"炕洞在听劝导时的心理活动"的描写,绝不能理解为"按部就班地先来一回'内心斗争'",更不能理解为"苦恼,甚而至弄到失眠"。所谓"心理活动",也可能是一瞬间的活动,但这一瞬间的思想活动,如果不予以描写,不予以交代,那么,炕洞的思想变化就很难理解,至少,读者不能从形象的感受中去理解他思想的变化。

文学作品,不管是写人物思想转变或思想发展,都不能抛开思想障碍而不解决。不管是劳动人民也好,小资产阶级知识分子也好,如果他们存在着"落后"或有"进步不够"的现象,这就正说明有一个思想障碍在阻碍着他们。要写他们思想变化,就必须解决他们的思想矛盾。在这点上,劳动人民与小资产阶级知识分子,并没有什么分别。有人说,劳动人民的觉悟相比小资产阶级知识分子觉悟是有很大差异的。我同意这点。但所谓差异,只是觉悟的快慢而已,绝不能说:小资产阶级知识分子不觉悟一定是有思想根据,而劳动人民不觉悟可以没有思想根据吧?既然两者都有思想根据,那么,无论人物(劳动人民)觉悟得如何迅速,他总是要克服了这思想障碍的。哪怕一刹那之间就克服了思想矛盾吧,你总不能说他不要克服思想障碍就能前进一步!

事实上,炕洞这人物也不像蒙树宏同志所说的那样:"由于炕洞是这样一个具有硬朗性格、勇敢认错的精神的人,则作者写他的转变是完全合理的。"但是,在作品中,炕洞的硬朗性格在哪里呢?读者从什么形象中能感受他的硬朗性格呢?作品给读者的印象并不是这样:当赶大车的把煤捧完了,要求让走时,他不让,当村干部常保劝说后,炕洞仍不让走,而且冲着赶车的说:"你会赶车不会?你出过门没有?"当赶车的认了错,并说明"过去就没有使过牲口,翻身后才喂上牲口使上了车"之后,炕洞还用手指着赶车的说:"你整个的是乡瓜子!"……既然知道赶大车的是翻身农民,他为什么还指骂人是"乡瓜子"呢?这难道可以表现他的硬朗性格吗?这不明明还存在着某种瞧不起乡下人的观念吗?这不是明明摆着一种思想矛盾吗?要解决这种思想矛盾,难道可以完全不经过心理活动吗?难道可以不经过"内心斗争"(当然也可能是很短促的斗争)就忽然改变了"亘古就有"的看法与想法吗?尽管有人否认"内心斗争"在这关键场合的必要性,但事实上却不能不是这样。

当我写《读〈撞车〉》时,还认为问题很小、很简单,以致未曾做详尽的分析与说明,比如思想变化关键要不要描写?小资产阶级知识分子与劳动人民的思想变化过程是否一样?"平常小事"是否包含着思想矛盾,等等,我当时都想得不够周到,有的甚至没有想到,因此没有做理论的说明。应该感谢蒙树宏同志的文章,他提出了一些问题,使我有进一步解释说明的机会,至少这对于我,是有益的。

以上意见是匆促写成,恐未必正确,希望蒙树宏同志及文艺先进加以指教。

一九五一年四月十三日于北京

论主题的普遍意义
——兼评柯夫的剧本《堤》

一

有一次,我们和几个初学写作者谈到文艺作品的性质时,有一个同志发问道:"文艺作家应该是一个工程师呢,还是应该像一个政治委员?"意思是说:文艺作品应该给人以技术经验呢,还是给人以精神教育?当时,意见很分歧,有一种意见认为:既然文艺是为人民服务,是指导实践的手段之一,当然应在技术经验方面也给人民以帮助,因为技术经验在阶级斗争与生产斗争中是非常重要的。如果某些有价值的技术经验能通过文艺作品传达出来,就可以广泛地交流,这不也是直接地帮助人民吗?另一种意见则认为:文艺家与科学家应该有分工,科学家的责任是研究科学技术,总结实践经验,再指导科学实践;而文艺家的任务却不是这样,特别是现在,文艺家的首要任务是通过艺术形象培养人的革命精神,引导人们去改造环境、改造社会,引导人们在前进的路上去与各种错误思想做斗争。因此认为,在文艺作品中应该完全摒弃技术经验或技术过程的描写,而且断言这样的描写,只会破坏作品的思想性。第三种意见与第二种意见大致相同,不过认为不能绝对地拒绝技术性的生活的描写。问题在于你写某种特殊技术生活的目的是什么。如果为传达技术经验而写技术经验,是不妥当的,因为这不是文艺作品的任务;但如果通过特殊技术性生活的描写,体现出人的性格与精神面貌,体现出思想斗争,反映了现实中的典型状态;那么,这种技术性生活的描写应该是容许的。

这个争论,并没有获得比较统一的认识,原因是各人固执自己的意见,谁也没有

说服谁。

现在我们不妨把范围放大些,来谈谈"特殊性质的生活"的描写与作品主题的普遍意义的关系吧。很明显,我们写矿工的文艺作品,绝不能仅仅局限于教育矿工;写贫农的文艺作品,绝不能仅仅局限于教育贫农;或者仅仅只有他们才看得懂。这样的文艺作品,不可能有较普遍的教育意义。但是,如果我们的文艺作品不深入去描写各部门的具有某种特殊性质的生活,不写出这种生活的特点,反而只从一般性的思想出发去写思想斗争;那么其结果,势必使作品丧失具体性和真实性,势必使作品的内容流于一般化和图式化。

在现实社会中,生活在各方面、各部门的人,他们的生活方式与劳动方式是有差异的。空军的生活与劳动的方式,显然与农民的生活与劳动的方式不一样;一个泥水匠与一个医生的生活与劳动方式也不一样。他们虽生活在一个国度里,但彼此不一定都能完全理解:一个医生虽然也可能知道一个飞行员的生活与劳动的大致情况,但却不能像航空部门的人员那样熟悉;一个商人虽然也能够约略地知道一个战士的大致情况,但战士的许多特殊经验与生活,他却不能全都知道;一个学生虽然也知道一个农民的生活与劳动的大致情况,但对他们劳动中的特殊情况,却未必都清楚地了解。由此,我们便晓得,社会上甲部门的生活与劳动不是和乙部门的完全一样;在不同的历史阶段中,人们的生活与劳动的方式也不完全一样……这就说明:甲部门的生活与劳动的特性(譬如玻璃工厂制造"安普"的过程或知识),在其本部门的人看来,是一般的(内行的)常识,但对于社会上其他部门的人,却就成为一种生疏的、特殊的(外行的)东西。我们为了便于说明它与社会上其他部门的生活的不同,姑且叫这种不为大多数人所熟悉的生活为"特殊部门的生活"。

但文艺创作的目的,应该是而且必须是面对着广大人民群众进行教育。如果一个作家描写甲部门的生活只能对甲部门的人有作用,对社会上其他各部门、各方面的人,不能起教育作用,这样的作品,它的主题意义显然是很狭隘的。如果大家都这样写,那么,文艺的社会作用,就会使人产生疑问。

怎么办呢?不写各部门的生活吗?不行的。因为除了这些,所谓社会生活,就将成为抽象的东西了。那么,问题在哪里呢?我以为重要的问题,要看作家是否能通过特殊部门生活的描写,体现出带有一般意义的思想内容。应该肯定地说,特殊部门的生活是应该写而且必须写的。但是只写出特殊部门生活的特性,并不一定就能使作品获得主题的普遍意义。只有深刻地写出了特殊部门生活的本质，写出人的内在的思想感情，以及形成这思想感情的社会的（或阶级的、历史的）原因，作品的主题才可能获得普遍的教育意义。

现在，不妨拿柯夫同志的《堤》来分析一下吧。

二

《堤》是个五幕剧，它所描写的生活，是东北某沿河地区的某村人民在洪水周期间与洪水搏斗的情景。很显然，这种生活，并不是社会上每个人都熟悉的，也不是社会上每个人都经历过的。但是，这个剧本通过生活描写所体现出来的主题思想，却能为广大读者所接受。

《堤》的梗概是这样：洪水周期来到，村主任王志远领导全村人民赶筑新坝，因为老坝"是个大胳膊肘弯的，河离坝越来越近，又别水，又呛水，大水一来就成问题"。所以除修高老坝外，要另修一道离河面远些、不呛水的直坝。但是有一部分人坚决反对修筑新坝，认为把老坝再往高修几尺就能够堵住洪水；有的因修新坝把自己房屋划到坝外，闹得满城风雨；有的则连修老坝也反对，认为"老天让咱活着，咋的也死不了，不让咱活着，就是修起万丈高的大坝，也是枉然哪！"不管如何艰苦，由于王志远正确的领导作风与坚持原则的精神，经过曲折的斗争，终于能够动工修筑新坝。新坝修筑工程虽已开始，但斗争并没有停止：有人只片面地强调修新坝，有人却又片面地强调修旧坝。当洪水已经涌来，老坝虽还在修筑，但因为呛水，坝不断下颓，情况非常危急。这时筑新坝的人虽多，但由于天黑，人都挤来挤去，大家都做不出活来。后以"排成两行，一排往上传土筐，一排往下传空筐，累了咱们就调个过"，因此，很快把新坝完工。老坝虽冲开了，但保全了全村、全区、全县的好光景……

作者没有着力正面去描写筑坝的劳动过程，虽然也描写了修坝中的某些技术经验（如传土筐等），但不是抱着传达技术经验的目的去描写它，而是为表现人民的智慧，才描写它的，这种描写又与情节的发展紧密相连，所以是必要的。

虽然《堤》所描写的生活，并不是社会上所有的人都熟悉、都经历过的生活，但它通过人民与洪水搏斗的描写，表现了带有普遍意义的主题思想。那就是：一个革命者要完成人民委托给你的事业，不仅要刻苦，大公无私，能任劳任怨，而且要勇于负责；敢于坚持真理；不仅自己积极，更重要的是要团结干部与群众都积极；应与一切急性病与命令主义做斗争；待人接物可以温和，对工作却要严肃负责。

很显然，这样的主题思想，不仅仅对修坝的人有教育意义，即对任何一个革命工作者都有它的教育意义的。

但是，《堤》如何来完成这个主题呢？就是说，《堤》怎样通过特殊生活的描写来体现它的带有普遍意义的主题思想呢？我以为最主要的是真实地写出了一定环境下的一定人物性格。

为什么呢？

不管人们的生活与劳动的条件与环境如何不同，但他们的思想感情却是由社会（阶级或历史）生活影响所形成的。既然人们的思想由社会影响所形成，那么，就可以知道，某种思想（譬如命令主义吧）绝不是极少数人所特有，而是一种社会现象。具有某种思想（譬如命令主义）的人们，虽然散布在社会上的各部门、各方面、各个角落，虽然他们所处的生活环境与条件各不相同，所表现出来的方式与形态也不一样，但他们的思想面貌及其表现特点却大致相同。由此我们就可以知道为什么通过特殊生活的描写能够表现出具有普遍意义的主题思想，其理由就在这里。

为明白起见，不妨举考涅楚克的《前线》为例。它所描写的生活，不仅是作战的生活，而且是高级军事指挥官的生活。这种生活显然不是社会上所有的人都熟悉的、都经历过的。但在剧本《前线》中所展示出来的矛盾与斗争，不仅普通战士看得懂，就是社会上其他岗位上的人也能看懂。作者不但写出了这种特殊部门的生活特点，同时也写出了支配人物在这特殊环境中行动的思想基础。戈尔洛夫这形象之所以具有普遍的意义，就因为作者不仅仅描写了他不善于掌握新的战略战术；更重要的，是进一步地揭示出他不能掌握新战略战术的思想根源；那就是：摆老资格，对新事物不感兴趣；墨守成规，骄傲自满。这思想反转来就使他不可能掌握新的战略战术，使得他打败仗。而这种种思想（即摆老资格，对新事物不感兴趣……），当然不是只有作战的人才会有，也不是只有高级军事指挥官才会有；在其他各种工作岗位上的人都可能有的。因此，它的教育作用不仅仅限于作战的人或高级军事指挥官，也同样能教育其他工作岗位上的人。这就正是《前线》的思想内容所以具有普遍意义的主要原因。这种种思想的发掘与描写，对于有类似思想的观众（读者），当然是一种直接的告诫；对于没有这思想缺点的观众,也能引起警惕。

因此,问题已经非常明显,作品的主题思想能否获得普遍意义,要看作品能否深刻地反映人物的精神面貌——人物的世界观、处世哲学及作风等,以及这作风等在这个部门所出现的矛盾中所起的影响和作用。只要能够揭示矛盾的思想根源,那么,不管你所描写的生活具有何等特殊的形态,人们(读者、观众)仍然可以理解的;思想发掘得越深刻,它的普遍意义就越广泛,所写出的作风、观点越具有典型性,作品所引起的教育效果就越大。

《堤》的情节的发展,是自然的;可以说是人物与人物互相关系符合逻辑的发展,人物的行动和说话是由他们的性格决定的,而不是服从预定的情节;虽然个别地方还有缺点,但大部分人物都写得较有血肉,都能较真实地反映他们的精神面貌。正因为这样,所以能恰切地揭示出修堤这个特殊现象中各种矛盾与斗争的思想基础。这也正是《堤》的主题思想所以获得普遍意义的重要原因。

三

现在,我们来考察一下《堤》中的几个主要人物吧:

作为《堤》的主要角色村主任王志远,是作者企图通过他来创造一个共产党员形象的人物。在作品中所表现的他的英雄性格,的确是动人的:他大公无私,细心负责;他不仅自己积极工作,而且善于领导大家积极工作;他为了要替人民解决一个重大的问题(修起新坝,保全好光景),敢面对困难,敢于和一切不正确的思想做斗争;也经得起一切的误会与埋怨;他相信党,有信心;而且很勇敢。

作品中的王志远,并不抽象,不是观念的符号,也不是政治概念的象征;他是通过有血有肉、有个性的形象恰当地概括了地方基层干部中共产党员的性格;他为了克服一切障碍,完成党的事业,常常抛开个人的利益。老李婆子(中农李老全之妻)舍不得她那几亩种着一色大高粱的好地,死硬地出来反对修筑新坝,闹得几乎不能动工,虽然大家愿拿公地让她挑,但她嫌太远,又嫌零碎,这时王志远出来了:

远:对!你嫌太零碎,不要紧。你不愿意修新坝就是为这些吧?你们那块地统共是五亩多吧?我给你解决。

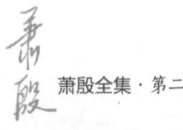

保：（拦住志远）志远！算了吧，你就是拿十亩公地换她一亩她也不干哪。

远：（推开王长保，去拿地照，王母急速跟过去跪在炕上，群众也跟了过去，志远拿完地照由炕上下来，王母、群众也跟了下来。）屯子西南角我们这地是六亩，那地赶上你们那地好吧？那也是一色大高粱，给你！

妻：（一怔）给我？

…………

妻：志远，真的吗？

远：（从兜里拿出刚才写的纸单）真的！这是我给你立的字据。（把字据给李妻）

当老坝已被洪水冲开，水势很大，许多房屋都被冲倒，这时有人发现老李婆子在屋顶上大呼救命，大家推来推去，谁都说自己水性不好（甚至包括老李婆子的丈夫李老全在内）都不愿下水。这时王志远来了，听说是老李婆子还未出来，他即毫不犹豫地脱下上身衣服，就要下去。

众：（拦住志远）不行，不行，你不能去呀！你腿不行！

柱：志远，你忘了你是受过伤的人。

环：（着急地埋怨着）咳，这老李婆子！

远：环子，不要紧！我去看看去！这是我们的责任，我不能不去。

众：（把志远推到右角上）志远，你不能去，你不能去！

远：大家不要这样子，救人要紧。（推开大家跑上坝顶一跃而下）

这是共产党员的本色，是高度革命品质的表现。但是剧作者没有把王志远写成一个"神化"了的人物，他有血肉，有个性，有感情；他的性格之所以是共产党员的性格，是他能够使个人的利益服从集体的利益并使两者结合起来。你看：

远：这回修坝，你们家和我们家都剩不下。

环：咋的？咱们家都划到坝外头去啦？

远：你妈要有意见吧！

环：那还用问啦？不光我妈，你妈就乐意啦？你老妈还成天当我说，环子呀！咱们现在有房子有地啦！要过好日子了；又是什么往后就是再有个四口五口的……

远：本情吗！咱们有了房子地，日子又一天比一天好，今年的年景又特别好，你说要把地划到坝外那谁不心疼啊？

环：（走过去）那咋办哪？

远：（握住环子手）不要紧，政府有办法！要不修新坝，大伙都得完，要再让大水淹了，以后几年都缓（还）不过劲来。

这样的描写，不仅没有破坏一个革命者的性格，相反，使人觉得更真实、更亲切。

王老六也是一个具有典型意义的人物；他心地很好，对革命事业无限忠诚，但他惯于把问题看得很简单，不肯转动脑筋；工作一来，他倒很热心去干，如果遇到别人不同意，他就习惯强迫命令；常常不讲方式，不大考虑效果；性急，动不动就拿命令"压人"。

修新坝的工作，上级刚布置下来，村干部正考虑群众对修坝可能有各种不同的反应，王老六就说："志远，我看好办！政府给解决问题，他还不干？咱们就按上边的命令干哪，谁敢反对啊？"大家估计群众可能不一定都乐意修新坝，要先好好动员群众，他就说："他不乐意顶啥？这是为大伙好。"或者说，"她不愿意当啥？这是个紧事。"当动员会已开过，还有些想不通的群众需要个别解决时，他就反对，认为"你讲也是白搭……他眼下反对就反对，不用理他那个碴，让大水一淹他就知道了"。他从来就是靠命令行事，不愿做解释说服工作，他甚至肯定说老李婆子是无法说服的，认为"要她服了，还不得一年半载的……"；遇到一脑子迷信观念的年迈的老高头时，他更加不耐烦地说："河神爷？你少提河神爷吧！河神爷还不是你们地主阶级（其实，他是破落了的地主）的鬼把戏。"并说："反对，反对也修哇。"有一次，愣头愣脑的邓长青来找村主任，遇上他，他就给人大训一通：

六：你们不好好干活还往哪走？……

青：王老六，你打算咋的？你刚才在老坝上那个样子跟我发态度，硬拖我到新坝上干去，你这又是干啥？

……

六：你们这号子人哪，就是捣乱分子，这回新坝要修不起来，非拿你们是问不可！

青：王老六，老坝要开了，第一个你就得负责任。

六：好，我负责任你可得服我管，你不是硬不愿意去修新坝吗？我今天非叫你上新坝不可，咱们看看小胳膊能拧过大腿不？

青：你让我到新坝，我还让你把整个民工都拉到老坝上去呢！

保：跟他谈啥？咱们找志远去。（推长青欲走）

六：别走！你们老老实实到新坝上去。……

青：……我就不去，我看你能把我眼睛挖出来当泡踩？

六：好哇！你们造反了。（一下把长青从棚内甩下来……）

在我们村政权的机构中，像王志远这么优秀的干部固然不少，但像王老六这样惯于强迫命令的干部也仍然存在；但是，也应该指出：王老六的思想变化"变"得太突然了。在两分钟以前，他还对自己的思想错误毫无认识，还说"那还怨俺？他也把俺打了"，只经过志远与王光弟的几句话，就把他"说服"了，而且他马上就"明白过来"，"要求党来处罚"。这只会给读者一种不真实的感觉，希望作者加以适当修改，使他"变"得更自然些、更合情理些。

老李婆子也是一个富有典型意义的人物。革命给她带来好光景，她对新社会怀着好感；对于一些不妨害她个人利益的事，她也表示热心；对革命干部也很相信。你看：

妻：哎呀！照这么说今年这个大河又要出事呀？

全：看这个意思真有点险哪！

柱：不要紧，有志远咱们什么也不怕！

妻：对！志远说咋的咱们可听他的！

当上级决定修新坝时，她也很拥护，她说："人家志远说得对呀，这样牢靠，以防万一。"可是家屋紧贴着老坝的王长保，怕修新坝把自己的家扔到坝外，极力反对，而老李婆子还"劝导"过王长保，说："修新坝这个事是为大伙。"

保：（知道老李婆子在说嘴，生气地。）老李婆子，你别光说嘴，咱们两个调个过。

妻：调个过就调个过呗，反正为大伙好，怎么的都行。

而且她还表示："当然把大伙都保住好，可不能因为一条鱼腥了一锅汤啊！"但是她很自私，当你一沾她的边，她就"非炸庙不结"。当她发现她的家屋被划到新坝外边，她就闹翻天了，说什么"你看看这坑不坑人，我们老一辈少一辈，好容易积攒下来的房子地，这下不交代了吗？""这不是骑脖颈拉屎吗？"还说什么"人家官向官，吏向吏，当干部向着干部的"，而且还表示"不管咋的，在我们门口修大坝我可不干！"

贾：老李婆子，修新坝为大伙嘛！你不干行吗？

妻：我就不干，咋的？……

这还不算，当群众大会决定照计划动工时，她就更加撒泼了："我活不了啦！王老六、王志远！你们可算霸道哇！有你们这些人在，我们就得死呀，我和你们拼了。王志远！今个我这条老命交给你们啦！""我告诉你王志远！你英雄，你人民解放军，你能，我可不能，你大方，我可不大方；你舍得，我可舍不得；我还要过好日子呢！谁把地给我铲了，我让他包，碰倒我一根汗毛，他得跪着给我扶起来……"可是，等她沾到小便宜，等她拿到六亩好地时，她却又假惺惺地说大话了：

妻：（假意地）其实我们倒好办，就怕大坝线上那几家……

众：得了吧！得了吧！我不都好办。

大话是大话，自私还是自私，她竟丝毫也没有改变，在她看来，好像一切人都应该只为她个人的利益服务似的。请你看看她这副面孔吧！

（……后台声："老坝危险了。"妇女群众给李妻搬家拿着东西上。妇女甲掉了炕席。）

妻：哎呀，别给我东西掉了，快捡起来吧！（妇女捡席下，代小上。）代小好好拿着。（向妇乙、丙、丁说）哎呀！你们千万别给我东西掉了啊！（妻拿着锅最后下）

我们的广大农村经过土地改革之后，封建势力基本上已被摧垮，封建意识也受到压制；但并不等于说，旧的思想已完全肃清，像老李婆子这样的性格仍然存在，我们对这种人还应该注意教育，否则他们随时都会出来阻挠或妨害我们更顺利地去完成农业集体化的事业。毛主席说："严重的问题是教育农民。"这就意味着农民的某些落后意识还严重存在，文学艺术作品必须正视这些现象，并加以正确的描写。

有人说，《堤》还存在着重大的缺点，理由是，它的人物还不全是积极的正面的新人物，其中还写了像老李婆子这样的落后人物。我认为这种看法是不全面的。我希望作家们更多地去描写新人物、新的英雄性格；但所谓新人物新品质，并不是抽象的观念，也不是静止的固定的模型。所谓新的性格，只有在各种斗争中才能显现出来。我相信，谁也不会反对我们去写斗争，既然写斗争，那就一定会写到阶级的矛盾、封建与民主的矛盾、新与旧的矛盾、进步与落后的矛盾。只有深刻地描写出生活中的矛盾和斗争，只有在斗争考验中，新人物的新品格才能显现出来；只有在斗争中，我们才能体认谁是新的人物与新的品质；在反映斗争的同时，旧的人物与旧的思想品质一定要给以暴露。

除了以上三个主要人物之外，《堤》还写出了几个有个性的有血肉的人物，如老高头、王长保、环子、王母等。但也还有不够的地方，如邓长青的性格，就使人觉得很难理解。如果王长保反对修新坝是因为他的家紧贴老坝的话，那么，邓长青反对修新坝的思想根据在哪里呢？很令人不解。

四

《堤》就是抓住几个人物，通过一件不寻常的事件（修坝）所引起的矛盾斗争的描写，构成它的全部情节的。这样不仅写出了人与洪水搏斗的情景，而且也写出了各种人物的性格，写出了各种人物的精神面貌，写出了由这些人物之间的矛盾所构成的社会面貌。前面已经说过，人的精神面貌——某种观点与作风，不是只有某种生活环境中的人所独有，它也同样存在于其他生活环境中的人的头脑里。因此，对这种观点作风的发掘与描写，就不仅仅教育了这个生活环境里的人，同时也能够教育这个生活以外的人。

现在，我们虽然有了许多极优秀的作品，而且起着巨大的教育作用；但也还有一些作品，仍然停留在较低级的形态中；它们仍然描写着技术过程或技术经验。如：

铁机巧，铁机妙，手工业里数你好！
能织平纹和斜纹，条格碎花也可以。
开口、投梭和打纬，卷取、退纱不能缺一。
主副运动很明晰，构造简单好修理。
投梭打筘要吻合，开口快慢须一致。
夹梭、飞梭要避免，经线松紧须适宜。
布面稀稠要匀净，卷取快慢须注意。
两脚用力要均匀，有了断头须接齐。
浆好纱来导好纬，掏头过筘要缜密。

像这样的"作品"，作者所企图达到的效果，显然是传播技术经验，而不是在思想品质上去启发读者。一个文艺写作者如果放弃了"武装读者头脑"的观念，反而企图拿自己的作品去代替技术教科书，那他一定要失败的。技术知识既然不是你的专业，你如何能代替技术专家呢？如果上述的"作品"是出于技术人员之手，他又是为了读者便于记忆，而采用韵文形式写出来，我倒没有异议；如果把它当作文学作品，而且把它发表在文艺杂志上，我却认为有讨论的必要了。

类似这样的"文学作品"，一直到现在，还不断地在报纸刊物上出现，在舞台上演出；而且被一部分人认为是"有教育意义的作品"。产生这种看法的原因，主要是把自然科学与文学艺术混为一谈，把精神教育与技术教育混为一谈。

电影《乡村女教师》，它不是告诉我们如何教学，也不是传播教学方法；而是通过对女教师各方面的生活的描写，写出她刻苦的作风与为孩子们服务的坚忍的毅力。

由此，我们就能够认识到，文艺作品的高度思想性的获得，并不是技术经验的传播，也不是表面现象的描写。文艺作品的高度思想性的获得，是要真实地写出斗争的状态及其发展的规律。

　　文艺是通过个体来表现一般、通过部分来表现全体的；因此不深入局部，就不可能表现整体。就是说，不深入描写某种特殊生活环境中的具体事件与人物，就不可能深刻地表现出现实生活的真实面貌。

　　让我再简单地重复一遍：技术劳动的描写，如果是为表现人物的性格，是可以写的；但如果是为传播技术经验去描写它，就不妥当。局部的具有特殊性质的生活，应该去描写，而且必要去描写；但不要写得仅有该局部的人才能看懂，必须让社会上的人都能看懂，而且能得到教育。要达到这个目的，不仅要写出事件的环境，而且必须写出人物，写出人物的精神面貌，而且这精神面貌，又要与当时历史社会的环境相联系。只有这样，作品的思想内容才能获得它的普遍的意义。

一九五一年四月二日于北京

惊险场面不能填补生活的不足[*]
——评电影《刘胡兰》

刘胡兰是中国共产党所教育出来的中国人民的好儿女之一。她的高尚的革命品格、她的为革命献身的高贵气质以及她的英勇不屈的英雄事迹，通过传说、报道、连环画和歌剧，已经深入人心，为群众所熟悉和敬仰。因此，毫不奇怪，人们怀着很大的希望来期待电影《刘胡兰》的放映。人们希望电影能比歌剧《刘胡兰》更好，希望借助于电影艺术的特殊性能，使它能够更真实地、更有说服力地表现出英雄人物的历史、性格和性格的成长过程。

但是，影片《刘胡兰》未能满足观众的要求。银幕上的刘胡兰和群众心目中的这位青年女英雄的英勇无畏的形象距离很远。编导者确实没有创造好这个受到千千万万人民敬仰的"生的伟大，死的光荣"的青年女共产党员的形象。不仅如此，电影所描写的刘胡兰的英雄性格和性格的成长过程，是被严重地歪曲了的；刘胡兰的家庭、革命经历也和实际出入很大。

我曾读过《刘胡兰小传》（中国青年出版社出版），这是作者"根据刘胡兰的同志、乡亲、家属的谈话记录下来的""保持着人物和事实的本来面目"的传记。这篇传记，虽然还可能遗漏一些有价值的材料和曲解了一些事实，但对于刘胡兰的品质与事实的主要方面，应该说还是记录出来了的。它记载了她的平凡的、然而显示了她的革命品格的一些言行，它记载了形成这品格的环境和条件；并且具体地写出了刘胡兰怎样在党的影响和教育下走上了革命的道路。

---

[*] 载1951年12月12日《人民日报》第三版"新片评介"。本文为1984年4月版《萧殷自选集》收录的版本。

只要比较一下入党以前的刘胡兰的历史，就可以看出实际生活中的刘胡兰和电影中的刘胡兰是多么不同。《刘胡兰小传》的作者告诉我们：刘胡兰在入党以前，是经过党的阶级教育、受过革命斗争的深刻影响，并在实际工作中受过考验和锻炼的。然而在电影里，刘胡兰却有另外一种经历。我们并不要求电影编导者把刘胡兰所经历过的事实都丝毫不变地搬上银幕；但是也不能容许完全离开刘胡兰的生活的主要事迹而凭空杜撰。电影的描写对象既然是刘胡兰，而刘胡兰的本来性格和事迹既具有典型性质；她的革命品质和她为革命事业而献身的英雄事迹本身，既包含着深厚的教育意义；那么编导者为什么不根据刘胡兰的本来面目——本来的环境、年龄、经历以及她的性格特性和事迹来描写呢？如果说，艺术家对于机械地反映实有的现象和事实，感到不足，而要求有适当的艺术加工，那是完全应该的，而且是合理的。但是必须根据人物原有的性格与事迹的主要方面，加以深化和概括，使之更鲜明、更突出、更集中、更有典型性。绝不应该以另外一套完全不同的生活和斗争来代替刘胡兰的生活和斗争。据我所知，电影中刘胡兰的斗争生活和真实的刘胡兰的斗争生活，除了英勇就义一点相同之外，其他重要情节都和原有的事实不相符。曾经有人说过："何必一定要根据刘胡兰的生活来描写呢？这样写不是也能教育人民吗？"但是既然撇开刘胡兰的本来生活，那为什么不写另外一个名字，而独独要写刘胡兰的名字呢？又为什么把毛泽东同志对刘胡兰的题词也放在银幕上呢？

其实，主要的问题，还不在这里；电影《刘胡兰》所以存在着严重的缺点，不仅仅因为它歪曲了刘胡兰的本来面貌；更重要的，是因为它歪曲了生活的真实，阉割了生活的逻辑。

在阶级斗争激烈的年代里，如果作家（电影剧本作家也在内）离开了党的政治教育和阶级教育、离开了革命运动的影响、离开实际斗争的锻炼来观察或处理英雄性格的成长，是很难想象的。《刘胡兰小传》是较真实地叙述了党的教育、革命运动以及实际锻炼对于刘胡兰内心所促成的变化过程的。但在影片中，党对于刘胡兰的政治教育和阶级教育，却是极端薄弱的，甚至是看不见的。在银幕上，我们只看见这么几个镜头：当刘胡兰才四五岁的时候，红军指导员孙同志曾向大家（刘胡兰也在内）说过："……我们队伍里，也有许多人是种庄稼出身的，你们不要怕，我们是专打剥削咱们穷人、压迫咱们穷人的地主老财。"此外，孙同志还教过刘胡兰写字；支部书记曾告诉过刘胡兰要"好好工作"；当敌人烧了村子之后，支部书记见刘胡兰很颓丧，曾教导她"拿起精神来";抗日胜利后,小青向刘胡兰说过:"……以后,你更要带领大家好好生产。"这是仅有的几个有关教育的镜头,而且都缺少阶级教育的内容。至于革命运动对于刘胡兰思想的影响,在影片中很少提到。

其次,刘胡兰和群众的关系,在影片中也被处理得很无力和很不恰当。刘胡兰是群众心目中的妇女领袖,据《刘胡兰小传》记述,她曾参加过反贪污斗争,参加过土地改革;担任过村妇女会秘书,处理过群众的纠纷,还和吕雪梅到附近各村开展过妇女工作;她动员、组织妇女群众做军鞋,募集慰劳品,教育过落后分子;当情况紧急时,为争取动摇分子金仙,她冒着危险留在村里工作;当敌人已经包围了村庄,她怕连累了段金忠一家,宁愿自己去顶……这样有血有肉的斗争生活以及她和广大群众血肉相连的关系,处处都体现着她的高尚的革命品格,体现着她对于广大人民利益的关心。但电影的编导者完全无视这些,反而另外去杜撰一套。影片描写刘胡兰教妇女群众认字,和许多妇女一起缝军衣;指挥群众撤退;救过一个小孩子,并且给过小孩子一些小米……编导者以空想去代替事实,用薄弱无力的概念和想象去代替对于刘胡兰的历史生活的认真调查和研究;正是这样,结果把这个在人民中成长起来的英雄以及她和人民的血肉相连的关系模糊了,甚至歪曲了。

既然编导者未能恰当地写出党对她的政治教育和阶级教育的作用,又未能恰当地写出她和群众的正常关系;那么,影片就不能不给人留下这样的印象,即:刘胡兰冒着生命危险去抢救支部书记的行为,以及她被俘之后的英勇不屈的行为,都缺乏使人信服的力量。谁都明白,这些英雄的行径,是需要高度的政治觉悟和阶级觉悟来支持的。但影片对于刘胡兰的政治觉悟和阶级觉悟的提高及提高的过程,却没有明确交代。这样,就使人觉得刘胡兰这形象并没有坚固的阶级觉悟的基础。既然这样,那么在银幕上刘胡兰的许多英雄行为和言谈,就不能不是无思想基础的、缺乏说服力量的东西。

电影之所以造成这样的结果,并不是编导者有意这样,也不是在理论上认为应该如此。我以为影片《刘胡兰》的失败,主要原因是电影编导者离开了生活,离开了实际,离开了对刘胡兰的具体历史的深入调查和认真分析。对于这样一个"生的伟大,死的光荣"的英雄人物,编导者在处理上仅仅保留了她的英勇就义的一幕,仅仅保留了她的事迹的一点点轮廓;她的真实的生活被弃置不顾,这样做法显然是无法表现出她的英雄品格以及成长过程的。不管编导者在处理这个题材时下过多少功夫,但实质上，仍然是从一般英雄概念出发去处理这个题材，是用一般的英雄概念去代替对刘胡兰具体历史的掌握和理解的。

正因为缺乏生活和没有具体地理解生活，电影编导者就不能不用一些惊险的场面来粉饰生活的贫乏和填补生活的不足。明白了这一点，我们就能够理解编导者为什么把幼小的刘胡兰写得勇于反抗地主；为什么让刘胡兰在混乱中去救小孩；为什么要写刘胡兰昏倒；为什么要写刘胡兰抢救支部书记；为什么要写她打枪和敌人作战（简直变成了一个战斗员）等等了。编导者也许以为这样一来，就可以把刘胡兰这英雄形象生动地"塑造"出来，其实，他们首先就好像忘记刘胡兰只是一个十四五岁的小姑娘；像她这样年轻的人，她的高尚的革命品格不能和成年的英雄完全一样，而是有其不同的特征和不同的表现方式的。生活中刘胡兰的高尚的坚强的气质，是贯串在她的平凡的而又伟大的、英勇的而又不违背她的年龄特征的革命活动之中，贯串在她的单纯朴素的行动和言谈之中的。然而影片编导者没有从刘胡兰的具体历史中去把握和理解她的这些特点，反而用成年英雄的生活去代替刘胡兰自己的生活；拿刘胡兰所不惯使用的武器，硬交给刘胡兰去使用……其结果，不仅会妨害刘胡兰性格的真实的表现，而且也会歪曲生活的真实。电影《刘胡兰》的失败，已有力地证明：一切脱离生活、片面强调"技巧"的做法，都无法达到艺术上成功的目的。

一九五一年十一月十日于北京

评《葡萄熟了的时候》*

在现有的文学创作水平上,我以为,孙谦同志的电影剧本《葡萄熟了的时候》(载五卷一期《人民文学》)是较优秀的作品之一,它真实、朴素、动人,充满了生活的气息;它的人物有着新社会特有的高贵品质,作者所描写的对象是新农村生活中较重要的侧面,而且在作品形象中比较适当地体现出积极的、启发人们向上的思想感情。

在葡萄产品里,南沙村的农民们,因为该村合作社货给了水车,又借给豆饼,再加上精耕细作,使葡萄的产量大大超过了往年。可是该村合作社主任丁老贵,虽然一心一意想把合作社办好,为群众服务;但他有一般商人的营利观点和墨守成规的作风,认为保住社员股金,给社员解决一些日常生活和生产中的困难,赚一点钱,分一点红,就能把合作社办好;对于推销社员的生产品,特别是推销销路困难的本地特产品,他却认为不是合作社能够办的事情,而且认为是冒险的事情,拒绝推销农民的产品,这就是问题的症结,是这篇作品中一切纠葛的根源。

这样,就给了投机商人"钻空子"的机会,他们就可以任意压低葡萄的价格,来宰割农民。

农甲:"……咱们村里来了个收葡萄的……只开价八百……"

丁老贵:"八百?——这不是明捉人吗?"

农甲:"如今开到九百啦……"

丁老贵:"那也刚够本啊。"

---

* 载1951年11月25日《文艺报》第五卷第三期,署名何远。

农甲："他再不给加啦。"

丁老贵："这怎么行啊？这是硬逼着杀人嘛！"

农乙："是啊，逼得没法子了，只好让人家杀吧。"

丁老贵："杀？……"

农甲："你想一想，守上一年，捞不回本儿来，谁还有心思安水车呢？"

农乙："是啊！葡萄卖不上好价钱，安水车干什么呢？"

"谷贱伤农"，是谁都明白的简单道理，既然南沙村农民的主要土产品是葡萄，那么，当农民捞不回应有的代价，怎么能继续保持他们提高了的生产热情呢？当农民得不到合理的收入，合作社又如何能够维持下去呢？那些只片面地帮助发展生产而拒绝帮助推销产品的合作社，又如何能够保住社员的股金呢？当葡萄卖不出去的时候，你听听农民们对着合作社新到的商品说些什么话吧：

周寡妇："大嫂子，东西是好，可就是买不起啊。"

老年农妇："是啊，年头儿不好啊，葡萄收得多，可是不值钱，这些东西啊，我看也是合作社的摆设，没有人买得起。"

周寡妇："让合作社摆着好啦。"

老年农妇："摆到什么时候呀？"

周寡妇："摆到旧了破了，合作社再把它扔了！"

这样的合作社，显然不能贯彻党与人民政府对农民的政策，不能贯彻面向群众、替人民谋利益的方针，不能增加人民的收入，提高人民的生产积极性，推进农村经济的发展，从而提高农民的思想水平。

单从表面看，是土产的销路和价格的问题，但这却是一个重大问题，是关乎工农联盟的问题。如果因为某些人的墨守成规的作风，而妨害了对这类问题的解决，实质上，就妨害了工人阶级对农民的援助，也就妨害了对农民的领导。正因为这样，所以《葡萄熟了的时候》所反映的问题，是有巨大的现实意义与政治意义的。

那么，这些矛盾有没有条件解决呢？有的。孙谦同志就是根据现实生活中的政治条件与经济条件把作品中所提出来的社会矛盾解决了。从这里，不仅说明了政府与人民的关系，说明了城市与农村的新关系，也说明了合作社在农村经济中的领导作用，以及由它的领导所产生的各种积极的效果。既然如此，那么，《葡萄熟了的时候》的主题，就不仅对葡萄产品的人民和干部有教育意义，即对其他地区的人民与干部，也具有广泛的教育价值。

　　上述的主题思想，在《葡萄熟了的时候》中是否得到较恰当的表现呢？我的回答是肯定的。在这篇作品中所提出来的问题，和解决这些问题，都不是作者用概念的语言说出来的，而是通过活生生的时间的描写，由艺术形象本身让读者感受出来的。

　　现在，我们不能不涉及人物描写的问题，因为事件不能离开人的活动，作品中的情节不能离开人物的活动而独立存在。《葡萄熟了的时候》所反映出来的社会矛盾，实质上是人物之间的思想矛盾。为考察它所提出的矛盾是否真实，现在不妨先看看人物之间的思想矛盾是否真实。

　　《葡萄熟了的时候》中的人物，除了刁金一人之外，不论周寡妇也好，村支书也好，合作社主任也好，或者是珍珍、周红娥、丁双喜、龙玉泉……也好，都是积极的正面的人物，在他们身上都有着高尚的政治品格的因素，如果说有差别的话，那只有程度上的不同罢了。

　　比如周寡妇吧，虽然因旧社会的影响，在她意识上还残留着固执、暴躁、感情用事的缺点，但在新社会的影响、教育之下，她也懂得人民政府的好处，向往着将来"用机器拉庄稼"的社会，她也称赞过合作社，爱国家，也爱我们的志愿军。又比如丁老贵吧，他虽然有些墨守成规的作风与一般商人的营利观点，但他这个观点是建筑在为群众服务、办好合作社的基础上的；只要他把问题想通以后，他也会拼全力去把工作做好。珍珍呢，由于年轻，她还不免流露些姑娘气，对待问题有时还有些简单化，但她对人民的事业，却是忠心耿耿的。丁双喜呢，爱痛快，不愿在他父亲手下工作，有时也闹闹情绪，但是经人说服之后，他也能安心地把工作做得很好。……总之，这些人都有一副好心肠，大家对于新的社会关系都有或深或浅的认识，虽然旧社会的意识还或多或少地残存在他们的身上，但他们毕竟不是旧社会的人物了，他们是正在成长中的新中国的新人物品格的代表。

　　因此，在作品中所反映的主要思想矛盾，并不是极端落后的思想与极端进步的思想的矛盾，而只是在前进途中思想步调不一致的矛盾。应该说，这种矛盾的反映，恰当地反映出新现实的面貌。

为什么它是恰当地反映了新现实的面貌呢？那是因为现在的中国，已经不是蒋介石匪帮统治的中国，而是共产党领导下的新中国，这个国家的人民，在蓬蓬勃勃的革命斗争与生产建设的浪潮中，思想水平与政治认识已经大大地提高了。这个国家的政治、经济、文化的新设施，已大大改变了中国的社会面貌；这个社会已经没有滋长旧意识的社会基础，而是相反，在新的生产关系中，人民的思想意识以及他们的品格只会一天比一天提高，不管他们发展变化的程度如何不一致，但他们在新社会影响与教育下，都具有旧社会人物性格根本不同的特点，却是无疑的了。

因而，孙谦同志把他的人物都赋予一些程度不同的高尚品格，我以为，是恰当的，是生活在新中国社会中的人民的真实的反映。

这恰恰与某些形式主义的作者相反，形式主义的作者不完全理解我们的人民，不理解人民的心理面貌，更不理解人民在生活中的矛盾的实质是什么，只知道作品必须有"戏剧冲突"，而且硬去制造"戏剧冲突"。他们也从报纸上知道现实生活中有过什么矛盾，但却不十分理解矛盾的性质与矛盾的实质，他们认为"没有落后，就没有矛盾"，因而，为了尖锐地表现这类"矛盾"，他们就胡乱地脱离了现实的基本情况来捏造"戏剧冲突"，硬把人民大众的思想矛盾，写成是极端落后与极端进步的矛盾，而且有时还不惜把落后的思想写成类似反动的思想。从表面看，这样的人物似乎很有"个性特征"，但这人物却不是生活在新中国社会中的人物。

《葡萄熟了的时候》的作者孙谦同志，却能从新中国的社会生活的深处去把握人物的心理面貌，进而去理解社会矛盾，比较正确地反映了社会矛盾。这样的社会矛盾，是新中国社会中真实存在的矛盾，而不是作者臆造出来的矛盾，因而，这种矛盾的揭露与解决，是"有的放矢"的，能够针对着实有的或类似的社会矛盾——实有的或类似的思想矛盾进行教育的。

因此，在这篇作品中，所展开的人民的主要的矛盾，其性质，不是也不可能是极端反革命与革命的矛盾，也不可能是极端的个人主义与集体主义的矛盾，而是在革命进程中，由于人民之间认识程度的差异所发生的矛盾。通过周寡妇与丁老贵两个人物所反映出来的合作社老一套的业务方针与人民需要解决葡萄销路的社会矛盾，是有别于人民与敌对阶级的矛盾，也有别于单纯个人利益的矛盾的。请看看丁老贵的内心矛盾吧。

"合作社应该办得好儿的，要像一个大买卖，给群众解决困难，发展生产，可偏偏来个葡萄……是啊，周寡妇是社员，社员有困难，合作社自然应该解决，可怎么解决呢？合作社不是散布施，是要做买卖啊！……呃，到人民银行贷一笔款，拿这笔款子买葡萄，啊呀，村里有这么多葡萄，得贷多少钱啊……要是葡萄卖不出去，怎么付利钱呢？……要是葡萄烂了，拿什么还本呢？……"

可是当他知道了人民遇到的是严重的困难的时候，他难过，他竟变得苍老，严重地思考着问题。

"……葡萄，九百块钱一斤，这是杀人……难道我费了九牛二虎的劲儿给大家买下水车，买下肥料，是为了让刁金坑人吗？……对！我是让刁金坑人……刁金把大家坑了，谁还会来合作社买东西呢？大家既然不买东西，合作社怎么为社员服务呢？……不，不能再这么干下去啦！"

因此，这社会矛盾的解决，不是人物思想一百八十度地"转变"，而是人物思想认识进一步地发展与提高。这是符合新社会的真实情况与真实规律的。如果不是这样，反而离开了社会现实的环境与条件，离开了在这特定环境与特定条件所形成的人民的特有的主要思想，不管作者所"创造"的"戏剧冲突"如何"巧妙"，都不可能是现实的。

正是这样，所以我认为：《葡萄熟了的时候》，在现在的文学创作水平上，也是较优秀的文学作品之一。它朴素地、生动地反映了中国新农村的真实面貌，在形象中又比较适当地体现出先进的思想内容，因此，在思想教育的作用上，无疑地将会发生积极的影响。

我们欢迎这样的作品，希望作家们更多地创造这样的作品！希望有更多的作家深入生活的各部门去反映我们新社会的面貌，去教育人民。

《葡萄熟了的时候》也还有它的缺点，那首先就是人物还有些单薄，还缺乏更深刻更充分的描写；特别是周寡妇这个人物，使人觉得她的固执、别扭的性格被作者渲染得有些过分。那么造成"过分"的原因是什么呢？从情节的发展看来，不能不使人怀疑作者还多少残留着一些制造"戏剧性"的倾向。

其次，还应该指出一点疏忽，但却是一个很严重的疏忽：作者把作品所反映的事件，放在一九五〇年八月。实际上，那时人民志愿军还未出国作战，捐献飞机大炮的运动是今年六月才开始的。如果把一九五〇年八月改写一九五一年八月，就会合理得多。

听说中央电影局正准备把这篇作品搬上银幕，我们希望上述的缺点不会再在银幕中存在。

许多读过这部文学作品的同志，都不约而同地认为这作品的生活色彩很浓，因此都说："要是能用五彩电影摄制出来，该是多么好啊！"

一九五一年十一月十三日

仿佛是一部录音机

据说，在一部分写作者中间，有时还发生相互"抢夺"素材的现象。当然，所谓"抢夺"，并不是采用公开的方式，而是各自偷偷摸摸地去"占有"材料。特别是遇到英雄事迹或某种富有戏剧性的事件时，他们"抢夺"的情况，就会更加紧张。

当他们中的一个"抢先"访问了某个英雄人物，记完了英雄事迹走回家时，发现旁人对这事迹还"毫无所知"，于是他不禁欢喜若狂，说："哈哈，等别人发现这英雄事迹时，我的文章已经发表出来了。"

本来，争先去反映英雄人物，是一种好现象；但问题不在这里，问题在于这些写作者对于写作的劳动，存在着一种不正确的看法。

在他们看来，一部优秀作品的产生，仅仅是由于那个写作者的运气好，碰到了好的故事而已。他们又认为，一篇优秀作品的全部内容，仅仅是写作者把他所见到的自然形态的生活"照抄"一遍，或者把某个人的谈话"记录"出来而已，这有什么"了不起"呢？

因此，他们把创作劳动看得很简单；在他们看来，最重要的是材料的"垄断"；认为"谁能垄断了新奇的材料，就能写出新奇的作品"。

这种人，虽然自称为"文学写作者"，实质上，他只是一部录音机，或者仿佛是一部录音机。

谁都知道，一篇文学作品的成败，不决定于材料的新奇，而决定于写作者对生活理解的深浅以及艺术概括能力的高低。

如果谁对生活素材不经过深化的过程，而又不努力用艺术形式去集中、概括这些生活素材，就想写出较好的作品，显然是妄想……

一九五四年四月于北京

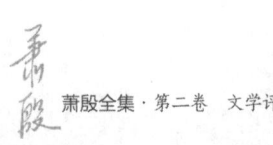

作品的内容为什么这样贫乏和肤浅?*
——评刘绍棠的小说

一

刘绍棠的小说于1951年发表之后,就引起读者的注意;到去年夏天,他已出版了三本小说集(两本短篇集《青枝绿叶》和《山楂村的歌声》以及一本中篇小说《运河的桨声》),总的说来,读过他的小说的人大都首先有着一个相同的感觉,这就是认为他的作品有一种吸引人的乡土气息。

其次,我们也在刘绍棠的一部分作品里,发现了作者有时是通过活生生的有个性的人物的描写,来体现生活本质方面的特征的。譬如《大青骡子》就是比较突出的一篇。

这无疑是(作品)获得感染力的原因。但也应当指出,这一优点仅是偶然出现一下,还没有在作者的其他作品里得到发挥。

另外,在他的作品里,也给作者带来了一些生活气息和色彩。作者不仅善于把主人公活动的场所以及它周围的景色描绘出来,而且还把某些场景、人的活动以及某些生活细节表现出来。譬如短篇《摆渡口》和《运河滩上》所描写的某些情景,又譬如在《运河的桨声》的第一节里,作者以生活本身所具有的生动性与具体性,描绘出中秋节夜晚的情景以及几个人物在河滩上的活动情景。这类富有生活气息的描写,在刘绍棠的小说里多到几乎使每一个读者都会首先感到它,有些读者甚至把它作为刘绍棠的创作特点来理解。

---

* 载1956年4月30日《文艺报》第八号,署名肖殷。本文为1959年7月版《鳞爪集》收录的版本。

毫无疑问，这类描写是有助于加强作品的感染力的。

但是我们还应当指出，作者仅注意景色、场景以及某些生活细节等表面现象的感受，是不够的，它无补于更深地反映生活。如果作者心灵里的确有与新人物新事物相适应的思想感情，有灵敏的社会主义的感觉，我想，他一定会首先把"触角"深入到生活的深处去，深入到矛盾的根基里去，深入到人的内心世界里去；也只有这样，艺术的感受力才能得到正当的发挥。但是作者刘绍棠只津津有味地攒到一些事物的皮毛上，这说明作者的所谓"艺术感觉"，并不足以引为自豪。

二

我们没有理由说这些小说完全没有反映生活；但是较深刻地反映生活，特别是对生活矛盾中较复杂的部分或者较内在的部分的反映，却是十分不够的。

翻开这些小说，我们的确看见了一些矛盾以及解决这些矛盾的情况；但是有些矛盾的产生，在作者笔下好像只是由于偶然的原因促成的，因此解决起来就使人觉得"过分"容易；其次，在小说里，常常只让读者看见矛盾发展中的一些现象以及矛盾解决过程中的一些场景；到底它们发展的内在原因是什么，却没有得到较充分的描写。因而，虽然其中有些个别场景写得还不错，但是场景与场景之间的内在联系，却常常是令人难以捉摸的，有的甚至是彼此脱节的。结果，给人一种这样的印象：在作品里尽管已把问题提出来了，也似乎解决了；事件也有头有尾了；可是，作品的生活内容与思想内容却仍然非常单薄，作品显得飘浮和肤浅。

什么原因呢？

我以为，作者没有一种足以与新人物新事物相互融合的思想感情，却是最主要的原因。处处只以做作的态度去构思人物与人物之间的关系，怎么能真正把握生活内在的实质？再加上作者并没有扎根在实际生活里边，而斗争经验又非常缺乏；因此，斗争中一些复杂的或内在的生活内容，作者就很难了解和难以掌握了。

我们不妨看看《修水库》这篇小说吧。这个短篇的主人公是四喜子，据作品介绍，"这个年轻人，岁数不大，白头发却不少，乡亲们都说他操心过度。他一心想把读报组改成俱乐部，搞得火爆起来，瞧着今年的庄稼，快活得从心眼儿里乐，可是一想起这条河五年一大涝，正赶上今年，热火似的兴头，当头泼了一盆冰水"。他特别担心沿河那道堤，要求将堤加高二尺，他不赞成挖水库，认为水库不保险，他说"我不赞成去挖水库，可不是为了自家。我是说，真要是大水出槽，咱们四邻八乡都得遭难，这一来，咱村的俱乐部，就没日子搞起来"。这是这篇作品提出的主要矛盾。次要的矛盾呢，是四喜瞧不起妇女们，认为她们"平日里叽叽喳喳，山喜鹊似的，到正事上，就未必能行"。他不相信青壮年都到子母河去挖水库时，她们能单独担当保苗护堤的任务。为了这两件事，他还憋了"满肚子意见"，甚至气得连劳动模范赵桂来提起这事时，他没把话听完就溜走了，可见他气头的确很大。

这个矛盾是如何解决的呢？

作品中描写了桂来对他不常看报的缺点所进行的批评，告诉他治淮工程比他们要挖的水库大上千百倍，都顺顺当当地完成了，还出现了不少妇女模范，于是主要的矛盾就这样解决了。四喜子的思想疙瘩解开了，而且变成为修水库的积极分子。至于次要的矛盾，解决得更加便当，只让赐福老头到工地来报喜，说"前天半夜，窗花逮住了一个破坏河堤的特务，听说是个不算小的反革命。……"于是四喜子对妇女的成见解除了，举起胳膊大喊："咱们加油干！争取第一，要不然就没脸见这群山喜鹊啦！"

从这个梗概里可以看到，四喜子的某些因袭的看法和对妇女的偏见，是这篇作品所描写的生活冲突的中心。冲突本身没有什么可非议的，问题要看作者怎样去理解它和深化它。在现实生活当中，这种因袭的思想和偏见的确存在，而且还在各种不同的场合起着不同程度的阻碍作用；因而揭露这种思想和偏见是有意义的，也是必要的。

在这篇作品里，作者既然把这种思想与偏见作为矛盾的起因提出来，照理应当深入地发掘一下；可是作品只轻轻地接触一下，又轻轻地滑过去了。结果，把生活矛盾中最内在也是最重要的内容抛弃了；把作品所描绘的生活图画，从根基上做了简单化的解释。因此，这篇作品所应有的生活深度与思想深度都受到了严重损害。

这种对于生活的简单化描写，其所以值得提出来，是因为它已经不是作者笔下的偶然现象或个别现象，而是相当普遍地存在于他的好些作品里。这种做法妨碍着作者更深刻地反映生活，同时也妨碍着作者真实地去描写人物。

但是，千万不要以为这仅仅是技巧问题。作者之所以对生活（特别是对较复杂的生活）做简单化的描写，主要原因绝不是由于技巧的不熟练，而是由于作者只抱着为写作而写作的态度去接触生活和理解生活所造成的。

谈到这里，我们对于刘绍棠小说中一些使人迷惑的现象，似乎可以得到归纳了，那就是：一方面，作品中有一些描写（更确切地说，有一些场面、生活细节的描写）使人觉得还生动和真实；一方面，又使人感到作品的生活内容十分贫乏和肤浅。这是什么道理呢？

在许多作品里，作者是好像很注意作品的思想意义和教育作用。但问题是这种思想意义是从生活的深处挖掘出来的呢？还是从一般的原则概念中取得的呢？如果作者能在掌握马克思主义理论原则的基础上去研究分析生活，从复杂多样的生活中体认出生活本身所包含的意义；那么，当作者在作品中表现这种生活意义（也即是思想意义）时，就必然会和深刻地描写生活融合在一起；因为只有当作者对生活做了深入的描写，并从本质上揭示了生活的真实状态的时候，生活本身所蕴含的社会意义，才可能体现出来。

但是，如果作品的思想意义完全是从抽象的概念中取得，那么，不管作者运用如何"高妙"的技巧，他也无法掩饰这种空洞的"思想"。

刘绍棠虽然有着一些生活的感受，可是这些感受并不丰富和深入，而且大部分也还停留在生活的表面上，停留在景色以及人的一般表情和动作上；对于生活深处——构成生活矛盾和引起斗争的内在的活动，不仅感受得太少，甚至理解得也十分肤浅。这一切，都是与他自己的思想感情密切地联系着的。正因为这样，所以作者不能经常地从生活深处去吸取思想意义，也即是不能经常地在对生活的深刻理解中挖掘出思想意义；然而为了达到写作的某种目的，他就不能不借助于书本上的一般规律和概念来进行写作。

而既然在生活的最主要的方面留下了这么大的空白，那么，再好的景色描写和人物表情、动作的描写，对于作品的生活内容与思想内容，又有何补呢？只以表面的景色或表情来"装饰"社会学的"概念"和"规律"，怎么能"装饰"出激动人心的艺术形象呢？

结果是这样：虽然有好些细节写得还生动；可是把全篇作品读完之后，却又使人觉得内容单薄、肤浅而又不真实。

* * *

这是一方面。另一方面，作者只注意矛盾的提出与矛盾的解决，却常常把矛盾中的人物抛到一边去，这也妨碍他深入地去反映生活。

还是以《修水库》为例罢。在这篇小说里，作者围绕着"矛盾"安排了一系列的现象和一系列的人物，可是，读者只看见人物在做着什么，却不知道他们为什么要这样做（而不那样做）的原因；也就是说，人物在一种什么样的精神状态支配之下说出这样（而不是那样）的话和做出这样（而不是那样）的事呢？作者似乎就很不注意了。

譬如站在四喜子对方的白窗花吧，按照作者的意图，显然是想把她写成一个先进的人物。她不仅反对四喜子的"老经验"，而且也勇于承担各种艰难的任务，在群众中间有很高的威信，同时，窗花还在一个深夜里"逮住了一个破坏河堤的特务，听说是个不算小的反革命"，为了这，她还受到了区里的表扬。

毫无疑问，白窗花所说的话，读者是听见了，她所做的事，读者也看见了；但是，是什么支配她做出这样的事和说出这样的话呢？她的言谈和行动是由什么样独特的性格和什么样独特的精神面貌所支配的呢？读者却完全看不见和感觉不到了。既然如此，那么，作者笔下的白窗花所表现的那些行为，不仅不能从她的性格与精神面貌的特征中得到合理的解释，反而好像都是偶然现象了。

是的，人物的言行举止本来是最能表现人物自己的性格和精神面貌的；但是也必须指出，如果那些言行举止只有集团的一般的特征，而没有个人的独特的特征，那么，"这一个"人的性格和精神面貌的特征，还是不能鲜明地表现出来的。白窗花的情况恰恰就是这样，她说的一些话和做的一些事，只具有先进人物一般的特点，换句话说，白窗花所说的话由任何一个先进人物的嘴里说出来都是可以的，她所做的事放在任何一个先进人物的身上也是可以的，既然这样，那么这样的一些言行举止，又怎么能够说明非发生在"这一个"白窗花身上不可呢？

我们以为，生活在同样经济基础上和同样的具体历史条件之下的人们，是会形成一种共同的特征的，也即是集团的（或阶级的）特征；不过，尽管如此，在表达这种特征的时候，却不是每个人都以同样的方式显现出来的。由于各人的经历不同、具体的生活方式不同以及各人的文化教养不同与所受的外来影响不同等，形成了各人不同的个性；因而，在表现集团特征的时候，各人有各人不同的程度、色调与方式；也就是说，由于"这一个"人和"那一个"人之间有着不同的个性，因此，在他们身上虽然存在着共同的集团特征，而表现出来的却有着各人独特的方式、色调与程度。并且也只有这样,集团的特征才能通过活生生的个性化的人物体现出来。

白窗花的一些行动和言谈,所以会使人觉得不够真实和没有必然性,我以为最重要的原因,是这些行动、言谈与人物的个性游离了,与"这一个"性格的特征游离了,也就是说"个性溶解于一般的原则之中"了。这些言行仿佛不是由人物的个性化的性格所支配,而是更多地服从了作者的意图和作者事先构思好的情节;仿佛作者要人物说什么,他就说什么,要他做什么,他就做什么。因而,白窗花这个所谓"人物",实际上只是一个抽象的"影子"。这种情况不仅表现在白窗花身上,而且也表现在同一作品中的四喜子和赵桂来身上。人物的性格与精神面貌的特征既然没有揭示出来,结果自然也就使得这几个人物之间的关系与矛盾,都好像只是偶然的现象,缺乏个性基础,因而生活矛盾中的复杂性和内在规律也就不可能被揭示出来。同时也正因为这样,作品中作者围绕着"矛盾"所安排的一系列的现象,不仅很难看出它们之间内在的联系,而且也缺乏"必然性"的基础。

值得警惕的是,这种不合理的现象,在刘绍棠的小说里,已经不是个别的现象了。

三

现在大家所特别关心的,不是作者过去的作品有没有缺点,而是作者有没有在最近的写作中克服了过去的那些缺点。也就是说,大家所特别关心的是他在最近创作中克服了一些什么和发展了一些什么;是社会主义现实主义的成分增长了呢?还是其他的成分增长了呢?

为了探讨这些问题,我想扼要地谈到中篇小说《运河的桨声》。这是作者1955年5月完成的小说。如果要考察作者最近的创作倾向,这部作品大概最能代表作者的观点了。

* * *

就题材来看,在《运河的桨声》中所展开的矛盾与斗争,比起以前的短篇来,的确是复杂得多和尖锐得多了。从反映生活的广度上来看,也显然有了值得注目的进展:作者在这里不再是反映生活的一角,而是企图把社会主义改造时期中发生在农村里的各种主要事实展示出来。这些描写，在一定程度上反映了农民在社会主义建设中的热情和积极性。

但是，用社会主义现实主义的观点来考察一下这部作品，我们发现作者不仅没有克服过去曾经出现过的缺点，有些缺点甚至更突出了、更发展了。

据作者谈，在写作《运河的桨声》时，是想写出一些人物来的，譬如作者想把俞山松写成一个富有政治敏感的人物，等等。这种意图无疑是正确的。但是作者如何在创作实践中来实现他的意图呢？也就是说，在创作实践的过程中，作者是采用什么样的态度和方法去处理他的人物的呢？

现在让我们先看看赵明福吧。据作者介绍，赵明是山楂村党龄最长的几个党员之一，在过去斗争的年月，他经历过风霜雨雪，出生入死；后来跟一个地主女儿结了婚之后，逐渐消沉下去；更严重的，是他偷挪了社里的公款，在镇上倒卖粮食，而且跟粮行老板王六（后来成为一个凶恶的反革命分子）勾搭上了；当时赵明福怕出头露面有危险，就暗地加入了王六粮行，合伙进行投机倒把，扰乱市场；不久，政府发现了王六的罪行，没收了王六粮行的粮食（其中除王六一百多石粮食外，还有十五石是赵明福的）；赵明福的罪恶勾当虽然没被发现，但是他的辫子从此却被反革命分子抓住了。

赵明福的这个秘密，山楂村的党员和干部全不知道，除了村支书刘景桂对他在工作上拖泥带水的作风有过不满之外，旁的什么也没有发现；可是使人奇怪的是，当春宝去清查赵明福的账目时，却好像已经发现了对方的秘密似的，对赵明福完全失去了冷静的态度；开始时，赵明福老婆的态度的确恶劣，但春宝却气汹汹地去对待赵明福……

当读者看到春宝的态度时，是觉得突然的。但是为什么作者这样去处理他的人物呢？是春宝的性格使他自己这样唐突吗？可是春宝的性格并不是这样；那么是什么呢？只有一个根据，那就是因为作者已经知道了赵明福的罪恶勾当，或者更确切些说，作者为了要表现生活的复杂性，而又缺乏认识，就不能不按照一般的概念和公式安排了赵明福这样一个人物及其罪恶行为，同时又为了要表现先进人物的立场和情感，就又按照一般概念安排了春宝的"未卜先知"，也即是作者用了一种"先入为主"的人为的做作去支配了他的人物和人物之间的冲突与斗争的发展。

单从这个例子来看，似乎仅仅是生活细节的问题，好像并不重要；可是问题在于作者对于好些人物的言谈和态度，都是用这种从概念出发的主观安排与"先入为主"的人为做作来处理的。

譬如，有一次刘景桂对张顺说："……你难道看不出来，富贵老头背后一定有人挑拨他"（见八七页），春枝甚至直截了当地问富贵老头："大爷，告诉我，是谁背后说了坏话？"（见八八页）在现实生活中，这样的话出自村干部的口里，一般说是不错的；但问题是在作品里的人物还没摸到头绪的情况下，作者突然叫人物说出这样肯定的而又唐突的话，却是什么原因呢？原来又是因为作者自己知道了在约莫半小时之前，麻宝山暗地里向富贵老头进行过挑拨（见八四页）。

又一次，刘景桂说："快收秋了，今年又是五谷丰登满堂红，敌人早恨得眼红了，一定要放火烧场"（见一五七页），不久果然烧场了（见一六〇页）。这里能不能解释为刘景桂有预见性呢？似乎也很勉强，因为预见性是从熟悉情况和善于掌握运动规律产生的；然而我们还不能从刘景桂身上发现这样的性格，也没有看见他掌握了这方面的情况。那么这种"预言"的根据是什么呢？原来又是因为作者自己知道了大约半小时之前，反革命分子王六曾悄悄地对田贵说过："我要烧，烧他个一干二净……等收了秋，从山楂村起，我要走遍运河滩的村村庄庄，一连放他几十把火"（见一五六页）。

还有，当富农田贵悄悄地对他老婆表示："这次他（指王六）再不走，就把他告了吧……"（九一页），这句话王六并没有听到，谁也没有把话传给他，而且在这以前，王六也没有在这方面怀疑过田贵；可是还不到一刻钟，王六就问田贵老婆："告诉我，田贵想出卖我吗？"（见九二页）

上述这些例子，同样说明了作者主要不过是为了要表现复杂的斗争生活而又缺乏丰富的深入的生活经验和认识，就不能不从一般概念和公式出发，一方面主观安排了麻宝山、王六、田贵的种种秘密勾当，另一方面又主观安排了刘景桂的"未卜先知"的预见乃至王六的"未卜先知"的预见。而类似这样的事例在作品中还不少，这就充分说明作者在处理生活中的矛盾斗争，处理人物的行动、言谈、态度和处理故事情节的发展时，常常带着不少从概念出发的主观安排和人为做作的成分。作者由于生活空虚和对生活缺乏真正的认识，因而不可能按照斗争生活的本来面目和具体人物、具体环境以及人物的具体认识，来自然地决定事件的发展和人物的行动与态度，而且更多地以作者自己狭小的主观公式和肤浅的生活印象来代替人物的丰富无边的体验，以作者自己做作的感情来代替人物的真实感情。如果说，在过去的作品中，作者在描写生活中的矛盾的时候，还只是存在着没有深入发掘矛盾的深刻内容的缺点，那么我们可以看到，在这个作品中，作者对生活的矛盾采取了更为简单化的处理，人物与人物之间的矛盾和各种复杂斗争的解决，不仅离开了性格的内在的真实，也离开了生活真实的逻辑，以至于矛盾的提出和解决也失去了可信的基础。试想，这怎么可能反映出生活的真实面貌呢？

这种现象之所以必须指出来，是因为它会把作者带进公式主义的泥坑里。这种创作方法不仅不可能帮助我们真实地去表现人物；相反，它只会歪曲人物，歪曲人的性格和精神面貌，歪曲人与人的真实关系，以至于歪曲了生活的真实。

事实上，《运河的桨声》已经受到这种做法的损害；人物的丰富的精神面貌不仅没有揭示出来，并且在很多方面流露出了人为的概念的痕迹；而对于极其复杂多样的生活冲突和斗争，只在主要的方面做了一般化的简单的描写。

* * *

据作者谈，开始写《运河的桨声》时，是想把主人公们的性格——精神面貌写出来的，但是结果并没有达到预期的目的。原因在哪里呢？

应当注意到，在《运河的桨声》中曾出现不少私生活（爱情）的描写。这类描写在作者过去的短篇里，只是偶尔出现的；在中篇小说里，作者比较注意这方面的描写，显然是想借助于私生活的描写来凸显人物的性格和精神面貌。一般说，这种想法和做法是可以的。但是问题在于作者放弃了对人物性格主要特征的深入发掘，只企图以私生活（爱情）的描写来润色人物。

以春枝为例吧。从情节发展的过程中，可以看得出来，春枝是一个很重要的人物：她在斗争中常常起着决定性的作用，而且她在群众中也有很高的威信。但是，这样主要的人物，除了让读者常常听到她一些很正确的话以及对她有一个极模糊的漂亮、能干的印象之外，她就再也不能给人留下什么较深印象了。

实际上，像春枝这一类型的人物，在现实生活中是不难遇见的。他们的性格与精神面貌的优美的特征，不仅在政治活动中表现出来，同时也在日常生活中以及人与人的关系中表现出来。问题依然是作者必须站在正确的立场上深入地去熟识他们和理解他们，从而去概括他们的性格特征。但是刘绍棠在这方面的努力显然是放松了的，结果就使春枝的性格与精神面貌中最主要的特征,不能得到较充分的表现;既然这样,即使插入更多出色的爱情描写,又怎么能使人物获得灵魂与生命呢?

刘绍棠已经意识到需要塑造人物的形象,但是他在创造形象的时候,却选择了一条抵抗力最小的道路,即是企图以一种较轻便的"写作技巧"来达到目的;而避开了认真地研究生活和研究人物的正确途径。作者这样做可能还没有意识到它的危险性;但是如果让这种情况继续下去,不仅不可能创造出激动人心的艺术形象,恐怕连起码的生活真实也很难表现来。

这种现象,在《运河的桨声》里,已不仅仅表现在春枝身上,同时也表现在俞山松、春宝和刘景桂等人的身上。这说明这种做法不是偶然在作者笔下出现的,而是一种值得警惕的倾向了。

四

上面所分析的事实说明什么呢?它的意义绝不能理解为只是生活描写上的错误;这些事实,一方面说明了不深入地去理解革命的斗争生活,就无法真实地反映革命斗争的生活;另一方面也说明了如下的这样一个道理:一个作者,如果在他的心灵里根本没有社会主义的意识和精神,而硬要在作品中"装饰"出社会主义的意识和精神,是无论如何也办不到的。

我们曾说过,"做作的感情"不可能创造真实的艺术形象;只有发自心底的热情和意识才能融化生活,才能概括典型特征并创造形象。要创造饱含着社会主义精神的形象,或者要在作品里体现社会主义的精神,首先就要求作者自己要有社会主义的意识和精神,否则,他顶多只能生硬地去"图解"一些社会主义概念而已。

因为谁都明白,如果作者自己不是一个社会主义的战士,如果他的心灵深处还隐藏着一套资产阶级的肮脏的意识,他怎么能对现实中那些具有社会主义因素的人物或事物产生热情呢?如果他连社会主义的热情都没有,他又如何能满腔热情地以具体感性形式去感受现实生活中那些具有社会主义性质的人物和事物呢?如果他对这些具有社会主义特征的现象毫无兴趣和毫无感受,他又拿什么去概括和创造艺术形象呢?

刘绍棠的作品,之所以这样肤浅和不真实,基本原因就在这里。他自己所沾沾自喜的所谓"艺术感觉",仅仅局限在景色上或人们的一般表情上;不仅如此,他还企图以这些景色和表情来图解社会主义的某些观念,结果正像他的作品所显示的那样,不仅情节显得非常不合情理,人物的性格也同样不真实。因而,由这样"图解"出来的思想意义,还能有什么发人深省的和动人的地方呢?

总之,思想感情的问题如果不解决,任凭作者运用什么样的"技巧",也不可能创造出真实的艺术形象。

这些事实很值得那些迷信写作技巧、轻视思想改造的文艺青年注意,他们应当从刘绍棠的错误的写作态度中吸收到必要的教训。

一九五六年三月于北京

读《青春万岁》*

听说王蒙同志的长篇小说《青春万岁》，今年就要与读者见面了，这是一件值得高兴的事，现在文汇报的编者，要我写篇短文谈谈我对这部小说的看法，我却感到为难。谈什么呢？作者在这部小说中所显示的艺术力量与思想力量，我现在还没有能力来做理论的说明，想推脱，又没有什么理由，那么还是谈谈我读这部小说时所引起的一些零碎的、不成熟的感想吧。

远在两年前，1955年的夏天，我曾经读了王蒙同志这部小说的初稿；去年夏天我又读了这部小说的修改稿。当我兴奋地读着这部小说时，当那群中学生活灵活现地出现在我的眼前时，当蕴藏在他们心灵深处的精神世界展示在我的眼前，直接与我的心灵相接触时，我无法克制我内心的感动。

这几年来，我曾经读过不少青年作者的原稿；但是，我应当承认，像读《青春万岁》时所唤起的激动，却是少有的。这种力量，不能不归功于作者深邃的观察力与体察入微的感受；不能不归功于作者的概括能力与磅礴的抒情诗般的革命热情……

作者以大胆的奔放的抒情诗的笔触，描写着一群高中三年级学生的生活与斗争。这样的题材，应当承认是不太容易驾驭的，尤其是写作经验不足的青年写作者会感到困难重重。因为在这里既缺少轰轰烈烈的事件，也没有多少惊险的场面；如果从表面看起来，学校里的生活似乎"像一池死水那样平静"（有青年同志这样说过），它既没有大风大浪，有时，甚至连涟漪也不易看见；然而，在《青春万岁》里面，作者笔下的中学生的生活，却是丰富多彩的、动人的。它有时把读者引入火热的斗争的旋涡里，有时它又把你引入近乎哲理的深思中；有时，它在你眼前展示出一个沸腾着青春

---

* 载1957年2月23日上海《文汇报》。

欢乐的热闹的大场面，有时它又把你引入一个氤氲着哀愁的书斋里……假如作者不体察入微地深入到他们的心灵深处，不洞察深深埋藏在他们心底的灵魂的秘密，又如何能展示出这充满了矛盾的、变化多端的人生图画呢？

作者又怎么能透过平凡的生活的表象，看到这复杂的丰富多姿的人生画面呢？

在这部小说里，我们不仅仅看见了中学生的生活与斗争，以及他们单纯而又丰富的精神世界，同时也由于他们来自不同的环境，以及各不相同的出身，作者还引导我们走进了许许多多的家庭，让我们看见了多种多样的生活与人物：有阴森森的天主教堂，有没落的弥漫着伤感情调的有产者的庭院；有充满了民主气氛的教师家庭，也有普通劳动人民的家庭……总之，作品不仅引导我们接触了多种多样的生活，而且有时候，还引导我们走得很深，一直走进他们的心灵深处。

尤其可喜的是，《青春万岁》里面的几个主要人物，如杨蔷云、苏宁、呼玛丽、郑波、李春等，都能给读者留下较鲜明的印象。我读这部小说的时间虽在半年以前，但一直到现在，杨蔷云、呼玛丽、苏宁以至于张世群等人的形象，还鲜明地留在我的记忆里。我闭上眼睛，仿佛就看见那个瘦削的、脸色苍白的、沉默的、投视着怀疑目光的、心境常常不平静的呼玛丽；我仿佛看见那个活泼的、无拘无束的、任性的、聪明而又大胆的杨蔷云；我仿佛也看见那个沉静的、常常为一种内心的痛苦折磨着的苏宁；有时，我仿佛也看见那个稳重的、老练得像"大姐"一样的郑波……这些人物能长期地留在读者的记忆里，这是不容易的，这说明了他们各人都有较鲜明的个性特征。虽然他们都在一个课室里上课，在一个宿舍里休息，但由于各人有各不相同的人生态度与各自独特的个性，因而，在他们的日常生活中，个人就有不同色调与不同程度的表现形态，因而，也就有矛盾与斗争。

作品就是这样展开丰富多彩的、错综复杂的生活图画。在这巨幅的画卷中，风俗画、风景画与生活的真实浑然地融为一体；其情绪的丰满，有如一首长篇的抒情诗。

作者就是通过对生活真实的描写，通过个性化的人物的刻画，生动地反映了民主改革到和平建设这一阶段中的社会特点；真实地表现了中学生在这一时期中曲折迂回的成长过程；也细致地揭示了各个阶层出身的中学生在这其中各种不同的精神面貌。而所有这些，都写得那么真实和那么动人，因而作品所显示的思想力量——那种为建设社会主义祖国所鼓舞起来的、奋勇前进的热情和豪迈的精神——是有力的、能激动人心的。

这就是《青春万岁》这部小说留在我记忆里的主要印象。

我这样说，是否可能使人发生某种错觉，以为我要把这部小说看作是一部没有任何缺点的、完美无缺的作品呢？当然不是。但是我认为，这部小说的主要方面，无论是在描写生活上所达到的广度和深度，无论作品所达到的总的效果，都是应当加以肯定的。

我要说王蒙同志是个有才能的青年作家，《青春万岁》是一部优秀的作品。

自然，作者今年才二十三岁，年龄很轻，阅历不丰，创作经验也不足，因而他恐怕还不能从《青春万岁》的缺点和优点中总结出主要的经验和教训。在写作《青春万岁》时，作者无疑是站在全局的高度去观察生活和理解生活；是有鲜明的"为保卫什么而去反对什么"的观点作为出发点，去说明生活和判断生活的；可惜作者没有明确地接受这条重要的经验。因而当他写出《组织部新来的青年人》时，情况就完全不同了：这个短篇给予读者的，却不像《青春万岁》那样充满着饱满的革命精神，这是很可惋惜的。

但是，我相信，作者一定能从这篇短篇小说中取得必要的教训，而且我还相信，作者在今后一定能写出更好的作品。

发表于一九五七年二月二十三日《文汇报》

是阶级论主宰了思维，还是永恒原则？*
——与一位青年朋友讨论《组织部新来的青年人》

……你对于《组织部新来的青年人》这小说的看法与论断，我以为，是缺少说服力的，至少我个人，一直到现在，还没有被这些论点所说服。

归纳起来，你的看法是这样：作者在这篇小说里是有意识地歪曲了党的机关生活与斗争；官僚主义者的形象是被歪曲了的；同时你还认为，林震的观点，实际上就是作者在现实生活中碰了钉子之后所产生的悲观情绪的反照……

你的判断是大胆的，然而却是不够实事求是的、武断多于分析的。这种判断固然不可能帮助作者改正缺点，就是对于广大的读者，也不会有任何好处。这种判断，只会助长某些读者看问题的片面性与武断的风气；只会把一部分正在准备批判生活中某些消极现象的作者吓退。

这显然是有害的。自然，对于你的动机，我不能提出任何的责难，相反，我以为你是以党的利益作为出发点，动机是好的；可是由于你思想方法上存在着严重的缺陷，结果，不仅不能达到你所预期的效果，事情恰恰相反，即产生了一种你所没有料到的坏作用。

《组织部新来的青年人》这篇小说，它留给我的印象，是比较复杂的，不是像它留给你的印象那么简单。一方面，我觉得它有好地方；另一方面，又觉得它有不够的地方。首先，我认为这篇小说是从生活出发的，题材是从生活土壤中选取出来的，尤其是其中揭示官僚主义的若干现象和细节，是具有特征的。这类现象和细节，对于我们并不陌生，倒好像"似曾相识"，在其他地区固然能看见，就是在北京也并没有绝

---

* 载1957年3月20日《北京文艺》三月号。本文为1980年6月版《谈写作》收录的版本。

迹。作者笔下的刘世吾——这个官僚主义者的形象，是有一定的典型意义的。此外，林震这个人物，也同样具有真实性，它代表着那些未经锻炼、对生活显得无能、充满着幻想，一碰到生活中的消极现象就大惊小怪，因而采取偏激态度的青年知识分子。这样的青年知识分子，在我们的现实生活中，并不是个别的，像林震所表现出来的精神状态，也不是个别的。

作品中的主要人物，既然反映了现实生活中的某些特征现象，而人物也有一定程度的真实性与典型意义；但为什么这篇小说在客观效果上，又引起一些读者的不满呢？为什么一些读者认为小说没有正确地反映出生活的真实状态，并认为小说给读者带来了不健康的情绪呢？

很显然，一篇作品是否能产生积极的效果，不完全取决于个别人物写得是否真实；更重要的，是取决于人物互相关系及其结果所形成的总的趋势或总的观点。在《组织部新来的青年人》这篇作品里，这方面，显然是存在着一些缺点。

这种缺点之所以产生，其原因也是复杂的，只简单地说"作者有意识地歪曲……"，并不能解决问题。

作者在处理生活中的消极现象时，为什么又采取了如此不恰当的态度呢？难道作者的社会理想或美学理想跟他所创造的形象可以分开来理解吗？

我以为，一个作者的美学理想或社会理想，不管他有意或无意，总是要在形象的创造中表露出来的。只是在表露的时候各有不同的方式而已：有时候，作者把正面理想寄托在正面人物身上，通过正面人物的活动及其结果体现出来；有时候，作者把正面理想寄托在强有力的环境中间；有时候，作者的正面理想，既不寄托在环境中，也不寄托在矛盾中的任何一方，而是着力批判他所同情的一方在斗争中所暴露出来的弱点；如果能从更深的意义上发掘了这样的性格，作者的正面理想仍然能够鲜明地体现出来……

那么，在《组织部新来的青年人》里边，作者所表露的是一种什么样的正面理想呢？它又是通过一种什么样的方式体现出来呢？

要考察这些问题，就不能不考察一下作者的动机和出发点。

据作者自己说，他原本是想通过这篇小说来批判林震这类人物，即所谓"娜斯嘉方式"①的人物。据说，在一年以前，他就有这样的意见，认为好些青年人都不像娜斯嘉站得那么高和那么正确，如果皮毛地去学娜斯嘉那套斗争方式，就会产生新的问

---

① 娜斯嘉是苏联小说《拖拉机站长和总农艺师》中的一个人物。

题；在生活中这类现象已经存在，"但我也不知道该怎么办，想把这问题通过这篇小说提出来，让大家去探讨"。

现在的问题，通过作品的形象所显示出来的，作者似乎并没有认真去批判林震和赵慧文，倒是作者不知不觉地跟他们站在同样的立场上，采取了同样的态度去对待生活中的消极现象。

而林震和赵慧文这两个人物，是代表着那些未经锻炼的青年知识分子，在这两个人物身上，在他们的精神世界里，充塞着所谓热情、温暖、正直、纯洁、同情等，并且由这种种构成了他们的精神力量，决定了他们对现实生活所采取的态度。

但是，所谓"正直"等，是不能完全超脱阶级利益的影响的，各个阶级都有各阶级心目中的"正直"，有资产阶级心目中的"正直"；有小资产阶级心目中的"正直"；也有无产阶级心目中的正直。如果以小资产阶级的"正直"等作为出发点，并且以此作为精神武器去对待现实生活，显然很难得出正确的结论。

因为谁都知道，所谓小资产阶级的"正直感情"，它固然可能跟官僚主义对立起来，也可能跟一切庸俗作风对立起来，同时也会跟革命的纪律性与集体主义等对立起来。如果拿这所谓"正直"等当作"是非的准尺"，用来衡量我们人民内部的是非，结果，消极现象固然会被染上"绝对化"的色彩，给否定了（这是毫不足惜的）；就是生活中某些积极现象和先进事物，也可能被涂上灰暗的颜色，一同给否定掉。

在林震和赵慧文的心灵世界里，不正是这种性质的"正直感情"或"单纯的美"起着重要作用吗？不正是由于这种"正直感情"所激起的精神力量跟官僚主义对立起来吗？

正是这样，所以林震在斗争中不可能采取较正确的态度与做法；他虽然同官僚主义展开了斗争，但仍然不能取得广大读者的同情，原因就在这里。

正是因为林震和赵慧文以小资产阶级的所谓"正直""单纯"的观点，作为基点去判断生活和对待生活，所以，由此而展开的一系列的人物的活动和关系，不可能把生活的真实面貌反映出来，即不可能站在全局的高处来反映生活。不错，这篇小说有一种引导读者去憎恶官僚主义的激情，这是毫无疑义的；但是，我们还需要进一步地问一问：读者在憎恶之余，会产生一种什么样的情绪呢？是进一步激起读者建设社会主义的热情，增强战胜一切消极现象的信心呢？还是由于这种"片面性的反映"，而使读者产生了迷惘、丧气的情绪呢？我以为在这篇小说里面所展开的一系列的活动和关系，以及由这些活动和关系所构成的总的印象，是不够健康的。面对这些印象，有两类读者产生了两种不同的情绪：一类以社会主义利益作为出发点的读者，会觉得扫兴和失望；另一类以小资产阶级片面性作为出发点的读者，却会欢呼并给作者投来廉价的赞词。

这就是这篇小说会引起一些读者不满的主要原因。

作者不是打算通过这篇小说来批判林震和赵慧文吗？怎么会造成这样的结果呢？

在读者看来，林震和赵慧文已经是作品里的"正面人物"，作者似乎完全与他们站在一边；如果再仔细地回味一下作者在描写他们的心灵世界时所流露出来的感情和情绪，我们就不能不怀疑作者已将自己的美学理想寄托在林震和赵慧文的身上。

为什么会产生这样的后果？

不错，作者在生活中间，的确发觉了"娜斯嘉方式"的青年，这些青年只有娜斯嘉的方式，却缺少娜斯嘉的精神；于是作者塑造了林震和赵慧文这两个人物，想通过这两个人物在斗争中的表现，把这问题提出来。问题是，在精神上，作者是不是比人物站得更高些？还是在心灵深处，作者还保留着一些跟批判对象相类似的东西呢？据作者说，他对于青年人中间那种"单纯的美"，是欣赏的，对于契诃夫小说中那种淡淡的哀愁的调子，也是欣赏的。一般说，这种偏爱并不应当受到责难，问题要看这种偏爱是从什么样的观点中产生出来的。根据前面对林震精神状态的分析，再看看作者在深入他们的心灵世界时所流露出来的那种感情和情绪；我以为，在作者的心灵深处还多多少少地保留着某种非无产阶级的东西，虽然不一定经常地在作家头脑里起作用，但在某种"歪风"吹袭之下，它却会冒出来。特别是当作者深入人物的精神世界，探索人物的心灵秘密的时候，这种观点和感情会流露出来。（在作者的长篇小说《青春万岁》里边，在揭示某些人物的心灵世界时，这种观点和感情，已经有所流露；只是由于题材的关系，这种观点还没有影响长篇小说的全局。）

既然在作者的心灵里还保留着一些与批判对象（即林震和赵慧文）相通的观点，那么，作者哪里还能把对方的观点当作缺点提出来呢？恰恰相反，当作者深入地去描写他们，用全心灵去体验他们的精神状态时，作者就不知不觉地与人物站在一起，不知不觉地在观点上感情上以至于美学理想上都融合起来了。

这说明什么呢？说明了形象思维的复杂性。一般地说，抽象思维对于形象思维是有积极作用的，它可以帮助形象思维接触得更深和更全面，这是毫无疑义的。作家对

于抽象思维如果采取排斥的态度，显然是不正确的。但是这两者的配合，只适于在观察和研究生活的时候；一旦当作家进入创作阶段，尤其是当作者创造人物，深入地体验并描写人的心灵世界的时候，起决定作用的应当是形象思维。而主宰形象思维的，当然不是一些未经消化的概念或条文，而是渗透在作者心灵里的思想、感情和情绪。

我以为，林震和赵慧文之所以会成为与作者动机相反的性格，主要是由于作者在创造他们的时候，某些抽象的道德原则起了主宰的作用。我这样说，并不是责备作者在形象思维时没有排除这种思想和感情（除非根本抛开形象思维，否则，不能妄想那些渗透在作者心灵里的观点和感情不在形象思维中起作用），而是想指出世界观对于创作的影响。

这是形成缺点的一方面的原因。

另外，作者在写作这篇小说之初，本来是怀着很高的抱负的。他对于那些把反面人物和正面人物写成黑白脸的作品，是不满意的；想认真地从生活出发，按照生活本身那样来反映生活的复杂面貌；因此，不管写林震也罢，写刘世吾也罢，作者都避免了"黑白脸"的写法，赋予他们以多样化的性格；毫无疑问，作者的这种想法，是完全正确的。

问题在于作者在对待生活中的落后现象时，抱着一种模糊的态度。作者只注意到应当反对官僚主义，却不明确为了"保卫什么"和"建设什么"才需要反对官僚主义。（我说的，不是指口头上，而是指意识里有没有这种自觉。）如果在这点上还缺乏鲜明的自觉，甚至抱着模糊的态度，那么，作者怎么能够站在更高的角度来判断生活中的是非呢？

尽管作者提供了复杂的生活现象与复杂的性格，但由于上述的原因，他很难理解形成这复杂情况的复杂根源，更难从这复杂之中分辨性格的主要方面与次要方面；再加上创作经验不足等原因，便形成了消极现象不适当的堆砌，以致使读者无法从作者所创造的生活世界里，找到准确的现实生活的概念。

……

以上就是我读了《组织部新来的青年人》之后的主要观感，也是我对你的意见的答复。不知对否；请批评！……

一九五七年二月于北京

为什么不能发掘得更深些？*
——与苏玉林同志讨论小说《杨春林》的一封信

……首先，应当请你原谅。由于忙乱，我不能更早地对你的小说《杨春林》提出意见，使你足足等待了三个多月，心里实在怀着无限的歉意。

你的小说《杨春林》，我已读过好几遍，所以迟迟没有给你写信，一方面固然由于忙；但同时也感到，要把你作品中所存在的问题谈清楚，却不是三言两语所能办得到的；必须做一些比较具体的分析和较细致的说明，否则，对于你恐怕不会有什么参考的意义。

读完了你这篇作品之后，我觉得主人公杨春林是个怪有趣的小伙子。他是个出色的射击手，"假如他要让谁在嘴上叼个烟卷头，他用枪弹把燃着的烟头掐下来，那，保证大家都像看热闹似的争着去做；如果你要弄个鸡蛋向空中一扔，他会'啪'的一枪把它打碎""要是有一排大雁在头顶上飞过，说打那只，一枪就把那只打下来"……此外，杨春林对于山里的知识懂得很多，"……什么老虎跟熊瞎子如何干仗啦；怎么采集人参啦，以及怎样逮狼……光是逮狼的方法，他就能给你说出一百种来。"有时候，他还会给人们讲述一些很有趣的见闻：

……抓大雁得在黑夜。这东西可怪了，晚上睡觉的时候，雄的跟雌的一定得在一块，一对一对的；只有孤雁给它们守夜。你要逮它们……得拿着一条麻袋，悄悄地蹲到草棵里。……约莫等大雁都睡着的时候，你故意弄个响声，惊动孤雁一下子，孤雁听到响声后，它就该叫唤了，——这时你得伏到地上，隐藏起来，千万别让它们发

---

* 载1957年6月20日《北京文艺》六月号。

觉——一会群雁都醒了，出来看看，没有动静，待一会就回去睡了。约莫等它们再睡着的时候，你再来这么一下子，守夜的孤雁还会照样地把它们叫醒；它们起来看看仍然没有动静，待一会又回去睡了。接着弄这么三四回，它们就怀疑孤雁，以为孤雁愚弄它们，于是群雁就一齐涌上前去……把孤雁啄得直叫唤。完了，群雁又睡觉去了。这样一来，孤雁再听到动静的时候，说死也不敢召唤它们了。这时，你就可以拿着麻袋，静悄悄地走过去，嗬，你瞧吧：一对一对的，拧着脖子睡得正香呢！你抓吧，朝脖子上攥，一抓就是一对，一次就能抓多半麻袋……

就这样，杨春林获得了许多青年军人的友谊与喜爱。这时候，他虽然还只是个十四五岁的少年，长得"瘦瘦的，不高的个子"，但在他的心灵里，却已燃烧起一股强烈的欲望：在他内心里仿佛燃着一把仇恨的火炬，一次再次地要求参军；可是由于年龄小，他的要求未能得到满足。虽然如此，杨春林仍然在一次剿匪的战斗中，凭着他对地形的熟识与机智，尽力地协助解放军，最后，终于把那股胡匪全部消灭了。……

你可能已经意识到，只让杨春林在剿匪战争中起作用，还不能充分地揭示出这性格的重要意义；因此，你又将他放到伟大的抗美援朝的战争环境里去。这用意，无疑是可取的。可惜读者还没有看见他在这次战争中所显示的力量，小说就匆匆忙忙地结束了。

单看小说的梗概，人们就能看出：杨春林这个人物是有些血肉的，而且也有一定程度的个性色彩的。

但是，除了"一定程度的个性色彩"之外，我以为，读者很难从这篇小说里得到一些更深的启发。读者也很难从作品所描写的事物中，体会出较深的生活意义。

我一点也不怀疑，你写这篇作品的时候，是从生活出发的；你不仅想描绘生活，还想写出人物，而且你确实是这样做了。但是你也许会奇怪：既然说，生活真理或生活意义是饱含在生活真实中间，那么你写了自己所感到兴趣的生活，为什么反而不能较深地揭示出生活意义呢？

这确是值得探讨的问题。

譬如说，丰富的打猎知识和出色的射击本领，这对于揭示杨春林的个性以及他生长的自然环境，无疑是有帮助的。很难想象，假如抛开了鲜明的个性以及独特的生活方式，能够创造出栩栩如生的艺术形象。因此，你描写了杨春林的射击本领和丰富的打猎知识，是不错的；问题在于你把这些当作塑造人物的主要材料，并拿这些来作为小说的主要内容。

如果这些内容能够更好地与现实生活中的典型特征融合起来，那么我想，这篇小说就会是另一种情况了；至少，它的思想内容不会像现在那样飘浮。

可惜！在这篇小说里，你没有同时注意描绘现实生活中的典型特征；没有通过个性的特征深入地发掘出集团的特征；既然这样，那么，即使把打猎的故事和射击的本领写得再生动，但它怎么能体现出较深的社会内容来呢？

不错，你在小说里，曾经写到杨春林有强烈的参军愿望，并且还写他协助人民军队去剿灭胡匪。这自然是重要的，也体现了一定的意义。但是，读者只看见主人公在做什么，却不知道他为什么要这样做。譬如说，在杨春林的内心里，有一种强烈的参军愿望；但读者却摸不清这种愿望是从哪里产生的。如果说，他的丰富的打猎知识与出色的射击本领，是由于他生长的自然环境所形成，那么他的社会观和性格又是从什么样的社会环境所形成的呢？这一点，你似乎完全忽略了。你的大部分的注意力，似乎都放到主人公的个性的描写上，对于主人公的性格——他的品质与精神面貌，倒被搁到最次要的位置上。

情况既然这样，你当然就不可能以全部的热情去发掘他的性格，自然也就不可能从具有特征的社会环境中去寻求杨春林性格的社会基础了。

正因为这样，所以读者除了觉得杨春林这人物"怪有趣"之外，再也感不到有较深的社会内容。

因为在小说里面的所谓生活意义或社会内容，并不是作者描绘了一些社会现象就能获得的；更重要的，要看作者如何通过性格与环境的关系的描写来解释这些社会现象。换句话说，那就是：只有当你概括了生活中具有特征的现象，塑造出真实的具有个性的性格，这性格才可能饱含着较深厚的社会内容；只有当你从人物所赖以活动的社会环境中发掘出性格形成与发展的基础（如果这环境又具有特征的），那么，这样的性格才会带出较深刻的社会内容。为什么？因为在小说中总是通过事件来反映生活的，而所谓"事件"，却是性格与环境相互关系的结果（如贾宝玉和他周围环境的关系、阿Q和他周围环境的关系……所构成的事件——矛盾或斗争），这"相互关系"是否真实，首先取决于性格的真实性和环境的真实性，如果这两者都能恰当地反映出现实中的典型特征，那么，由这样的性格与这样的环境之相互关系所构成的事件，就会体现出较深刻的社会内容。

如果你同意这种说法，那么你就会明白：你虽然在小说里接触到一些有意义的现象（如杨春林协助军队去剿灭胡匪），但你却没有透过性格去发掘产生这些现象的根源。正是这样，所以读者只看见主人公在做什么，却不明白他为什么要这样做（而不那样做了）。只写出人在做着什么（也就是只将生活现象摆出来），而不写出什么精神力量在支配他这样去做（也就是不从性格特征与精神面貌去解释他的行为的基础），那么，作者还凭什么去说明生活呢？而饱含在生活中的生活真理或生活意义，又凭什么反映出来呢？

我以为，这就是这篇小说在思想内容上会变得如此苍白的重要原因。

可以看得出来，你仿佛已经模糊地感觉到：只轻轻地描写了杨春林在剿匪的战斗中起了一些作用，还不能很好地揭示出这个人物的品质与精神；于是，你想把他放到更伟大的抗美援朝的战争环境来"评价"他。这本来是不错的，但可惜由于存在着下列的两个缺陷，你无法使主人公的"英雄行径"具有说服力。

这两个缺陷是：（一）在小说里，你只说"在抗美援朝战争最紧张的时候""师部给我们团里一项任务"是"特殊而重大的任务"；但是，是一项什么样特殊而重大的任务呢？读者却完全茫然；虽然杨春林曾"坚定地"表示过他"保证完成"，然而读者却很难捉摸："任务"到底艰巨到什么程度？杨春林是否能"完成"呢？这只能叫读者去猜，作品却没有能让读者直观地找到答案的生活内容。既然你打算进一步让主人公在伟大的战场上来考验他的品质和精神，那么，如果没有任何的"考验"内容，读者怎么能进一步认识杨春林的精神与品质？读者又怎么能被他的精神、品质所打动呢？（二）你把杨春林放在抗美援朝的伟大的战争环境里，又让他肩负着一项"特殊而重大"的任务，这当然是很有意义的；因为杨春林的性格，可以通过这严重的斗争，更加突出地表现出来。可惜，你只热衷于在他身上添加英雄事迹，而没有注意到这些英雄事迹是否可能在这个性格中产生出来，是否一定会在这个性格中产生出来。正是这样，所以你的意图就不能不悬空了。

在前面我已提到，杨春林这性格是模糊的。读者对于他丰富的打猎知识和出色的射击技术，自然留下了很深的印象，也引起了很大的兴趣；但是，它们却不能使杨春林的性格特征与精神面貌表现出来。恰恰相反，作者仿佛完全抛开了性格的社会特征的追求，只以一种"好玩"的心情去描写射击与打猎的生活；既然这样，读者能从哪里去理解杨春林的性格呢？作者虽然赋予杨春林种种英雄事迹（如协助剿匪、肩负"特殊而重大"的任务），可惜这些事迹没有性格做基础，自然更谈不上是性格与环境相互关系的必然结果了。

如果要换一种说法，那就是：一方面，你写了你所感兴趣的生活；另一方面，你又写了你认为应当写的"生活"。而前者写得较生动，具有独特的个性色彩；后者虽较有社会意义，但却写得比较生硬甚至抽象。你所感兴趣的生活可惜无助于表现人物性格的社会特征，因而，当你去描写那些你认为有意义的事件时，自然就得不到性格的解释了。结果，小说不仅缺乏艺术说服力，而且也不可能揭示出你已经接触到的生活里面的生活真理或生活意义。

我不知道你明白了我的意思没有。总之，小说中的思想内容或社会意义，不是在人物事件之外附加上去的，而应当是深刻地体现在血肉生活——人物、事件——的里面。愈能深刻地反映生活，生活本身所包藏的意义就愈能充分地体现出来。而所谓"深刻"，并不是指旁的什么，主要是指人物性格。现实生活中具有特征的典型现象被作者概括得越充分越深刻和越个性化，人物性格就越真实，由它所带出来的社会意义或生活意义就越高。

其次，在小说里，主人公的性格，在通常的情况下，总是要发展的。（我应当说明一下，所谓"性格的发展"，不能与"人物品质的提高"混淆起来；我这里所说的，是指某种性格与其所处的环境相互关系、相互冲击所促成的那种境遇的变化。）但是，性格的发展——如祥林嫂逐渐走向悲剧，阿Q逐渐走向死路——都不能离开人物所处的环境来解释的，恰恰相反，总是由于环境与性格互相冲击，才造成了人物境遇的变化。如果作品中的环境和性格确实是生活中具有特征的典型现象的概括，那么，由这样的环境与这样的性格相互关系所构成的事件——矛盾和斗争，不正可以体现出较深的社会意义来吗？

写作必须从生活出发，是毫无疑义的，这应当是我们坚定不移的方针；但是，这不等于说，对任何生活现象的描写，都可以揭示出生活的真理。（对生活现象不加选择和不深入观察研究，结果都会走到自然主义的道路上，都会导致作品的无思想性或思想性贫乏。）必须站在时代先进思想的高处，来对生活加以选择和深入观察。只有那些能揭示现实生活本质特征的现象（也即是具有特征的典型现象），又经过作者的概括和创造，才可能塑成既有鲜明个性又有时代社会特征的形象。这样的人物形象，才可能饱含着发人深省的思想内容。

现在，你可能已经意识到，如果你对杨春林这个人物能发掘得更深刻些，如果你能通过他独特的风貌把握住他对社会的态度、思想和感情——把握住他的性格特征和精神面貌；那么我想，杨春林的某些行动（如协助剿匪等），就不会像现在那样带着偶然性质，他的性格也许会突出些，由它所显示的意义也许会更深些。

你的小说为什么会产生这样的缺陷呢？是否由于你在写作之前缺乏较鲜明的目的？你打算通过杨春林这人物向读者启示些什么呢？你大概很难说出明确的答案吧？但我以为，这一切都是由于你忽视了思想意义所形成的。情况如果确是这样，无怪你在接触到一些有趣的和有意义的现象之后，就不再去探索它们的实质了（对人物来说，就是不去探索他们的心灵世界了）；结果，"有趣的个性"和"富有集团特征的现象"游离了，使两者成为缺乏内在联系的东西……

从这里，我们明确了一个问题：有些人认为忠实地描写生活就可以写出优秀的作品；认为真诚地去描写生活中的一切，就能获得思想性。是不是这样呢？通过你这篇作品的分析，我以为已经用事实驳斥了这种谬论。你不仅面对着生活，而且还面对着英雄人物和英雄事迹，照理作品的思想内容应当是深刻的和鼓舞人心的；但事实上，却不是这样，为什么？我只想指出其中最重要的一点，那就是作者没有站在时代先进的思想高处来观察生活和描写生活。如果你的头脑没有为马克思主义的思想所武装，即使你描写的是伟大的英雄，也仍然可能写出苍白的、缺乏思想内容的作品。

这个事实明确地告诉我们：马克思主义对于创作是具有多么深刻的意义啊。

……据我所知，你是做过多年的文艺工作，而且也写了不少的作品的。从你这篇小说看来，我以为你是有发展前途的；但是希望你不要满足于现有的写作水平，而应当突破这水平，再提高一步。这正是我写这封信的动机和愿望。请原谅我不能把信写得更精短些！但是，虽然这样，我仍然觉得还没有把问题说得很清楚，没办法，这是由于自己修养还很浅的缘故。只要你能理解我的主要观点，那么，我在写这封信时所消耗的劳动，就不算白费了。祝你继续努力！

一九五七年三月于北京

典型形象[*]
——熟悉的陌生人

长篇小说《金沙洲》的讨论，是广东文学界的一件大事。这次讨论所显示出来的问题，已经远远超越了《金沙洲》这部作品的范围，而涉及文艺理论与文艺批评上一系列原则性的问题。典型问题就是其中一个具有普遍意义的问题。在这个问题上，读者曾展开热烈争论，其中不乏正确的立论，同时也有极其片面的见解。但无论如何，这种针锋相对的辩论，对于今后如何进一步深入探讨艺术典型问题，却提供了很好的基础。正是在这种讨论的启发下，我们也想发表一点粗浅的意见，千虑之一得，目的是抛砖引玉，希望大家批评指正。

一种不宜忽视的阻力

在这次讨论中，有些文章表现了这样一种倾向：即要求艺术的典型形象必须与总的时代精神相一致，甚至在典型形象与社会的阶级的本质之间，简单地画一等号。这种倾向，在不同的文章中各以不同的形态表现出来，加以归纳，突出表现在如下几个方面：

其一，把艺术典型仅仅归结为社会的、阶级的本质特征，而丢掉了典型的个性特征。但其表现形态不一：有的以阶级本质的抽象概念来阉割人物的个性；有的直接以

---

[*] 载1961年8月3日《羊城晚报》第二版《文艺评论》，署名中国作家协会广东分会理论研究组；1961年8月21日《文艺报》第八期，署名中国作家协会广东分会理论研究组。

自己主观设想的某种政治条件来鉴定人物；有的拿国内一些优秀作品的主人公跟自己评价的人物简单地加以对照。

其二，把艺术典型的共性与个性看成是数学的总和，两者只有外在的联系，而不是有机的统一体。因此在进行艺术分析的时候，就舍弃了个性而空谈共性。

其三，把典型性格与典型环境割裂开来，离开了典型环境而孤立地分析人物性格；或者以生活的主流来硬套作品中的典型环境，把典型环境抽象化和简单化，结果也和前者一样，抽空了作品的典型环境的具体内容，使人物性格游离于环境之外。

凡此种种，都表明对典型理解的混乱。其共同特点都是离开了文学的基本特性，脱离了作品的客观实际，既不分析生活，也不分析作品；而是从纷纭复杂的现实生活中，抽出几条本质或规律加以对照或硬套，把艺术典型的创造看成是赤裸裸地"写本质""写主流"的同义语，在艺术典型与时代精神、阶级本质之间简单地画上等号。产生这种错误观点的原因，是由于忽视了艺术对现实认识的特点和反映现实的特殊规律——通过个别反映一般的规律，对本质与现象、抽象与具体、共性与个性、环境与性格等问题做了片面的、静止的、孤立的理解，没有看到其互相依存、互相作用的辩证关系。

这种倾向，不只是表现在《金沙洲》的讨论中，在对其他作品的评论中也同样存在着；不仅过去有过，现在也仍然存在，因此具有一定的普遍性。这种批评倾向，不但不能正确地阐明艺术典型的复杂现象，反而变成了一种创作的阻力，对艺术创作的发展起了很坏的作用。

典型问题是马克思主义美学的根本问题，是文学创作的核心问题。对这个问题做全面和系统的研究，我们还没有这种能力。由于篇幅关系，在这篇文章里也不可能对上述的每一个具体论点都一一加以分析，我们只想针对它们的实质，做一些尝试性的探讨。

典型形象——熟悉的陌生人

文学艺术中的典型化，需要反映生活的本质，这是毋庸置疑的。这次讨论中的主要分歧，并不是典型形象要不要反映社会生活的本质，而是怎样才能反映这种本质的问题。是用图解某一本质的概念来表现社会的本质呢，还是遵循文学艺术的特殊规律，通过活生生的、个性鲜明的形象，以"生活本身的形式"（车尔尼雪夫斯基）来反映生活的本质呢？——这才是问题的实质。

　　在一些评论文章中，虽然没有在理论上要求《金沙洲》的作者把时代精神和社会生活的本质以赤裸裸的形式表现出来，但从他们用以观察、评价人物的观点和方法来看，实际上是存在着这种错误思想的。他们往往脱离了作品的实际，以各种抽象的本质概念来要求人物，而不问人物的实际性格如何。例如一谈到刘柏，就要求他一定要具有"改造世界的革命精神和宏伟气魄"，以及"奋发的共产主义精神，大胆泼辣的工作作风"，似乎农村中的党支部书记，就只有这样一种理想的典型，好像除此以外，不可能再有其他的典型了。我们认为，典型性格是多种多样的，生活中存在着千差万别的个性，艺术上就可以产生千差万别的典型性格。既可以有完全没有缺点的理想人物，也可以有有缺点的正面人物；既可以有具有全新的思想风貌的农民党员干部的形象，也可以有正在改造、转变和成长中的农民党员干部的形象。《金沙洲》中的刘柏，既然是作者根据自己的艺术构思所塑造的特定环境中的特定人物，就只能以他所固有的精神面貌和性格出现于作品中。《金沙洲》一开始就展开了错综复杂的斗争，使总支书记黎子安的主观主义错误和郭细九等上中农的破坏活动错综地交织在一起。在这种尖锐的斗争和复杂的情况下，刘柏始终保持冷静和沉着，他一方面怀着尊敬上级的心情，针对黎子安的作风提出了批评，希望他能够倾听群众的意见；另一方面，又通过社员群众的辩论，揭露郭细九等的破坏活动，给资本主义自发势力以有理有节的反击。在郭有辉的种种幕后的破坏活动充分暴露以前，他怀着曾经和郭有辉一道战斗过来的真挚的阶级感情，本着治病救人的态度，以各种方式对他进行劝导、批评和教育，希望他能够觉悟过来，和自己同心协力，克服困难，把社搞好。这种以斗争求团结的期待心情，是完全可以理解的。在花生地风潮中，他虽然受到各种挑拨性的攻击和谩骂，却仍然苦口婆心地说服群众，使一场带着宗派情绪的人为纠纷平静下来。而当高级社遭到经济困难，郭有辉等正偷偷从社里抽走投资的时候，他却以身作则，毅然把自己一家生活所托的分配收入全部投到社里去，并且机智地突破了富农和新上中农的关口，使他们不得不对社投资……所有这一切，都说明了刘柏的踏实、稳重、处处从党的利益出发、能够顾全大局、任劳任怨、一心要把高级社办好的优良品质，显示了他性格中最本质的一面。至于在工作最困难的时候,他所表现的某种程度的焦急、苦闷和忧虑,如果从金沙社当时的混乱局面和他所处的具体环境以及他的生活经历来看,也是完全合乎情理的,不但无损于这一人物的性格,反而显示了他对于党的事业的忠诚,和对于金沙社命运的深切关怀。作者正是通过人物的这些心理活动,从人物性格的各个侧面,揭示了人物的感情世界,使形象的血肉更加丰满,更能显示出典型环境中的典型性格。这样一个人物,尽管还不能成为理想人物的典型,但在今天的现实生活中,却是具有普遍意义的典型人物,作者在这一人物形象的塑造上所付出的劳动,是不容随意抹杀的。至于作者为什么把刘柏写成这样而不写成那样,为什么赋予他以这样的性格而不是那样的性格,则是为整部作品的艺术构思和特定环境所决定的。如果离开了这一切,主观地要求刘柏必须具有这种精神或那种品质,势必会阉割掉人物活生生的个性,使人物变成"时代精神的简单传声筒"。而按照这种要求推论下去,也势必会得出一个阶层、一个社会集团在一个历史时期只能产生一种典型、一种性格的荒谬结论。

　　文学艺术总是通过个别反映一般的。所谓个别,就是具体的典型形象。只有通过具体的、个性鲜明的典型形象,才能真实地、深刻地反映社会生活的本质和规律。阉割了人物的个性,人物的阶级本质也就无从表现。正是这种个性与共性矛盾统一的辩证关系,构成了人物完整的性格。有人说,梁甜"一面希望重温幸福的爱情生活,一面又摆脱不了封建意识的束缚;她拥护高级社,是因为家庭贫困,非依靠社不可,又怕拖累他人,思想上又有矛盾。在入社问题上看不到她具有远大的理想。因此,她不能成为社会主义革命时代农村妇女干部的典型"。这种分析显然是脱离了生活实际和缺乏辩证观点的。梁甜,作为一个失去了丈夫而要一肩挑起一家四口生活重担的善良的女性,处在解放前早已形成的带有传统封建习俗的特定环境中,她在爱情问题上所表现的封建意识和对于生活的忧虑,怕拖累人家而甘愿默默承担生活的重担;背地里暗暗流泪以抒发个人的不幸的悲哀;这一切表现,正是她抒发自己千端万绪的复杂感情的独特方式。而在这种困难的处境中,面临着要取消土地分红的高级社,她怀着对于曾经帮助她解决了生活困难的初级社的眷恋和对于未来生活的惶惑,在入社问题上表现了无可奈何的心情,这是符合她的生活经历、觉悟程度和性格特征的。这种来自小生产者的私有观念、生活经验和习惯的复杂心情,未必就不能体现贫农这一阶层坚决走社会主义道路的本质。别林斯基说得好:"在真正有才能的作家的笔下，每个人物都是典型；对于读者，每个典型都是一个熟悉的陌生人。"其所以是熟悉的，是因为作家对于这一类型人物的集团的特征做了高度的概括；其所以是陌生的，是因为作家赋予人物以丰富的、独特的生命——鲜明而生动的个性。既是熟悉的，又是陌生的，这里就包含着概括与个性化的高度统一。① 梁甜的性格，固然还没有达到这样高度的典型化，但作者所赋予她的独特的生命——个性，却是相当鲜明的。作者正是遵循以个别反映一般的艺术规律，通过梁甜性格的塑造，概括和再现了贫农阶层中这一类型的贫苦农民的命运和遭遇，揭示了他们共同的本质特征，应该说是具有典型意义的。离开了这一人物的独特的性格、遭遇和命运，离开了她所处的具体环境，和在这种环境中所形成的全部复杂的精神世界的细致分析，就不可能理解人物的性格，透视人物的社会本质，也不能做出是否典型的结论的。硬要梁甜在入社问题上具有"远大的理想"，不但脱离了作品和人物的实际，而且也背离了艺术规律，取消了以个别反映一般，也就取消了典型的存在。

以个别反映一般的艺术规律，是由辩证法的矛盾规律所决定的。毛主席在《矛盾论》中告诉我们：

矛盾的普遍性和矛盾的特殊性的关系，就是矛盾的共性和个性的关系。其共性是矛盾存在于一切过程中，并贯串于一切过程的始终……所以它是共性，是绝对性。然而这种共性，即包含于一切个性之中，无个性即无共性。假如除去一切个性，还有什么共性呢？因为矛盾的各各特殊，所以造成了个性。一切个性都是有条件地暂时地存在的，所以是相对的。

这一共性个性、绝对相对的道理，是关于事物矛盾的问题的精髓，不懂得它，就等于抛弃了辩证法。

---

① 有人说别林斯基这句话，原是谈论独创性的，认为本文对于这句话的解释是和原意有出入的。是的，别林斯基认为，有独创才能的人"两个人可能在一种指定的工作上面不谋而合，但在创作中决不能如此，因为如果一个灵感不会在同一个人身上发生两次，那么，同一个灵感更不会在两个人身上发生，这便是创作世界为什么无边无际永无穷竭的缘故"。因此别林斯基说："在真正有才能的作家的笔下，每个人物都是典型，对于读者，每个典型都是一个熟悉的陌生人。"如果从典型创造的角度来看，承认有独创才能作家笔下的典型形象，都打上了各作家的"纹章和印记"的话，那么从读者的角度来看，这些打上"纹章和印记"的典型人物，为什么不是"熟悉的陌生人"呢？那类典型人物不正是高度概括其本集团的特征，又赋予人物以独特的、鲜明的个性吗？它们不是使读者感到既是熟悉的，又是陌生的吗？

毛泽东同志在这段说话中，非常精辟地阐明了共性和个性的辩证关系：第一，共性是绝对的。生活在阶级社会中的人，莫不打上阶级的烙印；第二，共性包含于一切个性之中，无个性即无共性，两者是互相渗透、水乳交融的有机的统一体，绝不是外加的数学总和，更不是互相游离、互相排斥的东西；第三，人物的个性，由于矛盾的各各特殊，所以是千差万别的，这一个绝不同于那一个。同一社会集团的共性，只能通过人物独特的个性，以特殊的形式表现出来。离开了鲜明的个性，所谓时代精神和集团特性，就无从表现；第四，一切个性都是有条件地暂时地存在的，这里所指的条件，不但包含着人物自己的出身、教养、职业、思想、气质等各各特殊的因素，同时也包含着特定环境中的社会关系和人与人之间的特定关系。正是这种特定环境中各种事物之间的联系，构成了人物性格的存在和发展的条件。所以，某种典型性格只能产生于某种典型环境之中，依赖于典型环境而活动和发展，并反过来给环境以一定的影响。离开了典型环境，就无所谓典型性格。

由此可见，人物的共性与个性的辩证关系、性格与环境的辩证关系，是由生活本身的辩证法所决定的。离开了生活的辩证法，离开了以个别反映一般的艺术规律，就无法理解生活，也无法理解艺术。

典型环境，也是完全不可代替的"这一个"

文学艺术不仅反映现实，而且要给现实以积极的影响，"推动人民群众走向团结和斗争，实行改造自己的环境"。文学艺术的这一基本特点，要求作家在艺术创造中必须进行艺术的概括，把现实生活典型化，使文艺作品中反映出来的生活"比普通的实际生活更高，更强烈，更有集中性，更典型，更理想，因而就更带普遍性"。典型化的过程，就是概括化和个性化统一的过程；而这一过程的全部奥秘，则在于创造"典型环境中的典型性格"。这是艺术创造的一条最基本的原则。文艺批评只有依据艺术的这一基本原则，对典型环境中的典型性格进行具体的（历史的、思想的、艺术的）分析，才能对作品的思想倾向和艺术质量做出正确的判断。

可是，在一些评论文章中，却把生活的真实与艺术的真实完全等同起来，重复了过去曾经流行一时的"生活难道是这样的吗"的错误。

这种简单化的倾向，在不少的文章中都有着不同程度的表现，尤其突出的，是通过对郭有辉这一人物的评价而对作者提出责难。例如说:"郭有辉蜕变的程度是令人吃惊的""难道我们的党对这样的一个同志会任其蜕变下去而置之不理吗?""难道党员变了质就无法挽救了?连最落后最顽固的富裕中农郭细九最后也承认了错误,为什么曾经是'县里一个著名的积极分子'和党员的郭有辉却始终不能悔改?"这种责难的简单粗暴的程度也是令人吃惊的。尽管《金沙洲》对郭有辉的性格刻画在某种程度上存在着概念化的缺点,对他的资本主义思想的根源也挖掘不深,但作品所再现的生活,毕竟有别于生活的真实。现实生活中犯了错误的党员干部可以转变过来是一回事,作为艺术形象的郭有辉的蜕化变质又是一回事,两者是根本不能混为一谈的。在现实生活中,犯了错误的党员干部,其态度也是多种多样的,有的能认识错误、改正错误;有的则执迷不悟、坚持错误,以至于蜕化变质。作家在作品中之所以选择这种现象,舍弃那种现象,之所以创造这一个人物,不创造那一个人物,不仅取决于作家的世界观和生活经验,而且也关系到作家的艺术方法和艺术构思。在一部作品中,总是渗透着作家主观的思想感情和对于客观生活的评价,体现着作家独特的艺术构思,反映出某种具体的特定环境和特定性格。《金沙洲》的作者既然要塑造郭有辉这么一个蜕化变质的艺术形象,并使他在作品中担当"上中农在党内的代理人"的主要角色,那么,他的思想、行动、生活和命运,就与他周围的环境和人物发生了多方面的联系,并形成了他自己独特的生命。作者只能按照这一人物性格本身显示出来的发展规律,去安排他的命运,而不能违背人物性格与环境互相关系的逻辑,去随意改变。艺术作品不是生活原样的翻版。《金沙洲》对于郭有辉的艺术处理,其目的只是为了揭露他的丑恶本质,并使他按照合乎性格逻辑的艺术构思去扮演他所要担当的角色,而不是为了挽救他。如果郭有辉受到党的教育以后,真的像批评者所希望的那样觉悟过来,不再与党外的上中农——郭细九等合流,不再向高级社进攻,那么,这一人物就不成其为郭有辉了,而《金沙洲》的全部艺术构思也就要跟着改变。因此,我们认为,在审视这一人物的时候,应该根据作家的艺术构思,从作品所提供的具体环境和具体性格出发,不仅要看到人物性格上的复杂现象,看到各种消极的社会因素对于他的影响,看到他的性格上的个人特征,同时还要看他的行动是否合乎他本身的性格逻辑,是否显示了典型环境中的典型性格。如果离开了这一切,只简单地以现实生活的考据来代替对艺术形象的艺术分析,并以此来判断艺术形象的真实性,是很难得出正确的结论的。

这里，尤其值得我们注意的，是作品所提供的促使人物行动的典型环境。所以值得注意，是因为在不少的评论中，常常有意无意地忽视了这一点，甚至还存在着某种不正确的理解。

文学是通过典型环境中的各个典型性格的冲突来揭示社会关系的。在实际生活中，每个具体环境所包含的因素都是异常复杂的，不仅有民族的、社会的、历史的条件，阶级的关系，人与人之间的关系，还有地区的自然条件、风土人情、生活习惯等。所以，典型环境也体现着普遍性和特殊性在一定的时间、地点、条件下的矛盾统一。文学作品中的每一个典型环境，也和典型性格一样，是完全不可代替的这一个；同样的社会历史环境的本质特征，只能反映在千差万别的典型环境中。同是反映农业合作化的长篇小说，《山乡巨变》所创造的典型环境就不同于《创业史》，《金沙洲》所创造的典型环境也迥异于《三里湾》。这种显著的区别，固然与作品所选择的题材、所反映的主题、所体现的艺术构思有关，但更重要的，还是由于生活本身的丰富多彩。生活是永远不会重复的，文学作品中的艺术构思及其典型环境也永远不会雷同。恩格斯要求作品再现无产阶级已经参加了五十年光景的战斗的典型环境，这种要求本身也不是划一化的。无产阶级已经参加了五十年光景的战斗的典型环境，仍然是丰富多彩的。任何企图以现实生活中某一特定环境或以其他作品所再现的典型环境去要求自己评论的作品，其结果都只会把丰富多彩的现实生活和瑰丽多姿的文学艺术简单化。

无论作品所反映的生活画面多么广阔，表现的社会冲突多么巨大、尖锐，也只能通过不同人物的千差万别的命运、遭遇、性格冲突才能表现出来。正是这些个别人物的千差万别的命运、遭遇和性格冲突，形成了作品特定的典型环境。艺术的任务，就是通过作品所再现的典型环境中的典型性格，深刻地揭示"环境怎样影响人"，而"人又怎样影响他周围的世界"（车尔尼雪夫斯基）。《金沙洲》中的郭细九和郭有辉，虽然同是上中农，但由于他们的出身、经历、气质和社会地位不同，他们的个性特征和对于高级社的破坏活动的方式也就各有差别。我们从郭细九对于高级社种种肆无忌惮的破坏活动中，可以看出他的贪婪、歹毒和凶狠的流氓气质；而郭有辉对于党支部的公开要挟和背后的推波助澜，则显示出他的阴险、权谋和机变。这种从人物的同一本质中显示出来的个性特征的差异，固然主要由他们本身特殊的内在因素所决定，但和促使他们行动的特定环境也有着密切的关联。作者只有把他们分别置于足以显示其性格特征的特定环境中，才能使人物按照自己的性格逻辑进行活动。因此，"在艺术作品中……全部关键在于个别的环境，在于对一定典型的性格和心理的分析"（列宁：《给伊内谢·阿尔曼特的信》）。忽视了促使人物行动的典型环境，忽视了造成人物性格发展的社会的原因，人物的性格就会失去客观的依据，变成不可思议的怪人。

对于典型环境的理解，目前还存在着这样一种看法：认为没有体现我们时代精神的"事件"，由于它不能反映出"生活的主流"，因而也就不能成为作品中的"典型环境"。这种观点，实质上是把能够体现我们时代先进思想的事件当成典型环境的唯一内容，而排斥了现实生活的复杂性。生活的主流固然能够体现出时代的先进精神，这是不容置疑的；但是时代的先进精神并不等于典型环境。生活的主流固然是典型，但在主流冲击下的非主流，同样也是时代的、社会的产物（在大变革的过渡时期，这是一种必然的现象），因而也可以成为典型环境。典型环境的存在和发展，不是绝对的，而是相对的。随着时间、地点、条件的变化，典型环境的存在和发展的情况也就跟着变化。所以，典型环境并不是独一无二的，而是多种多样的。没有体现我们时代先进思想的生活现象，当然不能成为生活的主流，但在一部文艺作品中，难道只能允许写生活的主流现象，而不能写生活中非主流现象吗？难道只能允许写社会的先进力量占优势的典型环境，而不能写在某种特定的情况下，消极的力量虽然暂占优势，但在本质上足以说明它只不过是生活的逆流——因而也一定会被生活的主流所战胜的消极的个别环境吗？问题不在于能不能写生活的非主流现象及其所赖以存在的个别的典型环境，而在于作者写它的时候所采取的立场和态度。如果作者把这种非主流的现象置于与主流现象互相冲突和斗争的具体环境中，同时又能够写出这种非主流现象所赖以产生和存在的典型环境和具体的社会因素，以及它在社会主义制度下一定会被战胜、被消灭的必然规律，那么，为什么不可以成为典型环境呢？如果把"典型环境"这一概念抽象起来，并和生活的主流完全等同起来，其结果不仅会把生活简单化，把典型环境简单化，而且也否定了创造各种反面艺术典型的可能性；而正面人物所处的环境也就会变得十分平静，这样，同时也就取消了在复杂斗争的环境中成长和发展的正面形象的创造。可见，把生活的主流和典型环境完全等同起来的观点，实质上正是"无冲突论"的变种，不能认为是正确的。

指出这种"无冲突论"的错误，当然并不等于为《金沙洲》的缺点辩护。作者为了突出金沙社在发展过程中所遭遇的种种困难和斗争，为了使矛盾斗争典型化，在作品中特意创造出有利于反面人物活动的典型环境，是可以允许的。但是，作品既然要正面表现合作化运动中的两条道路的斗争，正面表现生活中的主流和逆流的巨大冲突，那么，在描写生活的逆流的时候，就应该同时表现出代表生活主流的正面力量。只有把逆流放在主流的冲击之下，才能揭示出逆流的本质及其必然失败的规律，才能使矛盾斗争典型化。文学作品在描写生活逆流的时候，当然也允许有某种程度的夸张，因为经常处于错综复杂的变化中的生活本身，就有着某种消极的因素在起作用，但是应该看到，真正决定生活发展趋向的，却是与生活发展规律步调一致的正面力量。《金沙洲》的作者在描写主流冲击下的逆流的典型环境的时候，只着力描写了逆流的一面，而忽视了"主流冲击"的一面，因而使正面人物处处受到攻击和牵制，几乎无用武之地。这样，自然就会使作品中的典型环境——作品所显示的生活形象，屈从于反面人物性格的发展，而正面人物的性格，自然也就得不到施展的机会。虽然，《金沙洲》在最后一部中已经使正面人物所处的环境有所改变，正面人物已从被动转为主动，在矛盾冲突中占据了主导的地位。从作品所展开的矛盾冲突的总的结局来看，作品所提出的问题已经获得了解决；但这种结局却未免来得过于匆促和不自然，其所以"匆促"和不自然，就是因为前两部未把主流冲击的潜在力量表现出来，以致未能充分显示出社会主义制度和新社会关系的力量。造成这种结果的原因可能是复杂的。只要看一看第三部与第一、二部的艺术构思的脱节现象，就能猜想到作者在创作过程中所遇到的困难和匆匆收场的苦心了。因为这问题不属本文范围，只好留待另一篇文章再做详尽分析。

"绝对主义"的思想方法，会导致性格、环境、题材的划一化

对于艺术典型理解的混乱，其根本原因，是把本质与现象、抽象与具体、一般与个别混为一谈。

现实生活是纷纭复杂的。生活的本质，只有通过生活中各种复杂的个别现象才能表现出来。在一般的情况下，现象是可以直接地反映本质的，但另一方面，现象和本质往往也有不相一致的情况，有时候现象不但不直接反映本质，而且还恰好与本质相反。一个双手沾满血腥的法西斯刽子手，可能同时是一个虔诚的基督教徒；一个残酷

地压迫、剥削农民的地主恶霸,也可能手捻佛珠,而且还不是故意做作。生活中这种矛盾、复杂的个别情况,反映在文学作品中,自然产生了典型性格上的各种复杂现象。但是,无论人物性格有多么复杂,归根结底总是要受到其阶级性的制约,而且常常是阶级性在各个别人物身上的多方面的具体表现。艺术典型的这种个性与共性的辩证统一,正好体现了现象与本质、个别与一般、具体与抽象的辩证统一关系:"个别一定与一般相联系而存在。一般只能在个别中存在,只能通过个别而存在。任何个别(不论怎样)都是一般。任何一般都是个别的(一部分,或一方面,或本质)。"(列宁:《谈谈辩证法问题》)作家在创造艺术典型的时候,总是透过各种矛盾、复杂的个别现象去透视事物的本质,并且通过个别人物的具体行动,他与周围环境、人物之间的矛盾冲突,来表现社会的、阶级的关系,反映生活的本质,而不是撇开个别的现象去直接地说明本质。在艺术概括中强调人物的个性,并不会妨碍揭示人物的本质,更不意味着可以忽视人物的本质(共性),相反,正是为了更充分地揭示人物的本质,更集中地突出人物的共性,并赋予人物以丰富的血肉和生命。只有在个性与共性——个别与一般的统一之中,才能正确地理解典型性格。如果把现象与本质混为一谈,把个别与一般、具体与抽象混同起来,否认其矛盾统一的辩证关系,以本质排斥现象,用一般否定个别,或者只承认其统一的一面,忽视其矛盾的一面,其结果都会产生只要抽象的本质,不要具体的形象——以共性代替个性的谬误。

还应该看到,艺术的概括并不同于科学的概括,艺术上的典型也不同于科学上的公式和规律。科学的概括和艺术的概括,虽然都同样要反映事物的本质,但科学概括是直接把本质指给读者,把抽象的结论宣布给读者,而艺术概括直接给予读者的却是活生生的形象,使读者从具体形象的感受中,自己做出结论,领会本质。因此在文学作品中,艺术形象的感染作用就显得非常重要。作家在艺术概括过程中所倾注的思想感情愈丰富、愈强烈,概括的程度愈广阔、愈深刻,人物性格愈生动、愈鲜明,其艺术感染力也就愈大、愈强烈。忽视了艺术的这一基本特点,混淆了科学归纳和艺术概括的区别,把逻辑思维和形象思维混为一谈,以科学的抽象代替艺术的具体形象,当然就从根本上取消了艺术认识现实和反映现实的特性,背离了以个别反映一般的艺术规律,从而也就无法对作品所反映的生活做出正确的判断。

典型问题是一个复杂的问题,任何简单片面的理解都会使批评陷入错误。艺术形象的社会本质只能通过鲜明的个性才能表现出来,同一社会的、阶级的本质,只能反映在千差万别的典型性格中；典型环境也只能通过个别的具体的环境才能表现出来，同一社会历史环境的特征，只能反映在千差万别的典型环境中。千差万别的典型性格只能产生于千差万别的典型环境之中，依赖于典型环境而存在和发展，并反过来又给环境以一定的影响；离开了典型环境，典型性格就失去了存在和发展的客观依据。社会上的各个阶级并不是互相绝缘的，任何一个阶级都会受到其他阶级和各种社会（历史的、现实的）因素的影响，而这种复杂的因素又必然会反映在典型形象中。每一个艺术典型，不但反映着社会的、阶级的本质，而且渗透着作家的思想感情以及对社会生活的态度……正是这一切复杂的因素，形成了艺术典型的丰富内容。艺术典型的这种复杂性，也是由生活的辩证法——对立统一的法则所决定的。毛主席在《矛盾论》中告诉我们："事物的矛盾法则，即对立统一的法则，是自然和社会的根本的法则，因而也是思维的根本法则。它是和形而上学的宇宙观相反的。"又说，当我们研究一定事物的时候，就应当去"发现一事物内部的特殊性和普遍性的两方面及其互相联结，发现一事物和它以外的许多事物的互相联结"。但是，具有形而上学观点的同志，却否认事物内部的矛盾，总是喜欢片面地、孤立地、静止地看待一切事物，把客观事物绝对化。他们只承认对立的斗争，不承认对立的统一；只承认绝对的东西，不承认相对的东西；只承认普遍的东西，不承认特殊的东西；只承认共性，不承认个性；只承认主要的东西，不承认第二位的东西；只承认必然性，不承认偶然性；只看正面，不看反面；只看见一种可能，不看见另一种可能……这种"绝对主义"的思想方法，反映在典型问题上，就是只承认典型的共性，不承认典型的个性；只承认共性与个性统一的一面，不承认共性与个性矛盾的一面；只承认典型环境的普遍性，不承认典型环境的特殊性；只承认生活的主流，不承认在主流冲击下的非主流。如此一来，就把复杂的典型内容绝对化和简单化，把艺术典型的创造单纯当成"写本质""写主流"的同义语，在艺术典型与时代精神、社会本质之间简单地画上等号，抹杀了千差万别的"典型环境中的典型性格"的特性和丰富多彩的差别性。既把典型性格划一化，也把典型环境划一化。性格和环境划一化了，进行真正的典型创造也就成为不可能了。这种简单片面的公式，不但阉割了错综复杂的社会生活，把绚烂多彩的艺术现象溶解于僵硬的公式和规律之中，而且势必会把无限广阔的创作题材划一化，即把题材和赤裸裸的本质、规律完全等同起来。我们并不反对反映规律。文学艺术既然是生活的反映，当然要反映出生活的本质和规律，但是这种反映，必须通过个别的、特殊的、活生生的艺术形象才能达到。如果把规律当成题材,其结果不但排斥了题材本身的复杂性和多样性,而且也取消了艺术地表现生活规律的可能性。有些作品之所以写得四平八稳、千篇一律,没有生活气息,缺乏艺术感染力,和这种"规律=题材"论的影响不无关系。

"典型即总代表"论,与以个别反映一般的艺术规律毫无共同之处

上面,我们就典型问题上的若干片面观点做了一些初步的剖析,尽管它们的表现形态有所不同,但倘把它们联系起来,加以全面的考察,就不难看出,这一系列片面观点的实质,归根结底都集中在这一总的观点上:即要求艺术典型成为某一客观事物的全部特征的总和(全部特征的总代表)。比方说,凡是描写党支部书记的形象,都必须具备所有党支部书记和党领导者所应该具备的全部特征;凡是描写社会主义革命时代农村妇女干部的形象,都必须具备这一时代农村所有优秀妇女干部所应该具备的全部特征;若是党支部书记的形象缺乏了所谓高度的"改造世界的革命精神和宏伟气魄",妇女干部在入社问题上思想露出一点矛盾,又没有表现出先进人物应该有的"远大的理想",那么,在他们看来都不能算作典型。对典型环境的理解,亦是如此。换言之,就是以社会学上的典型来硬套艺术上的典型,并且把这两者完全等同起来。不少评论文章之所以指摘这个人物缺少这种"精神"、那个人物缺少那种"品质",之所以认为刘柏、梁甜等人物不是典型,其原因正在这里。这种观点,我们姑且替它取个名字,就叫作"典型即总代表"论或"总代表即典型"论吧!这种理论当然是错误的。这些同志不了解,艺术典型创造的一条最基本的规律,就是要求人物的共性与个性的统一,写出典型环境中的典型性格。这并不要求作家把所有同一本质的人物性格都全部包括到一个典型中去,而只是要求作家根据主题的任务和构思的要求,选择其中最本质的、最能揭示这一人物性格的典型特征概括进去——使作品中的艺术形象成为既是最本质的、具有一定代表性的东西,又是最有个性特征的东西,即恩格斯所说的"每个人是典型,然而同时又是明确的个性,正如黑格尔老人所说的'这一个'"(《给明娜·考茨基的信》)。倘若离开了这一原则,硬是要求作家把同一本质的一切人物的全部特征都毫无例外地堆砌到一个人物身上,势必会湮没了人物的个性和斫丧了人物的生命——使个性"消溶到原则里去"(恩格斯)。这样,不

但破坏了作品的主题和结构，而且也失去了其为典型的意义。试想一下，如果要求刘柏必须具有所有党支部书记和党的领导者所应具备的一切特征，要求他成为党的最高代表或党的原则的化身，那么，刘柏还有什么"明确的个性"？他还能成"这一个"的刘柏吗？既然如此，还有什么典型可言呢？

列宁说："任何一般只是大致地包括一切个别事物。任何个别都不能完全地包括在一般之中……"（《谈谈辩证法问题》）这一段话，很好地说明了个别与一般的辩证关系。即使是社会学上的最理想的典型，也会受到一定的局限，不可能把一切个别事物的全部特征都完全包罗无遗。生活的辩证法是如此，艺术的辩证法更是如此。只有尊重生活的辩证法，尊重艺术的辩证法，尊重以个别反映一般的艺术规律，既承认一般，又承认个别，既承认统一，又承认差别，既承认共性，又承认个性，严格从作品的具体实际出发，对具体人物进行具体的分析，才能克服文艺批评上的简单化、绝对化的倾向，才能以马克思主义的美学观点正确地阐明艺术典型的复杂现象。

一九六一年八月三日于广州
（本文是与易准同志合写）

艺术构思和作品效果为什么会脱节[*]
——论《金沙洲》

长篇小说《金沙洲》是广东文艺界近半年来争论得最热烈的一部作品。在争论中，曾出现了两种截然不同的评价，有人说它很好，又有人说它很坏。其中的原因究竟何在？除了由于评论者不同的批评观点和方法所造成的分歧以外，这部作品本身究竟存在一些什么问题？对它的成败得失应当如何看待？这个问题，很值得我们进一步地加以探讨。

反映了什么？

《金沙洲》反映了什么？它有没有通过人物性格的矛盾冲突和人物与环境的关系，反映出生活的本质及其规律性？这是读者最关心的，也是讨论中分歧最大的问题。

小说告诉我们：在一九五六年春农业合作化运动中，金斗、沙涌和龙塘三个村庄的六个初级社，在社会主义改造高潮的推动下，合并成为社会主义集体所有制的金沙高级社，从而结束了农村土地私有制。由于高级社刚刚建成，干部缺乏经验，加上乡的党总支书记黎子安主观主义的领导作风，使年轻的高级社遭遇到意外的困难，产生了严重的危机：干部思想不统一，经营管理无计划，生产关系不稳定，社员思想很混乱；上中农郭细九等利用工作的缺点和社员思想的波动，趁机兴风作浪，造谣生事；党内的蜕化分子——社副主任郭有辉，也以黎子安的错误作风为借口，公然与党组织

---

[*] 载1984年4月版《萧殷自选集》。

对抗，并与党外的上中农暗中联成一气，里应外合地向高级社进攻，煽起了退社风潮。在这种严重的情势下，社主任、党支书刘柏和部分干部，坚持党的政策原则，和这股歪风进行了斗争，并在县委合作部长郑若平的指导下，整顿了党的支部，批判了黎子安的错误，处理了郭有辉的问题，最后终于击退了自发势力的进攻，使高级社逐步巩固起来……从作品所表现的生活内容来看，它所反映的矛盾斗争是相当尖锐、曲折和复杂的：既反映了主观主义错误的思想作风与正确的思想作风之间的矛盾，也反映了资本主义与社会主义两条道路之间的斗争；既描写了领导与群众之间的矛盾，也描写了农民本身的私有观念和集体主义思想之间的冲突。作者把这些矛盾和冲突错综地交织在一起，使作品接触到相当广阔的生活场景，深入农村生活和阶级斗争的各个方面，并且企图通过这些矛盾和冲突，以生活本身的复杂形势来揭示社会主义改造的曲折过程。应该说，作品的主题思想是具有积极的现实意义的。尽管作品的这种创作意图由于其他原因未能很好地完成——作品还存在一些缺陷，但从作品所表现的生活整体和矛盾冲突的总和来看，还是体现了社会发展的必然趋势，符合金沙社这一特定环境的生活逻辑。那种认为小说没有反映出生活的本质和主流，因而是"一部失败的作品"的论断，是不符合《金沙洲》的实际情况的。

几个具有典型意义的艺术形象

《金沙洲》的作者在写这部作品的时候，并没有给自己选择一条平坦近捷的道路——即没有回避生活中重大的矛盾斗争而把生活简单化，而是以一种严肃认真的态度来审视生活，大胆地探索和表现社会主义前进道路上必然产生的重大的矛盾冲突，企图从农民内部的矛盾和党内的矛盾来反映社会主义改造的时代特征。这种尝试和努力是难能可贵的。它说明了作者具有艺术创造上的决心和勇气；而这一点——不论作品所达到的成就如何，都是值得我们尊重和肯定的。正是由于作者有了这种严肃认真的创作态度和艺术创造的勇气，使得作品能够比较深刻地反映了高级合作化这一历史阶段中农村生活的某些侧面。

从作品所反映的生活来看，我们不仅看到了主观主义领导作风的严重危害性；看到了广大贫、下中农在生产关系变革过程中，由于私有观念的传统影响而对集体化道路产生的种种怀疑、动摇而引起的内心的复杂斗争；而且看到了富裕中农尤其是新上中农的资本主义自发势力的猖狂和对于高级合作化运动的顽强抵抗；还看到了由于主观主义错误的严重后果的影响而不断加深了党内外两条道路的斗争。正是这些尖锐复杂的、相互交错的矛盾和斗争，显示了社会主义改造时期农村阶级斗争的新的特点：合作化运动虽然是人心所向、大势所趋，成为生活前进的方向；但在前进的道路上，仍然存在着各种暗礁和险滩。如果党的领导者未能把舵掌好，在前进的航线上就会碰到暗礁，遇到险滩，激起逆流更大的反抗。另一方面，在小农经济所固有的自发势力的诱惑下的农民，当他们意识到自己和土地的关系将要被宣告结束，个人发家致富的资本主义道路将要被堵死，而不得不随着时代的潮流走上新的生活道路的时候，他们的思想感情是矛盾而复杂的，新旧思想的斗争是尖锐剧烈的，他们走上社会主义道路的整个过程，也是曲折的、艰巨的。如果说，作品在上述两个方面所显示的思想意义，能够帮助读者认识高级合作化这一历史阶段农村生活的复杂面貌的话，那么，我们觉得，这正是作者敢于正视现实、敢于正面揭示生活发展中的重大矛盾冲突的结果。

《金沙洲》的优点，还表现在人物形象的塑造上，在这方面，作者曾付出了辛勤的劳动，也取得了不少的成就。作为全书主人公的刘柏，就是一个性格相当鲜明的艺术形象。在刘柏的淳朴宽厚、踏实坚毅的性格中，体现着某些农村基层干部通常所具有的那种忠心耿耿、任劳任怨、联系群众的优良品质。他不但能够倾听群众的意见，了解群众的思想、要求和愿望，而且坚信只有依靠群众，才能搞好工作；正是在这一点上，构成了他和总支书记黎子安之间的矛盾。他在黎子安一意孤行的压制下所表现的克制和忍让，不应该简单地理解为对于上级的"盲目服从"，而应该认为这是出自一种朴素的党性要求——既执行黎子安的决定，又不断地向他反映实际情况和群众意见，希望他能够改正错误的领导作风。在与郭有辉的错误进行斗争的过程中，他所流露的那种由犹疑到坚决、由惋惜到痛恨的思想感情的变化，固然显示了他和郭有辉过去曾经同甘苦、共患难的阶级友谊和历史关系，反映了他在复杂的阶级斗争中逐步成熟的过程；同时也充分表现了他的处处顾全大局的器量和爱憎分明的态度。在这里，作者所赋予刘柏的性格特色，显然不是某些评论者所要求的那种"叱咤风云"的英雄气概，而是一个农民出身的普通党员干部的稳重、踏实和公而忘私的优良品质。正是这种优良品质，使他在金沙社建成以后的混乱局面中，能够稳健地处理各种复杂微妙的干部关系和群众关系，成为能够逐步地掌握方向和稳定大局的中坚人物。虽说在黎子安离开金沙社以后，作者没有给刘柏以更多自由施展的机会，使刘柏的性格发展显得有点停滞和缓慢，但还是应该承认，作者所着意刻画的这一农村党员干部的艺术形象，是具有典型意义的。

在思想作风上和刘柏相对立的，是总支书记黎子安。在黎子安身上，作者以集中的笔墨，描绘了他的思想僵化、简单粗暴的思想作风。从黎子安的主观愿望来看，他是忠于党的事业，一心想把工作搞好的，可是由于他对自己过于自信，骄傲使他渐渐失掉了共产党人的虚心诚恳的品德，变成了脱离群众、一意孤行的"黑面神"。不难看出，这是一个被批判的主观主义者的形象。作者通过他的种种作为以及在工作上的成功和失败、希望和失望、振作和懊丧的交错变化的心理状态的剖析，给我们描绘了一个主观主义者的形态和风貌，揭示了他的严厉坚定然而刚愎自用的个性特征；而这种个性特征，却形成了他性格中的悲剧因素，使得他在"带领群众过关斩将"，实现了"伟大的理想"以后，自己的道路反而"越走越窄，越走越艰难"，终于不自觉地给党的事业带来了损害。正是在这一点上，黎子安成为一面令人警惕的镜子，给我们以深刻的反面教育，显示了这一人物性格的典型意义。但令人惋惜的是，由于作者对黎子安的错误做了不适当的强调，以致模糊了两条道路斗争的因果关系；而黎子安最后的转变，又缺乏形象发展的内在逻辑。这种思想的模糊和违背人物性格发展法则的艺术处理，不仅破坏了这一人物形象的完整性，而且也给整部作品的艺术结构带来了不良的影响。

黎子安的主观主义领导作风，给了党内外上中农向高级社进攻以可乘之机，作为资本主义自发势力代表的郭细九，他的性格有其形成的复杂因素。郭细九从小就在珠江三角洲"捞"大，具有旧社会流氓阶层的狡猾、凶狠的气质。这种流氓气质一旦和个人发家致富的自发思想相结合，便驱使他疯狂地扩张贪欲，以"捞仔"的手段不断地攫取自己所要取得的一切。高级社既然宣告了土地私有制的基本结束，郭细九的发家致富的梦想便濒于破灭，这就必然激起他的挣扎和反抗。作者写他黑夜跑到自留地去偷砍自己心爱的荔枝树的那种情景，异常深刻地暴露了他对高级社的畏惧和仇恨相交织的心理状态，揭示了他的自私贪婪和阴险歹毒的性格特征。正是这种浸透着旧社会流氓气质的性格特征，赋予他的破坏活动以更大的危害性，使他肆无忌惮地站在逆流的前头，成为抗拒和破坏合作化运动的急先锋。郭细九近于疯狂的破坏活动，和郭有辉对他的暗中纵容和支持，当然也有很大的关系。作者不仅通过郭有辉和郭细九的默契和合流，更加突出了郭细九善于察言观色的狡猾的一面，同时还通过郭细九的家庭生活、他和侄女郭月婵的关系，揭露了他的唯利是图和冷酷无情。这一反面人物形象的思想意义，并不仅仅在于透过他的独特鲜明的个性，生动地体现了某种深受资本主义思想影响的新上中农的阶级特征，而且通过这一人物性格和周围环境的矛盾冲突，暴露了资本主义自发思想的顽强和猖狂，及其必然失败的命运。

两条道路的激烈斗争，不可避免地要反映到党内来。作为党支委、社副主任，郭有辉是作者笔下另一类型的新上中农的形象。雇农出身的郭有辉，过去不但深受地主阶级的迫害，而且在土改后一直是沙涌村的主要骨干，有着和郭细九完全不同的生活经历。在他忘本蜕化的过程中，常常体现着一个党员上中农的两重性的矛盾。作为党员的郭有辉，未始不想保持自己的荣誉，所以有时也表现出某种羞惭的心情和暂时的醒悟，然而这种空洞的荣誉感，却敌不过现实的发家致富计划的诱惑。于是，过去的阶级仇恨逐渐地"淡忘"了，而小生产者的私有意识，却像可怕的细菌一样，在他的脑子里逐渐滋长、发酵，日益腐蚀着他的灵魂。他被发财致富所诱发的贪欲，在乘贫农郭添病重而谋他小猪的一幕，表现得何等惊心触目！这种忘本蜕化的食利者的本质，使他用市侩的眼光来盘算一切，公开和党算账，喊出"土改以后，我就给砍了三刀"的狂言。他的消极怠工，要挟组织，固然是利用黎子安的缺点向党发泄私愤，同时也是打起退堂鼓的公开信号；而暗营"狡兔三窟""窥测方向"，煽动群众的宗派情绪，和郭细九等暗中合流与互相呼应，则是企图利用某些落后群众的不满来搞垮高级社。在作者的描写里，郭有辉的忘本蜕化的阶级本质，是通过他的权谋、险诈和倔强的个性显示出来的。这样，他就成为一个有血有肉的人物。

在揭示农村两条道路斗争的过程中，女队长梁甜的形象，也具有深刻的现实意义。土改后农村两极分化给她所带来的贫穷和苦难，使她一家的生活经常处于求助无援的境地。初级社虽然曾经把她从困苦中解救过来，但小农经济的痛苦经历，却使她在将要取消土地分红的高级社面前，不得不慎重地考虑自己一家的生活和命运。梁甜这种在新事物面前小心翼翼的畏怯心理，是由人物所处的社会历史环境所形成的。她对梁雁倾诉的一番充满感情的肺腑之言，不但真实地披露了自己内心矛盾的痛苦历程，实际上也反映了其他土地多、劳动力少的贫苦农民典型的心理状态。然而，梁甜毕竟是善良的劳动者，当她明白了如果离开了合作社，就将要回头走上单干老路的时候，她就自觉地把自己一家的命运和高级社紧紧地联结起来。在郭有辉等的进攻面前，她虽然满怀忧虑和显得自卑胆怯，但阶级斗争的风浪同时也唤醒了她的"战斗的自觉"。在两条道路的斗争中，她终于逐渐变得大胆和沉着，脚步也逐步迈得踏实和坚定了。不错，梁甜在自己的爱情生活上，的确表现得顾虑重重、犹豫不决。这种顾虑和犹豫不决，固然反映了封建传统观念对她的影响和束缚，但同时也是由于要求"自由独立"、要求"自己首先站起来"；而这，正好反映了她性格"内刚"的一面。作者在塑造这一人物形象的时候，不单是通过激烈的斗争和冲突，而且也通过她的日常生活和爱情生活，多方面地展示她的内心世界，并从生活的发展中不断地丰富、突出她的外柔内刚的性格。在梁甜身上，集中地反映了广大贫苦农民对于合作化的迫切要求，以及他们的精神面貌的深刻变化。

除此以外，作者还描写了不少一般的人物。在正面人物方面，如杨妹、刘骚仔、郭月婵等，都具有独特的个性。尤其是杨妹，虽然出场很少，但寥寥几笔，人物的形态风貌便跃然纸上，给人留下鲜明的印象。可惜这些人物性格都没有很好地展开。在郭细九、郭有辉这两个反面人物的周围，当然也有他们的合作者和追随者，以及一些幸灾乐祸、在暗中推波助澜的反动角色。在他们中间，如师爷胜、刘爱冰、老鼠福等，也是着墨不多然而写得较活的人物。

熟悉的和不熟悉的

《金沙洲》描写了各个阶级、阶层的不同人物，这些人物在艺术描绘上虽然还不是十分完善，但却应当承认，作者在塑造几个主要人物的时候，能够注意到这些人物不同的阶级地位和生活经历，通过他们的思想、感情、行动以及与周围环境的关系所形成的独特的命运和遭遇，表现出各种人物不同的性格和形态风貌。但我们同时也看到，作者在描写一些在社会主义时代成长的新型人物的时候，似乎还受到一些束缚，笔墨还不是那么容易展开，而对于一些身上还保留着旧社会的思想意识或具有某种精神创伤的人物，却往往能写得痛快淋漓，不但人物性格比较鲜明、突出，形象的血肉也比较丰满。举例来说，刘柏虽然是贯串全书的主人公，是作者所着意刻画并且用笔最多的一个正面人物，但比起郭细九、郭有辉或梁甜来，无论就思想上所达到的概括程度或是就艺术感染力量所达到的深度来看，都显得有所逊色。这种情况，恐怕不能单纯从作家的艺术技巧方面来解释，而应该从作家过去的生活经验和创作道路方面来寻求答案。

我们知道,《金沙洲》的作者于逢同志,在他的创作生活中,曾经经历过一段摸索的过程。在国民党统治时代,于逢也像许多进步作家一样,时代与人民所受的苦难,煎熬过他的心,他不甘沉默,曾以现实主义的忠实态度写过《伙伴们》(与易巩合作)、《乡下姑娘》《深秋了》等作品。在这些作品里,作家所描写的是旧社会某一阶层人物的遭遇及那个历史时期的社会生活,也反映了作家在抗日战争生活中、在流离转徙的生活中所积累的人生经验。但毕竟受到当时的世界观的限制,"经历也浅,思想立场更是模糊,因此许多事情都看不清,甚至看错了。"(见《乡下姑娘·后记》)当然不可能为所描写的人物安排合理的出路。由于各种复杂的因素,当时处在国民党统治区的一部分作家对反映工农的生活更是受到客观条件的限制。只有在解放之后,作家才有广阔自由的天地做艺术上的追求。从解放到一九五五年这几年间,于逢在克服苦闷、突破困难的道路上,在深入工农生活的过程中,也曾尝试改变过去生活的轨辙,而努力去接触新社会的新人物,并终于写出了反映工人生活和创造性劳动的《螺丝钉》,迈开了新的创作生活的第一步。尽管《螺丝钉》不是成功之作,却说明作家有接受生活考验的决心和勇气。在摸索、学习、深入生活所取得的经验的基础上,他回到了自己所熟悉的珠江三角洲的农村(也就是《伙伴们》的历史背景及人物活动的地区),然后又写出了《金沙洲》。

从《金沙洲》所塑造的人物来看,于逢在艺术表现方法和描写自己过去所熟悉的生活方面,有其继承与发展的痕迹。从梁甜的朴实、勤劳、善良的品质上,可以看到《乡下姑娘》里何桂花的影子;从郭细九的流氓、无赖、撒野、刁顽的性格上,又可以看到《伙伴们》中没皮柴柳雨亭的形象。这就是说,作家对旧社会的流氓气质和性格了解较深,对受压迫、受剥削的弱小人物的思想感情比较熟悉,能够观察入微,写起来就比较得心应手;因为作家过去的生活经验有助于他塑造某种从旧社会环境所形成的人物性格及精神面貌。从《螺丝钉》却找不出有所继承的痕迹,这是因为描写工人生活,对他来说还是完全陌生的。正因为作家所比较熟悉的还是过去的生活和人物,容易看到生活与人物精神状态中的落后的、消极的因素;而对于社会主义现实及现实环境所培育出来的人物的新思想、新性格,则比较地还不够熟悉,还缺乏足够的感受力去感受现实生活的一切,还不善于概括新生的、萌芽状态的积极因素,因此,出现在《金沙洲》中的一些代表时代先进力量的正面人物形象,就显得比较单薄,他们性格中的本质特征一般都得不到充分的体现，读者虽然相信生活中确有其人，但却不能感动人，不能给读者以思想上的鼓舞力量。尽管如此，我们还是认为小说的主人公刘柏是具有典型意义的，小说中其他的一些正面人物，在艺术创造上也是有其可取之处的。尤其应该肯定的，是作家以其过去所积累的知识和经验，恰当地、机智地运用到描写当前现实生活中的人物身上，使他们血肉丰满，合乎人物所处的历史环境及生活道路，是必要的，也是值得鼓励的。

问题在哪里？

《金沙洲》在人物创造上，虽然取得了不小的成就，但是，写出了人物并不等于写好了作品。作家不是为写人物而写人物，而是通过人物性格的刻画及人物性格之间的关系、矛盾和冲突，来反映现实生活的本质及其规律性，以揭示生活的真理，从而体现作者对现实生活的态度和评价。如果从作品对人与人的关系的处理，从人物关系所构成的生活图画的整体来看，则作品所存在的问题还是不少的，其中有些问题甚至是相当严重的。

首先，我们觉得《金沙洲》的基调是低沉的、压抑的。阅读这部作品的时候，使人心情沉重、情绪郁闷。作品描写的是一场充满激烈斗争的群众运动，但我们却感受不到热流奔腾的革命运动的气势。在资本主义势力异常嚣张地向高级社猛烈进攻的时候，看不见正面力量的积极活动，就不能不使人感到眼前乌云蔽天，一片灰暗了。即使在描写正面人物的日常生活和思想的时候，也使人感到沉闷和压抑。有些读者认为作品是"邪气上升，正气默无气息"，这种批评不是没有道理的。当然，我们并不同意那种认为作品的这种低沉、压抑的基调是由于它"淋漓尽致地描绘了逆流的冲击——资本主义势力的猖狂"的看法。其实，形成作品的这种低沉、压抑的基调的基本原因，并不在于作品"淋漓尽致地描绘了逆流的冲击"，而在于作者在描绘资本主义势力猖狂进攻的时候，没有同时写出与之相抗击的代表生活主流的典型环境，没有充分显示出先进势力反击的潜在力量。其所以如此，和作者对于总支书记黎子安错误的看法，有着很大的关系。从作品来看，作者是把黎子安的主观主义的错误，作为造成一切罪恶的根源来看待和处理的。正是因为作者从这一基本观点出发来进行构思和布局，所以才特别着力地去描写黎子安的错误及其严重后果，以致把主观主义的错误和两条道路斗争的因果关系混淆起来。我们赞成批判主观主义者的错误，也赞成揭发主观主义所造成的严重后果；目的是作为一种覆辙，以警读者，以戒后人。但是，作品既然要正面反映合作化运动中的两条道路的斗争，要正面表现生活中的主流和逆流的巨大冲突，那就应该按照阶级斗争的形式，从矛盾斗争的双方来安排人物，展开斗争；而不应该把主观主义的错误看成资本主义自发势力产生的渊源。这样描写的结果，当然就掩盖了上中农抗拒社会主义改造的阶级本质和社会根源，模糊了两条道路斗争的实质；而处于两条道路斗争中的正面力量——先进群众如杨妹、刘骚仔等，当然也就不可能在作者的笔下联结起来，成为反击逆流的潜在力量；而只会造成刘柏和先进的干部、群众的迷惑，使他们在斗争中不但缺乏积极的态度和行动，甚至有时候还转到相反的方面去，变成消极的力量。从作品中我们可以看到，在黎子安动辄以对党负责和坚持"原则"的面目下一意孤行，发号施令，使社里陷于一片混乱的情况下，上中农在不少的场合中常常显得理直气壮和振振有词，博得一部分群众的同情，就是刘柏自己也感到难以应付，处处被动。刘柏不只是苦闷、烦恼，显得缩手缩脚，毫无用武之地，而且也陷入了惶惑不解的状态中，久久弄不清金沙社问题的实质到底在哪里。其他干部和基本群众（贫农、下中农），更是被弄得晕头转向。我们当然不是要求作者改变正面人物的性格，脱离了特定的环境而把人物性格凭空提高，使他们在这种混乱的局面中一下子就能够自觉地起来斗争，但作品既然写了这样一些正面人物，起码也应该通过他们的生活和思想，反映出他们的愤慨和斗争的要求，使人看出他们虽然暂时还没有抬头，但毕竟是一股社会主义的积极力量。因为从作品所赋予他们的性格看来，这是完全有可能做到的。然而，作者却没有意识到这一点。在作品的第一、二部中，我们只看到刘柏的迷惑、梁甜的忧虑、周耀信等的无可奈何，以及部分先进群众的动荡不安，而没有看到蕴藏在这种迷惑、忧虑、无可奈何与动荡不安中的愤慨和要求斗争的情绪，更听不到他们在资本主义势力进攻时由于义愤而自然发出的嘀嘀咕咕的责难。这种情况，充分说明了作者为了强调和突出黎子安的错误的严重后果，不但有意无意地使正面人物陷于迷惑、压抑和被动的地位，甚至还使他们处在几近麻木的精神状态中，在思想上毫无斗争的准备，致使资本主义自发势力得以肆意泛滥，形成了邪气压倒正气的局势，使人产生灰暗的感觉。

正是由于小说没有把先进群众的革命潜力显示出来，看不出正面力量，因此在最后结束的时候，就不可避免地露出了明显的漏洞，使作品的结局来得十分勉强和不自然，使人物性格的发展过于牵强，缺乏生活逻辑和形象逻辑的内在依据，看不出"水到渠成"的气势。看来，这种概念化的结局，不但读者很容易看得出来，就是作者自己，恐怕也会感觉到的，只是作者无法求得完善的解决办法罢了。这也难怪，因为这部作品在艺术构思中是以揭发黎子安的主观主义的错误为中心，以尽情地暴露黎子安错误的严重后果（包括黎子安自己的后果在内）为目的的。这就是说，作者并不是以两条道路的斗争而是以暴露主观主义者的错误的严重后果作为整部作品的艺术构思的基础的。这一点，也许作者还没有意识到，但事实却是明摆着的：不但从作品第一、二部的情节结构和人物描写中可以得到证明，而且从作者在作品中所流露的感情倾向上，也可以看得出来。作者虽然在揭露黎子安的主观主义错误的时候，也同时描写了资本主义势力的进攻，使作品所展示的矛盾冲突具有两条道路斗争的性质，但作品在第一、二部中也告诉我们，资本主义势力之所以能够向高级社肆意进攻，主要是由于黎子安的主观主义错误所招来。既然如此，在作者笔下的两条道路的斗争，就变成了主观主义的必然产物，而引起两条道路斗争的根本原因——资本主义自发势力的本质，反而退居于次要的地位了。

于是，作品出现了这样几方面的情况：一方面，作者笔下的主要正面人物刘柏，在黎子安驻金沙社的整个阶段中，一直都没有把资本主义势力的进攻作为威胁金沙社的主要危险，而是把解除金沙社所面临的危机的主要希望，寄托在黎子安的改正错误上。另一方面，作者笔下的党内外的反面人物如郭有辉和郭细九，也以黎子安作为自己的主要对立面，屡屡以黎子安的错误为借口，向高级社进攻并向党进攻。特别值得我们注意的，是当时刘柏的态度。刘柏不但没有把郭有辉的所作所为看成是资本主义自发势力在堡垒内部的进攻，而且刚好是站在黎子安的相反方面——采取与黎子安相反的态度来对待郭有辉。作者明显地拿刘柏的作风来与黎子安的作风相对照，借以衬托和突出黎子安的主观主义者的形象。因此，矛盾斗争所显示的锋芒，就仍然是指向主观主义。至于梁甜、刘骚仔、杨妹、福姆、八叔婆等干部和先进群众，在作品中则是以反对资本主义势力进攻的先进力量出现的。在作者的构思中，他们既然不是黎子安的对立面，与反主观主义的矛盾斗争联系不上，自然就得不到作者的着意刻画和理会了。

基于以上的情况，所以我们认为，作者是以反对主观主义作为这部作品的艺术构思的主要线索的。根据这条构思的主要线索，结合人物性格本身的发展逻辑来看，就不难看出，作者原来所预想的结局，显然不是现在作品中的这种结局，而是另外的一种合乎构思和形象逻辑的结局——比方说，对黎子安加以严厉处分。这自然是可以的。但是，为什么作品又出现了现在的这种结局呢？为什么作者在创作过程中又突然改变了原来的构思，并且刚好在资本主义势力的进攻逐步形成高潮的时候，就把黎子安从艺术构思的中心位置上抛了下来，使他勉强转变以后就把他匆匆调开，而把笔锋转向两条道路斗争的方向去呢？这里面可能存在着各种主客观的原因。记得作者在一次谈话中曾经说过，作者自己在感情上对黎子安是很厌恶的，但在理智上又觉得应该挽救他；由于这种矛盾，所以写不下去，只好中途把他丢掉算了（大意如此）。根据作者的表白不难看出，作者在创作过程中可能由于受到某些客观舆论的影响或主观上的顾虑，才临时改变构思的。本来，改动艺术构思中人物的结局，在文学创作中不乏先例。例如，法捷耶夫写美谛克，曾经把他从自杀而改变为可耻的叛变。但是应该看到，美谛克在作者的艺术构思中之所以变动，是由于服从艺术规律，服从性格与特定环境所构成的发展道路，服从形象逻辑所要达到的典型化的要求。而《金沙洲》艺术构思的改变，却不是这样。作品的第三部与第一、二部所显示的这种艺术构思的脱节现象，不但损害了黎子安这一艺术形象的真实性，削弱了这一人物性格作为反面镜子的典型意义，而且也给作品的艺术结构带来了不良的影响。在作品最后的结局中，正面力量好像在两条道路的斗争中取得了胜利，但这种胜利却像是"无源之水"，完全脱离了前面的构思。因为作品在前面描写资本主义势力进攻的时候，既没有同时写出正面人物积极活动的典型环境，没有充分显示出贫、下中农坚决走社会主义道路和准备给资本主义势力的进攻以反击的潜在力量，而又要使作品在资本主义势力疯狂进攻的高潮中结束。那么，这种结局当然就只能靠一些运动过程的说明和按照理性的要求来完成，而不是遵循性格与特定环境所构成的发展道路，也不是形象逻辑发展的必然结果。因此，不但正面力量的转化显得过于突然，缺乏形象发展的内在力量，就是反面人物最后的屈服，也显得相当勉强，正如有些读者所指出的，有点"以法服人"的味道。

问题在构思的着力点上

《金沙洲》为什么还存在这么多缺陷？这是值得我们和作者冷静地加以探讨的。

从作品所描写的生活形象和人物关系可以看出：如何突出地暴露主观主义的错误领导作风，始终是作者用自己的整个心灵和全部感情去着力构思的重心。暴露主观主义的错误，本来是无可厚非的。因为主观主义是妨碍社会主义事业前进的障碍物，只有充分地暴露它，战胜它，才能为社会主义事业清除障碍，开辟前进的道路；在作品中暴露主观主义的错误，不但是可以的，而且也是应该的。问题在于，作者却把暴露当成了最终的目的，而忽视了战胜它和克服它。也许有人会问，作品最后不是已经批判了黎子安的错误，帮助他解决了主观主义的问题吗？怎能说作品是把暴露作为目的呢？不错，从作品的全部梗概来看，它是解决了主观主义这一矛盾的。但这只是一种表面的、概念化的解决；没有通过艺术形象，因而没有显示出生活逻辑的不可抗拒的力量。我们知道，艺术形象在显示思想矛盾的解决时，总是遵循艺术形象本身的性格发展的规律，只有这样，才能获得合乎形象逻辑的结论，才能体现出生活发展的必然规律。而黎子安的思想矛盾的解决，却恰好违背了形象逻辑的法则，给人以不真实的感觉。其所以会这样，主要是由于作者在理性与感情上存在着矛盾。作者的主观意图原来是想把两条道路的斗争作为作品的主要矛盾线索的，但在整个构思与创作过程中，作者对于主观主义者的憎恨的强烈感情却起了决定的、主导的作用，以致不自觉地把艺术构思的着力点放在暴露的角度上。只要仔细地阅读一下作品，就可以看出，作者构思的着力点——也就是作者的感情倾向，显然不在两条道路的斗争方面，也不是在准备战胜主观主义方面；而不过是倾其全部的感情去暴露主观主义者的形态及其恶果而已。作者正是从这一构思的着力点出发来创造人物、安排情节和展开矛盾的。从作品的情节和人物安排中，我们根本看不出作者有战胜和改造主观主义者的思想准备。我们只看到，凡是有利于揭示和暴露主观主义者的错误与后果的人物和情节，都充分地展开了，发展了，例如郭有辉、郭细九等反面人物及其破坏活动；有利于衬托和突出主观主义者的形态和风貌的人物，也受到了作者的注意，得到了着力的描绘，例如刘柏的性格及其作风。但是，对于阻止和战胜主观主义者的潜力或主观主义者本身的转变因素，无论从情节、环境的安排或人物性格发展的处理上，无论从客观上或主观上，都看不到作者有什么着力的描绘。这一切的迹象，正好告诉我们，作者在构思过程中的主要着力点，不过是为了更淋漓尽致地暴露主观主义者的形态及其恶果而已。

  作者在构思的时候，也许想把主观主义者的后果充分暴露出来，让读者看一看，以"引起疗救的注意",这当然未尝不可。问题在于,一个革命的作家,在揭示社会主义前进道路上的缺点或错误的时候,应该采取什么态度,是单纯地为暴露而暴露呢,还是为了解决它而暴露它,为了战胜它而暴露它?这样说,当然并不是要求每一篇写缺点、写错误的作品在后面都要有一个"光明的尾巴",尤其是对短篇小说,提出这种要求更是不切合实际。例如说,写反面势力暂时占优势的并且以反面人物为中心的短篇小说,就可以尽情地充分地去描写反面人物及其活动,甚至可以在最后的结局中也不使他转变或失败。但是有一点却不能忽视,那就是一定要让读者从作品所显示的典型环境中能够预见到:反面势力虽然暂时占优势,但在最后是一定会被战胜的。这当然不是什么公式,而是现实生活的规律。我们并不要求作家按照公式来写作,而只是要求作家在描写特定环境中的特定人物的时候,不要违背了生活的规律。如果一部写缺点或错误的作品不能反映出生活的规律,不能使读者从作品的典型环境中预见到先进力量的胜利,而只是描绘出一幅凄惨黯淡的生活画面,那么,这种作品就只能给人以一种灰暗的、失望的感觉,在读者中间所引起的就不全是"疗救的注意"了。《金沙洲》所存在的缺陷之所以值得讨论,其原因正在这里。

所以,为暴露而暴露,显然不是正确地反映生活的方法。因为这种方法有其思想的局限性,它看不到社会主义现实发展的轨迹,不可能发现和概括现实中萌芽状态的共产主义的因素,而只是局限于现实中存在的消极现象的描绘。它至多只能在作品中提供一些生活的病象,起到一种片面地说明生活的作用,而不能战胜它,也不能给人以战胜它的信心,更不能给读者指出明确的前进方向。我们也赞成描写现实生活前进中的缺点和错误,但是并不是为揭露而揭露,而是为了战胜它和消灭它才去描写它的。《金沙洲》在构思的着力点上所流露的感情倾向,正是受到了批判现实主义创作方法的影响。因此,作者在情节安排和人物性格的发展上,自然就有利于暴露而不利于战胜和改造主观主义者的错误了;其结果,自然也就形成了整部作品的低沉、压抑的基调,并造成了结局处理的勉强和不自然。这是很惋惜的。

总的来说,我们认为《金沙洲》并不是一部不好的作品,因为从人物与事件所表达的主题思想来看,并没有什么错误;但从艺术的效果来看,却还存在着不少的缺点。

作者能够面向严峻的生活,写出了比较复杂的生活画面,没有把生活简单化,也是好的;但可惜,作者在运用典型化手法去处理这些复杂的生活现象的时候,由于自己的理性与感情存在着矛盾，致使在艺术成果上没有达到应有的高度。

《金沙洲》虽然还存在着这些缺陷，但作者在艺术创造上所付出的劳动，却是不宜抹杀的；作者所精心塑造的几个具有典型意义的艺术形象，更不容任意否定。作品出版至今，已将两年。时代已大大地前进了一步。我们想，当作者回头再看自己的作品的时候，他一定也能够发现这些缺点的。现在，听说作者正准备修改《金沙洲》，这真是一个令人高兴的消息。根据作者的生活经验和艺术素养，我们完全有理由相信，经过作者改写的《金沙洲》，定会比第一版的《金沙洲》具有更大的思想力量和艺术力量。

一九六一年十月十二日
（本文是与易准同志合写）

"辩护"的积极意义在哪里?*
——关于旧版《金沙洲》的艺术构思问题

于逢同志的长篇小说《金沙洲》（旧版，下同）在1961年夏秋之间，曾经引起广东评论界的热烈讨论。最近，《羊城晚报》又先后发表了三篇讨论《金沙洲》的艺术构思的文章[①]。读完这些文章，觉得就文章所显示的问题展开讨论，是十分必要的：第一，《金沙洲》在如何反映农村两条道路斗争方面所存在的问题，正是当前文学创作上迫切需要解决的重大课题，通过讨论，对今后创作将会有所启发；第二，陆一帆、封祖盛同志的两篇文章，无论在批评观点、批评方法上，都大有值得商榷之处。

这篇文章，不准备正面讨论如何反映两条道路斗争的问题，只想从评论的角度，并结合《金沙洲》的实际，提出一些意见，和陆、封两同志进行商榷。

一

正面力量表现得薄弱，与作品的艺术构思有无关系？这是需要商榷的第一个问题。

在《评新版〈金沙洲〉——兼为旧版的艺术构思辩护》一文中，他们在指出了作品"对两条道路斗争中的正面力量写得薄弱，没有充分显示出广大贫农、下中农走社会主义合作化道路的积极性，和他们在对资本主义自发势力斗争中的巨大力量，作品

---

* 载1964年6月29日《羊城晚报》第二版《文艺评论》，署名朱若。
① 陆一帆、封祖盛的《评新版〈金沙洲〉——兼为旧版的艺术构思辩护》（1964年3月27日）；张衍德的《三点疑问》（3月25日），陆一帆、封祖盛的《再谈〈金沙洲〉的艺术构思——答张衍德同志》（4月16日）。

的调子也比较低沉"等"严重的缺点"之后,仍然认为作品的"整个艺术构思是正确的"。这就是说,他们原来是认为这部作品的正面力量的薄弱和调子的低沉,是与作品的艺术构思无关的。经张衍德同志在《三点疑问》中提出了质疑以后,他们在《再谈〈金沙洲〉的艺术构思》一文中,才不得不承认:"旧版《金沙洲》的缺点也属于艺术构思的问题。"但接着,他们又提出了一个所谓艺术构思的"中心"来。什么是艺术构思的中心呢?他们说"艺术构思也有个中心,就是说艺术家从现实生活中摄取一大堆素材以后,怎样去处理它们,得有个中心,根据这个中心去组织结构情节,安排人物性格的发展。这个中心我们且叫它作基本艺术构思吧。……我们要为旧版的艺术构思辩护,并不是维护它表现正面力量薄弱这一构思中的缺陷,而是要维护它的基本艺术构思——整个作品的构思中心,即不是以反主观主义为中心,而是以两条道路斗争为中心"。

这种说法,也难以自圆其说。

既然认为整个作品的艺术构思是以两条道路斗争为中心,那么,为什么作为两条道路斗争的主导方面的正面力量,却表现得如此薄弱?难道说,作品"根据这个中心去组织结构情节,安排人物性格的发展",其结果反而会导致正面力量的薄弱么?正面力量表现得如此薄弱,是否说明了准备对资本主义自发势力进行斗争?正面力量的这种毫无斗争准备的被动状态,在艺术构思上算是什么问题?

既然认为整个作品的艺术构思是以两条道路斗争为中心,为什么又说"旧版《金沙洲》正面力量表现得薄弱,与《金沙洲》的艺术构思中心……没有多大关系"呢?难道说,一部以两条道路斗争为其艺术构思中心的长篇小说,正面力量表现得强或弱,对两条道路斗争的胜负是无足轻重的吗?谁都知道,"谁胜谁负"是两条道路斗争的中心问题,如果不准备取胜,这算什么两条道路的斗争?反映这种"斗争"又有什么意义?"表现正面力量薄弱这一构思中的缺陷",不是恰恰反映了构思时没准备斗争、没有准备取得胜利的重大缺陷吗?

认为整个作品的艺术构思是以两条道路斗争为中心,而又说"《金沙洲》的艺术构思中心,并不是因为是否加强了正面力量这一点为转移的"。这种说法,其实也正是不准备从两条道路斗争中取得胜利的观点的反映。我们知道,艺术构思是形象思维的过程,而作品则是形象思维的产物;前者是因,后者是果。如果《金沙洲》的作者真正是以表现两条道路斗争来进行艺术构思,真正把构思的重点放在始终影响着、决定着两条道路斗争的正面力量这一主导方面,那么,作品的特定环境是会改变的——在主观主义得势的情况下,正面力量是会暗中活动,显示其准备反击资本主义自发势力的潜力的。但《金沙洲》却不是这样。这就说明了作者并不是以两条道路斗争为其"艺术构思的中心"。如果连这一点都不承认,那么,所谓"艺术构思的中心"又是什么东西呢?离开了"典型环境",离开了"谁战胜谁"的问题,还算什么"艺术构思中心"呢?

我们认为,一部作品的艺术构思,不但离不开作者的思想感情,而且是由作者的思想感情决定的。而陆、封两同志在探讨旧版《金沙洲》的艺术构思问题的时候,却根本忽略了作者的思想感情与艺术构思的关系,根本抹杀了思想感情在艺术构思过程中所起的决定作用。

众所周知,任何的文学作品,都是客观生活在作家头脑中反映的产物。作家"从现实生活中摄取一大堆素材以后怎样处理它们",固然"得有个中心",但这个"中心",实质上就是作者企图表达的主题思想,而不是什么"艺术构思中心"。而所谓主题思想,又是作家在观察、研究、分析生活以后所形成的对于生活的某种看法。在形成和表现这个主题思想的整个过程中——即在观察生活和形象思维的整个过程中,无不渗透着作家的思想和感情。作家正是从自己的思想感情出发,从自己所要表达的思想出发,通过艺术的形象思维,"去组织结构情节,安排人物性格的发展"的。在这里,作家的立场观点和思想感情——他拥护什么、反对什么、热爱什么、憎恨什么,不但决定着他的艺术构思,而且决定着作品的思想倾向。离开了作家的思想感情,就无所谓艺术构思,也无所谓作品的倾向性。而陆、封两同志却完全脱离了作者的思想感情倾向,只是在主观上臆想出一个"艺术构思中心"来,并从这个概念出发来评论作品,这自然不可能正确地说明这个作品的艺术构思。

旧版《金沙洲》在政治上虽然没有什么错误,主题思想也一般正确,但并不等于艺术上没有问题,也并不等于艺术构思上没有问题。不承认这一点,那就不可能解释它为什么会形成正面力量薄弱、导致调子"低沉"和后面转变中存在着的许多问题的原因。

我们认为,造成作品的正面力量薄弱、调子低沉和后面转变不自然等的原因,是相当复杂的。其所以复杂,是因为它把反主观主义的斗争和两条道路的斗争交错在一起,往往使你觉得似是而非,不容易抓住它的问题的核心所在;同时,还因为它牵涉到作者的理念与感情的矛盾。

在理念上，作者知道应当反映两条道路的斗争，但在感情上，由于作者对主观主义者黎子安的厌恶，所以在艺术构思的过程中，就不自觉地把构思的重点放在反对主观主义这一矛盾方面，以致不能按照两条道路斗争的需要，从矛盾斗争的双方来安排人物，部署力量，展开主题。作者在艺术构思中所表现的这种感情倾向，不但明显地表现在作品的第一、二部中，而且也明显地表现在作者后来写的《也是关于〈金沙洲〉》①这篇文章中。如果作者不是把构思的重点放在反对主观主义方面（把重点放在反主观主义方面也是可以的，问题是评论者却把它说成是它的艺术构思，是以反映两条道路斗争为中心），而是真正放在两条道路斗争方面，从而有意识地加强对于正面力量（哪怕是潜伏着的）的描写，真正制造出足以战胜资本主义自发势力的典型环境；那么，作品是不会出现第一、二部与第三部艺术构思上脱节的现象的。陆、封两同志不但没有看出作者在作品中所表现的这种感情倾向，而且还从相反的方面来为作者辩护，说什么"作家是抱着爱护他（指黎子安）和帮助他的态度来描写和批判他的错误"的。这样，当然就不能从作品实际出发去评价作品，从而也就无法正确地认识这部作品在艺术构思上的弊病。

二

揭示了资本主义自发势力的本质及其进攻的必然性，是否就等于正确地反映了两条道路斗争？这是需要商榷的第二个问题。

关于这个问题，陆、封两同志在《再谈〈金沙洲〉的艺术构思》一文中进行了解释，认为张衍德同志曲解了他们的论点，并举出了两个理由。第一，认为他们在《评新版〈金沙洲〉》一文中曾经说过："写出了上中的猖狂进攻，并不等于写出了两条道路斗争的本质，要真正反映出这一斗争的真实面貌，必须同时写出足以压倒资本主义自发势力的广大群众的力量。这段话是谈新版时说的，实际上也是对旧版的批评。"我们认为，这种解释仍然是自相矛盾，其论据也是不能令人信服的。在《再谈〈金沙洲〉的艺术构思》一文中，我们可以看到，陆、封两同志不但仍然认为"旧版

---

① 见1961年9月28日《羊城晚报》提及《典型、批评方法及其它——关于小说〈金沙洲〉的时论》一书（广东人民出版社出版）。

《金沙洲》正面力量表现得薄弱,与《金沙洲》的艺术构思中心……是没有多大关系的",而且就全文的精神来看,他们也正是坚持这个论点的。这就是说,依他们看来,在作品所描写的两条道路斗争中,广大贫、下中农的正面力量写得薄弱,虽然"是个严重缺点",但作品"还是真实地表现了合作化运动"的,"因为它以两条道路斗争为纲,描写了合作社的巩固和发展过程"。

什么叫作"真实地表现了合作化运动"和"以两条道路斗争为纲"呢?主导力量不能有"说服力"地战胜反面力量,这算是"以两条道路斗争为纲"吗?"没有充分显示出广大贫农、下中农走社会主义合作化道路的积极性,和他们在对资本主义自发势力斗争中的巨大力量",这算是"真实地表现了合作化运动"吗?这种自圆其说的手法,如何能掩盖论点上的自相矛盾呢?反映两条道路斗争的目的,是要教育人民走社会主义道路,让人民在两条道路斗争中树立必胜的信心。只揭示资本主义自发势力的本质及其进攻的必然性,不能让读者真正看见和感觉到正面力量的合乎形象逻辑的成长和发展,而只是看到用抽象交代的办法来表现的"正面力量"的概念,能够"真实地"反映两条道路的斗争吗?所谓资本主义自发势力"进攻的必然性",难道能够脱离正面力量的冲击吗?在作品的第一、二部中,既然没有表现出正面的冲击力量(即没有表现出正面力量冲击反面力量的典型环境),这种"进攻的必然性",能够"真实地"揭示两条道路斗争的实质吗?

上述种种表明,他们实际上是把资本主义自发势力视为两条道路斗争的矛盾的主要方面,而把广大贫、下中农的正面力量降到了矛盾的次要方面。这种观点,难道是正确的吗?我们知道,在两条道路斗争中,不管作为生活逆流的资本主义自发势力表现得如何猖狂,它都不可能脱离主自发势力,它都不可能脱离主流(广大贫、下中农走社会主义道路的正面力量)而孤立存在。文学作品总是以生活本身的形式反映生活规律的。一部企图反映农村两条道路斗争的长篇小说,如果只是揭示了资本主义自发势力的本质及其进攻的必然性,而没有同时显示出代表主导方面——广大贫、下中农的社会主义积极性及其巨大力量,是不可能正确地反映两条道路的斗争的。即使由于种种原因,自发势力在初时似乎暂时占了上风,甚至最后并不彻底失败,作品也仍然要从它所描写的特定环境中充分揭示出其所以造成这种结局的原因,使读者读后从感情上憎恨那些反面力量,并从所描写的典型环境中,预见到正面力量的潜在力量,及其最后必将战胜反面力量的必然趋势。否则,就不可能正确地反映社会主义制度下的典型环境。旧版《金沙洲》的主要缺陷的产生，正在于它忽视了两条道路斗争中居于主导地位的正面力量。而陆、封两同志却认为正面力量薄弱，与作品的艺术构思中心（按：这个所谓"艺术构思中心"是指两条道路的斗争）没有多大关系，这样来理解两条道路的斗争，难道是正确的吗？

至于第二个理由：认为"正面力量描写得薄弱与没有描写正面力量，还是有原则区别的"，试想一下，如果《金沙洲》根本没有描写正面力量，还有什么两条道路斗争可言呢？倘若作者企图在作品中反映两条道路斗争，而又根本不写正面力量，只写反面力量的猖狂进攻，那就不仅仅是"严重的缺点"的问题，而是从根本上歪曲社会主义社会生活的严重错误了。

三

《金沙洲》反映的矛盾的主要锋芒到底是指向谁？这是需要商榷的第三个问题。

他们认为："作品的第一部是展开与自发势力及与主观主义的矛盾。第二部是发展这两个矛盾，并解决与主观主义的矛盾。第三部是进一步发展与自发势力的矛盾，斗争达到了高潮，自发势力的进攻被彻底粉碎，合作化获得巩固和发展。从这里不难看到，贯串全书的是与自发势力的矛盾，与主观主义的矛盾则相对处于次要的从属的地位……整个作品这个基本倾向，难道不是表明自发势力是当时金沙社的主要障碍吗？""作品并没有模糊上中农的阶级本质和两条道路斗争的实质，虽然同时批判了主观主义，但主要锋芒却是指向资本主义自发势力。"

事实果真如此吗？不。

我们知道，文学作品总是通过人与人的关系来反映社会关系的。离开了作品所表现的特定环境中的人与人之间的特定关系，就不可能正确地剖析作品所反映的社会矛盾的因果关系。而陆、封两同志对于作品所反映的两种矛盾的主次关系的分析，却远远离开了作品的特定环境与特定人物之间的特定关系。他们只是从作品的表面现象出发，抓住了矛盾线索一般的演变过程，服从于预先定好的框框，再从主观上加以逻辑的推论，而不是依据人物之间的特定关系去分析矛盾的各个方面，从而根据它们之间的内部联系及其因果关系，去确定两种矛盾的主次关系。这样得出的结论当然是不符合作品的实际的。

为了弄清问题的实质，有必要回到作品的实际来讨论。

在作品的第一、二部中，我们可以看到，担负着金沙社全部领导责任的黎子安的主观主义所造成的错误后果是极其严重的。但是，问题的实质，并不在于他的错误的严重，而是在于围绕着他的错误所形成的各种人物之间的特定关系。一方面，以郭细九、郭有辉为代表的资本主义自发势力，利用黎子安在领导金沙社工作上的缺点和错误，对金沙社进行了一系列的破坏活动，这些破坏活动，虽然并不是在每个具体细节上都与黎子安直接联系起来，但锋芒所指，莫不以他的主观主义的错误及其后果为借口、为掩护。这样，作品实际上就形成了一种有利于资本主义自发势力向高级社进攻的特定环境。另一方面，黎子安的错误，又模糊了、转移了广大贫、下中农和干部的视线，使他们不但久久看不清金沙社所以陷于混乱的问题所在，而且在资本主义自发势力的进攻面前，有的人还感到理屈词穷，难以反驳，甚至变得消极起来。像梁甜这样一个能够密切联系群众的生产队长，就觉得郭细九等对于劳动定类和工分不合理的攻击，"不是没有道理的"。而作为正面的领导人物的刘柏，不但一直没有意识到社内两条道路斗争的严重性，而且在听了郭有辉的一番充满反党情绪的"怨言"之后，反而对他同情起来，认为他的思想退坡，"领导也应负一份责任"。至于在开荒地、种藕、鱼苗、清工分、清账目、丈量土地，以及制订三包方案等一系列关系到群众切身利益的问题上，刘柏和周耀信、何勤等其他一些干部和广大群众，对黎子安的意见就更大了。干部和群众对黎子安的这种不满情绪，在书中不但随处可见，而且有时还采取非常尖锐的形式表现出来。

请看作品第二部在抗旱以后的两段描写："人们变得懒懒散散了，出勤时候，空空落落，来到地里，也是无精打采。……有的人溜去自留地。有的人回家去喂猪。有的人拒绝出勤，却到荒堑荒浦去捉鱼摸虾去。现在，队长都不大管得着他们了，过去积极的社员，有的也消极起来。……这到底是什么原因？是紧张以后松了气呢，还是上中农在那里搞鬼？是社里执行工作没有决心呢，还是群众思想落后？而这些原因中间，有到底以哪一个为主呢？……

"黎子安很是焦灼不安，这都是他是前所料想不到的。金沙社好像害了什么病，病原查不出，投药不见效……"

面对社里的混乱现象，黎子安经过苦思焦虑之后，认为问题的中心环节在于没有"贯彻三包制"，认为只要把这个"环节抓住了，一切工作就能带动起来"。可是，

就在他亲自主持下的讨论"贯彻三包制"的社员大会上,他却仍然碰了一鼻子灰:他的官僚主义的粗暴作风,把社员气走了一大半。留下来的一些人,虽然绝大部分都是生产队的干部和先进群众,甚至有些还是"他的忠实听众",但黎子安却仍然感觉到:"周围看着他的眼睛,有的带着畏怯,有的带着疲倦,有的带着懊恼,有的带着暗怒,但却一律带着服从,一种群众对于领导者的服从。他忽然觉得自己很孤独。……"接着,作者就不无影射地写出他怎样在回家的路上"摔了两跤,又走错了路",并且意味深长地说道:"总支书记啊!你到底知道自己错了没有呢?现在受到现实又一次深刻的教训,你还能够执迷不悟吗?"

上述的描写,并不像陆、封两同志所说的,只是"某些章节把主观主义的错误加以突出,或是把它当作一定时间的主要障碍"而已。在这些细节描写中所流露的感情——对于主观主义者的错误的尽情揭露和鞭挞,可以说,像一条红线意义,明显地贯串在作品第一、二部的故事情节中,影响着人与人的关系。而到了郑若平来金沙社检查工作的时候,与主观主义者的矛盾就达到了最高峰。郑若平亲自参加金沙社党支部的扩大会议,可以说是对于作品在第一、二部中所揭示的金沙社全部问题的总结,而其主要锋芒正是反对主观主义的。会议不但狠狠整了黎子安的主观主义的错误,而且最后通过五条"急需解决的关键性问题",其主要内容也是为了纠正和克服黎子安主观主义的错误及其严重后果的。至于上中农的问题,会议仅仅提出设法防止上中农的不满分子造谣生事。这点治安委员负有主要责任。只此而已。

这说明了什么问题呢?这说明了,在作品的第一、二部中,黎子安主观主义的错误及其严重的后果,不但形成了黎子安与广大贫,下中农和干部之间的深刻矛盾,而且也给资本主义自发势力向金沙社的进攻,提供了种种条件和根据,这样,主观主义的领导作风在客观上就变成金沙社工作上的主要障碍。在这种情况下,矛盾的主要锋芒之指向主观主义,而非指向资本主义自发势力,这难道不是事实吗?正因为黎子安的错误的领导作风,实际上变成了广大贫、下中农,干部以及以郭细九、郭有辉为代表的资本主义自发势力的共同的对立面,因此,在作品的第一、二部中,与主观主义的矛盾实际上就居于主要矛盾的地位,而广大贫、下中农与资本主义自发势力之间的矛盾,则仿佛是由主观主义招来的。这样,两条道路的斗争,客观上就变成为间接的、非主要的矛盾了。

陆、封两同志认为:"黎子安的严重错误,只不过给他们(指郭细九、郭有辉等）以可乘之机，使他们能拉拢部分落后群众，造成颇大的声势而已。作品并没有模糊上中农的阶级本质和两条道路斗争的实质，虽然同时批判了主观主义，但主要锋芒却是指向资本主义自发势力。"我认为，问题的实质，并不在于有自发倾向的上中农利用领导工作上的缺点和错误兴风作浪，而在于这些上中农为什么能够利用这种缺点和错误进行破坏。这一点，正是说明矛盾的因果关系的关键所在。试想一下，倘若没有黎子安的主观主义的领导作风，金沙社的工作未必会产生那么多的缺点和错误（因为作为社主任和党支书的刘柏，一向都是不同意黎子安的那种错误的做法的），而自发势力也就不可能利用社里工作的缺点和错误，肆意地进行破坏活动。可见，这些上中农之所以能够肆无忌惮地向社进攻，主要是由于黎子安的错误所造成的，正因为黎子安的错误形成了有利于自发势力疯狂进攻的特定环境，因此，黎子安的错误，客观上就成为自发势力能够猖狂进攻的主要原因，而造成两条道路斗争的社会根源——资本主义自发势力的本质，却反而退居次要地位了。

至于自发势力与黎子安的矛盾，从一般的意义来看，虽然也具有两条道路斗争的性质，但黎子安所代表的却是一种错误的领导思想作风，而且也与广大贫、下中农和干部处于矛盾对立的地位。在实际生活中，他非但不能代表生活的主导方面——决定和影响两条道路斗争的主导力量，而且恰恰由于他的存在，反而使主导力量处于被压抑的消极状态。因此，从本质上看，把黎子安与自发势力的矛盾，完全当成两条道路的斗争来看待，是不符合作品的实际的。把这种矛盾现象，作为"矛盾的主要锋芒是指向资本主义自发势力"的论据，也是不符合作品的实际的。事实恰恰相反，从矛盾的因果关系来看，矛盾的主要锋芒正是指向主观主义。

四

作品第三部的"解决问题"有无社会基础？这是需要商榷的第四个问题。

在这个问题上，必须回答如下两个问题：一、黎子安的转变是否合乎形象逻辑？二、作品的艺术构思是否互相衔接？

在作品中我们可以看到，作者凡是揭露黎子安的错误的时候，莫不通过具体的细节描写，把这个人物一意孤行、主观武断、简单粗暴的精神状态描写得淋漓尽致，使人物形象跃然纸上，字里行间处处流露出作者对于主观主义者的极其憎恶的感情，也就是说，作者的观点和感情淋漓尽致地和人物水乳相融地融合起来；而当肯定他的"正确的一面"的时候，则全是抽象的叙述、内心的独白，或是略带嘲讽的作者的感叹。这种极不协调的矛盾现象，正好反映了作者理念与感情的矛盾：在感情上憎恶他，而在理念上又觉得他是个干部，应该挽救他，不得不抽象地写他的"正确"之处。正因为这样，所以到了第二部的最后，终于无法写下去了，只好采取"丢包袱"的办法，把他扔开。关于这一点，作者在《也是关于〈金沙洲〉》一文中做了很好的解释："对于这位同志（指黎子安——引用在注）我的感情是很矛盾的。……《金沙洲》写到第三部，我之所以请这位总支书记走了，就是因为这个问题当时还未解决，真正的黎子安们还在头脑发热，不同意见都听不得，没有很好认识错误，更谈不上决心改正。留他在金沙社，他会无事可做，甚至还会成为一种阻碍。叫他到幕后锻炼去，是作者卖乖取巧。他以后回来转变了，显得不那么自然，这是给明眼的读者看出来了。或许有人会问，你是一个作者，怎么不可以写他真正转变呢？你可以创造嘛！诚然，也许是可以这样的。但现实到底是现实，作者生活于现实之中，也就不免受着它一定的局限。当然现在要来写他，情况是会好得多的。"

作者在这段自白中，说明了两点：第一，黎子安并没有"真正转变"，所以只好"叫他到幕后锻炼去"；第二，"留他在金沙社，他会无事可做，甚至还会成为一种阻碍"。黎子安为什么不能"真正转变"？在"当时"的现实生活中，"黎子安们"的思想问题是否真如作者所说的还不可能解决？这关系到另一个更为复杂的问题，限于篇幅，这里不去说它。但就作品的艺术构思而论，作者的感情倾向——艺术构思的重点，既然放在暴露主观主义者的错误及其严重的后果这一方面，那么，这一艺术构思本身，就决定了作者不可能写出黎子安真正的转变，而只能采取现在这种"卖乖取巧"的办法！为什么？因为作者在暴露他的错误的时候。仅仅是暴露而已，根本没有准备改造他。郑若平部长的到来，不过是向上级借来的一阵东风——对黎子安施加的一种暂时的"外力"而已，金沙社的党支部本身，对他是无能为力的。陆、封两同志说黎子安的转变"是符合艺术构思和形象逻辑的，是真实可信的"，说他完全有可能克服自己的缺点和错误，而《金沙洲》所描写的典型环境，又促使这种可能性变成为现实。这种看法，显然是缺乏根据的，不过是评论者的主观想象而已。

黎子安为什么一定要离开金沙社？因为他不离开，与主观主义的矛盾就要继续下去，而这样一来，资本主义自发势力的猖狂进攻也继续下去，小说就很难收场。为了解答这道难题，作者虽然明知黎子安的转变不符合这一人物性格发展的逻辑，也不得不勉强地叫他"转变"，把他丢开，然后匆匆忙忙地把笔锋从反主观主义这一主要矛盾转到两条道路斗争方面来。这样，就不可避免地使作品的第三部与前两部在艺术构思上露出了不相衔接的现象：资本主义自发势力趁开放自由市场，全县的退社风潮正在兴起的时机，更加明目张胆地向高级社进攻，气焰高涨；而正面力量却由于在第一、二部中缺乏思想上、组织上的准备，远远落后于斗争形势的发展。为了弥补这个缺陷——构思脱节所造成的大漏洞，作者只好违反人物性格发展的内在逻辑，求救于一般的运动过程和一般规律，开展斗争，从概念上来"解决问题"。这样的"解决问题"既然缺乏"水到渠成"的合乎形象逻辑的发展基础，阶级力量对比的转化，当然也就缺乏必要的"社会基础"。这难道不是明摆着的事实吗？

陆、封两同志面对着上述的事实，一方面不得不承认，"由于在第一、二部中好些正面人物性格还未有得到应有的开展，以至同他们在第三部中的表现缺乏艺术逻辑力量，他们的发展过程没得到较好的表现。因此，从整个看来，两条道路斗争的胜利比较缺乏艺术说服力"。但另一方面，却又说"第三部的'解决问题'是有一定的社会基础的"。这种自相矛盾的结论，叫人如何理解呢？之所以会这样，是因为他们只问作品写了什么，而不问作品是怎么写的。他们从社会学的观点出发，把所谓"社会基础"从作品的艺术整体中割裂开来，孤立起来看待，而完全忽视了艺术作品必须通过形象来反映生活的这一重要特征。在我们看来，作品第三部的"解决问题"，既然违反了人物性格与特定环境所构成的发展道路，那么，其"解决问题"的"社会基础"的出现，自然就说不上什么形象发展的逻辑。

综上所述，我认为陆、封两同志用以评论《金沙洲》的观点和方法都是不正确的。他们完全无视作品的客观实际，以主观想象代替了客观存在，表现了极大的主观随意性。他们围绕着自己主观的需要，脱离作品描写的特定环境中特定人物的特定关系，断章取义地摘取个别叙述或表面现象，为自己主观设想好的框框找寻根据；而不是尊重作品的客观实际，从作品所表现的复杂现象中，去探索出事物的内部联系与本质。这种批评倾向，经别人提出质疑以后，不但没有引起应有的注意，反而在第二篇文章中又创造了所谓"艺术构思中心"或"基本艺术构思"的荒唐概念，来为自己的主观设想辩护。这种思想方法难道是正确的吗？

陆、封两同志的文章，原想与《论〈金沙洲〉》[①]的作者辩论，但他们既没有认真地去研究人家文章的精神实质，更没有理解人家在鼓励什么和反对什么，既抛开人家文章的精神实质，又不考虑人家文章中对因果关系的分析，如何能抓住人家的错误，并说服他人呢？按照我的理解，《论〈金沙洲〉》一文，既肯定小说的成就，也指出小说的缺点，既鼓励了作者创造了几个具有典型意义的人物和勇于面对复杂的现实生活，也批评了它在艺术上的重大缺陷——第一、二部与第三部在艺术构思上的脱节，并指出了这种脱节现象是由于作者在思想感情上没有准备与资本主义自发势力做斗争，更没有准备在这场斗争中取胜。这是分析了作品的复杂情节，从中找出了情节的因果关系，才找到的问题的症结。这无疑是具有积极意义的。可是，陆、封两同志却抛开了问题产生的原因，抛开了作品的"严重的缺点"与艺术构思的关系，完全离开了作者的思想感情这一关键问题来谈作品的艺术构思，这是一种什么样的"艺术构思"呢？这样做，在理论上到底是想探讨什么问题呢？既承认小说有"严重的缺点"，而且所承认的与《论〈金沙洲〉》一文所指出的完全相同，那么我就要问："严重的缺点"如何产生？产生这"严重的缺点"的原因又是什么？这难道可以离开艺术构思来解释吗？在分析作者的艺术构思时，难道可以离开作者的思想感情吗？

如果上述的观点还不是"站不住脚"的话，那么，"为旧版《金沙洲》的艺术构思辩护"，其积极意义和现实意义在哪里？

---

① 见1901年10月12日《羊城晚报》提及《典型、批评方法及其它》一书。

《伤痕》是"眼泪文学"吗？*

××同志：

首先得向你道歉！你离广州已一月余，可是我还没有回答你所提出的问题；现在又收到你的来信，催我一定要为《文汇报》写些短文，并警告我："千万不能像十八年前那样，一去不返，把我们忘掉了。"这句话勾起了一种沉重的欠债心情，但同时也联想起我自己一大堆说不清的难处。过去的且不去说它，而现在又何尝不是整天忙忙碌碌，实则是空空洞洞地过日子呢？

我虽然不习惯闹哄哄的生活，可也得去接待一批又一批的青年客人。能交谈点实际写作问题的还好，可是大多数青年人尽提些无法捉摸的抽象问题，结果，不但时间浪费了，还弄得疲乏不堪。此外就是大批文艺青年的来信，除少数能从自己写作实践中提出一些具体困难和具体矛盾之外，绝大部分的来信者，都没有经过写作实践——即没有经过创造形象的实践，只从"决心以文学为社会主义事业服务"，或决心"实现我一向的愿望……"出发，抽象地提出一些茫无边际的问题，比如："我应当怎样去搜集写作材料？""怎样才能找到有教育意义的题材？""小说怎么结构？""情节怎么安排？""情节怎么发展才合理？""我怎么才能提高自己的写作水平？"等，全是离开创作实践，抽象地提出来的问题，而且大部来信者都不约而同地要求"给予具体的、详细的解答"。这可把我难住了，世界上大概还没有能够具体详细地回答空泛抽象问题的人吧？面对这些热心肠的青年，我虽然想尽一分力量帮帮他们，可是对于这种不从实践提出问题的人，你又如何能帮助他的实践呢？这就像一个对前景怀着无限向往，只是坐着不动的人，他却老是向人提出要求："这前景多么美好

---

* 载1979年1月18日上海《文汇报》第四版。本文为1984年4月版《萧殷自选集》收录的版本。

呀！我怎么总是到不了它的跟前？希望你指点指点吧！"或者说："把你的秘诀告诉我吧，那怕几行字也好！"这些青年小伙子既然还没有行动起来，还没有行动的起码经验，更没有（也不可能）把行动中的困难讲出来，叫别人怎么去指点呢？……正是由于这种种，再加上烦琐的编务，你看，我哪里还有什么多余的时间？因此，这半年来，我除了偶尔给朋友们写点短信之外，几乎没有写过什么文章了。你和其他一些同志所关心的那部阐述创作规律的《创作论》，已中断了快一年了。

你来我住所的那天，因时间太短，只粗略地接触了一下《伤痕》的内容，还来不及探讨由它所引起的创作问题。事实上，当我读《伤痕》时，也禁不住地流了眼泪。像这样的悲剧，在"四人帮"横行之时几乎随处都可以听到和见到，只是彼此的表现形态不同、过程不一样罢了。这说明万恶的"四人帮"曾坑害了多少忠良，破灭了多少家庭，拆散了多少爱侣和夫妻！从事件来看，可见它所含的社会意义之深之广了。

可是，有些同志不喜欢它，嫌它"不够真实""不够典型"，怀疑王晓华迟迟不理解自己母亲的合理性和真实性。这种见解虽出自好心，但却很难使人接受。王晓华的精神境界不高，是事实。作为一个典型形象，除了反映它现有的样子之外，还要反映它应有的样子。从这样的角度来要求，王晓华这个人物形象显然是不够的、有缺陷的。但却不能因此而否定了这篇短篇小说的现实意义。就王晓华的觉悟来说，也不能一概而论，因为人物所处的环境各不相同，促使人物思想发展的具体条件也不一样。因此，不能认为在一个时期内，在一种制度下的社会环境里，某种人（譬如被蒙蔽者）只有一种变化、发展的过程，而且要求各人变化的快慢都一样。这可能吗？即在现实生活中，在一个社会环境之内，某一类人的思想情绪和它们的变化和发展过程，也不可能都是一个样子。

另外还有一种异议，认为像《伤痕》这类使人伤心落泪的作品，只配称为"眼泪文学"。认为这类作品不仅缺少昂扬的战斗气魄，而且只会引人做徒然的悲伤或无望的浩叹，于是有人断然把这类作品划入无益于人民、无益于工农兵——非社会主义文学的圈圈里。

写到这里我才恍然大悟，初读你留下的信时，我一时不明白你为什么向我提出"写工农兵"以及"为工农兵服务"的问题，写到这里，《伤痕》和"为工农兵"之间的内在联系，忽然像一条光管在我脑际闪亮了。我不敢肯定你的本意是否如此，但我觉得这个问题倒是值得谈一谈。

为工农兵服务，就是为决定社会命运、占民族中最大多数的人们服务，为创造社会物质财富和精神财富、创造社会、创造世界的人们服务！这是共产主义者全部主张的出发点，是共产党确定路线、方针和政策的基础。谁背离了人民，谁背弃了人民的福利，或抛弃了为人民的理想而斗争，谁就背弃了革命，背弃了马克思主义和毛泽东思想。这是一条根本原则，不管在什么时候，都应当坚定不移。可以说，在这个时代，这是一条划分革命和反革命的分界线。

而"四人帮"乃是反动势力的代表，是人类社会中丑恶的化身。这十多年的事实已充分证明，他们是与人民不共戴天的死敌，是破坏人民福利、践踏人权的罪魁祸首。从经济基础到上层建筑，从人民生活到社会风尚，无不遭到他们的严重破坏。

小说《伤痕》《醒来吧，弟弟！》及话剧《于无声处》等所反映的，不正是"四人帮"罄竹难书的滔天罪行的点滴吗？无情地揭露人民的死敌及其惨绝人寰的祸害，不正能激起人们火焰般的仇恨，进而激发出报仇雪恨的勇气和为民除害、防止重演此类悲剧的战斗决心吗？这样的作品（虽然还不够完美），不正是一个时期内广大人民所需要的吗？总之，不管人们列举多少理由，谁能否定它们也是社会主义文艺百花中的几朵馥郁的小花呢？

当然，仅仅这些作品还不能满足新形势的需要。现在，我们首要的任务是把"四人帮"搅得坑坑洼洼、堆满秽物和垃圾的道路打扫干净——把他们所播散的种种反革命谬论和背弃客观规律的各种邪说彻底肃清，目的是砸碎他们的枷锁和镣铐，把被束缚的思想解放出来，使被禁锢的禁区敞开大门。只有这样，人们才能放开手脚、信心百倍地去夺取四个现代化的胜利。

在文艺创作上，我们不但要继续宣扬无产阶级的世界观和革命传统作风，而且还要扫除故步自封、因循守旧等不利于现代化建设、不适应新形势的种种陋习。在这一点上，和一九四二年延安文艺座谈会时期是大不一样了。那时我们所面向的，是拿锄头镰刀的农民，今后我们所面向的，则是驾驭着现代机械、使用复杂科学方法的农民；因而管理农业的方法制度以及农民的生活方式等，都同过去的那一套不同了。不仅农业如此，工业、商业也一样。随着四个现代化的发展和提高，社会的矛盾也就不再是过去那套了。生活面貌既然随着经济发展而发生变化，作品的题材也就自自然然地跟着发生变化了。可以说，为工农兵服务的方向，是坚定不移的；可是在反映生活的形态上及其表现形式上，都将有新的突破、新的发展了。

这是我的一点感想，说不上回答你的问题。对于新近出现的一些揭露"四人帮"罪恶的作品，我总是怀着喜悦的心情去看待它们，虽则它们还带着一些稚气，但我不愿过多地指责它们：因为我通过这些作品深深感到作者内心激荡着对革命者热烈的爱和对敌人刻骨的恨，而这种爱和恨又是从斗争中产生的，而且还饱和着生活的血肉。仅仅这一层就值得十分珍惜，更何况这些青年还努力试图通过艺术形象来体现这种爱憎呢？我甚至想说：凡在严峻的斗争经历中认清了斗争的实质，同时又饱含着生活的血肉和强烈的爱憎，这就是伟大作品的基础。因此对于这些从严峻斗争中所涌现出来的作品，只能给予热情的辅助，决不应冷漠地加以指责。对于这类年轻的业余作者，更需要的，是在肯定成绩的基础上积极地诚恳地向他们提出改进的建议；而作者也不要满足于既得的初步成就，应当更加虚心地听取意见，集思广益，不断加工，精益求精，以达到思想性和艺术性的高度统一。这正是我对《伤痕》等作品的基本态度，也是我对这类作品的基本观点……

　　冬至将临，可这里依然万紫千红，阳光灿烂；仿佛严冬把岭南忘记了……

一九七八年十二月于羊城

随感录

有些青年认为老作家曾在四十年代、五十年代大显身手，在六十年代也活跃了几年，可是要反映"文化大革命"开始以后的生活与斗争，却无能为力了；因为这以后，他们一直"靠边站"或"蹲牛栏"，生活圈子越来越狭窄，接触面也愈来愈小了。认为要反映"文革"以后至七十年代的斗争只有依靠青年一代了。理由是，自"文革"以后，老作家与生活、与斗争隔离了；而青年人的活动范围却大大的扩大了，不仅参与了各种揪斗活动，还参加了"大串联"，有些甚至还参加了武斗，等等，不仅眼界宽广了，经历也丰富了；不仅见的事物多了，也接触了各种各样的人。……

这种种的经历和斗争，的确在某些方面打开了青年人的界限，丰富了他们的生活。这若干年的经历，甚至使某些青年吃了很大的苦头，碰了很多钉子，流了不少眼泪。他们经历了由兴奋、冲动十足到迷惘、苦闷的过程；又由痛苦到沉默，又经历了用自己的鲜血和眼泪擦亮了自己的眼睛，最后方从朦胧中醒悟过来。这种醒悟不是抽象的，而是饱含着血肉和爱憎……这是优秀作品产生的基础。

因此，有一部分青年这一两年内，带着朝气蓬勃的作品冲进文艺界，绝不是偶然的，而是这十来年经历、苦闷、思考、构思的结果。而且我相信，这类作品还会继续出现，优秀的青年作家还会不断涌现出来。

但说老作家不行了，无能为力了，却是不正确的。他们虽然在形式上被隔开了，但他们从这个很小很小的生活圈子里，却能看到平时看不见的，平时不可能接触到的现象。而且这种种现象都带着本来的面目露骨地显露在他们面前。由于剥去了伪装，剥去了遮遮掩掩的外表，本质的东西，只几句话或几个动作，就"表演"得清清楚楚了。

为什么？因为那时候的老作家都被扣上了各种帽子，不是"黑线人物"，就是"反动权威"，再不，就是"叛徒"或"三反分子"，总之，几乎统统被推到"敌我矛盾"的位置上，因为，再不复是一个作家，甚至连一个"公民"的权利也被剥夺了，完全处于一种"无权"的地位，手无寸铁，任何人都可以斥骂你，甚至也可以随意侮辱你。一个人处在这种社会地位的时候，站在你面前的各式各样的人会毫不掩饰地露出他们的嘴脸，因为你不仅没有还手的可能，连还嘴的可能都没有了，他们当然就可以毫无顾虑，因而他们最丑恶的面目和最卑劣的品格都会暴露出来。相反，有一种为人正直、坚持原则，并富于正义感的人，当你最困难、最孤独的时候，他们却鼓舞你，安慰你，帮助你。这两种人所表现的言行虽不同，但在露出自己真实的品质这方面，确是一致的。

老作家在这个时候，虽然只生活在一个小圈子里，却不能说他们看不到生活的深处和人的本质，不仅如此，还由于他们的生活经验较丰富，不仅很容易看清了人们的品质和内心世界，而且还能从人们活动的背后看到促使他们行的某种势力和特定社会环境。

一九七九年四月七日晚，枕边

记得契科夫在一个地方说过："要是您在头一章里提到墙上挂着枪，那么在第二章或者第三章里就一定得开枪。如果不开枪，那管枪就不必挂在那儿。"意思就是说，在小说中不允许存在什么多余的东西。在情节的发生、发展中凡是无关的或不起作用的东西，都是多余的。所有经过细心构思的细节、场景和对话等，都应该是小说的有机部分，是全部作品生命不可分割的部分。

然而我们都常常看到这样的作品：小说一开始一直写一对青年男女的纯真爱情，写得很动人，而且占去很长的篇幅，以后"四人帮"专横霸道，也直接间接地"株连"到他们身上，到最后，他们的爱情忽然破灭了，不是毁于"四人帮"的迫害，却是毁于女方的变心。小说既然这样收场，那末"四人帮"的迫害又何必费那么多的笔墨去描写呢？这三者（他们纯真的爱情描写、女方的变心以及"四人帮"的迫害）放在一篇小说里，其内在联系的意义在哪里？

另外，还有一种情况，前面大半篇淋漓尽致地描写了"四人帮"对一个老干部的迫害,并且株连到他的妻子及女儿,这个迫害他的人,正是他过去的部下,而且是他一手提拔起来的。在"文革"中他靠所谓揭发(捏造)他,取得"上头"信任,步步上升的。但这个人非常恶劣,是一个典型的"四人帮"的爪牙……迫害的结果,老干部含冤死去,他的妻子神经错乱了,女儿被剥夺了一个青年人应有的权利……待"四人帮"被打倒之后,情况慢慢变了,对老干部补行了骨灰安葬仪式,由于多方照顾关心,其妻子的病也减轻了,其女儿也分配了较适合的工作。总之,打倒"四人帮"之后,一切都好了。这一来,这篇小说到底想达到什么目的呢?要在读者的心灵上引起一种什么感情呢?如果后面写得那样令人欣慰,那末前面大半篇幅描写被迫害的章节,不是全功尽弃了吗?

写小说(戏剧)总是有明确的目的,作者总是怀着鲜明的爱憎感情的,不能满足于生活表面,也不应满足于社会上某种事件过程的描写。作者写小说的目的,应当把自己认为可爱的人写得让读者也热爱,把自己认为可恨的人,写得让读者痛恨。

因而,后一篇末尾所出现的"光明尾巴",不仅使前面的悲剧前功尽弃,失去了应有的效果,而更严重的是破坏了这篇小说的主题。前面写的迫害,在"四人帮"横行时期是典型现象,是暴露"四人帮"及其同伙的恶劣本质最典型、最具有特点的暴行。这类暴行造成史无前例的社会悲剧,其根源就是万恶的"四人帮"及其阴谋诡计。而在"四人帮"被逮捕之后,它的爪牙以及他们的谬论邪说,仍然猖狂一时,甚至直到如今,还不能说在我们一些要害部门或实权岗位没有他们的影响……总之,不应该有一条"光明尾巴",顶多保留安葬仪式一节,换上那个"由那位老人亲手提拔、又由他亲自把老人迫害致死"的家伙窃居高位,虽然表面上那末露骨了,但节骨眼上依然在继续作恶……这样,小说的上半篇的残酷迫害就不是白费,更不会前功尽弃,读者会把这种迫害所激起的仇恨一起集中到那个狡猾、毒狠的爪牙身上。这一来,小说不仅有着强烈的爱憎,而且它的现实意义也就更引人注意了。

同样道理,前面那篇小说也应该当从情节上加以改变:应把破坏爱情的元凶放在那个"四人帮"爪牙身上,绝不应该把责任推给一个纯洁的女青年……

一九七九年四月九日晚,枕边

读《谈"问题小说"》*

不能说"问题小说"都从生活出发

不从生活出发,是"问题小说"的特征,是症结。

把"主题行动""从路线出发"与"问题小说"截然分开,只会模糊问题的实质。

以政治学观点作为出发点,去写本质,去写"问题小说",其主观动机一般是好的,但不能说它的存在点是"艺术上的不足",更不能说它"从现实出发"。

个别形态的特征,还是需要"筛选"的,即选择有本质特征的个别形态的细节、场景……来概括、集中、联想……并不是一切"偶然的琐碎的特殊的远离本质"现象都可用。

什么叫作"艺术"?什么叫作"创作"?

"问题小说"——从概念,从抽象出发……恰恰是破坏"艺术创作"的规律。

为问题而问题,只能说是他们的目的,不能说是他们"创作"的目的,因为他们根本抛开了创作规律,根本没有"创作",因而他们混淆了文学与科学的界限。

只"筛选"一些适于表现本质特征的现象,是应该的;问题是这些是否都带着独特的个别的形态。如果是独特的,又有特征的,只要这两者统一起来,深刻的形象才能出现。

他们写的不是生活现象,不是个别形态的现象,而是抽象的、一般化的"本质"

---

* 本文未曾发表,据萧殷手稿录入。

符号，因此，生活的丰富性、生动性、复杂性被阉割了，变成了本质的图解，所谓现象变成了表达主题思想的工具。

"它们固然也从现实出发，但不是从现实的人出发，而是从现实的社会问题出发"，这提法是不妥当的。"现实的人"，离开了现实将成为什么呢？

从概念出发所表现的所谓"本质"，因其脱离了特殊性和个别性，失去了它在特定环境的特定特点，因而很难说它是"真实"的，是"客观存在"的。

（原文是：尽管它反映的本质是真实的，所提出的社会问题是客观存在的，可是生活现象的具体描写就不真实了，人物形象的塑造也不真实了，整个艺术真实被破坏了，真切感人的艺术力量也随之失去了。）这一切都没有了，怎么能承认它的"本质"是"真实"的，是"客观存在"呢？

不从人物性格出发，情节发展不以性格冲突为中心、为轮轴、为线索，必然把人物当木偶，这是问题的实质，不管"躲在小说后头，还是前头"，都是作者以概念为主导的。

（原文是：这种创作现象人们早已不满，往往只把它的弊病归结为议论太多，我认为未抓到要害，因为作者完全可以不发议论，不出来说教，却只躲在小说背后操纵，将他的人物当作牵线木偶。这实际上与直接议论说教并无质的不同，仍然是图解问题，仍然是概念化公式化的。）

作家只是做人类灵魂的工作。普列汉诺夫说："艺术的主要对象是人。""性格就是整个艺术表现的真正中心"（里格尔）。着力写了人，也就反映了社会，也就同时自然而然地揭示了社会生活的某些本质方面，提出某些社会问题。所以，作品中出现了社会生活的画面，乃是人物活动起来的结果。

作品只按生活逻辑，只照性格逻辑去行动和说话。因而，人物的行动，有时与作者的某些意图（离开了人物性格的意图）相反，其结局也与作者始初的预料相反。

人物之创作，要自然然地来自生活，来自作家的心灵，来自孕育的成熟；否则，人物不可能活起来。（有人说，如果人物不能独立自主，而只是听凭作家摆布，说着作家要他说的话，做着作家要他做的事，这时尽管写起来随心所欲、得心应手，还是不写为好。）

文学是潜移默化，不是立竿见影，是以情成人，不是以理服人，是"唤起善心""培养人性"，不是给人讲道理、摆理论。

使读者受到情感上的感染，引起共鸣，与人物同笑同哭，爱作家之所爱，恨作家之所憎。在审美享受中，在不知不觉、潜移默化中，陶冶性情，洗涤灵魂，提高道德情操，从而使自己的灵魂更完善、更高尚。

完善人的灵魂，不能与社会教育、社会影响对立起来；以为完善人的灵魂只能用形象感染，是片面的、已脱离实际的看法。

文学不能从问题出发，不能从概念出发，如果能通过生活，通过有生命、有气血的性格体现出社会生活中某方面本质或重大问题，它同样有艺术感染力，同样有以情成人的强大力量。

反映生活，反映社会，当然要反映它的矛盾和斗争，因而，反映社会问题，也就是自然的、合理的。

千万不要把写人物与写社会生活对立起来；

"从人物画廊中，从人物的灵魂深处，观照自己，观照别人，引起共鸣"，固然能起到潜移默化的作用；那些"通过有生命、有个性的人物反映了社会某些重大问题"的作品，也同样有潜移默化的作用。

因此，提出"在创作中提出社会问题，作为文艺'顺带'任务，倒是合理的"提法，是不妥当的。

要注意，强调写人，写人的灵魂，千万不能跟写生活、写社会生活对立起来！否则，就让写人的灵魂会变成空中楼阁，变成没有现实内容的幽灵。

"问题小说"与"文学是人学"，从产出过程说，是对立的。

论者既强调"人学"，既强调从人物出发，从性格逻辑出发，怎么又把"问题小说"的"从路线出发""主题先创"分开来呢？从事创作的人虽然各有各的目的，但都从概念出发却是一致的。我们就要反对这种倾向，这是我们的出发点。否则，只会模糊我们的论点。

〔原文是：我对这类作品（问题小说）多有微词，便是从艺术角度而发的。责怪它们，把它们说成是艺术的"废品"，必欲置之死地，固然十分错误，说它们不是艺术，只是艺术"赝品"，也不公正，将来也还是在艺术园地里给它们留一席地位。〕

本文作者对"问题小说"并未对准目标，有时说它"从生活出发，从现实出发"；有时又说的思想性、战斗性甚至它的艺术性不能抹杀。

如果"问题小说"，主要是指"不从生活出发"的那一种，它自然谈不上思想性、战斗性与艺术性。

全篇是批评"问题小说",即反对创作从概念出发、从问题出发。

而在本文临收尾时却肯定"问题小说"。这使人感到文章观点模糊:作者在这问题上拥护什么、反对什么,使人摸不着头脑。

这证明作者的立足点不稳定,即持立论不明确。

一九八一年一月十日于桃花村

243～358

文艺时评

恐惧与无畏*

一九四一年冬季，德国强大的机械化兵团，使用着各种最精锐的作战武器和最现代化的战术，疯狂地向莫斯科猛扑。然而莫斯科不仅始终没有被攻陷，而且成为一座最最坚强的堡垒，给法西斯的军队以严重的打击。当时保卫莫斯科的雄师，正是著名的潘菲洛夫将军所率领的部队。他们是怎样保卫莫斯科的？如果单看塔斯社的电讯，使人很难完全理解。

这本《恐惧与无畏》（第二部），却具体地回答了我们的疑问。全书描绘潘菲洛夫师团中的某一营的作战活动，这个营却正是当时保卫莫斯科雄师的缩影。从这个营的作战精神与作战艺术，我们便可以窥见潘菲洛夫作战学说的一部。

许多谈及战争学说的书，都是以抽象的理论来说明，然而《恐惧与无畏》却是通过情节与形象来表现。我读这本书时，仿佛觉得自己置身于莫斯科西郊，每一动作宛若自己所亲见，即周围的景色也宛如摆在眼前。读完之后，再回忆全书内容，我（一个不懂军事学说的人）竟发现其中有许多作战的奥妙与所谓战争艺术。读完此书后，一个门外汉尚有所获，这本书对于有作战经验的同志，一定可以得到更多更宝贵的启示。

潘菲洛夫将军常常强调"要用脑筋作战"。我也记得斯大林曾一再强调过"战争艺术"。但是读过之后，只留下一个抽象的概念，到底这句话对于真正作战的意义与作用如何，却一点不了解。而"恐惧与无畏"却拿具体的情节给我说得清清楚楚：一个革命的指挥员，如果只凭勇敢作战是不够的，他应该时刻掌握敌人的作战规律（有时还要假设可能发生的突然情况），去布置战斗，一个指挥员应该不断地分析、综合

---

* 载1946—1947年间《冀中日报》，具体日期待考。

敌人不断变化的作战规律，根据敌人的规律，要不断灵活地改善自己的作战方法。要做到这一点，指挥员必须常常"绞脑汁"。

这本书的全部描述过程，就是指挥员"绞脑汁"的过程。为什么要"绞脑汁"？怎样布置作战？怎样消灭战士们的恐惧心理，使他们变成无畏的勇士？一个指挥员怎样去教育战士？在最危急的情况下，怎样去影响战士们的情绪？在战线被击破，一部分战士发生动摇的时候，指挥员应该怎样挽回危局？当部队已被敌人包围时，指挥员应该怎样？等等，都不是我这篇短文所能说明的。读完《恐惧与无畏》一书后，自然可以得到满意的答案。

谈谈文艺批评[*]

一

近年来，——除了东北在去年曾广泛地展开了对萧军思想及其文化报的批评之外——一般说来，解放区的文艺批评活动，是很不够的。其中原因固然很多，但最基本的原因却是由于对文艺批评工作认识不足：一方面，有些从事文艺批评工作的同志常常从"个人得失"出发去考虑问题，顾虑很多，怕得罪人，不敢大胆对作品提出意见。实际上，这是对创作没有责任心的表现。另一方面，有些作者或读者有这样的论调，认为不要对作品提出过多的意见（意思就是不要批评），否则，就会打击作者或其他初学写作者的写作情绪。这种论调反过来，又影响了文艺理论工作者，使他们增加了更多的顾虑。

这两种态度都是消极的，都足以妨碍文艺批评与自我批评活动的展开。

二

人民的文艺正在新中国的土壤上生长，它正在发叶，开花，还没有完全成熟，因此，无论在作品的思想上艺术上都还在摸索时期。虽然我们在摸索中已获得了一些光辉的成绩，但这不等于说我们的文艺已经成熟。就现在说吧，我们的文艺创作仍然还存在着许多亟待解决的问题，如好些作品写得太表面化、概念化、有客观主义的倾向，还缺少思想内容，在形式上还严重地存在着公式主义等，都需要批评家们深入研

---

[*] 载1949年5月26日《文艺报》第四期。本文为1950年2月版《论文学的现实性》收录的版本。

究,并给以理论的解决。

虽然我们的文艺创作活动是群众性的,可是,作品的写作却是各个人单独进行。因为各人对问题看法还有差异,在文艺表现方法上也不一样,因此,在作品中就不免产生了许多偏差,其中有新鲜活泼、适于表现新的现实的东西,也有陈腐不堪的老八股、洋八股和新八股。有以政治术语歌颂近几年的历史的,有以旧小说的笔调描写新生活的,有把一件事情从头写到尾而毫无中心思想的,有专写表面现象的,还有"纯客观"地看见什么就写什么的,有人强调写"真人真事",但也有人反对的,有人主张凡创作一定要配合目前运动,但也有人认为不一定都如此的,等等,这种种现象,是从旧到新的摸索过程中所难免的,不足为怪。但是,如果不展开理论探讨,而让它自流下去,就很可能造成混乱,使初学写作者"无所适从",不知究竟怎么办才好。结果只会造成一种人盲目地"故步自封",一种人盲目地互相模仿,还有一种人因主见较少,由怀疑自己的写作而产生了畏缩不前的苦闷。

只有文艺批评工作者负起责任,以正确的观点对各种文艺现象(文艺活动与文艺创作)加以缜密的研究分析,从思想上和美学观点上说明哪是好的、哪是坏的;并通过作品的批评,肯定一方面,否定另一方面,发扬正确的一面,批判错误的另一面。如果文艺批评能够经常地在思想上、艺术上给创作者以理论的指导与帮助,或常常互相讨论研究;那么,上述那些盲目的"故步自封"或盲目地互相模仿的现象,就会终止,同时各人所"摸索"出来的经验,才可能通过文艺批评而得到交流。如果能够这样,那么,新的人民的文艺就会迅速地成长、茁壮起来,而逐渐达到成熟。

三

文艺批评的任务既然如此繁重,那么,从事文艺批评工作的同志,就必须有高度的责任心,和相当的马列主义的修养和文艺修养。否则,所谓实事求是地分析作品,就没有可能。必须认识到:文艺批评的目的并不是削弱创作,而是鼓励创作和帮助创作,使创作更提高一步。因此,马虎从事,胡乱批评,只会妨害文艺运动与文艺创作的发展。

因此,我们首先要反对文艺批评的教条主义。过去,曾有人拿一个原则或革命领袖的某些词句来"套"作品的现象。凡是"套"得上的就好,"套"不上的就坏。"批评家对作家说:'这做得不好,因为我们的导师们关于这点不是那样说的。'但是他们不会说：'这是不对的，因为现实的事实与作者的叙述相矛盾的'……"（高尔基：苏联的文学）这样的批评方法，其结果只会格杀了作品的生命。

　　文艺批评必须从作品的实际出发，不能从批评家脑子里的观念出发。作品的好坏首先决定于作品是否正确地反映了现实（正确地反映了现实，主题才会是正确的积极的）。其次才决定于表现形式是否恰好地表现了思想内容。如果这两者都做得很成功，那么就可以说：这作品既具有思想性又具有艺术性。

　　其次，我们也反对文艺批评的技术观点。有人离开作品的主题，离开作品中所反映的现实生活，只吹毛求疵地挑出作品中某些枝节的技术上的问题，就大肆非难，这样批评的结果，也会抹杀作品的生命。我们认为批评一篇作品必须先把握住最基本的一环，然后再向四面八方探求其原因，如果基本环节上错误了，探求出来的原因就能说明它为什么错、错在哪里。但如果离开作品最基本的环节，而纠结于烦琐的技术上的小节，那么，作品就很难得到合理的评价，而对作者也不可能有什么帮助。

　　技术观点的产生，根源于缺乏政治理解和缺乏对现实生活的关心。

四

　　曾经有一些作家向批评家提出希望，希望他们批评得具体些。他们认为批评得不具体，就不能解决任何问题。所谓"不具体"，可能是指下面两种情形：

　　（一）如前面所说：批评家只从文艺定义出发，拿原则去"套"作品，不分析作品，不从作品中去发现问题，也不分析这问题产生的原因；只说"好"或"不好"。像这样不具体的文艺批评，不仅对作者没有帮助，对读者也没有帮助。

　　（二）虽然有些文艺批评，认真分析了作品，指出了缺点优点的产生原因，但有些作者也不满意，他们认为只指出原因仍然是不具体的，他们要求比指出原因更具体的东西，甚至有少数作者希望能不经过自己思考就可以解决具体问题的文艺批评。这是不可能的。写文艺批评的人只能根据作品加以分析，找出产生优点或缺点的法则，指出一个方向，这方向是否走得通，要看批评家是否有深刻的分析与判断力。如果指出的"法则"和方向是正确的，那么这批评是否对作者有帮助，就要看作者自己的劳动来决定了。

一条走不通的歪路[*]

一

读了叶蠖生的《关于中国旧文学的技术水平和接受遗产问题》（见第六期《文艺报》）一文后，它给了我这样的印象，即：中国的古典文学没有什么艺术的遗产可以接受；中国民间文学也没有什么艺术的"技术"（姑且暂时借用这个词）可以学习。前者，他说得明明白白，后者，他流露得隐隐约约。

虽然叶蠖生曾抽象地表示"这并不等于我们否定了这些遗产"，但他却很具体地认为："我们所要接受的主要东西，也正是从那里可以了解古代的社会意识和文学的源流变迁，而不是简单地模拟或赏玩这种低下的技术。"当然，单纯的"模拟"或"赏玩"是不对的，但是请问："低下"的"技术"（应该说是表现方法）能反映"古代的社会意识"和说明"文学的源流变迁"吗？如果以为只从文学遗产中"了解古代社会意识"和"作者所处的社会时代"，那么历史记载就足够了，还要文学干吗呢？但如果认为"文学作品比任何历史叙述更亲切"的话，那么为什么又把文学遗产说成是"低下"的"技术"呢？

叶蠖生硬说中国古典文学技术"粗疏""低下"和"低级"。虽然他一再表示要用"科学方法分析认识这些遗产""才能够扬弃地加以吸收"，这种主张本来是不错的，但他又补充说，"话又说回来，我们接受的还是这些作品所代表的社会的个人的思想感情，而不是他的技术"。

叶蠖生既然如此"认为"，那么，在中国的古典作品中，还有什么艺术遗产可以

---

[*] 载1984年4月版《萧殷自选集》。

"扬弃"地接受呢？

二

叶蠖生认为："既然资本主义社会的生活水平比之封建社会的更高级，也就允许在这样的社会中的人们的思想更细密、更科学化，反映在文学技术方面自然也不能例外。"如果按照叶蠖生这样的逻辑加以推论，那么旧中国的人民文学的"技术"，一定是更加"粗疏"得"可观"了。因为在封建势力压迫下的中国人民的生活水平，显然是比不上资本主义社会的生活水平，因而，他们的思想，"当然"也比不上资本主义社会的人们那样"细密"、那样"科学化"了。如果再按照叶蠖生的"社会的发展进化，作为人类精神产物的文学技术也是发展进化"的观点加以推论，那么中国人民文学的"技术"，当然就更"低级"了。

既然叶蠖生认为《水浒传》《红楼梦》《西厢记》中某些缺点是中国古典文学"技术""低下"的证明，并加以指责，我想叶蠖生对于中国民间文学的"技术"，也会抱同样的看法。我为什么这样猜测呢？因为旧中国的农民不是也常常流露着"不科学"的思想？在农民歌谣中，不是也有时显得"单调"吗？在他们的歌谣中不是也有地理上的错误吗？他们用字不是有时也不会"照应"吗？如果这就是叶蠖生所指的文学"技术"的话，那么中国民间文学"技术"的"低下"，当然是"到了很可观的程度"了。

既然这样，那么，民间文学还有什么艺术价值值得学习的呢？

但是叶蠖生在谈及劳动人民的作品时，为什么不正面提出他对这些作品"技术"的看法呢？也许是因为不在那篇文章的范围之内，故简略了吧？但是，叶蠖生对于民族的文学遗产，为什么总是那样抽象地肯定，而又那样具体地否定呢？这是值得深思的问题。

三

叶蠖生既然这样明明白白地否定了中国古典文学的艺术遗产，又那样含沙射影地否定民间艺术的"技术"，那该怎么办？而中国又不是资本主义社会，也还不是社会主义社会，哪里去接受遗产呢？在什么基础上来建设我们的社会主义文学艺术呢？完全向外国搬运"舶来品"吗？或者是截断中国民族的艺术传统，来一个"别出心裁"的文学建设呢？

老实说，这是一条走不通的歪路。关于这点，列宁说得很好，他说："无产阶级的文化，并不是从谁也不知道的地方跳出来的东西，也不是那些自称为无产阶级文化专家的人之发明，这完全是胡说八道。无产阶级的文化应当是那人类的资本主义社会、地主社会、官僚社会压迫下所造成的智力的合乎规律的发展。"又说，"应当明确地认识到，只有确切地了解人类全部发展过程所创造的文化，只有对这种文化加以改造，才能建设无产阶级的文化，没有这样的认识，我们就不能完成这项任务。"（《青年团的任务》）

中国新文学艺术的发展，也应该是这样。它不能脱离民族历史的艺术传统的影响，它应该是封建社会、半封建半殖民地社会压迫下所创造出来的艺术的合乎规律的发展。

因此，我们不能同意叶蠖生的论点，这种论点对于我们新文学的建设是有害的。当然我们也应该反对另一种倾向，那就是毫无批判地"全盘接受"遗产，甚至认为中国所有的古典文学都是完美无缺的。如果这样，对于我们新文学的建设也是有害的。

一九五〇年二月于北京

再深入一步[*]

复仇，为自己的父母、兄弟或姊妹的死难复仇，因而勇敢地走上前线，向帝国主义者射出复仇的子弹，这些事迹是可歌可泣的。

但在许多文艺作品里，常常却有这样类似的描写：

"这一天母子把饭要，路过美国驻军营……追上来三个美国兵……谁知道，三个畜生，一把抓小二他母亲……天爷呀，叫天天不应，叫地地不灵，轮奸了多少次，拉出营门一脚踏在地流平。"……"小二把母亲埋葬好，流浪街头度光阴，日月如梭快似箭，霹雳一声解放了北京城……小二心想雪仇机会到，挺起胸膛去报名……"

作为文艺作品，仅仅描写为个人血恨去打击敌人，仅仅只求达到个人泄恨的目的，显然是十分不够的。帝国主义直接在我们个人身上所造成的灾难以及我们的复仇行为，应该而且必须去描写，问题要看我们怎样去描写。如果能通过某个个人的悲剧，深一步揭露出帝国主义与人民的对立，并真实生动地表现出帝国主义的存在正是造成某种个人悲剧的根本原因；那么，这样的复仇的行为，就不再是属于个人泄恨性质的东西，它就具有社会性质和深刻的社会内容，并将激励广大人民去做坚决的斗争。

现在，有意识地宣扬爱国主义的作品，的确一天比一天多起来了。但它们还缺少较深刻的思想内容。原因之一，就是因为我们的作者不仅还停留在个人泄恨的感觉上，而且还停留在个人泄恨的描写上。虽然，因复仇而参军的事实本身，已超越了"泄恨"的范围；但由于作者没有进一步去认识，结果使作品所达到的效果，仍然没有表达出更深刻的爱国主义的思想内容。

---

[*] 载1951年3月25日《文艺报》第四卷第一期，署名何远。

文艺作者应该抓住一切为帝国主义直接间接所造成的悲剧的事实，发掘其根源，艺术地描写出来。要使我们的文艺作品在抗美援朝保家卫国的运动中提高一步，使它有更深刻的爱国主义的思想内容，和更广泛的教育意义，必须在"个人泄恨"的认识上再深入一步。只有这样来描写复仇，才有积极意义。同时，我们也要求作者更广泛地更动人地去歌颂我们伟大祖国的建设，唤起更高的爱国主义的热情。因为如果对祖国没有强烈的爱，就不可能对帝国主义有刻骨的恨。

一九五一年三月于北京

想起一件小事*

有一次，几位同志围着桌子交谈观察生活和体验生活的问题，大家都认为只观察表面的动作、姿态是不够的；重要的是通过人物的行动与言谈去认识人物的思想感情。可是怎样去认识呢？一种意见认为观察得越多，对人物思想感情就会理解得越深刻；另一种意见则认为，要深刻地了解人的思想感情，只靠观察是不够的，必须参加他们的生活与斗争，把自己与劳动人民放在同样利害的地位上，才可能深刻地理解他们。但是，彼此各持己见，争论不休。这时，我坐在屋角落里忽然想起一位同志曾告诉过我的一件小事：

那时正是夏天的中午，因为我的工作要严格遵守时间去办公，工作时间大家都紧张地工作，只有午睡时间，才有一小时休息的机会。这一天，我因为过分紧张地工作了一个上午，疲乏得厉害。可是刚刚睡着，突然一阵紧急的敲门声把我吵醒了，我以为有什么紧急的事情，急忙爬起来开门，可是迎面进来的，却原来是住在隔壁的G同志，他手里拿着一篇旧稿，说："这篇小说已改了两遍，你什么时候有空就看一下吧。"而且翻开原稿，念了起来，我困得连眼睛也撑不开，哪里听得下去呢？心里只是想："为什么偏偏要在这时候来呢？难道不可以在午睡以后来吗？"他还是念着，我还是想我的："你可以不上班，什么时候困了，你什么时候都可以睡觉，我呢？我可不行。不能午睡，下午我的工作就要受影响……"

这个回忆，给了我一点启发，于是我想着：只以旁观者的身份去观察生活，是

---
* 载1959年9月版《与习作者谈写作》。

很难理解得深刻的。譬如上述的那位G同志罢,我也是跟他很熟悉的,他妨碍别人午睡,本来是一件微不足道的小事。一个作家完成了一件艺术品的喜悦心情,也是可以理解的。但根据他平日的生活作风与创作作风来看,这件小事却足以说明他对什么人的思想感情也不很理解。他惯于走马观花式地去观察生活,搜集写作材料,从来不太愿意深入群众。在劳动群众中,他几乎连一个熟悉的朋友也没有。可是他的描写对象,却几乎全是劳动群众。这样写出来的人物,难怪读者说"都是些人影儿"了。他不但不参加工农兵群众的斗争生活,而且,除了写作之外,对任何一种文艺工作(如组织工作、行政工作、编辑工作……)都不感兴趣。除了爱自己的创作之外,什么他也不爱,除了他的写作劳动之外,任何劳动他也不太有兴味。因此,什么人的思想感情他也摸不清楚;不但工农兵群众的思想感情他摸不清楚,就是对于革命干部他也摸不太清楚。

　　想到这里,我发言了:"只冷眼旁观,是无法理解人的思想感情的。观察,是需要有一定的生活经验做基础的,否则,你就不能通过表象理解人的内心。那么是不是写一个被特务残害的人,自己就要先去受一番残害呢?不是。但你必须懂得一般被残害者的心情(这种心情的理解,是从零碎的直接体验与间接领会中所得到的),才能真实地写出这种人物的内心面貌。那么,为什么有些作者生活在一个同样的环境里,这个作者能深刻地理解人的思想感情,而另一个作者就不理解呢?我以为主要的问题取决于他站在什么立场上。如果他不站在劳动人民的立场上,即使他天天与劳动人民生活在一起,天天经验、观察,他同样无法理解他们。"

一九五一年四月

不要辜负了这光荣称号*

斯大林同志说:"作家是人类灵魂的工程师。"

因此,作家的主要责任,并不是传播技术知识或生产经验,而是改造和提高人们的品质和德性,激发和鼓舞人们革命的精神力量。

文学,如果离开了这样的目的,就等于放弃了它的责任。作家如果忘记了这样的目的,他就根本谈不到教育人民,更谈不到"以社会主义精神去教育人民"了。

很可惜,像这样的"创作",在我们的文艺刊物中并没有绝迹;相反,它们还占着很大的地盘。只要翻阅一下目前的文艺刊物,就可以看到:还有不少的作品,仍然是以技术知识或技术经验作为"作品"的主要内容;另外,也还有不少作品,仍然是以工作的方式方法作为"作品"的主要内容的。这难道不是事实吗?

对于这类"创作",不仅未受到应有的批判,反而被一些人称颂着,说"这作品配合了××运动,起了巨大的作用,推进了工作"。实际上,事情并不是这样。

现在,我们不妨平心静气地听听人民群众的声音罢!有个工人说:"写技术的戏最没看头。比如写纱厂的工人看台技术如何提高,这样的戏,纱厂工人是不爱看的(因为他们早已懂得这种技术,他们知道的要比作家所知道的还要多得多)。而建筑工人或玻璃工人更不要看(因为看台技术和他们没有多少关系,而且也看不懂)……"

另外,有个区干部说:"要学习某一运动的工作的方式方法,上级的指示不是更明了和正确吗,何必要花这么多的时间从小说里去学工作方式方法呢?小说家又不能在运动开始之前就把方式方法写出来,它怎么能在运动中起指导作用呢?如果运动过

---

* 载1953年3月2日《人民文学》三月号"短论",署名柳。

后才去写,那么这种方式方法还有什么用场?说是给别的地区做参考罢,可是工作的方式方法又不是死的,因为各地的具体条件不同,工作的方式方法也不能一样……"

这是一针见血的批评,应该引起我们严重的警惕!人民的文化艺术水平已逐步提高,一切无思想性的或思想性低劣的文学"创作",将来都会遭到人民的唾弃。对于这种类似"技术教科书"的所谓"创作",人民如果会以宽大的胸怀容忍过,那么从今以后,他们绝不会再"沉默"了。

当然,我们并不能因此得出结论,说技术知识或生产经验都是要不得的东西。不,不对!我只是说,传播技术经验或宣传工作的方式方法,并不是作家的主要责任;但我并不反对美术家有时去帮助卫生机关绘卫生挂图。不过也应该指出,即使这种卫生挂图绘得"很出色",它仍然不是"艺术创作"。相反的例子,如法国昆虫学家法布尔、苏联科学家伊林,都曾经用"散文体"写过许多生动易懂的极有价值的科学著作,这些著作在普及自然科学知识的作用上,其贡献是非常巨大的。但是他们并不把这些著作称作文学。虽然其中也有人,也有一些故事,但它们仍然不是文学。理由是它们的主要内容并不是写人,也不是写人与人的关系,更不是写人的精神世界,而是解说着自然界的现象。

作家的责任,显然应该与自然科学家、工程师和政治运动的直接指导者的责任有所区别。各种专门家有各种不同的职责,谁也不能代替谁。作家的主要任务既然是改造和提高人们的品质和德性,他们的研究对象当然应该是现实生活;作家不仅要研究人们与客观世界事物的关系,而且也要研究人们的内心生活。

……充分而全面地再现现实生活,恰好就是要求文学充分而又生动具体地表现人们的生活,即人们的思想、感情、去向、体验和态度。作家这样做当然是为了把自己的思想和感情传达给别人……(道布雷宁:"文学的社会意义。")

因此,作家如果不认真地去描写人与社会的关系,不去描写人们的思想、感情、去向、体验和态度,即不去揭露人的精神世界,那么,他的"创作"就不可能充分而全面地反映现实生活,也不可能有较深刻的思想内容与积极的教育意义。

作家如果放弃了对人及其心灵的描写,他的"作品"永远也不会对人的心灵发生任何作用。既然这样,那么,他哪里还够得上"人类灵魂工程师"的光荣称号呢?

一九五三年三月于北京

向文学汲取精神力量*
——为《文艺学习》讨论"作品内容与自己生活没有直接关系,读了有什么用"问题所写的总结

一

青年读者喜欢阅读描写自己比较熟悉的生活的作品,是一种很自然的现象,这本来没有什么可以反对的;但现在,我们为什么用这么多的篇幅来讨论这个问题呢?

其实,问题倒不在于是否喜欢阅读描写自己熟悉的生活的作品,问题在于由此而轻视或拒绝阅读那些所谓"与自己生活无直接关系"的作品。因为这牵连到文学任务的性质问题,牵连到文学作品的作用问题。所以展开一次讨论,把问题的实质弄清楚,还是很必要的。

据《文艺学习》编辑部统计,参加这次讨论的来稿共有三千五百多件。可见问题不是个别性质的,而是相当普遍地存在于青年读者的头脑中。这次讨论所涉及的问题很广,也很复杂,如果加以归纳,大约有如下四个问题:

(一)向文学作品学习什么?

(二)除了具有社会主义精神的正面人物足以作为榜样之外,有人认为其他人物(如反面人物或有缺点的人物)的描写,都没有什么价值和意义。

(三)作品的现实意义应怎样理解?

(四)什么是社会主义的精神?

在这篇文章里,我们打算试谈一下这几个问题,因为这是许多读者之所以产生片面观点的症结所在。如果对这些问题在观念上能有粗略的认识,那么存在于读者中间

---

* 载1984年4月版《萧殷自选集》。

的一些片面的、狭隘的甚至错误的看法，也许可以得到初步的澄清。不过，我们还必须声明一下：我们不可能把讨论中所牵涉的每个具体问题都谈到，但我们将尽可能地把所有具体问题中所包含的论点都加以粗略的讨论与分析。

二

文学的任务是什么？应向文学作品学习些什么？这虽然是属于常识性的问题，但许多青年读者还没有弄得很清楚，以至于对文学作品提出一些"额外"的要求，或对文学作品做一些极片面的理解；结果，妨碍了我们正确地去理解文学作品，甚至妨碍了我们以正确的态度去接触文学作品。

在这次讨论中，读者对于这个问题的意见是极其纷纭的。

斯大林说："作家是人类灵魂工程师。"意思是，作家应该把改造人的灵魂与提高人的道德品质的责任担负起来。事实上，我们的许多作家为完成这光荣的任务，曾不断地进行着严肃的刻苦的劳动，他们的作品也确曾给予人民以深刻的教育和巨大的精神力量。这已经是谁也不会怀疑的事实了。

然而，一直到现在，还有人把文学作为消遣品，这些人不承认文学是教育人民的工具，否定文学作品的社会作用，认为：要学习还不如读理论书籍或名人传记。

这种"消遣"的观点，正如另一位读者所指出的，"显然是资产阶级的文艺欣赏观点"，既然读者一眼就识破了它，我们暂时就不去谈它了。值得讨论的，倒是理论书籍与名人传记能否代替文学作品的问题。

有人说过这样的话："文学是教育人民的一种方式，但是如果文学不懂得它必须用与职业学校和政治学校不同的方式来完成这个任务，如果文学不懂得利用它特有的教育方法，那么它就没有完成它的使命。政治教育、职业教育、报纸专栏所进行的教育，这些都是很重要的。文学没有任何理由轻视这些教育方式。可是这些教育不能代替文学所给予也只有文学才能给予的教育。"（见约·里瓦伊的《作家的责任》）

这是一段非常中肯的意见。如果推论一下，我们也可以这样说：我们没有任何理由轻视理论教育的巨大作用，但也绝不能因此而忽视文学教育的特殊意义。各种教育方式都有它自己的长处，可是谁也不能代替谁去完成其所担负的使命。

那么"文学所能给予也只有文学才能给予的教育"是什么呢？文学的"特有的教

育方式"又是什么呢？

　　文学的任务是改造人的心灵，提高人的道德品质，它所使用的方法是形象感染。在基本任务上，它与伦理学有点近似，但彼此的教育方式却完全不同：一种是用道理去教导人民；另一种是以活生生的形象——有血有肉的、有个性的人物以及他们的遭遇去影响人民。理论，需要经过认真消化之后才能变成血肉的思想，才能影响人的世界观；可是缺乏生活经验的青年读者，却常常不容易完全理解它和消化它，这也是事实。而形象则不同，它是直觉的，用生活本身那样生动的形式，把生活本身所内含的真理传达给读者；如果形象打动了读者，它就会在读者的心灵里发生作用，经过潜移默化，逐渐会影响读者的世界观。形象是通过人们的性格、行动、关系等来表现的，因此它易于为缺乏经验的年轻人所接受和理解。

　　我们相信，理论在推理及逻辑性上是有巨大力量的，它对人们的教育作用是无可怀疑的；但是无论如何，它不能代替文学。

　　文学是用形象来帮助人们认识生活的。但作家描写的对象不是生活的全面，而是选择生活的某一个侧面来进行概括与描写；因此它给予读者的不是抽象化了的生活概念或生活规律，而是有血有肉有心灵的人物、是生活原有样子的情景与活动。通过这些，我们就看见了生活某一侧面的真实状态；不仅看见了栩栩如生的场景、气氛和人物的活动，而且也看见了人们的精神面貌等。

　　形象的特征还不仅仅是可感可见的感性形式，同时它还是提高了和深化了的生活现象的综合；形象不是生活现象的"如实"描绘，而是集中了许多同类现象的特征，经过深化和艺术的概括，所塑造出来的个别化的有生命的活动着的艺术典型。因而，它不仅能真实生动地表现生活，而且还能揭示生活的本质与规律性；它不但有感染人的力量，同时也有发人深省的思想力量。

　　这就是文学的特性。这种特有的教育方式，不仅理论不能代替它，任何其他的教育方式也不能代替它。

　　那么名人传记呢？应该承认，一些采用了文学方法写出来的优秀的传记，的确是有感染人和扣人心弦的力量；这是因为它们写得深刻、具体和生动，即是用形象的形式表达了某些生活和某种精神。但并非所有的传记都是如此的。另外有些传记，只是把一个人一生的经历平铺直叙地记录下来，这样的传记固然能够扩大我们的历史知识和政治知识，如事迹本身动人，也能或多或少地感染我们和打动我们的心灵；但如果能以艺术方法表现出来，我想，它感染与感动人的力量就会更大了。所以我们认为，想拿一般的"平铺直叙"的名人传记代替文学作品去完成"武装心灵"的使命，是有困难的。

*　*　*

有一些读者，对一些描写"异国情调"的、"完全不熟悉"的生活的作品或"奇闻异录"一类的读物很感兴趣；而对那些与他的"生活太接近的作品"，反而觉得"没有什么意思"。他们的理由是："它所写的既然是自己接近的生活，当然是自己早已熟悉的，它里面所要说明的道理我们已经学习过了；而且现在我们在党的教育下，一般都能够明确工作任务，认识生活，何必再去读描写这些生活的小说呢？"

我相信，只喜欢阅读描写"陌生生活"的作品的人，大概不会太多，可是这种观点——以为文学作品只是为了满足好奇心的观点和以为文学作品只是传授工作方法或"讲道理"的观点——却不是个别人的。

关于第二个问题，暂时按下不说，下一节我们将专门来讨论它；现在先来谈谈第一个问题。

一个人，想知道一些新鲜的东西，这种欲望本来是不错的，但单拿这来对待文学作品却不妥当。首先它会妨碍我们正确地理解文学作品，其次它会引导我们光是去追求"新奇"的东西，这显然不是阅读文学作品的主要目的。

许多青年读者在开始接触文学作品（小说）时，总是喜欢追求热闹的故事，这是很自然的；但应该告诉他们，文学作品的内容，不一定非热闹故事不可，更主要的是真实地描写生活，从生活描写中反映生活本身所内含的真理。如果生活矛盾是尖锐的，情节自然紧张和变化多，故事性就强。可是，并不是每篇作品都非有强烈的故事性不可。有些极有价值的文学巨著，能使人百读不厌，但是情节并不紧张，故事也不奇特，例如契诃夫的许多短篇小说。可见好的作品未必都是故事性强的作品；反过来说，情节紧张、变化多端的，也未必就是好作品，例如从前好些投机书商出版的侦探小说。作品的好坏，主要取决于它所描写的生活的深度与概括的广度，即取决于它是否能通过活生生的人物及其活动的描写，真实地深刻地反映了现实生活中的典型状态。

因此，文学不是"奇闻异录"，而是现实生活典型化的反映。虽然某些生活的描写（如探险队的生活、潜水艇中的生活等），可能给不熟悉这方面生活的读者一些新鲜的印象与认识，但是这不是文学主要的目的，这不过是作者在描写生活和人的精神世界时不能不涉及的环境描写而已。（在这些描写中，可能会出现一些读者不熟悉的机器、奇异的鸟兽，也可能出现一些异样的植物与样式别致的房屋等。）如果我们把这些看作是文学作品的主要内容，而且孤立起来欣赏这些"新奇事物"，那我们就不可能正确地理解文学所揭示的社会内容与历史内容。

更严重的问题，是这种观点影响了人们不爱阅读描写"自己接近的生活"的作品，这些读者的理由是这些生活是"自己早已熟悉的"。实际的情形却不一定都是这样：自己接近过的、见闻过的甚至经验过的生活，未必就是自己已经认识了的。我们虽则观察过不少的生活现象，广泛地接触到生活的表层；但却不能说我们就认识了这种生活。生活本质不同于生活现象，它不是一眼就看得清楚的，必须经过反复思考、再三分析研究之后，才能发掘出来。作家从事文学创作并不像照相那样简单，它是艰苦的创造性的劳动，是经过不断观察、不断感受、不断研究和不断概括的过程，然后才认识了事物的本质与规律性的。这说明文学作品不是表面现象的简单的"再现"，更不是"见闻"的记录；它是通过人的活动及其关系的描写，来反映现实生活的本质面貌的东西。

但是有些人满足自己的"见闻"，满足自己的一点经验；他们把"见闻"与"认识"两个概念混为一谈，把看见过或者经验过的事物，认为就是自己认识了的事物；其实他们很可能只认识了事物的形状或者事物进行的简单过程，而对于事物的实质以及它的发展法则却不一定有什么认识。

如果这意见是对的话，那么我们有什么理由说自己"接近的"事物都是"早已熟悉"了的呢？

如果承认文学能通过形象揭示现实生活的本质，那我们有什么理由轻视那些描写自己常常接触的生活的作品呢？

许多优秀的文学作品，它所描写的对象常常是我们时常接触的现象；可是当我们读了作品，不仅觉得它写得真实，而且还觉得它揭示出我们所没有意识到的问题，至少是我们还没有明确地意识到的问题。作家就是担负着这样的任务：把社会现象的实质揭示出来，不管是好的或是不好的，都从根源上给以揭发，使人们进一步认识现象的奥秘以及现象的社会根源或历史根源。正因为这样，所以人们常常觉得好的文学作品能帮助人理解许多东西：使不明确的明确起来；使认识不深刻的深刻起来；使没有意识到的鲜明起来；使那些只看见现象的，能看到现象的实质。这样的作品，不管它所描写的是你所熟悉的生活或者是你所不熟悉的生活，它都有一种力量，它能够帮助你深一层地认识生活，并引导你去爱这种生活或者憎恨这种生活。

* * *

另外有些读者认为读文学作品，主要是学习书中的人物怎样进行工作，用什么具体方法解决具体问题；他们称文学作品为"工作教科书"或"工作指南"。

这种意见对不对呢？我以为是不对的。另外，所谓"实用主义"或"实用性"的说法，也是不妥当的。

文学是有力的教育手段之一，这是大家都承认的。但是它与"学到就用"的某种技艺不同，与专门指导领导方法、思想方法或工作方法的读物也不同。文学的首要任务，不是教人用什么方法去工作，而是教人用什么精神和用什么态度去工作、去生活、去斗争和去做人；也就是说，它给人以精神的力量。它的内容主要是写人，写人的精神和性格；而不是写工作方法和工作过程。即使作家有时也写到方法，其最终目的不是传授工作方法，而是通过方法来表现人的精神与品质；从而集中地反映出现实生活和斗争的面貌，揭示社会的实质。

因此，把文学作为传授技艺或方法的教科书的观点，只会妨碍我们正确地去理解文学。我们既然承认作家是"人类灵魂工程师"，并承认文学作品能给人以精神的力量，那么我们就不能不承认描写人的活动、人的关系以及人的精神状态，才是文学的主要内容。理由很简单，要提高人的心灵，就必须写出人的心灵；不如此，文学就不能在人的心灵上发生任何影响，它就没有可能完成它的"武装心灵"的使命。

所谓"心灵""精神"或者"品质"，都不是抽象的、不可捉摸的东西，它们决定着人们对生活和对社会的态度。因此要反映人的精神与品质——他们的心灵世界，就不能不描写他们的生活，特别是他们与社会的关系以及现实社会对他们的影响。我们不能把写人与人的生活理解成两回事，因为现实生活影响着人的思想和品质，又由人的思想和品质所支配；而人的品质或精神，只有通过生活的描写才能表现出来。

人的生活也是多样而又复杂的：有家庭生活，有社会生活，有工作，也有政治活动。只要具有特征的，都可以描写，而且应当描写。描写这些生活的目的，是为了从多方面去表现出人的性格,使它包含更丰富的社会内容,具有更广泛的概括性。

性格越有广泛的概括性和越有社会内容,读者就越感到亲切,越容易被感动;而读者在心灵上所受到的影响就越大。

现在,我们大概可以明了文学任务的性质了:我们不是向文学吸收工作方法或领导方法,重要的,是向文学吸取精神力量。

*　*　*

在这次讨论中,许多读者都强调所谓"与自己生活有直接关系的作品"读起来才会感到亲切,才有直接的教育意义。理由是:"容易理解书的内容,读起来也感兴趣;对读者的帮助教育作用大,能够实用……"因此认为"大学生们读《三个穿灰大衣的人》《大学生》,就比读别的作品起的作用大;矿山、工厂的同志们读《远离莫斯科的地方》就比读《金星英雄》作用大;部队同志们读《日日夜夜》就一定比读《红楼梦》要强得多;农村干部读《暴风骤雨》就比读《水浒》帮助大"。

现在,我们不打算具体地来讨论某本书对某部门的人的作用如何,另一本书对该部门的人的作用又如何。这种比较是无意义的,而且这种"比较"的本身就包含着片面的观点。我们不否认一部描写着某人"所熟悉的生活"的作品,会对他发生巨大的影响;但是如果因此而抹杀了那些描写"与自己生活无直接关系"的作品的教育作用,或因此而否认这类作品对他自己的教育作用,却是不妥当的。

主要问题是由所谓"直接关系"或"直接教育"而来的。依照这些读者的理解,只有那些在工作性质上与自己相同的生活,跟自己才有"直接关系",也只有描写这种生活的作品,对他才有"直接教育"的作用。他们之所以有这样的看法,主要是由于他们只想机械地效仿书中人物的某些个别行为,而不是从这行为中所体现的精神去吸取力量来武装自己。就是说,他们只会在同一性质的事情上去做呆板的模仿,而不善于把这种精神贯彻到其他活动中去。譬如说,书中的人物用刻苦的精神去钻研功课,某些读者就认为这种作品只对学生有用处,对正在钻研功课的人才会感到"亲切"和有"直接教育"的作用,好像这种刻苦精神对于任何别的工作都不需要似的。

据我们所知,凡是优秀的作品,都不会只描写一种行为或一个动作。作家为了鲜明地表现他的人物的精神面貌和性格,常常需要描写一连串的行动和情景。有些读者为什么孤立地去欣赏某些个别行动,而忽视了由许多行动所体现出来的人物的精神面貌呢？为什么不从人物的精神上去吸取力量，单单去计较人物的个别表现呢？有人读了《普通一兵》之后说："我觉得这本书对我没有什么用处，现在已经没有战争，将来我也不想当战斗员。"难道由这一连串的英雄行径所体现出来的高度爱国主义精神，以及由此而产生的自我牺牲的高贵品质不能贯彻到别的工作中去吗？马特洛索夫的伟大品质难道只有在战场才能发挥它的作用？显然不能这样来理解问题。

说起来，道理似乎很简单，也很容易明白。可是，正是因为有些人还不十分了解这样简单的道理，才有所谓"直接关系"与所谓"直接教育"的说法。

前面我们已经说过，文学是生活教科书；而革命的现实主义文学，还能按照共产主义的道德标准来改造人的心灵（品质）。它所描写的社会现象尽管是多种多样，而某些现象、活动和环境尽管对某些读者来说是比较陌生的，但是并不会妨碍文学去传达作者的理想、主张和对生活的判断，也不会妨碍读者去理解书中人物的思想感情。

在人类社会中，尽管有各行各业，尽管有各种不同的机械和它们不同的运动过程，但总是人在操纵着，而且在起着决定的作用。而人的品质、意志、作风、态度等，一般说，是能够互相理解的。不说别的，就说读者常常提起的保尔·柯察金吧，他的生活和斗争，也并不是所有读者都经验过或者都熟悉的；然而绝没有因为不熟悉就妨碍我们去理解保尔·柯察金的不怕任何困难、顽强斗争的意志和精神。事实上，我们不仅能理解这种精神与意志，而且深深被感动了；有些人，因为受了这艺术形象的伟大感召，还激起了行动的热忱，发挥了积极性与创造性。

因此，所谓"隔行不隔理"，是有它的道理的。

既然文学不是传授技术经验的读物，可见它并不强调各行各业的特殊技术的描写。即使偶尔写到，也不是为了传授技术经验，只是为表现人物和环境所必需。如果从这样的前提出发偶尔描写一下操作过程，也绝不会像某些读者所说的那样"读不下去"和难以理解的。

事实上，的确也有一些专写某一行业的"文学作品"，这种作品里写着那一行业特有的许多术语、窍门、技术，使外行的人简直读不懂，没有办法弄清楚它说的究竟是些什么。这确是使人不易理解和不感兴趣。但是造成这种不易理解和枯燥乏味的原因，绝不是像某些读者所说的"是由于作者描写了我们不熟悉的生活"，不是的，主要是由于作者抱着传授技术经验或传播工作方法的错误目的去写作：这类作品不惜连篇累牍地罗列机器名称，并不厌其烦地叙述着操作过程；至于操纵着机器的人却完全看不见,完全被机器的描写或事件过程的描写淹没了;不仅读者摸不清人的精神面貌,甚至连他们的模样、姿势、神情等也闹不清楚。像这样的作品,读者怎么能充分理解并感到兴趣呢?

三

在这次讨论中,由于有些读者还没有弄清文学的性质,因而对于作品的现实意义的问题,也产生了一些片面的狭隘的看法。其中有一种比较普遍的意见,认为今天中国人民的革命,已进入社会主义革命阶段,只有揭露资产阶级的丑恶思想与作风的作品或直接告诉人们如何走向社会主义社会的作品,才有现实意义。同时认为离开了这些内容的一切其他文学作品,都"已失去现实意义"。

这样的观点,显然是不正确的。用这么狭隘的眼光来理解作品的"现实意义",是有害的。这种观点不仅会使一切优秀的古典文学巨著被抹杀,甚至总路线宣传之前的许多优秀的文学作品,也会被一笔勾销。

经验告诉我们,对于文学不能采取这样的态度;直到现在,苏联人民不仅热爱着法捷耶夫、绥拉菲莫维支的作品,同时还热爱着列夫·托尔斯泰、契诃夫、果戈理、普希金、莱蒙托夫、谢德林的作品。就是说,苏联人民不仅热爱一切洋溢着社会主义精神的优秀作品,同时也热爱着过去一切洋溢着民主主义精神的优秀作品。不仅因为它们反映了当时的现实斗争的真实状态,而且还从那些作品中吸取精神力量来武装自己。

毫无疑问,描写社会主义改造时期的生活与斗争的作品,只要它描写得真实而深刻,它当然会产生巨大的教育作用;但却不等于说,除了描写这样的生活内容的作品之外,旁的作品都没有现实意义。

我们不能把文学作品的现实意义理解为直接的处理问题的方法,即不能从方式方法上来理解文学作品的现实意义;不然,我们就会曲解它甚至埋没它。重要的,应当从精神上去理解文学作品的现实意义。

凡是站在时代先进思想的立场来观察并描写生活、真实地反映了社会生活的作品,不管它所反映的是什么时代的生活或什么性质的革命斗争,这些作品对于现在的我们,都有激励斗志和帮助我们具体地认识生活的作用。

《牛虻》那本小说就是一个例子,这本小说所描写的斗争,显然不是社会主义革命；可是它却能给生活在社会主义社会里的人以深刻的教育。卓娅和保尔·柯察金都曾被这本书的主人公及其事迹感动过，他们的心弦都深深地被牛虻的坚贞不屈的英雄气概打动了。我们许多青年读者不是也同样被牛虻的高尚品质感动过吗？牛虻所进行的革命虽不是社会主义性质的，然而，他的伟大的爱国主义精神，他为了理想而自我牺牲的崇高品质，以及他对于腐朽势力所进行的不屈不挠的斗争的坚强意志，等等，都是我们所喜爱的，应当当作精神财富的精华加以继承和发扬的。没有一个人能够说出这样的话："这种精神只有牛虻时代才有积极意义，对于正在建设社会主义社会的我们却已丧失了它的积极意义了。"既然这样，那么我们还有什么理由去否定那些站在时代先进思想立场的作者所写的代表着一定人民利益的文学巨著的现实意义呢？

社会是不断向前发展的，旧的事物不断被推翻，新的事物不断地建立起来。因此，鼓舞人们前进、激励人们去消灭一切阻碍前进的落后现象或反动事物的精神与意志，无论在什么时候都是我们所需要的。具有这种精神与意志的文学作品，不管到什么时候，都会被人民所热爱，人民也能从这些作品里获得精神力量。我们的民间传说《白蛇传》为什么一直到今天还为广大人民所喜爱？主要原因是由于它忠实地表达了人民的愿望，歌颂了人民的斗争，揭露了黑暗势力的罪恶。这样的作品，不仅恶势力存在的时候有它的教育意义，即使恶势力不存在的时候也仍然有它的教育意义：因为反对腐朽事物无论在什么时候都是必需的；否则，社会就不可能继续向前发展。

既然那些作家是站在时代最先进的思想立场，无疑他们的看法是与当时广大人民的利益相一致的，至少是大部分相一致的；既然作家站在这样的立场来观察和描写生活，其作品的精神和倾向必定与人民的某些愿望相吻合。这正是我们能够从中吸取精神力量的基础。

如果我们从这样的意义上向文学作品吸取精神力量，不是比从方法上或从技术上可以获得更多更有价值的东西吗？从这样的角度来理解文学作品的现实意义，不是更恰当些吗？

* * *

有一些读者只承认作品中具有社会主义精神的人物才有教育作用，认为其他人物（如反面人物）的描写，都毫无现实意义。能不能这样理解呢？显然不能。

如果拿这样的观点来对待文学作品，结果不仅过去一切现实主义的作品会被一概否定，甚至五四以来的某些优秀作品也会被一笔抹杀。因为这些作品的主人公只有民主主义的精神与品质，而没有社会主义的精神与品质，至少是没有充分地表露社会主义的精神与品质的。

谁都承认，正面的、具有社会主义精神的艺术形象，可以作为我们的榜样和效仿的对象；创造这样的形象，是目前我们的作家所应当努力完成的光荣使命。可是却不能把这一点作为要求一切文学作品的准尺，特别不能拿这作为要求古典现实主义作品的准尺；实际上，真实深刻地揭露了腐朽事物与反面人物的作品，也同样能教育人民。只要作家能通过艺术形象揭露了社会现象的本质，它就能提供丰富的历史内容与社会意义。

革命是要消灭一切腐朽的事物，为了要消灭它，首先必须清楚地认识它的真面目；因此揭露落后现象或反动现象，使它们的原形完全暴露在人们的眼前，并不是没有积极意义的。

一切伟大的古典现实主义作家所揭示的丑恶的社会现象和反面人物，对我们都有教育意义；通过那些作品，我们能更加具体地理解反动阶级所统治的社会面貌，以及生活在这具体历史环境中的人们的精神面貌。我们对于腐朽社会理解得越深刻，消灭它的意志就越强烈，对于类似的腐朽事物就越能敏锐地感觉到和认识它。反动的社会制度，在我国虽已被消灭，但反动阶级遗留下的意识和作风还没有绝迹，它的余毒仍然会在长时期内存在着，并继续毒害着人们的意识；必须认真地识破它，揭露它，使它原形毕露，使所有的人都认识它和痛恨它。而古典现实主义的作品，曾较充分地描绘了它的祖宗的原形，这正可以帮助我们更深刻地认识它的余孽。

要求所有作品特别是古典现实主义作品的主人公具有社会主义的精神和品质，是不可能的。理由很简单：古典作品产生在各个不同的时代和各个不同的社会阶层，作家因为时代的和阶级的限制还没有可能认识社会主义的世界观，更何况出现在古典现实主义作品中的人物也不可能是无产阶级革命时代的新人，因而作家不可能凭空赋予作品的主人公以社会主义的精神与品格。

四

现在，有许多青年读者为培养和提高社会主义的精神与品质，认真地去阅读文学作品，特别是具有社会主义精神的作品很受欢迎，应该说，这是好现象。可是在这次讨论中，还有一些青年同志对于社会主义精神的含义还不很了解。因此简要地谈一下还是必要的。

什么样的作品才有社会主义精神呢？

有人认为："只有描写社会主义国家人民生活的文学作品，才有社会主义精神。"理由是"只有在这样的国家中的人，才能按照社会主义的生活方式去生活，只有那些生活现象才可能有社会主义的精神"。又说："如果作家所描写的根本不是社会主义社会环境中的人和事，难道作家还能凭空制造些社会主义精神装进他所描写的人物和事物中去吗？譬如写今天中国的农村生活，还能写成集体农庄生活吗？"

很明显，这位读者把社会主义的精神和社会主义的生活方式、社会主义社会的现象几个概念混为一谈，把这三者看作是一个东西；好像离开了社会主义的生活方式描写根本就不可能有社会主义精神似的。实际上，这种看法是不全面的。

不错，社会主义现实主义文学是社会主义革命历史范畴里的产物，真实地描写社会主义国家的社会生活，能够更充分地更具体地体现社会主义的精神，这是毋庸置疑的；但是却不能由此得出结论说，只有描写社会主义国家的社会生活，作品才可能有社会主义的精神。

一篇文学作品是否有社会主义的精神，不完全取决于它所描写的对象是什么；更主要的，是取决于作家用什么样的世界观和站在什么立场去观察生活与判断生活。如果作家的头脑里塞满了非社会主义的或反社会主义的思想和情绪，即使他描写的是社会主义国家的社会生活，仍然不可能在他的作品里出现社会主义的精神。曾经受到批评的左琴科，他难道不是生活在社会主义社会环境中吗？他日常的所见所闻，不都是按照社会主义方式生活着的人们吗？然而他笔下的苏联生活以及苏联人民的精神状态却没有社会主义的精神，这就清楚地表明：即使是生活在社会主义社会的国度里，作家本人是否有社会主义的崇高理想以及是否有为这理想而奋斗的坚强意志，仍然是决定作品是否有社会主义精神的关键。

相反的情形有没有呢？有的，譬如高尔基的《母亲》就是一个明显的例证。当高尔基写作这部小说时，他的祖国虽然还没有建成社会主义社会，可是《母亲》却是一部洋溢着社会主义精神的巨著。什么原因呢？原因就是高尔基是一个坚强的无产阶级的战士，他怀着实现社会主义的强烈愿望，为实现他崇高的理想而进行不间断的斗争；因此他能够在亲身参加的俄国社会主义革命运动当中，站在布尔什维克的思想高度，观察和发掘出俄国无产阶级革命势力日益成长壮大的最本质的特征，创造出维拉索夫母子两代先进的英雄形象。高尔基不仅把斗争原有的样子表现出来，同时把斗争应走的方向也表现出来了。就是说，他不仅把大量存在的现象典型化，同时也把萌芽状态的先进现象典型化了。

如果上述论点正确的话，那么描写今天中国农村生活的作品为什么就不能有社会主义精神呢？是的，我们不能凭空地把过渡时期的中国农村写成集体农庄；可是不描写集体农庄，并不会妨碍社会主义精神的表达。那我们有什么理由说，描写社会主义改造时期的农村生活，反而不能有社会主义精神呢？

所谓社会主义的精神，主要是指作品鼓舞人们走向社会主义、激励人们为实现社会主义而斗争的热忱与意志；而绝不是凭空地"想象"出一个社会主义社会的远景。只要作品能有一股鼓舞人们为实现社会主义理想（而不是旁的什么理想）的力量；激励人们为实现社会主义去扫清各种障碍物的斗志；激发社会主义建设热情的……我们都承认它有社会主义的精神。

至于社会主义精神是否表现得充分，那是另一问题，这要看作者对生活的本质和规律性理解的深浅，以及对人物典型化的程度来决定。但不管其充分的程度如何，这类作品具有社会主义精神，却属无疑。

不过，我们也不同意另一种"放宽尺度"的看法。这种看法认为：凡是能引导人们向前走的作品，都是有社会主义精神的；因而把《水浒》也看作是社会主义现实主义的作品。

这明显是一种错误的意见。

在古典现实主义的宝库中，无数伟大的作品都曾起过并将继续起着推动历史、推动社会前进的作用；但我们却不能说它们是社会主义现实主义的作品。为什么呢？

因为社会主义现实主义与一般旧现实主义（或叫批判现实主义）所代表的革命性质是不同的。只有贯注着社会主义精神、鼓舞人们缔造社会主义社会的作品，才有条件称作无产阶级现实主义的作品。

谁都知道，在不同的历史阶段中，各有不同的历史任务。当封建制度妨碍着生产力的发展，而民主主义文学起来攻击封建制度时，毫无疑问，民主主义文学是引导人们向着历史应走的道路的；当资本主义制度已经腐败，资产阶级文学已发展到反动的地步，而社会主义的文学起来揭露资产阶级的罪恶，为建立社会主义社会扫清各种思想上的精神上的障碍时，无产阶级文学显然也是引导人们向着历史应走的道路的。虽然在"引向前进"这一点上是相同的，但为什么我们只称前者为民主主义的文学或资产阶级民主派的文学，而不称为社会主义文学呢？换句话说，为什么我们只称它为批判现实主义，而不称它为社会主义现实主义呢？原因就是由于这两者所导向的革命在性质上是不相同的，各自所追求的社会制度也是不相同的。

把这两者混淆起来，只会模糊我们的意识，松懈作家对于充分表达社会主义精神的努力。

* * *

综上所述，可以很清楚地看出，许多读者之所以对文学作品存在着片面的、狭隘的看法，主要是因为他们还不很理解文学的任务与特性。不要认为这是常识而忽视它，广大青年读者确实还懂得太少，从这次讨论中所暴露出来的问题就是证明。今后如果各文艺刊物能在这方面进行较有系统的教育，对于帮助青年提高文学知识，将有莫大好处。

一九五四年十月于北京西郊

生活应当和思想感情相融合*
——为《文艺学习》纪念毛泽东同志的《在延安文艺座谈会上的讲话》发表十五周年而作

一

远在十五年前,毛泽东同志谆谆地教导我们:要创造真正为工农兵的文艺和真正无产阶级的文艺,文艺工作者的思想感情必须和工农兵的思想感情打成一片;否则,你虽有一套大道理,群众并不会赏识它;因此,知识分子出身的文艺工作者,要使自己的作品为群众所欢迎,就得把自己的思想感情来一个变化,来一番改造。没有这个变化,没有这个改造,什么事情都是做不好的,都是格格不入的。我们既然必须和新的群众的时代相结合,就必须彻底解决个人和群众的关系问题。就一定要把立足点移过来,一定要在深入工农兵群众、深入实际斗争的过程中,在学习马克思主义和学习社会的过程中,逐渐地移过来,移到工农兵这方面来,移到无产阶级这方面来。……

一直到今天,这些智慧的语言仍然闪闪发光。时间虽已过去了十五年,然而毛泽东同志的教言,对于目前我们的现实仍然具有巨大的指导意义。

尤其是当党中央提出了"百花齐放、百家争鸣"的方针以后,认真地重温一遍毛泽东同志的这些教言,是非常必要的,而且是有益的。

在这篇短文里,我不打算讨论更多的问题,我只想谈谈作者的思想感情和生活素材相互融合的问题,同时,连带地谈到思想感情的改造与形象思维的关系。

---

* 载1957年5月8日《文艺学习》第5期。

二

在创作竞赛的过程中,我相信,能反映生活真实的又能打动人心的优秀作品,一定会逐渐地多起来,这是毫无疑义的。但是现在的情况,却还不能使人都满意。好的作品,固然不少,但干巴巴的枯燥乏味的作品,也不能说不多。在一部分青年作者所写的一些作品中间,以生活的浮面现象或表面细节来图解社会学概念的"作品",似乎并没有减少;冷漠地摹写生活表象的"作品",也仿佛还没有敛迹。

这种种现象之所以发生,一方面,固然是由于有些作者脱离了生活,不理解生活;另一方面,则是有些作者虽然掌握了一定的生活素材,但却无法融合这些材料。

生活素材既然没有与作者的思想感情相融合,自然就谈不上艺术创作了。毛泽东同志曾说过:"一切种类的文学艺术的源泉究竟是从何而来的呢?作为观念形态的文艺作品,都是一定的社会生活在人类头脑中的反映的产物。革命的文艺,则是人民的生活在革命作家头脑中的反映的产物。"这就清楚地告诉我们:文学作品,既不是脱离了社会生活、纯粹由作家头脑里空想出来的东西;也不是脱离了作家头脑的作用、只机械地描摹生活表象的东西。文学创作必须经过这两者(作者的思想感情和客观现实生活)相互融合、相互渗透的过程,然后才可能通过艺术形象,把作者最深切的感受和对生活最广泛的概括表现出来。也只有这样,文学创作才算完成。

可惜的是,我们有不少青年写作者,在进行写作的时候,常常没有经过这种"融合"过程,至少,"融合"得非常不够。这倒不是说这些青年作者有意这样做,事实上,这种情况是由下列两方面的原因所造成的。

一方面,有些青年作者错误地把文学作品与一般的宣传品等同起来。因而,当他们进行构思的时候,只为表达某一个概念而虚构一些情节,这情节只要能够把某一个概念传达出来,他们就很满足了,似乎用不着更多更复杂的劳动,也用不着什么"融合"、概括和创造的过程……

另一方面,有些同志曾接触了一些生活中的先进事物和先进人物,从理性上,他们认为这些事物和人物应当表现出来,可惜在他们心灵深处,还缺少与这些先进事物和人物相融洽的思想感情。虽然他们在政治上是拥护社会主义新事物,但在他们的心灵世界里,却还保留着好些与这些新事物格格不入的或者是不完全和谐的美学观点或社会观点。因而,他们对于这些新事物还缺少饱满的热情;对于新事物的感觉或感受,也不可能有较灵敏的感应。有时候,还可能对真正先进的品格没有感觉或感觉很浅,而对于沾在先进人物身上的某些缺点,反而感觉敏锐,甚至鲜明地、突出地感觉到。正因为这样,所以这部分作者尽管承认社会主义先进事物应当歌颂,但由于上述的原因,他们却不能从先进人物身上获得较深的较动人的生活内容。既然这样,人物和事物的先进特征靠什么来体现呢?其次,即使这些同志有时也取得一些能表现先进特征的具体内容,但由于他们的心灵深处存在着那种与先进特征不相和谐的思想感情,因而,摆在他们眼前的这些特征现象,也不过仅仅是一堆冰冷的材料而已。作者的思想感情与先进的特征现象仍然是两种互不相干的东西,没有融合,也很难融合。因此,写作起来,只是一堆缺乏生命的现象或一些事件的轮廓。作者既无法把自己心灵深处的热情渗透在作品中间,也无法对先进人物或事物的先进特征给以想象的补充,结果,作品自然就显得枯燥无味,缺乏血肉了。

这样的作品,不仅不可能有打动人心的艺术力量,而且也不可能有发人深省的思想力量。

三

大家都明白,写作者在进行写作的时候,是不能完全依靠他所搜集的材料;更主要的,是要依靠他自己的感受。一个写作者如果对生活没有丰富的感受,就想进入创作过程,那肯定是十分吃力的。这样"创作"的结果,自然不能创造出个性化的有生命的形象。然而,文学一旦失去了形象的具体性,失去了个性鲜明的形象,那么,作者还能通过什么来表现他对生活的判断呢?

有些人把个性化的形象只看作是作家表现概念、规律或范畴的一种手段,或一种方式;这看法,显然是错误的。根据这种看法,作家自己仿佛可以不去认识生活,只消把别人对生活所确定的概念、规律或范畴拿来,用"个性化"和"形象化"的技巧"装扮"一番。事实上,个性鲜明的形象绝不是文学的手段,更不是"装扮"的方式,它应当是作家对生活现象进行典型化创造的实质。

作家认识生活与社会学家认识生活,在思维方法上的不同,是大家早已知道了的。作家在认识和表现生活的过程中,不仅不抛弃事物的个别形态,而且通过个别形态来揭示生活中的本质和典型特征。因此,作家在接触生活的时候,不能满足于一般的认识——轮廓的或数量的认识；而是需要深入个别人物里面，一直深入人物的心灵深处。

要做到这一层，只靠冷眼旁观是办不到的；仅仅向有关的人间接地"搜集"材料，也同样不能真正了解人的性格和精神面貌的。除了深入地观察和深入地感受之外，其他办法是没有的。

然而所谓"感受"，并不是完全为理智所能驱使的；"感受能力"如软片上的感光质，如果没有感光质或感光质失去了作用，你硬要它对光和影有所感应，是办不到的。作者的感受能力也是如此，如果在作者的心灵深处没有那种思想感情（爱或恨），而硬要他对那种事物有灵敏的感受，同样是不可能的。

只有依靠你的心灵，依靠你精神仓库里储藏得最深最厚的、与你的身心结合得最牢固的思想感情去感受，你所感受的，才可能是有具体血肉的、深刻而细致的、带着激情和思想的情景和细节。也只有经过这样感受来的生活材料，才能与作者的思想融合起来，才可能创造出有血肉、有生命、有灵魂的形象。

当我们进入艺术创造，进入体验、认识人物的心灵世界的时候，同样应当以我们的全副的爱憎深入人物的心灵里；否则，我们就很难理解他们的精神世界，更无法表现他们的精神世界。

我再说一遍：没有强烈的爱憎，我们就不可能有灵敏的感觉和感受；同样也就不可能深刻地体验人物的精神世界。爱憎的感情如果衰退了，我们的联想和对生活的概括能力，也会跟着衰退。

这说明了作者自己的爱憎感情以及作者灵魂深处里的一切，对于艺术创造具有多么重大的影响！

四

但是我们还得弄明白：创作的规律虽然告诉我们，作者的心灵必须与生活素材相融合，才能进行艺术的创造；可是却不能由此得出结论说，无论用什么样的心灵和什么样的思想感情去融合，都能产生优秀的作品。

譬如说，用资产阶级的思想感情或者用某些小资产阶级知识分子所鼓吹的人性观点和感情去融合，就不能达到这样的目的。由于这种思想感情，"是脱离人民大众或者是反对人民大众的""实质上不过是资产阶级的个人主义"。虽然这类作者也能通过他感情的熔炉熔化并提炼了他所接触到的某些材料,甚至创造出较生动的形象;但是我们能期待它来教育我们正在从事社会主义建设的人民吗?能奢望这种形象会有社会主义的精神吗?我想,这是谁都能明确回答的问题。

充沛的社会主义的精神,只能在献身于社会主义事业的作家的出品中表现得最充分和最动人。没有为社会主义事业献身的满腔热情,反而希望在自己的作品里洋溢着社会主义的精神,那只不过是一种不准备兑现的空谈而已。

我在这里所指的,不是一般的政治观点和政治态度。毫无疑问,我们的无数的青年作者在政治态度上,是明确的,是拥护共产党和社会主义事业的;在哲学观点上,他们一般的是拥护辩证唯物主义的。然而在他们的灵魂深处却不能说都已推翻了"小资产阶级知识分子的王国",都已建立起为无产阶级事业而斗争的世界观。有些人,的确已改变了灵魂深处的状态,成为坚强的、满腔热情的社会主义事业的战士和创造者。但有些人,却还保留着"小资产阶级知识分子的王国",在这些人的心灵深处,资产阶级的审美观和生活观……还相当活跃;有时候,特别是当他们进行艺术创造的时候,当他们深入人物的精神世界,以全心灵去体验人物的精神状态的时候,他们的审美观和生活观就会冒出头来,有时候甚至还起着主宰的作用。正是这样,所以某些有害的思想因素或感情因素,在某些作品中流露出来了。

还有另一种情况,那就是有些人隐藏了自己的心灵,隐藏了自己灵魂深处的爱与憎、美与丑的感情,只从皮毛的理论知识出发,就企图写出有进步意义的作品来;可是由于他们还缺少与先进事物相融合的思想感情,不能以自己的心灵去体验、感受和认识先进事物,不能从生动活泼的现实生活中吸取题材和提炼主题,因而,他们只能以最一般、最表面的细节去图解某些社会学概念或政策条文;其用心良苦,但其结果却不佳。

改变这种状况的根本方法只有一个,那就是将灵魂深处的原来那一套"来一个变化,来一番改造"。如果在这个根本问题上还犹豫不决,那么,不管你怀着多么高的抱负,也不管你对无产阶级现实主义的定义背得多熟,你的作品却不能获得以血肉生活"饱和着"的社会主义的精神,至多它只有一些社会主义的概念或者一些有关社会主义的词句。

因为所说的社会主义的精神,并不是在人物事件之外附加上去,而应当是从生活真实的描写中间体现出来。而生活的真实，又必须是对生活现象进行广泛的概括并通过个别形态才能生动深刻地表现出来。但是，不管是什么样的生活现象，如果离开了作者的熔炉——作者的思想感情——的熔化过程，不仅不可能塑造出性格鲜明的呼之欲出的艺术形象，同时也不可能有什么社会主义的精神。

因此，归根结底，思想改造还是最根本的问题。如果思想感情变化了，爱憎的感情改变了，那么上述的问题，也许就比较容易解决了。

不错，有些作品的确是由于作者的艺术技巧不够或对文学特点认识不足，影响了作品的思想内容与艺术效果，甚至形成了公式化概念化，这是事实，也是值得注意的问题；但是，就目前的情况来看，我以为生活素材与作者的思想感情没有融合，或融合得太差，仍然是主要的问题，也就是作者的思想感情还不能更好地"和新的群众的时代相结合"的问题。

这个问题一定要彻底解决！

毛泽东同志的《在延安文艺座谈会上的讲话》，虽然发表已经十五年了，但下面这段话，仍然是我们文学艺术工作者时刻都要牢记的座右铭：

……但是时间无论怎样长，我们却必须解决它，必须明确地彻底地解决它。我们的文艺工作者一定要完成这个任务，一定要把立足点移过来，一定要在深入工农兵群众，深入实际斗争的过程中，在学习马克思主义和学习社会的过程中，逐渐地移过来，移到工农兵这方面来，移到无产阶级这方面来。只有这样，我们才能有真正为工农兵的文艺，真正无产阶级的文艺。

一九五七年四月于北京

不要把自己摆在一个危险的位置上[*]

谁想做革命作家,他首先必须是个坚定的革命战士。

如果是个党员作家,他首先必须努力成为一个优秀的共产党员,成为一个在政治上十分坚定、能自觉地为社会主义事业去奋斗的战士;否则,他可能在工作上或生活上迷失方向。

是工程师也罢,医生也罢,或者是教授也罢……如果他是共产党员,他首先应当意识到自己是个怀着远大理想并为实现这远大理想而献身的战士,是个为建立社会主义伟大事业的共产党员;否则,他同样可能在工作上或生活上迷失方向。

在一个党员作家的意识里,首先应当是共产党员,然后才是作家。在工作中或在生活中,他首先应当以共产党员的身份来要求自己;否则,他就很可能把自己摆在一个很"危险"的位置上。

"一本书主义"者,就正是把自己摆在这个危险的位置上。

一个作家希望自己能写出一本或者几本好作品,难道是坏事吗?我想,没有人这样想过;相反,党总是从多方面来鼓励怀着这种心愿的作家。其所以成为"一本书主义",这种"主义"之所以应当批判,并不是因为作家想写出一本或几本作品,问题在于思想实质,在于有一种丑恶的个人野心蕴藏在这思想实质里面。

"一本书主义"者,都有他们共同的特征,那就是他们都是拿写作成绩来作为个人沽名钓誉的资本,作为向党"勒索",以至于向党"进攻"的资本。另外,他们还有一个共同的特征,那就是像吹肥皂泡似的吹嘘自己,把自己所已得到的一点成绩,吹得"天花乱坠",并夸诩自己为"文艺界的旗帜"或者"诗歌界的太阳";但却以

---

[*] 载1959年7月版《鳞爪集》。

轻蔑的口吻说别人的作品都是"垃圾堆"——不是"庸俗"，就是"充满了色情"，否则，就是"浅薄"。在他们的眼里，只有他们自己最"高尚"、最"伟大"和最有才气的。于是，他们把自己看作是"举足轻重"的人物，仿佛文艺界如果没有他们，文学的花朵就会枯萎，文艺界就会垮台。因而，他们变得更加骄横了，攻击这个，拉拢那个；资产阶级个人主义在他们的头脑里膨胀起来，党的原则却一股脑儿被忘记得干干净净；但是他们却又以为：他们是"有国际声誉"的作家，党大概不敢对他们怎么样。

是这样吗？事情的发展会像他们所想象的那样吗？大多数对党的事业忠心耿耿的作家和文艺工作者，能够长期对这种被资产阶级个人主义思想腐蚀透了的人保持沉默吗？党会沉默吗？

这次文艺界对丁陈反党集团的斗争，不就是响亮的回答吗？

社会主义事业同资产阶级个人主义，是不能兼容的。不摧垮资产阶级个人主义，社会主义事业就会遭到损害；不摧垮"一本书主义"，作家个人与社会主义集体之间，就不可能有正确的关系，也就不可能有社会主义文学的繁荣。

文学，是社会主义事业的一部分，是党的工作的一个组成部分。它一旦离开了整体，离开了党的领导，文学就会丧失它的战斗性以及它存在的意义。作家，是建设社会主义事业的成员，自然他们不能脱离党的总的意图去进行他们的创作活动，因而他们也就不能脱离党和人民的监督；否则，他们就不能在社会主义的建设中正确地使用"文学"这个武器，也就不能尽到他们作为作家的起码的责任。

因此，那些把文学看作是个人的事业，看作是可以脱离党的领导，可以脱离政治的人，是极端荒谬的。那些把写作的成就完全归功于个人的"才气"，完全抹去了党的领导作用的人，就更加荒谬。正因为这些人把文学当作"个人的事业"，所以他们才会拿写作的成果当作沽名钓誉的"敲门砖"；正因为他们把个人的"才气"看作一切，所以他们才觉得"有理由"向别人显示骄傲，甚至"有理由"说出"骄傲就是美德"；正因为他们把自己的一点成就完全归功于自己个人，所以他们敢于向党闹独立，敢于向党"勒索"以至于向党进攻。

这难道不是由于腐朽透顶的资产阶级个人主义在作祟吗？

值得注意的，是这股极端个人主义的臭气，不仅仅在某些所谓"有国际声誉"的作家身上散发出来；同时我们也在某些"刚出茅庐"的青年作家身上闻到这股难堪的气味。尽管这些青年人一直到现在还没有写出一本较优秀的作品,但他们的骄傲、他们"目空一切"的气派,却不能不使人瞠目结舌。一方面,他们把自己所写的人物都夸诩为"典型",另一方面,他们又"瞑"目张胆地说"苏联三十年来、中国十五年来"没有产生过什么"像样"的作品。一方面,他们宣称:要不是教条主义束缚着他们,他们在五年之内准可以写出像《静静的顿河》或《磨刀石农庄》这样的大作品;但另一方面,他们又狂妄地企图否定毛主席所指示的"文艺服从政治"的原则。——看到这种种,人们不禁要替他们捏一把汗:你们这样走下去,到底准备走到一条什么道路上?

对于那些自诩为"文艺界的旗帜""诗歌界的太阳"的人,我们同样有理由这样发问:

——你们准备走到一条什么道路上?

一九五七年八月于北京

工农兵文艺方针不容动摇*

在大鸣大放期间，右派分子向党射出了许多毒箭，其中一部分是射向文艺领域，恶毒地企图"射倒"文艺的工农兵方针，妄图在文学艺术中解除我们的武装，以便替他们可耻的狂妄的复辟活动开辟道路。

这种血淋淋的毒箭，除了这个丑恶的目的之外，难道还能够有别的解释吗？

然而，在我们同志中间，却有人天真地把这种毒箭看作是"属于学术性质的问题"，"应当算是'百花齐放'中间的一枝花"，这就太危险了。

我们认为：文学流派和文学风格可以多种多样，但"为工农兵"的文艺方针，却不容有任何动摇，更不能容忍任何人对这方针做任何的歪曲！

一旦离开了"为工农兵"的文艺方针，将意味着什么呢？也即是说，我们一旦离开了广大的劳动人民，一旦不为广大的劳动人民长远的福利着想，那么我们又将为什么人的福利着想呢？

摆在我们眼前的事实，一方面是广大的劳动人民及其干部，另一方面是资产阶级以及在经济基础上已经被摧垮了的地主和富农。你不"为"这个阶级，那就一定"为"那个阶级；不偏不倚，完全中间的立场，是没有的，也不可能有。

最应提防的，是那些只在口头上和词句上拥护毛主席的文艺方针，而在创作实践或理论研究中却偷运资产阶级毒草的人，他们企图以资产阶级的意识与美学观点来毒害广大读者的头脑，腐蚀读者的思想，进而断丧读者蓬勃的建设社会主义的热情。

我们能对这种现象容忍吗？能把这些活动仅仅看作是学术性质的问题吗？当然不能！

---

* 载1957年9月1日《作品》9月号。本文为1984年7月版《鳞爪集》收录的版本。

在妄图推翻"工农兵文艺方针"的目标之下,他们恶毒地把毒箭指向公式化概念化的问题上,尤其使人不能容忍的,是这些人把部分作品的概念化或公式化现象,加以夸大,以局部当全般,妄想一笔抹杀广大文艺工作者坚决执行"工农兵"方针所辛勤创造出来的成就。

我们承认,在我们的文学创作中,的确还存在着某些概念化和公式化的现象,党在一九五二年纪念毛主席《在延安文艺座谈会上的讲话》发表十周年的时候,就号召文艺工作者要努力克服这种缺乏艺术感染力的倾向,目的是使文学艺术能更有力地在建设社会主义过程中起它教育人民的作用。但是,无论如何,却不能以局部现象来代替全部事实;而且我始终认为,在生活较丰富、社会主义热情较饱满的作家中间,这种公式化概念化的现象,至多,也只是个别的。

因此,那些把创作上的公式化概念化、理论上的教条主义都归根于"工农兵"方针,是极其荒谬的,是别有用心的。在这种荒谬思想的指导下,于是有人竟狂妄地把毛主席所指示的"为政治服务"的方针,歪曲成为所谓"策略性的理论";另外,则有人胡说工农兵文艺方针不许作家"干预生活"、妨碍作家真实地揭示生活的复杂性等,不一而足。

在这种谬论中间,"生活公式化"的提法,是特别恶毒的。远在一九五四年冬天,吴祖光在批判反革命分子胡风的大会上,就公开地叫嚷:"生活是公式化的,作品怎能不公式化?"那么,按照他的看法,要克服创作上的公式化,当然只有首先改变决定这种生活方式的社会主义制度了。在董每戡所射出来的毒箭中,其对新社会,对共产党员的恶意污蔑,就更加露骨了,你看:

共产党员有两副面孔,平常是封建时代的"寡妇面孔",运动时是"屠夫面孔"。

这是恶毒的污蔑!只要多接触几个共产党员的人,都可以驳倒董每戡这种无耻的、别有用心的污蔑。

这说明反社会主义的分子,都善于污蔑和造谣!不管是吴祖光的"生活公式化"、董每戡的"脸孔"论、许杰的所谓"解放者的面孔"等,都是透过他们仇视社会主义、仇视共产党的黑色眼镜来"判断"现实生活的。这种"判断",有的是无中生有，有的是把个别事实夸大为一般规律。但他们妄想抹杀广大人民在党的领导下所创造的辉煌成就，夸大现实生活中的某些缺点，却是一致的。

在资产阶级的黑色的眼镜下面，现实自然是"黑色"的了，于是有人叫嚷"干预生活"（即别有用心地暴露缺点），妄图给现实涂上恐怖、阴惨的颜色；另外，则有人喧嚣着"生活公式化"，妄想以资产阶级的思想来改造社会、改造世界。

具有这种反动思想的人他们要反对"为工农兵的文艺方针"，当然是不足奇了。使人觉得奇怪的，是有些共产党员的文艺工作者，却在攻击"工农兵方针"中充当了右派分子的急先锋，人们就不禁要问：这些文艺工作者还有一点共产党员气味没有？

但无论如何，我们和广大人民一定要像保卫社会主义制度一样来保卫文艺的工农兵方针。

"为工农兵"的写作自由，"为劳动人民"的写作自由，只有在共产党的领导下才能得到保障。在过去，有多少文学艺术工作者，为争取这种自由曾遭受了国民党反动派的多少迫害！多少人被投进监狱！多少人因此而丧失了花朵一样的生命！

在社会主义制度的根基上，有多少我们先烈的鲜血！"为人民服务"的文艺方针也是在这根基上建立起来的。

"工农兵"的文艺方针，既来得这么不容易，当反党反社会主义分子猖狂地向社会主义制度，向"工农兵"方针放射毒箭的时候，我们难道不应当像保卫自己的眼睛一样来保卫她吗？

一九五七年八月于广州

应当深入到基层去[*]

作家应当长期地深入到人民群众中去,深入到基层的组织中去,这不仅仅是为了便于取得创作材料和创作灵感;更重要的,应当把这看作是一条最正确的道路,看作是艺术创造者所不可缺少的一种生活方式。

我不大相信,只依靠偶尔的"创作出差"或"创作下乡"——只依靠在短时间内到群众中去"抓一把",就能写出优秀的作品来。

要深刻地反映现实生活,要创造典型的艺术形象,显然不能仅仅依靠在短期内所接触的和所感受到的那一点点生活。尽管你搜集了不少有趣的故事,也记录了一些动人的人物面貌和行动细节;但如果你只靠这点点"生活资本",就企图创造出既有思想力量又有艺术力量的艺术形象,那,你除了失望,大概什么也不会得到。

有个著名的外国作家曾说:创作应当在生活的气氛中进行。这句话是有深刻意义的,值得我们深思。

虽然在口头上,大家都无异议地承认:要创造真实的艺术形象,一定要理解生活。但是,用什么样的方式去理解生活,却各人有各人不相同的见解了。有些人,只同意以"创作出差"的方式去接触生活,他们虽然没有公开地反对"长期地深入到人民群众中去"的口号,但在他们的心灵深处却对这种做法存在着抵触的情绪。

要么,就根本不谈理解生活的问题;如果要真正地理解生活——即看清生活中矛盾斗争的实质,洞察矛盾斗争的来龙去脉,识别什么是发展着的、决定性的因素,什么是趋向没落的东西——就非钻进生活的深处、非钻到矛盾的里面不可。

只抱着"搜集写作材料"的态度去接触生活,我们的视线和感觉,往往只能停留

---

* 载1959年7月版《鳞爪集》。

在生活的表皮上，或者只看到生活中极不重要的一角。如果有人把这生活的"表皮"或"一角"当作现实生活的特征，并希图凭这些印象和事实来塑造艺术形象，结果，固然不能揭示出现实生活的真实面貌，而且可能得出相反的结果——歪曲了现实生活的真实面貌。

在现在，不站在社会主义事业当事者的立场，不以生活创造者一员的身份生活在群众中间，你就休想能真正地理解人民群众或基层干部的思想感情——精神面貌。

在生活中，难道我们没有遇见过这样的现象：当事者因遇到了某些困难或障碍而内心万分焦虑的时候，旁观的人却像被隔着一层浓雾，一点也感觉不到。为什么？这是因为他没有担负实际工作，不负工作成功或失败的责任，因而，出现在他眼前的许多现象，都仿佛是平淡的、冷漠的、机械的；虽然他偶尔也在人们的表情上感到一点什么，但他很难理解当事者的心情，当然，就更谈不上对当事者的精神面貌有什么理解了。

如果这样来接触生活，又怎么能跟人民群众和基层干部"同呼吸，共命运"？又怎么能够跟他们一起共尝在困难时的苦味、共享胜利时的欢乐呢？

但是，如果我们是斗争的参与者，是社会主义事业的当事人，情况就会两样了。既然是当事人，他就不能不对事业的成功或失败负着沉重的责任；为了使事业不断地向前发展，为了使摆在眼前的困难和障碍能得到真正的解决，光凭感想办事是不行的；一定要站在全局的高处、从"为人类光明的未来开辟道路"的角度去辨别是非和认识问题，一定要具体地实事求是地去分析矛盾，并且要弄清矛盾产生的原因。除非你准备失败（其实，这样的革命干部是没有的），否则，你必须认真地克服思想方法上的片面性与主观性，必须认真地深入了解各方面的情况和人民群众的思想感情……这样，时间久了，你对人民群众的爱憎感情和心理状态才能有所了解，对现实生活的基本特征才能掌握，爱憎才会分明，"是""非"才易于觉察。只有这样，你的艺术感觉才会灵敏起来，对生活的激情才会经常保持丰满。也只有这样，才有可能取得无限丰富的创作素材和创作灵感。

有些人，只抽象地强调艺术感受，仿佛无论什么样的"感受"，都能创造出有社会主义精神的艺术作品似的，这显然是不正确的。譬如说，某一个作者对社会主义事业缺乏炽热的饱满的热情，他能够对社会主义的新事物有灵敏的感觉吗？为什么有些人冷冰冰地去对待和描写一些动人的社会主义的新事象和新人物呢？固然还可能有旁的原因，但这些作者缺少饱满的社会主义的热情，却不能不是最重要的原因。不管你搜集了多么丰富的材料，也不管这些材料具有多么深刻的意义，但如果没有经过你自己的思想感情的融化和概括，这些有价值的材料仍然是冷冰冰的、缺乏生命的东西，绝不可能变成栩栩如生的艺术形象。

关键在哪里？关键在于作者自己有没有与这些材料相适应的思想感情，有没有能感受、融化、概括这些材料的社会主义热情和理想。

谁都明白，所谓感受，并不是由某些进步的社会学概念所决定的，而是由深埋在作者心灵深处的思想感情所决定的；也即是说，并不是因为你在理性上知道了什么，就能感受这方面的东西；只有当某种进步的原则真正被你接受了，真正成为你的思想感情，成为你的心灵，真正支配着你的行动的时候，它才能敏锐地"感受"和"概括"这方面的事物和人物。

只有社会主义的心灵，才能敏感地感受社会主义的、崭新的事物。只有真正经作者感受到的事物，事物本身才可能饱含着丰满的生活激情。

然而，倘使我们脱离了劳动人民，或长久地与劳动人民远隔着，又没有和人民群众建立息息相关的关系，就不可能与人民群众在思想感情上打成一片，就不可能"爱人民之所爱，恨人民之所恨"；如果我们不以社会主义事业当事者的身份参加到生活和斗争中去，不以高瞻远瞩的、为人类的光明未来开辟道路的精神来关心和参加社会主义的建设和斗争，那么，我们的思想感情就会赶不上时代，就会发霉以至于腐朽。

如果一个作者在思想感情上落后于时代，或者与时代的思想感情格格不入，那么，人民还敢对这样的作者寄予什么希望吗？

最好的办法，是到劳动人民中去，到基层组织中去！这是文学艺术家一条最正确的途径，也是艺术形象的创造者一种最正常的生活方式。如果我们能在火热的生活中提高了社会主义的觉悟，培养出鲜明的爱憎和灵敏的感觉，那么，我敢相信，在这日新月异的、生气蓬勃的、丰富多彩的生活海洋里，我们一定能够吸取无限丰富的创作素材和创作灵感。

一九五七年十二月于佗城

良好的开端*
——读"在农村社会主义建设的道路上"征文以后

从去年十一月起,一直到今年三月初,《羊城晚报》的《花地》副刊陆续刊出了二十多篇"在农村社会主义建设的道路上"的征文。我相信,凡是细心地阅读过的读者,大概都会感到:在这些作品里,人们会像接触其他优秀的作品一样,能呼吸到这个社会的新的气息,也能看见新社会的富有特征的人和事。

应当说,这是可喜的现象。

你看那个把卖猪的钱拿给农业社应急的人吧(见阿木同志的《生猪事件》),他多么爱农业社,他的爱社如家的精神多么动人!再看看那个急公好义、舍己救人的曾大娘吧(见李光伟同志的《曾大娘》),她的豪放的勇敢的性格,谁读了能不感动!还有那个坚定地走社会主义道路的生产队长(见杨智维同志的《哥哥和嫂嫂》),虽然男主人公是个"说话就脸红的老实人",可是当他老婆露骨地反对合作化的时候,你看,他的态度表现得多么决绝和多么硬朗!再看看那个十七八岁的、脚上还戴着脚圈的姑娘吧(见周家干同志的《春风》),为了农业社的集体福利,她哪里还管你什么"亲戚的情面"!还有那个叫作李正文的会计组长(见麦斯同志的《在社委会办公楼上》),他为了赶工作,竟常常忘记按时回家吃饭……

不错,从生活本身所提供的事实来看,上述的这些人和事,都算不得是什么新奇的现象;可是它们却恰恰是社会主义社会生活中富有特征的现象。

谁能否认社会主义在我们国家正一日千里地向前发展的事实?不管我们在前进的道路上曾经遇到过多少的困难和障碍,但有一点是肯定的,那就是:无论什么样的困

---

* 载1984年4月版《萧殷自选集》。

难和障碍,都将被社会主义的先进力量所克服。一切落后的腐朽的事物,不管它表现得如何气焰万丈,然而在朝气磅礴的社会主义力量的反击下,到最后,它们都不能不龟缩,都不能不走向灭亡。相反,一切新生的、社会主义的事物,总是不断地突破了、战胜了一切困难和障碍而继续前进,并继续成长壮大。

这是社会主义社会生活发展的规律。

反映这规律,也就是反映了这阶段中社会主义社会的主流和本质。

如果违反了这条规律,或者歪曲了这条规律,那么,所谓新的文学就会丧失它的"新"的性质;革命现实主义,也就会失去它的灵魂和特征。

这些"征文"所表现的倾向,其所以可贵,就是因为它们都沿着社会主义的大道往前走,反映了新社会的特征现象,也反映了合乎规律的生活的发展;因此,尽管这些作品在反映生活的深度上和对生活的概括上还存在着或多或少的缺点;但这些缺点并没有损害作品的社会主义的精神。

在这些"征文"里面,我以为《哥哥和嫂嫂》是一篇较好的作品。由于夫妇两人的政治观点的不同和个性的各异,因而所构成的新旧矛盾是极其复杂同时又是极其尖锐的;作者能用短短的篇幅(仅三千字),把两人的性格及其关系、矛盾和斗争表现出来,且构思朴实,事件的发展也很自然,没有什么堆砌的痕迹;因而,它不但有一定的思想内容,也有一定的感染力量。

其次,《春风》也是一篇应当受到鼓励的作品。在作者笔下的这位小姑娘,无论她的一举一动、一言一笑,都没有超出她的年龄特征和她的个性;这是优点。希望作者在今后的写作中继续发扬这方面的优点。当然,这篇作品也是有缺点的,且不谈私商卖犁头有多少真实性,单就小姑娘向私商查询她舅舅作弊这一节,就使人觉得写得太草率了。

如果从事件来看,《曾大娘》恐怕是最能激动人心的。作者能通过她独特的个性表现出她的新的品质,是很值得鼓励的。青年作者能做到这样,确是可喜的开端。至于《生猪事件》,其主题是很好的;作品的前半篇写得较有生活气息,可惜后面写得太简单了。

此外,也还有一些写得不坏的作品,恕我不一一去分析说明了。既然不是写作的老手,还没有积累较丰富的写作经验,因而在表现生活上就很难一下子做到十全十美,这是完全可以理解的;但是只要基本方向走对了,也就是说,只要你能时刻地以社会主义事业的利益作为出发点,去观察、理解发展中的现实生活,洞悉矛盾的各个方面,从中吸取对社会主义事业有利的和动人的题材,加以深化和创造;这样写得多了,写作的经验就会逐渐地丰富起来;到那时,如何才能更好地表现生活的问题,也就会慢慢地得到解决。

因此,一个初学写作者,当他下决心在写作劳动中迈开第一步的时候,首先应当考虑的,不是写作技巧的问题,更不是个人名利的问题(凡是头脑里存着这种念头的人,都是没有出息的);而应当先考虑为什么人、为什么社会制度服务的问题。

生活在社会主义的国家里,如果你还不曾把你的全身心、全灵魂献给社会主义事业;如果你还做着追求金钱和个人地位的蠢梦,那你就别忙在写作劳动中迈出第一步;因为,也许你才迈开第二步,人民就已经向你发出"嘘"声了。

此次《花地》的征文所以能引起社会的重视,我以为,最主要的原因,是人们发现了这些作品的大部分作者,正在正确的道路上迈出了第一步。人们珍视作者那种歌颂社会主义新事物的热情,也珍视他们那种以发展观点去理解和描写生活的态度。

这无疑是良好的开端!

希望作者们也珍视这良好的开端,继续发扬这些优点,努力写出对社会主义事业有更大鼓舞力量的作品来!

一九五八年四月二十八日于佗城

把社会主义的激情唱出来*
——为《龙川报》作

一　把社会主义的激情唱出来

有不少青年文艺爱好者，希图运用民歌形式来表达新时代的思想感情，这意图无疑是正确的。因为，民歌是广大劳动人民所喜爱和熟悉的一种文艺形式，如果我们能恰当地通过这种形式来抒写劳动人民在社会主义建设中蓬勃的热情和豪迈的英雄气概，我相信，这样的歌谣，必定更为广大群众所喜爱，并且更容易为他们所接受。

歌谣，也像文学的其他样式一样，担负着反映生活和教育人民的责任。就现在来说，歌谣应当担负起对广大人民进行社会主义教育的责任，应当协助党把人们的建设热情和钻劲更好地激发起来，其目的，是激励人们更豪迈地去建设社会主义。

正是这样，所以我们希望新歌谣的作者对于自己作品的思想内容和政治倾向，应当作严肃的考虑：是对社会主义事业有利呢，还是有害？是鼓舞人们建设社会主义的热情呢，还是削弱这种建设的热情？是激励人们力争上游呢，还是相反？……这应当是每个写作者在动笔写作之前所必须认真考虑的问题。

不错，出现在我们县报上或者"文娱材料"上的歌谣，一般看来，它们的政治倾向都是进步的，都是符合党的政治路线和党的政策精神的。

但可惜，在这些歌谣中有一大部分，不是从生活出发的，不是通过对生活的抒写来体现政治热情，更不是通过作者自己的感受和体验的抒写来表达政治热情；而是完全排斥了生活，生硬地把一些政治条文或政治术语押上韵脚，用所谓"民歌"的形式

---

* 载1984年4月版《萧殷自选集》。

排列出来。例如:

革新号角一声响,
传遍四面又八方,
消除清规和保守,
人人献智出主张。
人人献智出主张,
力求革新意志强,
只要敢想敢创造,
先进革新自己当。
看谁革新把先当,
为国为家多荣光,
革新运动齐发起,
发展生产有保障。

像这样冷冰冰的、毫无一点热情的歌谣,大概连作者自己也不会感动,又怎么能感动别人呢?在这首"歌谣"里,除了冷冰冰地把一些政治术语加以堆砌之外,我们感觉不到作者对于技术革新有什么真情实感,更感觉不到他对技术革新有什么真正的热情。

殊不知诗必须"以情感人"的。要使诗有感动人的力量,首先必须抒写自己对生活的感受和体验,必须抒写由生活所激出来的真情实感。例如:

数月猛战穿龙科,
石碎泥卵飞下坡;
千锄万影把山动,
震得群山唱赞歌;
穿龙科里本无龙,
今朝黄龙盘山坡。

又例如:

锄开白雾栽苗儿，
　　堆起红云砌树篱；
　　万年荒山今年变，
　　黄衣上面加绿衣。

这两首歌谣，显然比上面那一首要动人得多，也具有更大的感染力。主要原因在于后者是从生活出发，是抒写了作者自己对生活的感受和体验，更重要的，是作者有了需要倾吐的激情；因此，这两首诗不但富有想象，能唤起读者一种壮美的联想，同时它还洋溢着饱满的社会主义建设者的豪迈的勇往直前的气概。正因为这种气概和热情是从作者内心深处迸发出来的（而不是装饰出来的），又通过具体的生活意象表现出来，所以它们都有感染人和感动人的力量。

我们都知道，政治条文和政治概念如果不经过消化，不与现实生活相结合，不与作者自己的思想感情相融合，它就不可能成为有血有肉的、生动活泼的思想感情；在这种情况下，想写出富有感染力的诗歌，是绝对不可能的。

因此，诗，如果仅仅是政治术语的排列，而完全排斥了作者的感受和体验的抒写，它就不可能有饱含着血肉的政治热情和丰满的生活情绪；因而，它也就将丧失诗所应有的感染力量。

要考察一首诗有没有社会主义的激情，不决定于诗句中排列了多少政治术语；更主要的，要看诗句中有没有真情实感以及这真情实感中有没有社会主义的激情。

二　要唱得动人

我们为什么要批评那种"堆积概念"的做法呢？那是因为这种做法会妨碍诗歌的正常发展，会削弱诗歌的感染力量。凡是优秀的诗歌，都是具有巨大感染力的。（丧失了感染能力的"诗歌"，就像丧失色和香的花朵一样，它不能引人发生美感，更不能使人感动。）不管它的内容如何正确，一旦失去了感染人的能力，它便无法打动人的心弦，也就无法达到教育人的目的。

现在，我们不必引证别的诗篇，单就客家山歌来说吧，其中就有许许多多具有巨大感染力的抒情诗。例如：

约郎约在月上时，
等郎等到月偏西；
不知妹住山高月出早？
还是郎住山低月上迟？

又如：

岭岗顶上一枝梅，
手攀梅枝望郎来；
阿娘问我望什么？
"我望梅花几时开……"

你听，这两首山歌所展现出来的意境多么清新！在主题上，两首都是抒写少女等待情人的焦灼心情；然而由于各个作者从不同的生活感受和不同的体验出发，吸取了不同的意象，就构成了两种完全不同的意境。正因为作者（歌唱者）善于从丰富的现实生活中提炼出最特征的和最动人的意境；所以，虽短短几句，却能把少女内心的焦灼心情体现出来，使山歌获得了巨大的感染力。

民歌中这种淳朴生动的表现方法，值得我们精心地加以研究和学习。现在运用这种艺术方法来表现社会主义建设生活的诗谣，已经日渐地多起来了，例如，

夜晚灯光明亮亮，
打桩号子震山响；
雄鸡起来忙啼叫，
错把灯光当太阳。

又如：

远望村庄像森林，
近看道路绿成荫；

大小河川流清水，
风过沙滩不起尘。

　　这两首歌谣都是歌颂社会主义建设的，一是称颂黑夜打桩的热闹景况，一是赞扬乡村在绿化之后的迷人景色，而且都有清新的意境和诱人的感染力。
　　但是诗的感染力，不是单凭什么表现方法就能取得的；更重要的，首先要看作者有无饱满的热情。如果作者自己没有强烈的感情，他哪能通过诗歌去打动别人的感情。如果他对社会主义的新事物并没有热烈的爱，他又如何能通过他的诗歌去激发读者对新事物产生热爱呢？其次，要看作者对他所歌唱的生活有无丰富的感受和体验。如果没有丰富深刻的感受，他如何能抓取有特征的动人的意象来表达他的感情？又如何能创造动人的意境呢？
　　所以，不谈写作则已，要写作就必须解决思想改造和深入生活的问题。这虽然是老话了，可惜有些青年写作者，却仍然把这"金玉良言"当作耳边风。
　　那些对社会主义生活缺乏热情，又缺乏深刻感受的人，当他一旦拿起笔来"歌颂"社会主义的时候，请想想吧，激情和感受都"空空如也"，他不"排列概念"又有什么办法？
　　请听听下面这些洋溢着社会主义激情的歌声吧：

男女总动员，
老少一齐干；
拦住天上水，
掘出地下泉！
气得龙王干瞪眼，
吓得土地打颤颤！

又如：

老头对老头，
挖泥喊加油；

引来老鹰停翼飞，

乐得柳树直点头。

很难想象，如果作者没有真正的社会主义的激情和感受，能够产生出如此动人的想象和如此美妙的诗的境界！

这两首新民歌因得到想象和意境的帮助，把作者所要倾吐的激情——乐观主义的建设信心和干劲——都充分地表达出来了，而且还表现得很动人，这是可喜的。

三　要写得生动

诗跟政治论文或政治讲演不同，不能单靠说理；如果把政治论文押上韵，用诗的形式排列出来，它仍然是政治论文，无论如何它都不是诗。自然，诗也跟政治论文一样，负担着教育人民的责任，而且两者都要武装人民的头脑；可是它们"武装"的方法却不一样，一是以事实作根据加以推理和判断，并以巨大的逻辑力量来说服读者，使读者在理性认识上提高一步'（如政治或社会科学的论文）；一是通过动人的意境或形象，在感情上来激发读者的热情，从心灵深处去感动读者，以加深读者爱恨情绪，进而激励他们去行动。

因此，诗并不排斥政治；相反，没有伟大的政治理想，在今天就不可能成为伟大的诗人。那些不理解政治，或者不关心政治的人，不管他们主观上如何努力，都不可能写出伟大的诗篇。

要从心灵深处去打动读者，只用民歌的形式来排列政治条文或政治概念，也是办不到的；必须通过情景交融的意境把热情体现在诗句中间，才能达到目的。

为说明这样的问题，我想先引用些旧民歌作例证，并做些必要的说明。例如：

入山看见藤缠树，

出山看见树缠藤；

树死藤生缠到死，

树生藤死死也缠。

这首歌谣通过生动的意象（树藤相缠），体现了男女双方对爱情的坚贞，比起"我们爱到死，死了也爱"要生动得多，而且有了更强烈的感染人的力量。

又例如：

拆了屎缸做佛堂，
烂壁上灰假排场。
初一宰猪十五卖，
臭肉煎油假清香！

这首山歌对那种"装佯做假"的虚伪态度，加以愤怒的嘲讽，情绪饱满，意象也十分鲜明。

这两首山歌，都是"写物以附意""借物以寓情"的。如果没有"物"，没有生动的富有诗意的意象，作者所要倾吐的感情和情绪，就很难表现得这样充分，这么有力和这样直接地引起人们感情上的共鸣。

因为所谓感情、情绪等，不是外在的，可以看得见、触得到的东西。要将各种各样的感情或情绪传达给别人，不把感情情绪附丽在某些具体事物之上，是很难充分地动人地表达出来的。

譬如说，群众的劲头很大，想把最高的山也开成梯田；那你如何把群众的这种劲头和情绪表达出来呢？是不是写成这样：

群众劲头大如天，
要把高山开梯田。

这自然可以，但并不好。为什么？因为这样的写法，仍然还是抽象的，群众的劲头和情绪，还不能直接地达到读者的心坎里，因而共鸣共感的情绪就很难引得起来。

要是用下面这样的诗句来表现群众的情绪和劲头，效果大概就会不同了：

层层梯田像高楼，
离天只有九尺九；

半截伸在白云里,
白米要在天上收。

　　这样,不但创造出一个壮美的境界,使读者得到了美感的满足;而更主要的是群众的不怕任何困难的劲头和跃进的乐观心情,得到了动人的表现。
　　正因为这样。所以这首诗获得感染读者和感动读者的魅力。
　　又譬如,有人这样来歌唱积肥的:

鸡叫三遍天就光,
农业社员积肥忙;
积得肥料堆如山,
保证晚造增产粮。

　　可是比起下面那一首来,就未免显得太抽象、太一般化了,你听:

跃进声势像春雷,
处处有人积绿肥;
见到青草如见宝,
将把青山担回归!

四　谈比拟

　　诗,既然是以感情来激动读者的心灵,那么,诗,就一定要抒写出人们的感情、情绪和精神的活动;否则,它就不可能在感情情绪上激起读者的共鸣共感,也就会丧失了抒情诗存在的价值和意义。
　　但是,感情、情绪以及所谓精神世界等,都是内在的、不能看得见也不能摸得到的东西;要表现这些内在的东西,常常要"借物以寓情"或"写物以附意",如果不把内含的精神附丽在某些具体的事物上面,如果不善于用别的事物来比拟,内含的东西就无法能让人直接地感受到,也无法感染他人了。

在这方面,民歌已给我们创造了许多良好的范例,例如:

蛾眉月子弯钩钩,
好花种在烂钵头;
当初错信媒人话,
檀香对了枯树头。

这首山歌,正因为选择了特征相似的事物来比拟,所以人物的悲愤情绪表现得极其饱满。

古人曾说过:"以彼物比此情",正说明了这种比拟的道理。但是,比拟物之间并不是任何一方面都是相同的。诗中的比拟物,只能选其中一方面的特性来比喻,例如:

有愁有虑要想开,
莫让愁虑做一堆;
藤断自有篾来驳,
船到滩头水路开。

很显然,拿篾来驳断藤或者船到滩头,都不是非常顺利的,也许还可能遇到别的一些困难;可是在这首山歌里,只是取其一种特征来比喻,这特征是:藤断了也能驳,船到滩头也仍然有路。山歌就用这来劝慰人们要看到前面,不要被愁虑压倒了。这比喻是恰切的、娓娓动听的。

当然,这并不等于说,选择比喻可以随便,要知道,不恰当的比喻,不仅不能把最深刻的思想感情烘托出来,反而可能妨碍思想感情的表达。

越是恰当的、动人的比喻,就越能生动深刻地表达感情和情绪;越是具体生动的比喻,诗的感染力就越强烈。因为好的比喻,不但能把内在的思想感情烘托出来,同时它也易于唤起读者的联想,使读者更容易受到感染。例如:

戴上笠麻莫擎遮,

恋了一俦就一俦,
一壶难装两样酒,
一树难开两样花。
恋了一俦就一俦,
莫又心向别人家;
要学凤凰成双对,
莫学黄蜂乱采花。

这两首山歌都是诉说道理的;但它们与一般的论证的方式不同,而是通过比喻,通过比喻所造成的意象来说理;因而,道理说得很有力,而且还有一定的感染力。

在抒情诗中,比喻常常给我们带来生动的意境,唤起我们丰富的想象;不但使我们得到美感的满足,同时诗中的情意也深深地使我们感动。

这种表现手法,在民歌和古典诗歌中,都常常被使用,而且都取得了极动人的效果。如果我们也运用比拟的手法来歌唱社会主义大跃进中的豪迈的气概和磅礴的热情,我相信,一定可以表现得更深刻和更动人。

五 谈夸张

有一些极微妙的甚至是"极致"的感情,往往在民歌里得到极深刻的、极充分的表现,这种表现手法,值得我们加以精心研究和学习。

前面我们曾谈到"以彼物比此情"的比喻方法;但是人的感情是复杂微妙的,有些"极至"的激情,即使费尽心机,也找不出最恰切的比拟物来比喻,"神道难摹,精言不能追其极",在此种情况下,只有夸张才能把这种"极致"的感情表达出来。例如:

风吹门板两边开,
讲过要来就要来;
灯草架桥你要过,
竹叶当船你要来。

又如：

不愿不愿就不愿，
任你说来任你劝；
若是要我答应你，
月亮不明海水干。

两首山歌都表达了一种"极致"的感情：一是以"灯草架桥你要过，竹叶当船你要来"表达了"无论在什么困难情况下一定要践约"的极度的感情；一是以"月亮不明海水干"来表达"最最坚决的拒绝"。谁都知道，月亮不会不明，海水也不会干涸，除非"月亮不明海水干"否则就不能"答应你"，可见其决绝之情是多么坚决了。

这种超越了一般事物常态的比拟，我们管它叫"夸张"。

夸张，在抒写感情的诗里是有很大好处的，不要以为被夸张的事物有些荒唐，但通过这种夸张的手法，却能把我们内心里最微妙、最无法直接表达的情感生动地表达出来。而抒情诗，就正是以抒写人民的感情为己任的。因此，只要把人民的感情和情绪充分地饱满地传达出来，不管是比喻或夸张都是需要的。

土地改革时，有个雇农为了说明地主给他喝太稀的粥，他说：

……碗里搅一搅，浪头三尺高……

一碗稀粥，尽管你怎么搅，无论如何也不会掀起三尺高的波浪；可是这种夸张在诗里不仅不会破坏生活的真实，反而把稀粥的"最稀最稀"的特征表达出来了。

尤其是现在，我们处在社会主义大跃进的时代，劳动人民有着各种各样最豪迈的气概和磅礴的热情，如果单凭"就事写事"的手法，则无论如何也很难表达出来。例如：

百花园中比花红，
生产战场比英雄；
洪水让路山低头，
万水千山听调动。

又如：

两只泥筐不算大，
修塘开渠担泥巴；
莫嫌我的泥筐小，
一座大山装得下。

像这样豪迈的英雄气概，如果写作者不敢运用夸张的手法，不敢写下"万水千山听调动"和"一座大山装得下"的诗句，又怎么能表达出来呢？

新的英雄人物，在社会主义的建设劳动中，真是"胆大包天"的，他们敢想敢干，不仅气魄大、信心足，就是干劲和钻劲，也是史无前例的；我们的歌谣作者面对着这样的英雄人民，如果只用我们惯常的比喻和形容词，显然只会觉得无能为力。你听：

土地今年上足粪，
苞谷秆儿顶破天！

这是多么大胆的夸张！由夸张所体现出来的雄伟的气魄和冲天的干劲，又多么动人！

六　关于民歌的语言

劳动人民唱出来的一些歌谣，最易于上口和传诵，一方面是因为它们有鲜明的形象、巧妙的比喻、清新的意境和充沛的感情；一方面是因为它们运用最淳朴、最简洁和最生动的语言来表达劳动人民对生活的感受和体验。

如果说，形象、比喻和意境等，在旧诗中也有不低的造诣的话，那么在语言上，无论什么诗歌，都比不上民歌那样爽朗、那样通俗和那样容易上口的了。例如：

郎似杨花满天飞，
同郎分手牵郎衣；
山高水绿郎门远，

只见郎从梦里归。

又如：

七星紧高月紧低，
露水茫茫鸡乱啼；
双手开门送郎出，
嘱郎细看路高低。

你听，多么悦耳！声调抑扬高低，又响亮，又爽朗。人们念两遍，就能背诵出来，难怪这些民歌会很快流传开去，长久地印在人们脑海里。更重要的，还不是音调铿锵，而是劳动人民善于运用他们自己的语言创造了极其动人的意境和形象。

这是值得我们认真学习的。

那些惯于搬用"革新运动齐发起，发展生产有保障"一类抽象的干巴巴的语言的人，尤其应当向群众学习，要学会从民歌中吸取生动活泼的、既富有思想意义又饱含着形象的语言，来表现群众的生活和他们的思想感情。

我们的劳动人民所以不喜欢读那些用知识分子腔调写成的歌谣，其中固然还有思想感情的原因；但最主要的原因，却是语言的枯燥乏味和装腔作势的洋腔调以及那种只按照现成方式写出来的"八股"腔。加里宁有一次对苏联的一些教师说："你们总是重复一些现成语句。你们的言辞也就公式化了。每个人应当力求用自己的语言说话，用母亲教会的语言说话。"又说："一个活人倾吐他的心肠时，照常是用自己的普通话，而不是去借用现成的公式。"写文章和做报告固然不应当重复现成的公式和现成的语句，写歌谣更不应当这样；否则，它就不可能有说服力和感染力。

劳动人民的语言却是生动活泼、淳朴又具体的，它们有丰富恰切的比喻，能栩栩如生地把情景和情意表现出来。例如：

柑子跌落古井中，
一半浮来一半沉；
你要沉来沉到底，

莫来浮起动郎心！

这样的诗句多么淳朴，就像劳动人民说话一样；然而它富有表现力，不仅它的比拟能引起别人的联想，同时也深刻地表达了抒情人物的思想感情。

当然，这不等于说，群众的所有口语可以不经过任何选择和提炼。凡是优秀的民歌大概都是经过千锤百炼、经过许多人的修改和加工之后才形成的。这种修改或锤炼的过程，也就是不断地把语言提炼得更精练、更生动、更响亮的过程。

在一首歌谣中，如果有一个语汇或一个字用得不恰当，就可能损害它的全体。例如：

太阳出来晒山岗，
山间野花万里香；
要想冬耕大丰收，
积足肥料正有行。

我们先不说这首歌谣的其他缺点，只看"积足肥料正有行"这一句就感到不妙了。这一句不但不能把这首歌谣的情意凸显出来，反而把意境抽象化了。

这说明，群众的语言，必须经过选择和提炼，然后才可能成为最凝练的最优美的诗句。如果不把那些含义不明确的、缺乏表现力的和嘶哑的语句删去，代之以明了的、生动的、确切的、响亮的语句，结果就会像高尔基所说的那样："鸡肉同鸡毛一同炒"，好的语言不但不能放射出光芒，反而会蒙受损害。

总之，群众的语言是生动活泼的，应大胆地加以采用，特别是应当向民歌——那些经过劳动人民长期千锤百炼过的语言——吸取群众语言的精华；但是同时也要记住，千万不要盲目地乱搬群众语言，必须在"生动地、充分地表现思想感情"的原则下，加以认真的选择和提炼。

一九五八年六月于佗城

文艺批评的歧路*

评价文学作品,不能忽视艺术创作的规律,不能不顾作家的生活经验、艺术构思和个人风格。也不能撇开作品中人物的特定性格以及他所依以生活的特定环境;否则,就会把艺术创造简单化,在批评上就会出现粗暴和武断,从而戕伐了创作的生机,妨碍作家的创造性和积极性。

在小说《金沙洲》的讨论中所表露的简单、粗暴的批评作风,是值得我们大家注意的。其影响,正如《羊城晚报》文艺评论编者在《编后》中所指出的:"这种现象,不仅在评论《金沙洲》时反复出现,对其他作品的评论也同样存在;不仅现在有,过去也有;郭开同志在评论《青春之歌》时所显露出来的粗暴和简单化,不正是这种不良倾向的例证吗?这种评论作风貌似幼稚,但它在一部分青年评论者中间却带有一定的普遍性,它对文艺创作者也造成了一种不宜忽视的压力。"我们对此也深有同感。这篇文章,就是试图针对这种不良的批评倾向,着重从批评方法的角度,谈谈我们的一些粗浅的意见,如有不对之处,希望读者们批评指正。

"总代表"与典型的混淆

一些批评《金沙洲》的文章,在分析作品的人物形象时,完全不看具体人物的性格特征、生活经历及其所处的特定环境,只根据人物的阶级出身和职务、身份,先给人物定下几条抽象的思想标准和道德品质,譬如,党的支部书记,必须具有"坚强的党性""无产阶级的革命精神和斗争性""人民群众改造世界的革命精神和宏伟气

---

* 载1961年8月17日《羊城晚报》第二版《文艺评论》,署名中国作家协会广东分会理论研究组。

魄""大胆泼辣的工作作风";又譬如,社会主义革命时代的农村妇女干部,其思想必须完全"解放",不能有一点封建思想的残余,在合作化运动中不能有一点"思想矛盾",而且还要有"远大的理想"。不仅如此,他们还要求人物在个人作风、家庭生活、政治斗争、干群关系,以及对待工作和困难的态度等方面,都必须十全十美,成为"典范"。一句话,就是要求在这些正面人物身上集中一切最先进、最理想的特征,要求艺术典型成为某一客观事物的全部特征的总和。某些批评者正是拿着这些框框来和作品中的人物两相对照,凡是对不上的,就断定为"失败"或"不典型"。《金沙洲》中的党支书刘柏和妇女干部梁甜等人物,就是因为不符合这些批评者主观想象的条条框框而被否定的。这种"标签式"的批评方法,在讨论中已经受到了一些读者的指摘,认为这是以理想人物的典型来要求一切正面的艺术形象。现在看来,这种批评还不能完全击中要害。因为作家笔下的理想人物,也是按照典型化的原则进行创造的,它本身就体现着共性与个性的辩证统一,是再现了的典型环境中的典型性格。而这种"标签式"的批评方法所要求的人物,却是完全不要个性特征的、没有血肉的抽象概念的化身,这和理想人物的艺术典型当然毫无共同之处。所以,这种批评方法的理论根据,与其说是"理想典型"论,毋宁说是"典型即总代表"论(或"总代表即典型"论)。因为在他们看来,作品中的艺术典型,必须是他所属的那个阶层和他所从事的那个职务的抽象的定义和标签,同时又是这个阶层、职务的一切人的总代表。这种观点,显然是错误的。

我们知道,文学艺术是通过活生生的、具体的典型形象来反映社会生活的本质的。同一社会本质的类型人物,由于他们的出身、教养、气质、生活经历和所处环境各不相同,因而其艺术典型也就多种多样。别林斯基曾经说过,商人的本质和思想只有一个,"但商人的典型却是极不相同的。果戈理的泼留希金是丑恶的、令人讨厌的,这是一个喜剧人物。普希金的男爵是令人惋惜的,这是一个悲剧人物。这两个人物都是极其真实的。"别林斯基指出,泼留希金也好,男爵也好,"都浸透着同样一种卑鄙的欲望,但他们毕竟没有丝毫相像的地方,因为他们两个都不是他们所表现的那种思想的讽喻化身,而是生动的人物,他们身上的共同缺点各有各的独特表现。"[①]何故?因为艺术典型并不是阶级本质赤裸裸的表现形式,而是阶级特征和个性特征——共性和个性的矛盾统一,是一定的"典型环境中的典型人物"。作家按

---

① 《苏联文学艺术论文集》二集,第95页。

照作品主题思想的要求，按照自己的生活体验和艺术构思，在气象万千、瑰丽多彩的社会生活中，决定选择什么、舍弃什么、强调什么、忽略什么，经过提炼和概括，抓住被描绘的人物最突出、最鲜明的特征，以具体的、感性的形式表现出来，成为活生生的、有血有肉的典型人物。典型人物没有必要也没有可能面面俱到、包罗一切。别林斯基批评过那种要求典型人物包罗一切的作家，那是因为这些作家想"通过自己的正面人物把应有尽有的美德都集中在一个对象身上。如果是小说的主人公，那么，他一定是一个美男子，弹一手好吉他，歌也唱得很动听，又会作诗，又能使用各种武器，又具有非凡的力量"①。《金沙洲》中的刘柏和梁甜是否具有典型意义，不仅要看他们是否与社会主义革命时代农村干部的某些本质特征相一致，而且还要看这种特征是否通过活生生的个性表现出来，看他们的性格特征是否符合人物自己的生活经历以及他们所活动的特定环境。如果无视这一切复杂因素的辩证关系，而拿批评者主观想象的各种框框条条来对照人物，要求作者直接地、全面地去表现阶级本质的各个方面，要求把"坚强的党性""革命性""斗争性""改造世界的革命精神和宏伟气魄""大胆泼辣的工作作风"以及"远大的理想"等抽象的概念，通通堆砌到人物身上，其结果只会使人物变成各种抽象的思想概念的混合物，而人物形象的血肉和生命——独特的个性，也就在这些思想概念的堆砌下被掩盖、湮没和扼杀了。在这种情况下，还有什么典型可言呢？

应该承认，要求创造新时代的英雄人物的典型，以表现新的世界、新的生活、新的理想、新的感情，要求从这些英雄人物的典型形象中，深刻地揭示出社会主义时代的崭新的精神面貌和道德品质，以便更好地教育人民，"推动人民群众走向团结和斗争，实行改造自己的环境"②，这是完全应该的，这是社会主义文学艺术的光荣任务，也是革命作家的神圣职责。然而，这种要求和"典型即总代表"论（或"总代表即典型"论）非但毫无共同之处，而且恰恰相反，有时甚至还会出现这样的情况：作家根据典型化的原则创造出来的英雄人物的典型意义越高，个性特征越突出，形象越生动、越鲜明，"典型即总代表"论者就越会感到这类人物不"理想"、不"典型"；因为在他们看来，个性化和所谓"典型"是永远互相对立和互相排斥的。

由此可见，"典型即总代表"论（或"总代表即典型"论）是错误的，它不但背

---

① 《苏联文学艺术论文集》二集，第110页。
② 毛泽东：《在延安文艺座谈会上的讲话》。

离了艺术创造的典型化原则，背离了以个别反映一般的艺术规律，而且实际上也根本否定了艺术典型的本身。持这种观点来评价艺术形象，其方法，必然是"标签式"的——既不分析生活，也不分析作品；而是从主观想象的各种框框条条出发，将既定的标签硬贴到作品的人物身上。

一般与个别的混淆

"标签式"的批评方法的另一种表现形式，是要求文学作品所反映的生活、所描写的环境和人物，跟社会科学中关于阶级斗争、关于某一历史时期规律性的一般原则一模一样。其特点是完全无视作家的思想基础、生活经验和艺术方法，无视作品所体现的艺术构思、特定环境和特定性格，抛开了对具体作品的艺术分析，而大量搬用马克思列宁主义经典文献中关于阶级斗争和生活规律的一般原则，跟艺术作品所再现的生活相对照：不是指摘作品不符合这一原则，就是指摘作品不符合那一原则；然后据此判断，妄下结论。

这种脱离了作品的客观实际、背离了文艺的特殊规律、把一般跟个别混淆的批评方法，在《略谈〈金沙洲〉》一文中表现得异常突出，可以说具有一定的代表性。作者在这篇文章中引用了不少经典性的言论，借以证明小说的"失败"：

> 毛主席在《农业合作化问题》的报告中说："我们必须相信：（一）广大农民是愿意在党的领导下逐步地走上社会主义道路的；（二）党是能够领导农民走上社会主义道路的。这两点是事物的本质和主流。"一九五六年初，虽然刮了一阵歪风，某些地方出现了退社风潮，但这毕竟是一股逆流。毛主席所说的主流，才是"大海的怒涛"（主席语）。《金沙洲》的作者于逢同志，没有看到现实的本质和主流，他的眼睛被逆流迷惑了。
>
> 毛主席在《中国农村的社会主义高潮》一书的序言说"农民是那样热情而又很有秩序地加入这个运动。他们的生产积极性空前高涨。最广大的群众第一次清楚地看见了自己的将来"。而在《金沙洲》中却看不到这样的情况。……
>
> ……毛主席所论断的"党是能够领导农民走上社会主义道路的"这一本质事实，没有得到应有的体现。

毛主席在《中国农村的社会主义高潮》书中《谁说鸡毛不能上天》一文的按语中说："在富裕中农的后面站着地主和富农，他们是有时公开地有时秘密地支持富裕中农的。"《金沙洲》虽然也提到地主富农的破坏活动，也写了富农老鼠福的某些活动，但没有表现出这些反动势力是郭细九、师爷胜等的幕后人和支持者。

毫无疑义，毛主席对于农业合作化运动的规律性所做的科学概括，是完全正确的。但是，规律只能概括生活发展的主要特征和主要趋向，它不必要也不可能把生活的全部具体内容、全部复杂的发展过程都包括进去。生活本身所表现的纷纭复杂的形态，远比规律丰富得多、复杂得多。因此，规律不能代替生活。它们之间的关系也就是"一般"和"个别"的辩证统一的关系："个别一定与一般相联而存在。一般只能在个别中存在，只能通过个别而存在。任何个别（不论怎样）都是一般。任何一般都是个别的（一部分，或一方面，或本质）。任何一般只是大致地包括一切个别事物。任何个别都不能完全地包括在一般之中等等。"①把一般和个别混淆起来，用一般去代替个别，用规律去代替生活，不但不能正确地认识生活、理解生活，反而只会把纷纭复杂的现实生活绝对化和简单化。

农业合作化运动是一场波澜壮阔的、异常深刻的社会主义革命，它不但要彻底变革从封建社会遗留下来的小农经济的生产关系，改变农民几千年来相沿成习的生产方式和生活习惯，而且要在五亿多农民中进行一场异常复杂、尖锐和深刻的思想革命；同时，在整个农业合作化运动的过程中，人民内部的资本主义和社会主义两条道路的斗争、私有观念和集体观念的斗争、先进思想与落后思想的斗争，又不可避免地要与反对地主富农及其他暗藏敌人的破坏活动的敌我斗争错综地交织在一起。这样，自然就形成了整个运动的斗争的尖锐性和复杂性，形成了广大农民走上社会主义道路这一过程的艰巨性和曲折性。"广大农民是愿意在党的领导下逐步地走上社会主义道路的""党是能够领导农民走上社会主义道路的"，这是毛主席根据阶级斗争的实践所概括出来的科学论断，它揭示了社会主义社会斗争发展的必然趋势，是完全正确的。但是，结论是不可能显示出各种特殊的复杂的具体过程的。因为，在不同的社会情况、历史情况、阶级情况、工作情况下，运动的发展总是不平衡的，运动的规律性总是有其特殊的、个别的表现形态和发展过程。这样，自然也就形成了不同地区之间

---

① 列宁：《谈谈辩证法问题》。

的运动发展过程的差别性，而这种生活的差别性又不可避免地必然反映在不同的文艺作品中。

《金沙洲》的作者，根据自己对于生活的观察、体验、研究和分析，从自己的生活经验中形成了作品的主题思想，着意选择了在主流冲击下的逆流顽强抵抗而最后终于被主流所战胜的生活事件，作为整部作品的艺术构思的基础和展开矛盾冲突的主要内容，这是无可非议的。作品所反映的上中农对于合作化运动的种种抗拒行为，和由此而挑起的退社风潮，虽然是一股"歪风"和"逆流"，但是在党的原则的指导下，经过了广大贫下中农的反复的曲折的斗争——在生活主流的不断冲击之下，这股"歪风""逆流"毕竟被击退、被战胜、而不能不俯首听命了；这种描写，未必就不能体现生活的本质和主流。"农民是那样热情而又很有秩序地加入这个运动。他们的生产积极性空前高涨。最广大的群众第一次清楚地看见了自己的将来。"——毛主席这一科学论断，固然非常精练地概括了农业合作化运动这一历史时期的五亿农民的精神状态。但就在这三句简单明了的话语中，却蕴含着多少的风云变幻和曲折斗争！对于广大农民群众来说，"高级社一定比初级社好"这一客观真理，并不是摆在事物表面上的一眼就看见的东西，它往往要在人们的生活中重复多次以后，才能被逐步地认识和接受。《金沙洲》中的广大群众，处在建社初期那样复杂、混乱的特定环境中，要他们一下子就"清楚地看见了自己的将来"，自然是不可能的。这其间，要经过多少的说服和教育，要经过多少痛苦和自我的思想斗争，才能使他们逐步摆脱几千年来植根于自己心灵深处的私有观念的影响，而轻装地投入运动。《金沙洲》对于广大群众的这一思想斗争历程的描写，我们认为是真实的，它不但符合作品所再现的特定的生活环境本身的特殊规律，同时也符合毛主席所指出的农业合作化运动的一般规律：

农业合作化运动，从一开始，就是一种严重的思想的和政治的斗争。每一个合作社，不经过这样的一场斗争，就不能创立。一个崭新的社会制度要从旧制度的基地上建立起来，它就必须清除这个基地。反映旧制度的旧思想的残余，总是长期地留在人民的头脑里，不愿意轻易地退走的。合作化建立以后，还必须经过许多的斗争，才能使自己巩固起来。巩固了以后，只要一松劲，又可能垮台。①

---

① 《中国农村的社会主义高潮》中的《严重的教训》一文的按语。

"在富裕中农的后面站着地主和富农,他们是有时公开地有时秘密地支持富裕中农的。"毛主席的这一英明论断,也是完全符合合作化运动中阶级斗争的一般规律的。但是,地主富农对于富裕中农的支持,在不同的时间、地点、条件下,也有着各种不同的表现形态:有的采取公开的、明目张胆的形式,有的采取秘密的、偷偷摸摸的办法;有时是破坏阴谋的直接组织者和支持者,有时则只是暗中参与,推波助澜;有的在运动过程中自始至终采取同一的方式,有的则往往随着时间的推移、运动的发展、条件的变化,而交替地采取各种不同的破坏方式,进行阴谋活动;同时还应该看到,在某种特定的环境下,地主富农虽然不出来进行公开的或幕后的破坏活动,但地主富农的剥削思想,却仍然会给上中农甚至某些贫下中农的思想以影响,并通过上中农与某些贫下中农的自发思想的活动而起到幕后的破坏作用,这种情况,也同样体现了毛主席的论断。总之,地主富农是有其应付各种社会改革运动的生活经验和阶级斗争的经验的,在各种不同的环境下,其破坏活动可以有多种多样的表现形态,从而反映出社会变革时期阶级斗争的复杂性。《金沙洲》在关于富裕中农抗拒合作化运动的种种事件的描写中,同时描绘了地主富农的种种阴谋破坏活动,正好体现了这一阶级斗争的某种错综复杂的微妙关系。从作品的艺术构思和阶级的、人物的特定关系来看,作者是没有必要非把地主富农写成郭细九、师爷胜等上中农的幕后人和支持者不可的。如果无视现实生活中阶级斗争的复杂情况,无视具体作品所反映的特定的阶级关系和人物关系,硬要作者把地主富农写成上中农的幕后人和支持者,其结果不仅是破坏了作品的主题和结构,而且实际上也曲解了毛主席的这一英明论断——抽空了它所包含的丰富内容,把事情变得绝对化和简单化。

毫无疑问,文学作品中所再现的生活内容,必须符合生活的客观规律和总的发展趋势,否则,便不能真实地反映生活。生活的客观规律是不以人们的意志为转移的,作家不能随心所欲地改变它,但却可以在它赖以存在的条件上大做文章。在不违反客观规律和生活总的趋势的情况下,作家的艺术创造有着广阔的自由。同是农业合作化运动的题材,在赵树理、周立波、柳青和于逢等不同作家的笔下,却可以创造出《三里湾》《山乡巨变》《创业史》《金沙洲》等各各不同内容和不同主题的长篇小说。批评者如果无视这些作品的客观实际,而只是拿着一些马克思列宁主义著作中有关农业合作化运动的科学结论来硬套,那就很可能产生这样的情况:要么是不承认这些作品所体现的不同的生活经验、主题思想、艺术构思和环境、人物的差别性;要么是承认这些作品的差别性,而对自己所持以衡量作品的科学结论产生怀疑和动摇。无论是哪一种情况,都只能证明这种"标签式"的批评方法是错误的。

  文学艺术是反映社会生活的一种特殊形式。它的主要特征是通过血肉丰满的、个性鲜明的艺术形象来反映生活和感染读者。读者从作品中要求得到的不是一个抽象的结论,而是要求通过作品中各个栩栩如生、不同性格的人物形象,他们之间的矛盾、冲突以及在这种曲折斗争过程中的痛苦和欢乐,来体会他们怎样根据自己独特的思想、性格和不同的生活经验来接受斗争的考验,逐步地冲破私有观念和习惯势力的束缚,而取得集体主义思想的胜利的。

  总之,文学艺术是通过个别的生活画面,通过各种不同的人物性格的刻画,通过他们的思想、感情、行动以及跟周围环境的关系所形成的遭遇和命运,来反映生活的本质、主流及其规律性的。这其中有差别,有曲折的过程,有各种特殊的形态。它只能以生活本身具体的、感性的形式来表现生活,而不能以抽象的观念来图解或说明生活的规律。

  因此,不承认文学艺术的这种特性,用抽象的公式或规律来硬套作品、把一般和个别混淆的批评方法,是不正确的。这种批评方法,既违背了艺术的辩证法,也违背了生活的辩证法;既违背了艺术的认识规律,也违背了科学的认识规律——马克思主义的认识论。上述的观点,不是从个别认识一般、从具体认识抽象;而是从一般的观念、从现成的结论、从社会科学的公式或规律出发,这就必然混淆了个别和一般的差别,取消了矛盾的特殊性,把个别溶解于一般之中,把形象溶解于概念之中。

整体与单个的混淆

  《金沙洲》讨论中存在的另一种不正确的批评方法,是把单个与整体、局部与全体混为一谈——只见树木,不见森林。例如有人说,《金沙洲》没有很好地表现党的领导,对党的领导的描写是不真实的、歪曲了的。其主要根据之一是:"作为党总支书的黎子安,对郭有辉的错误言行不能及时给予耐心的思想教育和制止;平时对郭有辉的错误,只是给予粗暴的、片言只语的指责。而书中作者肯定最多的社主任刘柏,本身就存在着很多缺点。他缺乏作为一个党员应有的斗争性和敏锐的政治嗅觉;对前途也缺乏应有的革命乐观主义精神和必胜的信心。对于郭有辉更是百般地忍让和同情……至于周耀信、何勤两个党员，他们缺乏干劲和朝气，缺乏作为一个共产党员应有的本色，在作品里是可有可无的。作者笔下的党组织，对屡屡向党挑战、坚持走资本主义道路的郭有辉，竟是如此毫无原则、毫无斗争地忍让和同情！这种忍让和同情发展到后来，就成了对资本主义自发势力的纵容，给党和人民群众的事业带来严重的损失。郭有辉的错误，情节是非常严重的，可是小说中只给他安排了停职的处分。我们怀疑作家这样描写党的领导的真实性。"（着重点是我们加的——笔者）这里主要的论点是：第一，不看黎子安是主观主义者（经过批评教育以后有所转变）的形象，而只是看他的职务和身份——黎子安既然身为党的总支书记，就应该是党的原则的体现者，就应该对郭有辉的错误言行"及时给予耐心的思想教育和制止"，而不应该"只是给予粗暴的、片言只语的指责"；倘不如此，就是党组织的"毫无原则"和"对资本主义自发势力的纵容"。第二，刘柏既然身为党支书和社主任，他就不应该有缺点；周耀信与何勤，既然是共产党员，也不应该缺乏"党员应有的本色"；倘不如此，就是对党的组织和党的领导的描写"不真实"。反过来，如果刘柏具有了"党员应有的斗争性和敏锐的政治嗅觉"，和"应有的革命乐观主义精神和必胜的信心"，周耀信和何勤，有了"党员应有的本色"；那么，作品就算是"真实地"表现了党的组织和党的领导。第三，郭有辉之所以"屡屡向党挑战、坚持走资本主义道路"，其原因，并不是因为郭有辉的忘本、蜕化和变质——按照他的性格逻辑发展的必然结果；而是由于黎子安没有对他"及时给予耐心的思想教育和制止"，由于刘柏对他的"忍让和同情"，同时，——按照批评者的逻辑，也是由于党组织对他的"纵容"的结果。第四，作品描写党组织只给予郭有辉以"停职"的处分，也是"毫无原则"的表现，因而也是"不真实"的。这样，批评者就把党员与整个党的领导混为一谈，把个别党员（不管是被肯定的人物还是被批判的人物）看成为党的化身，在党员（不管是被肯定的人物还是被批判的人物）和党的组织、党的原则之间，简单地画上等号。他们不是从整部作品总的倾向来看作品是否体现了党的原则、党的事业的胜利，而是仅仅根据作品中个别党员（不管是被肯定的人物还是被批判的人物）的思想言行，来判断作品是否正确地、真实地表现了党的领导作用。这样，同时也就把"党员"的概念抽象化和"神秘化"，并且把作品所体现的党的领导作用和个别党员形象的塑造完全混淆和等同起来。这种批评观点和批评方法，不能认为是正确的。

共产党员应该具有崇高的思想和品德；党组织的各级领导干部，应该自觉地执行党的原则和政策，使自己成为党的原则和政策的具体体现者；党的组织对于犯了错误的党员，应该及时给予耐心的思想教育，帮助他改正错误；这都是不成问题的。但同时也应该看到，由于我们的党不是从天上掉下来的，而是从中国社会中产生出来的。由于剥削阶级的影响，由于今天我们党内成分的复杂，所以就产生各个党员间思想作风的差别，产生了党员之间不同的世界观；也产生了党员之间对于社会、对于革命中的各种问题之不同的工作方法与思想方法。正是党员之间实际存在着种种差别，形成了党内的矛盾，就产生了党内的斗争。所以，问题的实质，就不在于《金沙洲》是否描写了党员的各种缺点和错误，是否反映了党内的矛盾和斗争，而在于如何进行党内的斗争，如何解决党内的矛盾，使运动继续前进。

黎子安在作品的第一、二部中，既然是作者笔下的一个主观主义者的形象，按照主观主义者的性格特征，自然不可能对郭有辉的错误"及时给予耐心的思想教育和制止"，而只能"给予粗暴的、片言只语的指责"。郭有辉的错误，是否可以通过党内的斗争使之克服或不再发展，以及他所受到的处分的轻重，作者完全有权利根据作品的主题和构思的需要来处理，只要处理得合情合理，不违背人物性格的特征和人物与环境关系的发展逻辑，就不应该受到指摘。黎子安的思想作风的转变（尽管转变得不是那么自然），固然是党的原则、党的思想的胜利；郭有辉最后受到了批判和处分，也同样是党的原则、党的思想的胜利。

认为刘柏对郭有辉是"百般地忍让和同情"的说法，也是缺乏根据的。郭有辉的很多破坏活动，都是背着党暗中进行的。刘柏在掌握郭有辉这些背后活动的事实、认清郭有辉与郭细九等人的微妙关系的实质以前，再加上刘柏过去曾经同郭有辉一道战斗过来的历史关系，在这种情况下，刘柏一方面通过支部会议和个别谈话的方式，对郭有辉进行批评和教育，一方面又对他怀着某种期待和希望，这不是既合乎情理又合乎人物性格与历史关系的表现吗？有什么可以值得非难的呢？怎能说是"毫无斗争的忍让""同情"和"毫无原则"呢？更何况，当刘柏后来经过调查研究，弄清了郭有辉的错误的实质以后，就首先在党支部会议上提出郭有辉的问题，并对他进行了坚决的斗争，还做出了处理的决定。从刘柏和党支部对郭有辉的整个斗争过程及其结果来看，这不是党的原则、党的事业的胜利，又是什么呢？

至于说周耀信与何勤缺乏"党员应有的本色，在作品里是可有可无的人物"。这样批评当然也未尝不可；从作品来看，作者对这两个人物的塑造以及人物的性格本身,都是有缺点的。但是,这和作品能否体现党的领导,却是不能等同起来。在实际生活中,党员之间既然存在着各种差别,当然也就同时存在着先进的与落后的党员。有些党员虽然在组织上入了党,但在思想上却还未入党,其思想的落后甚至连先进的群众也不如,这并不是什么值得奇怪的事情。《金沙洲》中的梁甜、刘骚仔和杨妹,不就比同是党员副社主任的郭有辉和吕执胜先进吗?而梁甜等之所以先进,不也同样体现了党的思想的胜利,体现了党的领导作用吗?我们可以批评作家在塑造周耀信、何勤这两个人物时在艺术手法上的某些缺点,但却不能把这种艺术手法上的缺点以及人物性格本身的缺陷,和作品所体现的党的领导作用混为一谈,更不能据此断言作品"歪曲"了党的领导。

在一部文学作品中,党的领导、党的事业的胜利,主要是体现在党的路线和党的方针政策的胜利,体现在党的思想和党的原则的胜利。而党的路线、方针、政策和思想、原则的胜利,不仅可以在崇高的、成熟的党员身上得到体现,也可以在有缺点、犯错误而最后终于克服了缺点和错误的党员身上得到体现;不仅可以在先进的群众身上得到体现,也可以从反面形象的失败结局中得到体现。如果把"党员"的概念抽象化和"神秘化",把个别党员的思想言行和整个党的领导混淆起来、等同起来,并以此作为检验作品描写党的领导是否真实的绝对标尺,当然就无法正确地评价作品。

一部文学作品所反映的生活内容,不管情节如何复杂,总是有其内在的逻辑,而不可能是各种孤立的人物和事件的堆砌。作品中每一个人物的性格,都是属于作品所体现的艺术整体的不可分割的组成部分。他们的思想、行动,不仅受到自己性格的支配,同时也受到作品整体的制约;而人物的思想、行动,反过来又在整体中引起连锁反应。所以,在检验一部文学作品的时候,必须从作品所表现的生活的整体、从人物之间的诸种关系和矛盾冲突的总和、从整部作品的情节发展的总的结局出发,才能看出作家的基本立场和对于生活的评价,才能看出作品的倾向性;而不能只是抓住个别人物的思想言行,或个别细节的表面现象,妄下结论。

《金沙洲》的作者,通过各种人物(党员与群众、先进与落后、正面与反面)的艺术形象的塑造,通过这些人物之间的性格冲突,展开了党内外的两条道路的尖锐斗争,这一斗争最后以资本主义自发势力的失败而告终,显示了社会发展的必然趋势。应该说,它是体现了党的路线、政策和党的事业的胜利的;说它歪曲了党的领导,是缺乏根据的。《金沙洲》当然还不是一部十全十美的作品,批评者完全可以对作品的某种缺点或错误进行批评，但倘在批评中表达了绝对化和简单化的观点，用新评点派的方法来肢解作品，把个别人物从作品的艺术整体中剥离出来，把个别的事件或细节从作品的全部情节中割裂开来，以单个否定整体，以局部代替全体，只见树木，不见森林，并以树木代替森林，那么，就必然会歪曲作品的思想内容。

理想与现实的混淆

整体与单个的混淆在另一方面的表现，是把众多作品所达到的成就的总和或对一个时代文学艺术的总的要求和总的精神，来强求一部作品和作品中的正面人物。例如，有的同志在评论《金沙洲》时，就用"人民群众改造世界的革命精神和宏伟气魄"来硬套作品中的人物，并据此否定作品主人公刘柏这一艺术形象的典型性。这种把总和与个别、理想与现实混淆的批评方法，是不对的。

表现"人民群众改造世界的革命精神和宏伟气魄"，这是周扬同志在全国第三次文代会上用以概括我国近年来文艺创作的总的趋势的评语。它不但概括地说明了近年来文艺创作所体现的总的精神和总的特征，而且也是整个社会主义时代文学艺术的奋斗目标。因为"我们的时代充满了各种英雄的事迹。我国人民群众从来没有像今天这样充分地表现出昂扬的革命意志和高度的创造精神，在建设祖国、保卫祖国的各个战线上表现这样高度的革命英雄主义和革命乐观主义"[①]。我们的作家、艺术家，应该"最真实、最深刻地表现出这个英雄的时代和这个时代的英雄。"[②] "以鼓舞人民群众的革命热情和劳动热情，提高人民的社会主义觉悟，培养具有共产主义道德品质的新人。"[③]

一个革命的作家，当然应该努力创造出无愧于这一英雄时代的作品，努力表现出这个英雄时代的英雄人物。但是应该看到，现实生活中的英雄人物是多种多样的，既有全新的具有共产主义思想觉悟和道德品质的英雄人物，也有在不断与社会的、本身的旧作风、旧思想的斗争中逐步成长起来的英雄人物。文艺作品的艺术形象，其素材，都是从生活中、从群众中来的。作家可以选择生活中新的事物、新的思想的萌

---

① 周扬：《我国社会主义文学艺术的道路》。
② 周扬：同①。
③ 周扬：同①。

芽，加以集中概括，创造出崭新的英雄形象；也可以描写在先进与落后、革命与保守的斗争过程中产生的英雄人物。但无论是前者或后者，都不是划一的，他们之间，也存在着各种不同的差异，表现出相对的差别性。由于作家在不同的作品中表现了多种多样的英雄人物，构成了近年来我国社会主义文艺画廊中雄伟壮丽的英雄群像。正是通过这些英雄群像，可以看出近年来文艺创作的"一个明显的趋势：作家对于人民群众改造世界的革命精神和宏伟气魄，描写得越来越鲜明和深刻，对人物性格的刻画也更加细致和丰满了"[①]。（着重点是我们加的——笔者）

《金沙洲》中的主人公刘柏，虽然不是全新的英雄形象，但却是在大变革的过渡时期，在农村的阶级斗争过程中成长的某种农民出身的党员干部的典型性格。这一艺术形象，也应当和其他作品中的英雄人物一样，在社会主义文艺的画廊中占他应有的一席地位，而不能拿"人民群众改造世界的革命精神和宏伟气魄"来硬套他、否定他。如果忽略了生活中实际存在的各种英雄人物的复杂性和差别性，忽略了作家对于题材、人物的选择的多种可能性，而拿众多作品所达到的成就的总和，或拿对一个时代文艺作品的总的要求和奋斗目标来硬套他、否定他，把总和与个别混淆起来，把理想与现实混淆起来，其结果将不仅仅是否定了刘柏而已，其他貌似平凡、实则伟大的艺术形象，也会同时遭到否定。这种观点的危险性，正在这里。

* * *

"总代表"与典型的混淆、一般与个别的混淆、整体与单个的混淆、理想与现实的混淆，是造成上述错误观点的主要根源，是批评者离开了辩证唯物主义而陷入形而上学的诸种表现。

毛主席在分析教条主义和经验主义的认识根源的时候说：

中国的教条主义和经验主义的同志们所以犯错误，就是因为他们看事物的方法是主观的、片面的和表面的。片面性、表面性也是主观性，因为一切客观事物本来是互相联系的和具有内部规律的，人们不去如实地反映这些情况，而只是片面地或表面地去看它们，不认识事物的互相联系，不认识事物的内部规律，所以这种方法是主观主义的。[②]

---

① 周扬：《我国社会主义文学艺术的道路》。
② 毛泽东：《矛盾论》。

而我们有些同志在评论作品的时候，却恰好离开了自己研究对象的具体实际，忽略了作品的艺术整体的互相联系，忽略了作品的内部规律。他们往往从主观出发，用孤立的、静止的、片面的观点来判断作品；或者用一般的抽象原则和概念来硬套作品，以"总代表"否定典型，以一般否定个别，以理想否定现实，以可能否定存在；或者寻章摘句地肢解作品，把个别人物、个别情节从作品的艺术整体中割裂开来，然后攻其一点，以局部代替全部，用单个否定整体。这种主观片面的批评方法，不但违背了文艺反映生活的特性，也背离了主观与客观的辩证统一的原则，其结果，当然要离开了辩证唯物主义而陷入形而上学的泥坑。

一九六一年八月十七日

（本文是与易准同志合写）

砌砖铺瓦的精神*

在我们的社会里，每个公民都应当掌握一门"武器"，学会一种本领，才好为正在建造中的社会主义大厦尽一份力量。这座大厦壮丽而又巍峨，是人类伟大理想的结晶体。但要建成它，需要有人去清理地基，设计图纸；也需要有人去搭脚手架，运送钢材和木料；还得有人去砌砖铺瓦和雕饰门窗。行业尽管不同，劳动的性质和强度也不一样；可是对于总目标，却应当是一致的——同心协力，各尽所能，尽快地把社会主义大厦建造起来。

文学也是一种"武器"，它的作者自然应当为这座壮丽的大厦献出自己的热情和智慧，应当用诗样的抒情和动人的形象去启迪人民的革命觉悟，用美妙的构思和炽热的语言去鼓舞人民的革命热情和劳动热情。看！这座大厦正在亚洲的东方一天天地耸立起来。文学应当在大厦的每一寸的进展中，献出自己的力量，留下自己的手印；同时，大厦的每一寸的进展也应当正面或侧面地反映在我们优美的诗句中和动人的形象里。

有人说，文学是时代的足音；但是作家如果不把自己的创作活动跟社会主义革命和建设联系起来、不把自己的创作活动跟人民最美好的理想联系起来，结果会怎样呢？结果不但听不到时代的足音，连作品的灵魂和生命都会一起丧失，而变成没有时代气息的形象游戏，或成为卖弄个人主义情趣的陈腔滥调。

是的，题材风格应当丰富多彩，要不然，社会主义文艺花园里，就不会万紫千红。但是，如果把这跟社会主义大业对立起来，跟我们时代的伟大理想对立起来，以为要为大厦砌砖铺瓦就不能题材多样化，要题材多样化就不能为大厦砌砖铺瓦。这种

---

* 载1962年7月5日《羊城晚报》第二版《文艺评论》。

想法，显然是不正确的。

实际上，越是忠于伟大的理想，越对理想的实现抱着最大的热情，也即是越有鲜明的目标感，作家的个性和独创性越能闪闪发光，他的眼界才能越来越广。越是站在目标高处来观察生活，就越容易看清什么是先进的事物和什么是落后的事物。只有你忠于理想，又常常为实现这理想而操心，你才会对社会主义的新事物产生诗意和激情；对阻碍社会主义前进的腐朽事物，才能用"破旧立新"的观点去批判它们。正因为站得高，视野就宽阔，因而题材也就愈多样愈丰富。

只要有利于"团结人民、教育人民、打击敌人、消灭敌人"，我想，应当着重写当代的重大题材也可以写历史的事迹；应强调反映尖锐的政治斗争，也可以写普通的日常生活；正面人物、英雄人物应当着力去塑造，反面人物也应有适当反映；应当反映敌我矛盾，也应当反映人民内部矛盾；可以写喜剧，也可以写悲剧；可以热情地歌颂，也可以严肃地暴露。题材是十分宽广的。可见主要问题显然不在题材的范围，更重要的是作者的态度和立场。

如果抱着为社会主义——共产主义大厦砌砖铺瓦的精神，对于政治斗争或正面人物的题材，固然能笔下生花；就是偶尔抒写山山水水、草草花花，也会情不自禁地流露革命者的激情和愿望。对于这样的小诗，你能说它没有时代气息吗？

我们都承认"借物寓情"。什么"物"都可以"借"，问题要看你所"寓"的是什么"情"、什么"志"。所以，题材不应受约束，但思想感情的倾向，却不应有一丝一毫的忽视。

革命的文学，理应反映出当代最先进的社会理想和美学理想。但是如果一个作者站在先进理想的篱笆外边，只有时探头往里边望一眼；或者把现实斗争和建设与创作活动"隔离"起来，那你能奢望他理解并反映出当代最先进的理想吗？这种精神状态支配下所产生的作品，能有一点时代的精神吗？

怎么办？归根结底，还是要有为社会主义大厦砌砖铺瓦的精神。

一九六二年六月二十日于广州

一定要把立足点移过来[*]
——纪念《在延安文艺座谈会上的讲话》发表三十五周年

一

远在四十年代初期，伟大领袖和导师毛主席就在延安文艺座谈会上的讲话中，向我们提出创造真正无产阶级文艺的课题。同时指出，要完成此项任务，文艺工作者一定要把非无产阶级的世界观改造过来，把立足点从"小资产阶级知识分子的王国"里"移到工农兵这方面来，移到无产阶级这方面来"，并指出"要彻底地解决这个问题，非有十年八年的长时间不可。但是时间无论怎样长，我们却必须解决它，必须明确地彻底地解决它""只有这样，我们才能有真正为工农兵的文艺，真正无产阶级的文艺"。

自毛主席发表那次讲话以后，广大革命文艺工作者，在光辉的毛泽东文艺思想的指引下，经过多方面的努力（包括深入生活、深入斗争实际和学习马列主义、学习社会等），在世界观改造方面取得了不小的进展，在创作上也产生了一些较好的作品。但在进城以后的一段时间，因受到修正主义文艺路线的干扰，在创作中出现了一些不好的作品，在工作中也有过这样或那样的缺点和错误，到了"文化大革命"时期，那些错误理所当然地受到严肃的批判，使广大文艺工作者经受了一次严格的阶级斗争和路线斗争的教育，在政治觉悟上得到了普遍的提高，但还来不及把提高的觉悟在艺术实践中体现出来，即还来不及把认识付诸实践，"四人帮"却篡夺了文权，控制了

---

[*] 载1977年5月1日《广东文艺》第5期"纪念毛主席《在延安文艺座谈会上的讲话》发表三十五周年"。

文艺阵地,对年老的和年轻的革命文艺工作者,进行了史无前例的践踏和迫害。虽然老妖婆江青之流曾高唱过什么"塑造无产阶级英雄典型",其实他们是在挂羊头卖狗肉。他们从来不敢提一句深入生活,也不敢说一声思想改造。是的,那个老妖婆曾胡诌过什么"我要从艺术实践中把你们的世界观拉过来",这是句什么话?她要把人们"拉"到什么样的精神世界去呢?只要看看她自己朝夕所醉心的是什么生活、什么趣味,你便什么都明白了。如果还不很明确,那就看看他们在文艺领域中肆意扩张资产阶级法权、拼命扩大等级差别、大搞"三名三高",用"高官厚禄""封官许愿"作为诱饵去腐蚀、分裂文艺队伍的种种勾当吧!事情已经十分清楚,他们的目的是培植资产阶级精神贵族,为篡党夺权准备反革命吹鼓手和啦啦队。还应当看到,在他们"拉"的过程中,绝大多数的革命文艺工作者一直保持着清醒的头脑,坚持着"威武不屈,富贵不淫"的可贵的革命品质,不上钩,不上当;可是也有一小撮利欲熏心的小丑,想讨得主子欢心,竟不择手段,上蹿下跳;竖起两耳,吠形吠声;偶有所闻,即掐头去尾,张冠李戴;写黑信,告黑状,终于成了反革命黑帮的哈巴狗。这类家伙大概还是"炮制"赵昕、江涛一类反革命"英雄"和"内奸典型"的能手,因为他们自己和他们的主子都是惯于搞阴谋诡计,惯于制造事端、嫁祸于人的人,对这方面的生活何止熟悉,简直是每条神经的跳动他们也了如指掌。但是,只有白痴才会把创造无产阶级文艺的神圣职责寄托在这些灵魂肮脏、品德恶劣的哈巴狗身上。因而,从老妖婆之流的狗嘴里所吠出的什么"塑造无产阶级英雄典型",纯粹是骗人的鬼话,是捞取政治资本的鬼蜮伎俩。

值得欢欣鼓舞的是,那几条横挡在文艺大道上的拦路毒蛇——"四人帮"已被敲碎了脊梁骨,像几条死蜈蚣那样被踢到一边。阻力已除,形势大好!值此纪念《在延安文艺座谈会上的讲话》发表三十五周年之际,我们特别振奋!特别高兴!伟大领袖和导师毛主席所提出的创造真正无产阶级文艺的课题,应当是我们全体革命文艺战士全力以赴的工作,我们应当在英明领袖华主席为首的党中央领导下,在广大工农群众的帮助下,努力把无产阶级文艺的思想力量和艺术力量,都推到一个更新的水平上。

二

真正的无产阶级文学,才是社会主义革命和社会主义建设所需要的文学。这种文学应当是社会主义社会生活在革命作家头脑中的反映的产物,因之,它首先要求我们在党的基本路线的指导下,真实地正确地反映这个历史时期新旧更替的新社会的生活面貌:不仅朝气蓬勃的社会主义的新事物、新人物和新思想应当得到热情的歌颂和深刻的描写,当然,在反映生活上这是主导的重要方面;此外,那些在新事物、新人物的较量之下而衰败下去或消亡下去的旧社会余孽,也应当予以适量的反映,当然不应当孤立地去描写它们,而是在斗争中、在消灭它们的过程中去"暴露他们的残暴和欺骗,并指出他们必然要失败的趋势",因为反映腐朽力量的灭亡,正可以显示革命阶级的胜利,描写旧事物的必然失败,正是歌颂新事物不可战胜的生命力,其目的是长无产阶级的志气,灭资产阶级和一切阶级敌人的威风!对于那些正在变化、发展的事物以及那些在新社会影响下,由蒙昧状态逐渐觉醒的人们,也不应排斥于文学之外。毛主席说过:"农民和城市小资产阶级都有落后的思想,这些就是他们在斗争中的负担。我们应该长期地耐心地教育他们,帮助他们摆脱背上的包袱,同自己的缺点错误作斗争,使他们能够大踏步地前进。他们在斗争中已经改造或正在改造自己,我们的文艺应该描写他们的这个改造过程。"描写他们的目的,正是引导、鼓励他们向无产阶级靠拢,接受社会主义改造,最后达到共同走社会主义道路的目的。毛主席接着又说:"……我们所写的东西,应该是使他们团结,使他们进步,使他们同心同德,向前奋斗,去掉落后的东西,发扬革命的东西,而决不是相反。"

无论是反映哪方面的生活,但有一点必须是一致的,那就是都必须从无产阶级的根本利益出发。因此,必须有助于社会主义革命和社会主义建设,必须有利于巩固共产党的领导。从作品来说,作者必须用无产阶级世界观去观察生活、判断生活并描写生活。只有这样,你对人物命运以及对矛盾冲突的处理,才可能是正确的,才可能恰当地代表无产阶级的利益和观点,因而才可能使读者得到社会主义精神的鼓舞。

这样的文学,不单要求正确地反映社会主义时期新旧更替的生活和斗争,而且还要求它们能反转来教育人们更加热爱社会主义制度,并激励人们更加仇视一切破坏革命事业的阶级势力和反动意识。

这种带着浓烈的无产阶级感情和意志的文学,只能产生于具有无产阶级世界观的作家之手。因此毛主席教导我们:"要使自己的作品为群众所欢迎,就得把自己的思想感情来一个变化,来一番改造。""如果不把过去的一套去掉,换一个无产阶级的世界观,就和工人农民的观点不同、立场不同、感情不同,就会同工人农民格格不入。"既然和工人农民格格不入,彼此就没有共同的语言,连话也没法谈得拢,谁还愿拿心里的话跟你说?这一来,你便无法摸清工人农民的内心世界,也就没法进入创作过程。就退一步说,你可能在一个很偶然的场合得到一些很不错的生活素材,可是由于你的世界观没有改造,思想感情还是旧的,试问,这种旧思想、旧感情如何能同革命新事物、新人物的素材相融合?主观的思想感情与客观的生活素材,如果不是水乳交融地融合,形象怎么能创造出来呢?艺术构思——包括矛盾冲突的发生、发展和结局的处理——又如何进行呢?这种种情况说明:要创造真正无产阶级的文学,作者就一定要把过去陈腐的那一套去掉,非换一个无产阶级世界观不可,否则,所谓创造无产阶级文学,只是空谈而已。

马克思主义经典作家指出:"革命之所以必需,不仅是因为没有任何其他的办法能推翻统治阶级,而且还因为推翻统治阶级的那个阶级,只有在革命中才能抛掉自己身上的一切陈旧的肮脏东西,才能成为社会的新基础。"(着重点是引用者加的)

这说明要把旧的一套抛掉也不是容易的,只有在剧烈的革命运动中才有可能;但也只是"可能"而已,还不敢说每个人都能在这过程中把陈旧的东西抛掉。因为所谓陈旧的感情或肮脏的思想,通常是指资产阶级的唯利是图、利己主义和强烈的占有欲等。(谁敢说自己处在剥削阶级统治下没有受到过这类思想的影响呢?谁敢说即使在剥削阶级统治被推翻,而其影响还存在的今天就没有这种影响呢?)而这些思想恰恰是革命者应该抵制的,不利于革命运动的。当革命烈火向这类陈腐思想猛烈地燃烧过来时,有一种人这类思想比较严重,对革命又不那么迫切,面对着这场革命烈火,他始则畏缩,继而动摇,最后离开革命完事。另一种人,也有这类思想,但比较轻微,而对革命的要求却很强烈,面对着这场革命烈火,开始感到有点不习惯,经过内心斗争,最后果敢地摔掉这思想包袱,奋勇向前。

不管在改造的道路上还可能遇到什么情况,而我们革命的文艺工作者,"一定要把立足点移过来,一定要在深入工农兵群众、深入实际斗争的过程中,在学习马克思主义和学习社会的过程中,逐渐地移过来,移到工农兵这方面来,移到无产阶级这方面来"。

三

一切非无产阶级的思想、感情、观点和情绪,都是创造无产阶级文学的障碍,因为这些思想感情代表着与无产阶级相对立的另一个阶级的利益和立场；是与无产阶级思想体系相对立的另一种思想体系所派生的。譬如地主资产阶级人性论，只符合剥削阶级的需要，与马克思主义的阶级斗争学说是不兼容的。倘若用这种所谓普遍人性的观点去塑造新的英雄人物，显然只会牛头不对马嘴，结果很可能衣服是无产阶级的，灵魂却是地主的或资产阶级的。用这种观点去观察新社会的新事物，不仅不能正确地判断事物和反映事物的本来面貌，反而可能受到严重的歪曲：因为所谓普遍人性与无产阶级的阶级性是不相协调的，从人性观点去看社会斗争（主要是阶级斗争），这种斗争对推动社会发展的积极作用，不但不被理解，反而可能被看成是社会的黑暗面，甚至被当作丑恶现象加以恶意的渲染，这哪里还谈得上正确地反映我们新社会的面貌和歌颂我们时代的新人物呢？

又譬如资产阶级个人主义，也是与我们社会主义以集体为核心的思想不兼容的，这是两个阶级两种世界观的根本标志，一种为他自己和他一小撮人的私利奔走，一种则为绝大多数人谋福利。如果从个人主义角度去观察、描写社会主义的新事物和新人物，当然得不到正确的反映：因为从个人主义角度去看人，他们就认为人有私心是天经地义的，追求个人舒适也是人之常情，因此，在这些人的心目中，"公而忘私"的人是没有的；只为别人、不为自己的人也是不存在的。但他们认为这样的"先进人物"大概是有的，那就是既有进步思想，也有落后意识；既有社会主义观念，也有个人主义欲望。在他们看来，也只有这样的"先进人物"才是可信的，倘用这样的观点来判断和描写我们社会的新人物，岂非笑话！

其他，如悲观厌世思想、田园风味或牧歌情调之类，都不是无产阶级思想感情，都不可能正确地认识和反映工农兵的斗争生活。

现在的确有些人很警惕人性论或个人主义之类的思想侵入创作，这些人在抽象的概念上也懂得一些新事物、新人物的主要属性或主要特征，可是他们旧的一套思想感情却没有甩掉，革命的无产阶级世界观又还没有建立起来，因之当他们提起笔来，却很少真情实感；他们笔下的人物，只会说些作者要他说的话和做些作者需要他做的事；除了表面，却触不到人物的内心世界，更感不到一个有个性的、有独立思考能力的血肉丰满的人物形象。如果是诗，除了高昂的激情的辞藻之外，也触不到动人的意境，总之，一切都很一般化，也很概念化。

是什么原因呢？前面已约略谈到，关键还是由于作者的思想感情没有改造，立场还没有移到无产阶级方面来，因而不能用无产阶级的心灵去吸收、提炼、融化生活素材，当然也就不能创造出既有阶级特征又有鲜明个性的形象了。

实际上，从深入生活到进入创作的整个过程中，无论是感觉、感受、选择、概括、提炼、构思、塑造或描写……都离不开"心灵"的支配和作用。在这里我为什么不直接用"思想、观点"，反而借用"心灵"这个词儿呢？不外是想强调表明：我想说的思想观点不是那种只停留在口头上的，而是一种经过自己消化、同自己的感情、情绪水乳交融在一起的思想观点。

所谓"心灵"作用于素材，是什么意思呢？这两者的关系就像高炉同矿石的关系一样，如果没有高温的熔炉，并经过熔化过程，再好的矿石，也不能转化为铁。又像蜜蜂身上的蚁酸那样，尽管花粉很好很多，但如果没有蚁酸与之融合，花粉还是无法转化成蜂蜜。同样的道理，如果没有无产阶级世界观，没有革命的"心灵"，尽管好的生活素材十分丰富，也无法塑造出既有共产主义灵魂又有鲜明个性的艺术形象。

"没有正确的政治观点，就等于没有灵魂。"对于一个社会主义时代的作家来说，就更是如此。一个作家如果缺乏远大的革命理想和抱负，他就根本不可能有什么革命浪漫主义。这样，他就只能像一架装着蹩脚的彩色胶卷的照相机那样，虽然面对着许许多多的英雄人物和英雄事迹，可是由于胶卷上缺乏某种感光质（比如红色），它对客观事物或人物的某种（红）色素，已失去感应作用，结果，虽然按了"快门"，胶片还是无法把事物的面貌正确地反映出来。凡是优秀的胶卷，都具有灵敏的感应作用，这种良好的感光质，就像生根在你"心灵"里的广阔的胸怀、宏伟的气魄、远大的理想、极端信任群众、必胜的信心、藐视困难、乐于革命、勇于斗争、灭旧建新的光荣感等一样，只有这样的"心灵"（无产阶级世界观），对出现在社会上的带着共产主义因素的新人物、新性格、新关系和新风气……你才能灵敏地感觉到，才能经过形象思维，经过集中概括以及典型创造的过程，把崭新的人物性格栩栩如生地表现出来。

诗也是如此，只有你在心灵深处有一股炽烈的热望，把革命战争看作不仅能把奴隶从剥削制度下解放出来，而且还能打出一个新世界来，只有在这股热望之下，你才会满腔热情地去歌颂革命战争，才会把革命战争看成最壮美、最诗意的场景。也只有在这样欢悦的情绪下，才可能写出"战地黄花分外香""当年鏖战急，弹洞前村壁。装点此关山，今朝更好看"和"山下山下，风展红旗如画""踏遍青山人未老，风景这边独好"一类歌颂革命战争的诗句。只有对革命满怀信心、怀着一往无前的豪情壮志，才可能产生"为有牺牲多壮志，敢教日月换新天""不到长城非好汉，屈指行程二万里"等豪迈诗句。

不管是艺术形象或者是诗的境界，都不是靠华丽的辞藻、激昂的高调或动人的口号，而是靠深厚的人民生活的积累和作者无产阶级的思想感情，靠这两者水乳交融的融合，有了这两者的融合，才可能有典型形象的塑造，才可能有真正的无产阶级的文学。因此，只有下决心把旧的一套丢掉，把立足点移到无产阶级这方面来，然后，我们才有可能真正为工农兵服务，为无产阶级政治服务，为社会主义服务。只有如此，真正的无产阶级文学，才可能顺利地发展起来和繁荣下去。

一九七七年三月二十六日于广州

讨伐"文艺黑线专政"论[*]

"文艺黑线专政"论是"四人帮"妄想篡党夺权、"改朝换代"所杜撰出来的谬论。

建国以来,我们广大的文艺队伍在毛泽东思想的哺育下,经过长期的斗争和锻炼,提高了政治觉悟,总的来说已经成为一支经得起大风大浪考验的队伍,如同各条战线久经战斗锻炼的革命干部一样,是一支热爱党、热爱毛主席、热爱社会主义的队伍。

"四人帮"要篡党夺权,便挥舞起"黑线专政"论的黑旗,想先在文艺战线打开缺口,进而扩展到其他战线,最后妄图证明"黑线专政"了各条战线,为他们"改朝换代"制造口实,制造反革命舆论。为了达到这个目的,他们首先把建国以来的文艺界说得一团漆黑,不仅抹煞了十七年来党所领导的一切文艺创作成果,同时还把党所培养的广大文艺工作者,一律诬蔑成"黑线人物""反动权威"或"修正主义苗子"。在这些人物中间,年老的文艺工作者大部分成了他们特别刺目的眼中钉,在"四人帮"的心目中,人老了就腐朽,所谓"凡老皆修,越老越修"。其实这是恶毒的诬蔑。因为这些老作家、老艺术家不买他们的账,根本不理睬他们那套邪说,因而受到"四人帮"的迫害与摧残特别沉重、特别残酷。在"四人帮"胡作非为、横行霸道的岁月,老作家、老艺术家随时都处在挨打或被告的地位上,"四人帮"的爪牙时刻都握着狼牙棒窥伺着,只要你写几个字或说几句话,稍不合他们的口味,就会祸从天降。十多年来,这类事实难道还少吗?

问题是在"四人帮"被打倒之后,在某些人的头脑里,"黑线专政"论的阴魂却

---

[*] 载1977年12月15日《南方日报》第二版。

依然未散，一些曾被诬为"黑线人物"的作家艺术家仍然使某些人怕得要命，一提到这些文艺界的同志，他们就好像怕沾边似的，赶快回避；对于那些被"四人帮"贴了封条的书籍、电影、戏剧等等，至今仍然战战兢兢不敢理直气壮地去启封；至于那些被"四人帮"任意改变、取消了的文艺工作制度和合理的传统，虽然开始有点变动，但还远远不能适应局势发展的需要。

通过这种种现象不难看出，"文艺黑线专政"论的恶劣影响还很深广，它已成为精神枷锁，不仅缚住了文艺工作者的手脚，也缚住了一些文化领导同志的手脚。要真正解放思想，繁荣创作，就必须上下一心，彻底粉碎"文艺黑线专政"论的精神枷锁。

现在，党中央已吹响了讨伐"文艺黑线专政"论的号角，我们坚决响应党的号召，决心同广大人民群众一起，彻底粉碎"文艺黑线专政"论的阴谋，焕发革命文艺的青春，创造更多具有思想力量和艺术力量的好作品，为巩固无产阶级专政，为推动历史前进，而贡献我们的力量。

赶快建立文学队伍[*]

在举国上下开始新的长征的时候，文学战线要顺利地完成新时期的总任务，首先应该认真整顿和建设我们的文学队伍。否则，我们将没有力量参加新的长征，也没有力量完成我们在长征中所应该完成的任务。

文艺战线是"四人帮"插手最早、控制最严、破坏最大、流毒最深的一个"重灾区"；而作家、艺术家则是被摧残、被迫害得最惨烈，受伤最重、牺牲最大的受害者群体。在粉碎"四人帮"之后，虽然许多作家和青年写作者都焕发了青春，创作积极性大大提高了，但劫后的创伤，还未完全消除：年老的作家，有的已经死去；有的已成残疾或已失创造能力（创作能力）；有的年老多病，力量已很有限；而人数也越来越少了。年轻的写作者，有的很好，仍保留着蓬勃的朝气；但有的还缺乏基本功，有的受毒害而还不自觉。

你看，这样的队伍能适应新形势的需要吗？要是不紧急地采取组织措施，文学创作不但不能适应新时期的总任务，不能与四个现代化齐步前进，而且这两者——即强大的社会主义经济同作为上层建筑的文学——之间，很可能出现不相适应的情况。

这已不是遥远的事情，我们的党为实现我国社会主义革命和社会主义建设的总任务，已经明确地制订了发展国民经济的三年、八年的规划，二十三年的设想也已提出来了。只要通过扎扎实实、埋头苦干、排除干扰和克服困难的奋战，这些规划将一步一步地完成，四个现代化将由理想变成现实，我们祖国的经济建设，将日新月异，蒸蒸日上，崭新的繁荣的社会面貌将会出现。

前景是这样的光辉灿烂，而我们的文学队伍却是这样的"单薄"。为了更好地适

---

* 载1978年7月《作品》7月号"评论"，署名肖殷。

应这个前景，我以为从现在起就必须努力创造条件，积极组织年轻的文学力量，认真建立我们战斗的文学队伍。

如何培养青年、建立文学队伍呢？

我看了艺术院校的招生通知，其中有美术，有音乐，也有戏剧、舞蹈，还有曲艺；唯独没有文学。艺术各部门都各有自己的学院，却偏偏没有文学院。广东的情况也是如此。这说明艺术各部门的人才都有培养的场所，除学院之外，还有中等培训学校，唯独文学创作人才没有进修、培育的地方。也许有人会说：大学不是有中文系吗？是的。但事实上，有哪个作家是从大学里培养出来的呢？即使有些作家是大学毕业的，但他那套创造艺术形象的本领，肯定不是从大学课堂里学来的。许许多多的事实都表明，能写作的人，绝大部分都是在生活中、在斗争中富于阅历，经历过艰辛、曲折、艰险的人，他们总是开始于对生活有所感触、有所感慨，并想诉之于人，然后经过不断写作、不断学习、不断总结、不断提高，才逐渐积累了写作的素材，同时练出了一套表现生活和创造形象的本领。

这样说来，那么工农业余作者，不是文学后备力量的源泉吗？是的，这是巨大的可靠的源泉。但，是不是说文学创作队伍就会由这里自自然然地产生出来呢？恐怕不行。因为首先，这些业余作者的生活圈子很狭窄，临时写些报告文学、人物素描，是可以的；但要把这点生活素材当作创造典型形象的源泉，是十分不够的。其次，一般业余作者对于形象创造的规律，还没有很好掌握；更何况还有一些业余作者不知不觉地中了"四人帮"的流毒，那套脱离生活，从政治需要出发的"创作原则"，还或深或浅地印在他们的头脑里，有时还起着作用。不经过反复批判，并教以一套现实主义的创作方法，是不容易辨清其是非，进而摆脱其流毒的。

因此我认为，文学战线应当刻不容缓地着手建立自己的培育创作人才的场所，叫"文学院"或叫"文学讲习所"都行。其培育对象，是有一定生活积累，又有一定艺术表现能力、思想进步的工农业余作者。其方法，绝不能只上课，应当是生活、写作、学习三结合。

一九七八年

作品概念化的原因何在？*

近半年来有机会读了一些业余作者的习作，虽然这些作者都生活在基层，有的在工厂，有的在农村生产队；可是他们的作品却写得很概念，公式化的味道很浓，生活气息稀薄，几乎没有什么艺术感染力；结果，虽然这些作者怀着极其积极的目的，却收不到预期的效果。这是很可惋惜的！但这现象并不是个别的，因此很值得注意。是什么原因呢？这里选出三封复信，就几篇作品做了简要的分析，对某些概念化的产生进行了粗略的探讨，以供业余作者参考。

一

《迷惘》中所反映的斗争，是应该反映，也值得认真去反映的。但这篇作品没有写好，主要原因是你还没有将题材酝酿成熟，只满足于捕捉到一个朦胧的概念（反击"四人帮"），你就急急忙忙地提笔了。结果不仅没有创造出艺术形象，连这类斗争的一般特征也没有得到清晰的反映。

首先在人物方面，在你这篇作品里没有一个人物能给人留下印象的：他们的性格或内心活动、面貌，都使人摸不着头脑；几个主要人物，除了名字之外，读者完全触不到他们的内心世界或精神状态；他们的思想、感情、情绪和欲望，读者完全茫然；甚至他们的外貌特征，个人的脾气、爱好等，读者也模模糊糊。人物既然这样，那么，怎么能产生动人的、合乎常情而又出人意料的情节呢？

从头到尾，你的确花费了不少气力，但作品的生活气息却稀薄得出奇。你仿佛匆

---

* 载1978年9月26日《广州文艺》第5期"作家与作品"。

匆忙忙构想了一场斗争的大致轮廓，就信笔写来。说得直率一点，你头脑里并没有这方面的生活素材，只是一种"想写作"的欲望激励你去构想这场斗争，而且还十分勉强地去铺排作品的内容。结果，当然只能写出这种既无人物也无合理情节的概念化的作品。

说来奇怪，你生活在工厂里，怎么反映到你作品中的生活气息会这样稀薄？出现在你作品中的人物会这样抽象、这样无血无肉呢？这是值得你深刻思考的问题。"四人帮"横行时，到处都有斗争，或明或暗，只是方式不同，而斗争却是普遍存在的。在你们那里大概也不会例外。只要你稍稍留心观察，并稍稍加以思索，就不难识别他们的特征，也不难抓住那些足以体现他们"帮性"特征的细节和场景。可是，从你的作品看来，你虽然身在基层，但你对基层生活的某些典型特征，好像很少留意；许许多多能生动地显示各种人物性格特征的现象，都在你的视线之外。作为一个业余作者，必须改变这种状况；否则，你将得不到塑造形象的材料，也无法写出有艺术感染力的作品。

我沉思了很久，忽然想起你在这里的一次谈话。在那次谈话中，你津津有味地讲到你搜集写作材料的情况，你谈到喜欢搜集一些你认为新奇的社会趣闻，例如什么盲公与跛脚妹闹恋爱呀，什么有人把家当卖光吃光，死期到了却没死，上了算命佬的大当呀之类。此外，你也谈到搜集了一些新人新事，例如什么某炉工冒高温抢修炉壁，什么一少年智擒悍匪……那次谈话留给我一个印象：你对稀奇古怪的事件感兴趣，却对事件的当事人毫不注意；对事件的始末讲得很详细，但对事件为什么发生、事件为什么这样收场，却毫不在意。也就是说，你只注意搜集情节，却不注意观察决定情节的人的思想感情；只注意情节的始末，却不理会酿成矛盾冲突的人物性格，更不注意那些能体现性格特征的细节和场面。

这一来，你虽然生活在工厂里，却无法通过形象把工厂里的斗争反映出来；你虽然生活在工人中间，却不能生动地写出一个工人形象。问题已经很清楚，你平时虽然有志于写作，也努力去搜集写作材料，但你只从好奇心出发去搜集、积累离奇古怪的故事，却不注意观察、体验、积累能体现工人阶级本质特征的现象（细节和场景、言谈和举止等），也就是不注意研究、积累能体现工人生活中一些富有典型意义的现象。既然如此，那么，你靠什么材料来塑造工人形象？靠什么材料来表现工厂里的生活和斗争？（靠什么来构成你作品的情节？）那种瞬息万变、丰富多彩的生活情景又靠什么来表现呢?……

二

……在几天之内,一连读了你的三篇小说,给我留下一个很深刻的印象。首先,我觉得你在酝酿题材时,只把注意力放在情节上,把情节当作扮演(或图解)主题思想(或概念)的手段,以为安排了情节,作品的构思就完成了;因此出现在你作品中的情节以及情节的发生和发展,不但不自然,而且也缺少真实感。

为什么?最主要的原因是,你完全抛开了人物,抛开了人物的性格去编造情节,去安排情节的发生和发展。其实,所谓情节(或叫事件)是由人物之间的关系、矛盾或斗争的连续所构成的;而人物之间之所以发生矛盾或冲突,出现彼此之间的不融洽或者闹别扭,是由于彼此的性格各异;具体点说,就是由于彼此之间对某事物的观点不同、感情不同、态度不同,因而人物之间产生了对立,出现了矛盾或冲突。把这些人之间的对立关系、矛盾或冲突连接起来,就构成情节或事件。由此可见,作品的情节不能离开人物,不能离开人物的性格;假如你不刻画性格,不描写性格的矛盾和冲突(或不描写人与人的关系),哪里还有什么情节呢?可是你只依靠一些谁都知道的理由(道理、原因……)来编造作品的情节;结果,不但情节没有一点使人信服的力量,连生活气息也稀薄得可怜。那么,由这样的情节所显示出来的主题思想,还能有什么深刻的意义呢?

造成这种情况的原因,主要是你没有从生活出发,没有从丰富多彩的现实斗争中去发掘题材。读了你三篇小说,其中有个共同的缺点:都缺乏活生生的生活气息,缺少丰富多彩的生活情景。读者接触你的作品时,只感到你的情节十分生硬,十分一般化,十分概念化。譬如你写到人们与"四人帮"之流的斗争,无论是斗争的内容或斗争的方式,都是极其一般、极其笼统的,也就是报纸上常见的那种内容和形式;甚至彼此使用的语言,也是报纸上常常出现的那种语言。既然如此,你作品中的情节,又怎么能产生吸引读者的力量?至于艺术感染力自然就更谈不到了。

其次,我觉得你对人物性格是完全忽略了。情节是由性格之间的关系、矛盾或斗争所构成的,如果人物无性格,作品中没有人物性格之间的矛盾冲突,哪里还有情节呢?你每一写到人物,只写他们最表面的东西,如身材、面部、衣饰等,这种最表面的东西，怎么能表现人物的精神面貌和内心世界呢？既然这样，读者又怎么能识别人物的性格呢？

再次，你似乎只注意人们的共同性（比如"四人帮"的共同性和一般性），却不注意他们之间的个性，更不注意他们生活着的各种环境的特殊性。这也许正是你作品中的人物和情节显得这样一般化和概念化的原因吧？

本来，你是生活在工厂里，每日每时都在工人群众之中，可是在你的作品中所反映的，不仅工人的精神面貌模模糊糊，甚至他们的真实的生活情景也朦朦胧胧。这应该引起你的注意！……

三

……读完你的《纠纷》之后，我不知道该把你这篇作品归入哪一类，是小说吗？不像；是散文吗？也不是；是一篇文艺性的杂文吗？似乎也很勉强。因为你所写的中心事件，是对一个技术问题发生了对立的看法，双方各持己见，互不相让，于是一场激烈的争论展开了。虽则作者没有忘记赋予双方的人物以不同的性格，甚至还有点个性，可是这仅仅是一种装饰，而人物性格在矛盾冲突中不起任何作用。对技术问题的不同观点，以及由不同观点所引起的对立态度，才是矛盾冲突不断升级的主要因素。可是彼此所争论的，是专业性的技术问题，能理解它的读者大约也不会很多。这一来，技术辩论代替了对社会生活的描写。既然这样，哪里还像文艺作品？由这样的内容所显示出来的主题思想，还能有什么社会意义？

文学作品不是技术教科书，也不是工作方法的指南。它是生活教科书，只能在精神上给你一些启发，在情绪给你一些刺激，并在思想上引起你去思考，进而激励你为改造生活去奋斗。

很显然，文学要达到这样的目的，决不能依靠图解政治学概念（或社会学概念）来完成，而是取决于你在描写生活时所揭示出来的社会意义的深度和广度。

文艺创作依靠形象感人，而不能靠抽象说教。所谓"揭示"绝不是使用抽象的说明的方式，例如用"由于……因此……"或者"原因是……结果便……"等，这都是抽象的说明，并非形象的表现。这种方法，不仅无助于形象地表现生活，无助于揭示某些现象产生的根源，而且也不能使作品产生感染力。

我们都知道，人们对社会的观点、态度或行动，并不是孤立的，而是受着一定的社会环境和政治条件制约的。恩格斯要求作家写出"典型环境中的典型人物"，就是要求作者处理人物行动时，千万不要离开他所处的时代社会的条件和环境，否则，不但不能真实地反映当时人们的生活面貌，反而只会把人们的种种行动写成没有社会根源的偶然现象。像这样的作品并不是没有，一些只写出事件过程，没有写出事件产生的社会根源的作品，正是属于这一类。这类作品不仅不能揭示生活的本质，也不可能有较深刻的思想内容。

正确的做法，应当是人物的性格与行动不脱离典型环境的制约，这里不仅要求写出促使人物行动的社会条件与历史动向；而且也要求通过人物的遭遇（命运）反过来说明这个社会环境（包括政治制度、意识形态、社会风尚等）的好或坏。祥林嫂的性格与遭遇固然是她所处的旧礼教的社会环境促成的，而祥林嫂最后被逼成疯癫，死于路边，不正说明那个吃人社会是人间地狱吗？《祝福》这篇小说的深刻社会意义，就是通过那种吃人的礼教、风习无休无止地折磨和冲击这个善良的劳动妇女，又经过祥林嫂不断地挣扎和抗争，由悲伤、绝望走向破灭来体现的。可见离开了社会与人物的互相关系、互相矛盾的深刻描写，离开了社会对个人生活或命运的巨大影响的描写，文学作品的社会意义或现实意义是无从表现的。

请原谅，我把话扯远了，但我的意思无非是希望你不要把技术或工作方法拿来当作文学题材；而应当认真地面向人生，面向社会，面向社会的矛盾和斗争。大胆地歌颂那些该歌颂的美好事物，也大胆地批判那些该批判的丑恶现象。只有你像生活本身那样丰富多彩地去描写生活，真实的动人的生活图画才能展现在读者眼前。只有这样，你的作品才能摆脱概念化的状态，而具有浓郁的生活气息和形象的感染力……

一九七八年七月于广州

关键在于领导[*]

"四人帮"那条修正主义文艺路线之所以能够欺骗和吓唬一部分人,主要是因为它披着革命的外衣,利用无产阶级或共产党的革命口号、旗帜或词句来掩饰其反革命行动的实质。他们提出什么"塑造无产阶级英雄形象""突出第一号英雄人物",什么"写与走资派做斗争的英雄",等等,从表面看,是够革命、够冠冕堂皇的了!其实他们是在挂羊头卖狗肉!就在这类旗号遮掩下他们干着破坏共产党、破坏社会主义的罪恶勾当。因其口号"左",披着无产阶级的革命外衣,一部分人容易被迷惑,受骗上当;还有一部分人虽然洞察其奸,但要揭穿它却要冒极大风险。在当时,受到怀疑,受到监视,受到迫害,以致被摧残成疾或死亡的作家艺术家,难道还少吗?这段暗无天日的岁月虽然已经过去,但"四人帮"推行的那条极"左"的路线以及他们散布的种种反动谬论,直到现在还在文化部门某些同志的头脑里潜伏着,而且有时还被当作"整人"的帽子、棍子挥舞起来。请设想一下吧,在这种人管辖下的文艺工作者,特别是当他们提起笔来写作的时候,能不提心吊胆、心惊肉跳吗?

说这些挥舞棍子的人都是"四人帮"的爪牙,未免冤枉,可是从他们的表现来看,我以为至少可分为两类:

有一类人,在"四害"横行时,在某些方面(或在某个问题上)整过人,与"四人帮"站在一个立场,唱一个调调,身上沾了一点屎,有点"不干不净";可是在粉碎"四人帮"之后,这些人却不正视错误,也不承认错误,而是采取"溜"的办法;因此,他们就像阿Q因头上有疤怕人提到光亮那样害怕触及那类错误事实和错误思想。人们一提及这类错误,他们总是躲躲闪闪;甚至连人家在自我批评时接触到这类

---
[*] 载1985年1月版《创作随谈录》。

错误，他们也害怕，甚至恼火；小则表示不同意，大则就抓你的辫子或给你小鞋穿。就这样，他们不仅有意无意地阻拦别人揭批"四人帮"的思想体系，而且凡是大报上还来不及深揭狠批的"四人帮"的某些做法，他们都大模大样地继续推行。而对于党所强调的贯彻两百方针、繁荣创作、调动创作积极性等，却一概不感兴趣，至多是上面推一下他们动一下，他们抱着能拖就拖、得过且过的消极态度，而且时时处处都流露出抵制的情绪。

另一类人，很重视权力、重视官职，常常把官职的高低与真理的深浅等同起来，因此他们行动的出发点，不是与文艺工作者同心协力，克服困难，为贯彻党的文艺路线，争取创作繁荣而发挥领导作用；而是左顾右盼，怕遇风险，怕丢乌纱帽。他们惯于观风色，惯于看风使舵；为了保险，凡是中央报刊没有发表过的，或别的地区没有大喊大叫提倡过的，他们就绝对不点头。实质上，这类人最害怕新事物，在文艺上，也就最怕作品有新意、有创新。在他们看来，这玩意要是成功了，自己当然可以捞到点什么；但谁知道它到底是什么货色，万一错了，责任落到自己头上，岂不危及乌纱帽？

这两类人，在我们干部队伍中是极少数，但能量很大，其影响之恶劣、其阻力之巨大，都不宜低估。尽管这两类人各有各的想法和打算，但他们对"四人帮"推行的反动文艺路线没有仇恨，甚至也没有愤慨，却是一致的；他们都不顾（或不懂）创作规律，对创作活动进行瞎指挥，也是一致的，其手法都是承袭"四人帮"极"左"的那一套。

谁都不会忘记，"四人帮"及其爪牙曾定下许多框框：凡涉及爱情、夫妻、家庭生活的；涉及牺牲、失败或革命低潮的，都不许写。凡是工程师、科学家、医生、教师、艺术家……总之凡是知识分子，都不许写成正面人物。作品的"第一号人物"，只能是"高大完美的英雄"（应读作"头上长角、身上长刺"的野心家），其他人物只能做陪衬、当铺垫。只要"从路线需要出发"（应读作从篡党夺权的阴谋出发），既可摒弃现实生活，又可以任意杜撰，不仅可以这样对待今天，也允许这样去对待历史……

所有这些虽然曾经批判过，但在文化工作岗位上的某些同志的头脑里，是否已经肃清了？或者已经认清了这种种谬论的实质呢？（人们多么切望他们能迅速割掉这个毒瘤啊！）不幸，从他们的所作所为来看，除了其表现方式和表现程度上有所改变之外，这套反动谬论几乎完完整整地被继承下来了。

在一些地区，在某些人管辖下，"根本任务论"的阴魂依然未散，只许"突出""英雄人物"，倘若你把其他（英雄以外的）人物写成主角，不仅会受到非难，而且可能尝到"闷棍"的滋味。他们对"四人帮"所禁锢的那些题材,依然战战兢兢,不敢点头放行,还把重大题材当作唯一题材来对待。

在一些地区,"主题先行"论依然通行无阻,在那里主持文化工作的某些同志手把手亲自教导你如何"从路线需要出发"去编排情节和捏造人物,把"生活是创作的源泉"的真理远久地抛到一边。

在一些地区,"四人帮"所鼓吹的极"左"思潮,在当地文化部门某些领导人的怂恿下,依然十分猖狂。在那里,一些揭露"四人帮"篡党阴谋的作品被诬蔑为"暴露黑暗""反对文化大革命";把在会议上控诉"四人帮"罪行的正义行为,斥为"准备为右派翻案",把恢复过去行之有效的、正确的创作方法的主张,诬蔑为"黑线人物"鼓吹"复旧";把重新出版一些新中国成立以来的文艺作品的现象,诬蔑为"黑线回潮""毒草丛生";更有甚者,某地召开创作会议时,主席台上坐了几位年老的作家和艺术家,竟有人咒骂这是"群魔乱舞"。

在这种极左余毒影响下,某地文化部门的某些领导人对肃清"四人帮"反动谬论,也显出小心翼翼、诚惶诚恐:这个不能批,那个不能点名;你如果一定要指明谁,那就只准你用某个代号。本来批评与自我批评是人民内部自我教育的武器,凡是错误的思想或错误的作品,都应当批评,不能让它们自由泛滥;凡是公开散播的,就公开批评;署名发表的,就点名批评;而且允许反批评。这明明是马克思主义的原则,而现在却似乎有一种不成文的规定:只要与"四人帮"还没有挂上钩搭上线的,即还没有成为这次"清查对象"的人,尽管他们在政治意图上、在理论体系上抛头露面地与"四人帮"唱一个调调,尽管他们的行动对"四人帮"篡党夺权公开地起着配合作用,也不能公开批评,更不能点名批评。这种把"清查"与"清除流毒"混为一谈、把肃清反革命与思想上清除流毒混为一谈的做法,不仅妨害着揭批"四人帮"第三战役的深入,同时也直接间接地助长了"四人帮"爪牙们的气焰。

这些情况说明了领导者对其所领导的地区或部门,是贯彻革命文艺路线,还是承袭"四人帮"的那一套,是起着决定性作用的。要彻底清除"四人帮"那条假左真右的修正主义路线及其种种谬论的流毒,解放思想,繁荣创作,就一定要解决文化(包括文艺)部门的领导问题,特别是要解决文化部门领导的思想问题。

一九七八年八月于广州

领导思想要再解放一点*

华国锋同志号召我们："思想再解放一点，胆子再大一点，办法再多一点，步子再快一点。"我们的文艺工作要大见成效，也必须按照党的指示，进一步解放思想，放大胆子，大踏步前进。

但是，有些同志的精神状态却不怎么适应新形势的需要。有些同志在林彪、"四害"横行时，在某些方面（或在某个问题上）说过错话，做过错事，在粉碎"四人帮"之后，不正视错误，不承认错误，别人一提及这类错误，他们总是躲躲闪闪，甚至连人家在自我批评时接触到这类问题，他们也害怕，甚至恼火，或者表示不同意，或者抓你的辫子，给你小鞋穿。有些同志对于贯彻"双百"方针，繁荣创作，调动创作积极性等，不感兴趣，至多是上级推一下动一下。对于落实"双百"方针，他们抱着能拖就拖、得过且过的消极态度，时时处处都流露出抵触的情绪。还有些同志，很重视权力，重视官职，常常把官职的高低与掌握真理的多少等同起来。因此，他们行动的出发点，不是从实际出发，尊重事实，与文艺工作者同心协力，克服困难，为贯彻党的文艺路线，争取创作繁荣而发挥领导作用，而是左顾右盼，怕遇风险，怕丢乌纱帽。他们惯于察言观色、看风使舵。这类人最害怕新事物，怕你的作品有新意、有创新。在他们看来，这玩意要是成功了，虽然自己可以有一份功劳，但是，万一错了，责任落到自己头上，岂不危及既得的官职，丢掉乌纱帽？

处于这种精神状态的人，在我们干部队伍中是极少数，但其影响之坏、阻力之大，却不应低估。如果这些领导者不解决自己的精神状态问题，不真正解放思想，要繁荣文艺事业是很困难的。

---

* 载1979年1月10日《人民日报》第三版。

就拿文艺创作来说，林彪、"四人帮"曾定下许多框框：凡涉及爱情、夫妻、家庭生活的，涉及牺牲、失败或革命低潮的，都不许写；凡是工程师、科学家、医生、教师、艺术家等知识分子，都不许写成正面人物；作品的第一号人物，只能是"高大完美的英雄"（应读作"头上长角、身上长刺"的"与走资派做斗争"的野心家）其他人物只能做陪衬、当铺垫；只要"从路线需要出发"（应读作从篡党夺权的阴谋出发），既可摒弃现实生活，还可以任意杜撰，不仅可以这样对待今天，也允许这样去曲解历史。所有这些，前一时期虽然做了一些批判，但在文化工作岗位上的某些同志头脑里，是否已经肃清了？或者已经认清这种种谬论的实质了呢？没有。有些文艺工作者在创作实践中，还没有胆量去突破"四人帮"所设置的种种框框和禁区，这当然有作者自己的思想原因，但同他们的领导人的思想状况就没有关系吗？有的。有的领导，不敢提倡突破禁区，甚至有的作者突破了，他还顾虑重重，不肯开绿灯，不予通过。这能不影响作者吗？

林彪、"四人帮"假左真右的文艺路线的流毒和影响，还在某些地方、某些人身上有市场。

有的地方，"根本任务论"的阴魂依然未散，只许"突出""英雄人物"，倘若你把其他（英雄以外的）人物写成主角，不仅会受到非难，而且可能尝到"闷棍"的滋味。他们对"四人帮"所禁锢的那些题材，依然战战兢兢，不敢点头放行，仍然把重大的题材当作唯一的题材来对待。

有的地方，"主题先行论"依然通行无阻。在那里主持文化工作的某些同志，手把手教作者如何"从路线需要出发"去编排情节和捏造人物，而把"生活是创作的源泉"这一马克思主义原则远远地抛到一边。

这都是林彪、"四人帮"一伙假左真右文艺路线影响的结果。而这条路线之所以能够欺骗和吓唬一部分人，就因为它披着革命的外衣，利用无产阶级或共产党的革命口号来掩饰其反革命行动的实质。口号左，披着无产阶级的革命外衣，一部分人就容易被迷惑，受骗上当。另外有一部分人，对这条路线虽然有所认识，但他们没有革命勇气去揭穿它。林彪、"四人帮"一伙散布的种种反动谬论，直到现在还在某些同志的头脑里潜伏着，而且有时还被当作"整人"的帽子、棍子挥舞起来。为什么有些人至今还心有余悸，并不是没有原因的。

这些情况说明，领导者对其所领导的地区或部门，是解放思想大胆去贯彻毛主席的革命文艺路线，还是继续被"四人帮"的那一套捆住手脚不敢动弹，是起着决定性作用的。领导者的责任就是要贯彻党的路线和方针、政策。华国锋同志为首的党中央，已经为我们制定了正确的路线和方针、政策。领导者应当带头排除种种干扰，当前特别要清除林彪、"四人帮"假左真右路线及其流毒的影响，才能保证党的路线和方针、政策得到贯彻执行。领导者要意识到自己思想影响的作用。如果自己思想不解放，不从错误的思想中解放出来，仍然背着种种包袱，就不可能领导群众、指导群众，把揭批"四人帮"的第三战役打好。有些地方，群众的思想早已解放了，就是某些领导人的思想还没有解放，大大落后于群众，这种现象不能再继续下去。文艺战线过去所受的束缚太多了，如果没有领导和广大文艺工作者的思想解放，抛弃林彪、"四人帮"的那一套，文艺繁荣就将是一句空话。因此，作为文化部门的领导，一定要真正做到"思想再解放一点，胆子再大一点"，才能够真正做一个促进派，努力促进我们的文艺来一个大发展。

能纳入批判现实主义吗?*

不能笼统地把揭露社会阴暗面的作品,都划入批判现实主义的范围;实际上,革命现实主义也包含着对社会进行批判和揭露的任务。目前,有些人把一些揭露"四人帮"罪恶的作品,称为"眼泪文学""伤感文学""伤痕文学"或"暴露文学",并把这类作品的表现方法,通通列入批判现实主义的范围,这种说法其实是不恰当的。

过去,在外国和在中国,都曾出现过不少杰出的文学巨著,这些作品揭露当时社会丑恶,批判腐朽社会制度,都给人们打开了眼界,引起了人们的思考,进而导致人们对旧制度产生了怀疑和不满。这些作者对当时的社会现实都很不满,对当时统治阶级中某些反动集团以及他们的某些做法和旧的制度也是极其不满的。而这些揭露与批判,从最根本的利益来说,与当时广大人民群众又是一致的。正因为如此,所以揭露这些丑恶现象,发泄这种积愤,能引起广泛的共鸣,能激起群众共同的愤懑。不管这些作者所处的社会地位如何,也不管他们所抱的是什么观点,是人道主义还是人文主义;是空想主义还是民主主义……但当他们揭露这些社会丑恶时,实际上,他们与当时的反动统治者是处于对立的地位,而与广大人民则自觉或不自觉地站在一个立场上。

巴尔扎克、托尔斯泰、果戈理、福楼拜、曹雪芹等,都是属于这一范畴内的伟大作家,也即是所谓批判现实主义作家。他们只是把腐朽制度的脓疮剥给人们看:"你看,它腐烂成什么样子!"但他们不能给人们指出一条该走的道路。其实,这是不可能的,因为那时候马克思主义还没有诞生,历史长河中下一站是什么——是一种什么性质的社会制度,大家都还不很清楚。因此,批判现实主义的大师们,只能通过某一

---

* 载1979年8月17日《广州日报》第三版。

社会侧面或某一历史横断面，愤怒地把旧世界既糜烂又腐臭的肌体撕开来让大家看，让人们看清这个腐朽社会的本质，以引起思考，引起变革的激情和愿望。由于时代的局限，批判现实主义作家们只能做到这一步，只能把着重点放在"破"字上，"立"的意向虽然不能说完全没有，但毕竟不可能很明确。

而现在不同了，历史已进入社会主义壮大发展的时代，我们国家的命运（连同人民的命运）已由人民自己来掌握。作家与人民处于同命运、共苦乐的同等地位上，都是社会主义祖国的主人。当这些作家进入创作过程，特别是当他们触及到社会阴暗面时，不可能不与社会主义的利益联系起来思考。正是从这个根本利益出发，他们才产生了强烈的爱憎；凡是符合社会主义利益并有助于实现先进政治主张的，一律被视为最美好、最光明的事物，并由此而产生了一些英雄赞歌和时代史诗；相反，一切与社会主义背道而驰或有损于广大人民利益的，都被视为最腐朽、最丑恶的现象，并因此而产生了暴露性的文学作品。这些出现在他们眼前的阴暗面，正是他们心目中阻拦新生事物成长的拦路虎或是妨碍美好理想变成现实的绊脚石。我们的作家由于为推动革命事物前进的责任心所驱使，才怀着愤怒的激情去揭露并批判这些阻碍革命事物发展的障碍。十分清楚，一个作家决不应抱着绝望的伤感心情去描写悲剧，而应该是怀着维护社会主义的义愤去揭露腐朽势力及其思想。他们正是为实现美好的理想，才去撕碎那些破坏者的嘴脸；正是为顺利地推动社会主义向前发展，才狠狠地去铲除前进道路上的障碍。这说明我们今天揭露社会阴暗面时，与过去的批判现实主义作家是不同的，首先两者所代表的思想体系以及为之奋斗的政治理想都是不同的。

批判现实主义大师们所暴露的，是人民所敌对的反动统治势力；而现在我们所批判的，却是那些与国家的主人——广大人民对立的反动阶级的残余势力及其思想影响。前者的罪恶产生于反动势力及其统治制度内部；而后者的矛盾虽发生于社会主义社会之内，但其根源却是来自反动势力的破坏及其腐朽的意识形态的干扰和影响。因此，革命作家对社会上某些阴暗面或不正常现象批判得越深刻，是非界限就越分明，对推动社会主义事物的发展就越有利。当然，歌颂社会主义新人物、新事物和新风气，塑造社会主义新人的作品，其鼓舞推动的作用，可能更大一点。这是我们应当提倡的，丝毫也不宜忽视。

可是，现在却有人怀疑这类揭露性作品的现实意义，好像一反映这类题材，就会直接妨害四个现代化建设似的。诚然，我们为了四化建设的顺利进展，首先需要大力调整各种关系、步调和比例，也包含着调整与现代化不相适应的生产关系、管理方法、活动方式和领导作风等，这是十分重要而又十分迫切的。可是，如果在"四人帮"时期制造悲剧的某些"打手"依然存在；如果阻止政策落实的某些实力人物依然权力在握；如果某些目无党纪国法、满身不正之风，又巧于利用合法手段、上下其手，惯于给人扣帽子、穿小鞋的人物和作风依然存在……谁能消除内心余悸，胸怀坦荡地把全身心投到四个现代化的事业中去呢？

也许还有人存有疑问：揭露社会阴暗面到底能导致什么积极效果呢？所谓"效果"，先不要看得那样直接。作品的社会效果，不是立竿见影，而是通过各种渠道、各种方式或各种过程，甚至经过潜移默化而逐渐起作用的。有些作品是通过反面人物自己的罪恶活动，逐步暴露出他的卑劣品质和阴谋诡计的。这类作品使其同类见到覆辙；让类似者受到警告；使善良人引起提防和警惕。有些作品，事件发生在黑暗势力占优势的特定环境里，革命者遭到迫害时，为坚持真理而宁死不屈。一方面展现出一个光照日月、坚贞不屈的革命者的形象，令人钦佩！一方面由于特定环境的恶劣，英雄不得不壮烈地倒在血泪里，而留在读者心头的，是悲愤，是仇恨！经过一定的时日，它将爆发成为复仇的烈火！有些作品，受社会败类迫害的，却是手无寸铁的人民群众。虽然他们满腔义愤，但无力做有效的反抗，结果，死的死，散的散，给人留下一种十分悲伤的情绪。但读者也从这片惨状中认清了制造这惨剧的社会根源——反动势力的无法无天，从而心中埋下了仇恨的种子。还有些作品，让这些败类表演得差不多，而环境条件又已经成熟时，也可以忽然剥开他们的真面目，狠狠地给他们惩罚一顿，以扫尽他们的威风，使人民群众欢欣鼓舞。

这只是临时想到的几点。生活丰富多彩，揭露阴暗面的结局，当然也是多种多样。哪一种才真实又合理呢？要取决于人物与性格、人物性格与特定环境之间逻辑的关系……

一九七九年六月廿二日于圭峰山下

他们用的是什么武器？*

近半年来，对一些刚冒芽的文学作品，出现了吹冷风、浇冷水的现象。有些人把揭露"四人帮"的作品，称为"伤痕文学""暴露文学""潮头文学""向后看文艺""缺德文学"，还有什么"市民文学"，等等。其中某些喊得最凶、反得最起劲的同志，却有一种不寻常的表现，他们过去对"四人帮"造成的万马齐喑的文艺局面，噤若寒蝉；而今天，面对一些揭露"四人帮"罪恶、批判"四人帮"流毒的作品，却大泼冷水，而且还口口声声喊着"为无产阶级""为四化建设""为社会主义"等动听的口号；摆出一副唯我独革的架势，好像不把这些新冒出来的新生作品压下去就决不罢休似的。

那么，他们所依据的理由究竟是什么呢？他们所用的是什么理论武器？限于时间和篇幅，现在我只能将他们的"论据"摆出来，以供探讨：

一曰：不典型。但他们心目中所谓的"典型"，却不同于艺术创造规律中的典型，也不同于经典作家所阐述的典型。据我现在所接触到的材料看来，他们似乎把典型分为如下几类，换句话说，他们认为符合下面几种情况的，才够得上称为典型，否则一律被斥为不典型、不真实。

其一，把典型视为社会的平均数。在他们心目中，只有代表多数的才是典型。他们说："既然文艺是塑造典型人物的，那么舞台上的人物就应该代表大多数。"如果不是经常出现，又不代表大多数的人与事，哪怕能很突出地表现"四人帮"横行霸道的典型特征的，都一律被斥为不真实、不典型。这种意见，其实包含着"典型即总代表"的观点，他们认为只有代表某一阶层（或某一集团）全部特征的人，才是典型。

---

* 载1979年9月12日《文艺报》第9期。

据此,他们否定《"炮兵司令"的儿子》一剧中孙处长的真实性和典型意义,论据是:"我们干部中绝大多数不是像孙处长那样的人。"又说:"像孙处长那样拉关系、谋特权的人,在我们干部中是少数,无代表性,当然也就不是典型。"

其二,能反映本质、主流的才是典型。他们从社会发展规律出发,凡是直线地顺着这条规律而发生和发展的,都被认为符合本质、主流;凡是先进的、符合发展规律又符合革命乐观主义精神的,是本质,也是主流。否则,甚或为争取主流而进行一些曲折的斗争,都被斥为支流。因之这类生活如果反映在作品上,则一律被斥为不真实。有人认为,只有在"四人帮"横行时期,拉关系、搞特权的事才会发生,像孙处长这样的人,才可能产生。认为现在的环境已发生变化,广大干部和群众同心同德搞四化;在这样的历史潮流中,孙处长已经不典型了。因此,有人判定《"炮兵司令"的儿子》不仅"没有真实地反映生活,而且在一定程度上歪曲了生活"。为什么?评论者说,"像孙处长这样的人物,即使有,也是极个别的,他绝不是今天干部中的主流。"另外还有人认为"即使在'四人帮'以帮规帮法压制人民的时期,迫害也不是主流,而斗争才是主流",因而,一些暴露"四人帮"血腥罪行的作品,也受到贬抑、指责,甚至受到攻击。

其三,事件必须普遍存在的,才有典型意义。有人说:"马克思主义的文艺理论告诉我们,文艺作品应该描写典型环境中的典型事件、典型人物、典型性格。"从而指责某作品没有写出"典型事件",并质问道:"在林彪、'四人帮'制造的许许多多的婚姻和家庭的悲剧里,到底有多少女人同时出现两个丈夫的情况?"论者认为"这只是个别的、奇特的现象",既然是"奇特的现象",当然就不是"典型事件",因而反映这种奇特现象的作品,也就很少真实性和典型意义了。但我从来没有听说过马克思主义经典作家曾说过什么"典型环境中的典型事件……"的话,我倒看见过这样的话:"在人生的一切最特殊、最偶然的事实中,完全认识它的崇高而普遍的意义。"(杜勃罗留波夫)

这些同志撇开艺术创造的特点,抹杀形象创造的规律,硬把"通过个别反映一般""通过特殊形态反映普遍规律"的艺术法则弃置不顾,把作家通过几个人物的矛盾和遭遇来反映社会某种本质或规律;把作家经过广泛概括,经过典型化所创造出来的独具个性的艺术形象,都看成是单个的个别人,把这类人物的悲剧,都看成是他们自己的私事,看成是他们"个人家散人亡,悲欢离合,以及爱情的周折"。似乎都与社会与国家大事无关。更有甚者,有人把一些经过作家精心塑造,在"四人帮"迫害下死去活来的悲剧主角,贬之为"貌美囊空,沉醉私情的卿我之辈"。于是,他们判定这类作品只会使人悲伤、使人消沉,其中有一位闭起眼睛,故意不看作品中的特定环境,也不看这特定环境对人物遭遇的决定性的作用,只看见女主角的不幸遭遇,就认定这类作品只能得出这样的结论:"悲哉,命运!痛苦呵,生活!不幸呵,爱情!"故意不看作品所揭示的酿成悲剧的特定背景与社会势力,故意不看悲剧和悲剧主角的所内含的社会内容与历史内容,把作品固有的社会与个人命运的因果关系弃置不顾,是这类评论者所共同的特点。于是,他们把一些反映惨遭"四人帮"迫害,以致家破人亡的悲剧,或一些批判"四人帮"流毒所酿成的丑剧,通通贬为只为"个人的不幸,没有什么崇高的、发人深省的东西""没有反映出时代特点,时代精神,只是为了个人命运、家庭命运""没有揭示今天生活中的重大矛盾,只写少数干部在个人私事如儿女婚姻方面的生活……有什么现实意义?"

二曰:悲剧使人感伤和消沉。十多年来,林彪、"四人帮"实行封建法西斯专政,生杀予夺,只凭他们一句话。他们制造了多少假案、冤案和错案,带来了多少触目惊心的灾难和痛苦!难道可以熟视无睹吗?难道不应该让我们的后代记住这一页血泪斑斑的历史,并从这段血泪史中吸取应有的教训,从而为防止这种历史悲剧的重演而进行斗争吗?可是,这两年多,仅仅在话剧和小说园地上,开始出现了一些反映"四人帮"的罪恶及其流毒所造成的悲剧,有些人就大喊大叫:"《伤痕》式的作品纷至沓来,突破'爱情'禁区之后,描写爱情的作品如流涌注……但有突破,有新意者少,大都是情节、结构都与已发表的作品相似的。"有的人竟责骂那些站在党的立场,敢于正视现实,敢于揭露"四人帮"滔天罪行的作家,是什么"用阴暗的心理看待人民的伟大事业",是什么"善于在阴湿的血污中闻腥的动物"。如此等等,大有兴师问罪之势!

总之,暴露"四人帮"及其一伙罪恶的作品,虽然受到广大人民群众的欢迎,但有些人却不喜欢这类作品,尤其是当作品揭露到林彪、"四人帮"血腥迫害的结果——展现出主人公的悲惨遭遇——或屈死、冤死,或家散人亡之时,就会听到如下的责难:"这有什么意义?只叫人难过,叫人情绪灰暗!""这样悲惨的作品,只会使人悲伤、消沉!"因而"也就难免有人觉得命运之难测、前途之渺茫"。于是一种否定悲剧、企图把悲剧打入"感伤文学"的冷宫的风声,时有所闻。据说有人认为

"感伤"之于人，就像海洛因对人一样有害。这一来，仿佛写悲剧已被某些人判定是一种罪过行为了。

鲁迅先生说过："悲剧将人生有价值的东西毁灭给人看。"其目的，就是让人们看过之后，引起悲伤、难过、痛心；进而激起悲愤、仇恨；最后则可能爆发出对反动势力复仇、战斗的激情。问题要看你在作品中是否把这"毁灭"的势力，以及这势力如何毁灭这"人生有价值的东西"的前因后果通过形象（人物和情节）揭示出来。这一点如果在艺术上完成了，那么，这被毁灭的好人，尽管十分悲惨，十分令人难过，但决不会使人情绪低沉和悲观消极。因为你对被毁灭的东西越痛惜、越难过、越悲痛，你对那个毁灭它的反动势力（或集团）就会越义愤、越痛恨。一个读者到了这种精神境界，他难道会由义愤痛恨而转向情绪低沉和悲观消极？而不是由义愤填膺而激发深仇大恨，由深仇大恨而激起革命行动的激情和决心吗？

有人说，"写悲剧，要给读者展示未来，指点出路"，从一般意义上说，这观点是正确的；但却不能拿这观点去套每一篇悲剧作品。悲剧如何收场，不应该，也不可能规定一个模式，这主要由作品中人物所处的社会环境与具体条件来决定。由于矛盾冲突所赖以发生、发展的社会条件不一样，悲剧的收场，也不可能不是各种各样的。只要能把悲剧产生的社会根源，通过有艺术说服力的形象深刻地揭示出来，悲剧同样可以鼓起革命激情，并激励人们为消灭反动势力而奋斗的斗志和决心。

三曰：揭露"四人帮"的悲剧不利于"向前看，搞四化"，有碍于反映四化建设。无怪乎有人把《于无声处》《班主任》《伤痕》等揭露"四人帮"罪恶及其流毒的作品通通贬称为"向后看文艺"。这样把"搞四化"与揭批"四人帮"当作两桩各不相干的事来提出问题，令人费解。当党领导我们转移工作着重点时，难道可以把清理"四人帮"所遗留的问题，消除其在理论上思想上的流毒，批判其极"左"路线在各方面造成的严重祸害等，当成"次要的""附带的"任务吗？

我国封建主义的历史很长，经济文化比较落后，专制主义、官僚主义、特权思想、家长作风以及无政府主义等弊病，不易彻底根除。尤其是经过林彪、"四人帮"十多年的干扰破坏之后，我们党的优良传统和民主作风，几被破坏殆尽，因而专制主义和特权思想发展得更加厉害了。至今，这种恶劣作风能说肃清了吗？在四化建设中如果放松了对"四人帮"余孽及其流毒的斗争，让"四人帮"的余威依然留存，让他们留下来的帮派势力继续存在并继续积极编织他们的权力之网，让那些善于利用合法手段，上下其手，善于给人扣帽子、穿小鞋的人物和作风继续存在，继续胡作非为，那么，谁能消除内心余悸，胸怀坦荡地把全身心投到四化建设的事业中去呢？

此外，还有拿丑化干部的帽子来阻止批判歪风邪气的；也有以所谓"排列顺序"为借口来束缚作家塑造老一辈无产阶级革命家形象的，等等，所有这一切都是以左的面目出现，在革命的名义下提出的。我们不轻信招牌和广告，我们所特别看重的，是行动，是实践。不管他们在言辞上说得多么动听，只要这些言论损害了我们的创作事业（已经有同志恰如其分地把这类言论比作一股冻伤幼苗和蓓蕾的冷风），我们就不能不有所提防。当然，这中间，一定还有不少好心人，我们希望本着实事求是、理论与实际相结合的精神，互相切磋，同舟共济，一起为繁荣社会主义文学创作而努力。

一九七九年八月于广州

清除障碍，是为了前进*

收到你的信已经两个多月，由于杂事忙乱，而且常闹病，虽然曾几次拿起笔来写信，都被临时的琐事打断了。到现在，仍然有许多事催着我去"赶"，只是，你的信拖的时间实在太久，再也不好意思不复信了。请原谅！

来信所谈的情况，不是出于个别地区，也非出于偶然。你说："这次调资，按说国家拿出钱，应该是生产得到促进，人们得以受益。可我发现，许多地方因为调资，而使工作热情涣散，尤其对人的精神、人与人之间的关系，更是一次灾难性的刺激，使之更加趋于畸形。……最近听到调资中的种种'趣闻'，我没有感到可笑，相反，感到可叹、可悲……我这样说，或许过于片面或悲观？但愿如此……"

据我所知，这次调资原来的出发点是很好的，但各单位对这次调资的目的性各有不同的理解：有的认为是减轻一些低工资者的负担，有的认为是鼓励那些在事业中有显著贡献的人。按中央的精神，凡是有显著贡献、劳动态度好、作风正派、工作深入的都应升级，以示鼓励，但有些地区却不是这样……正是因为在思想上对这次调资的目的性与标准不太一致，因而，便给了某些单位的某些作风不正的人以可乘之机。在这些人的心目中，除了派系和亲属的利益之外，根本没有国家的政策和党的原则。正如一些人说：他们"派的私利萦萦于心，个人恩怨耿耿于怀"，在"调资、评奖、分房子等关系到切身利益的问题上，对亲者百般关照优待，为之力争，对疏者则制造种种借口，百般刁难"。在这种人把持下的某些单位，怎能不挥舞家长作风、封建特权的大棒和肆无忌惮地进行帮派活动呢？在这些单位，怎能不使工作热情涣散？又怎能不使人与人的关系以及人的精神面貌趋于畸形呢？

---
* 载1985年1月版《创作随谈录》。

这是歪风邪气又一次兴风作浪，是他们唯利是图、损人利己的资产阶级极端个人主义和封建意识在调资中的大暴露。毫无疑问，这是强大的革命巨流中的一股逆流，但任它猖獗下去，显然只会给革命事业、给人民带来麻烦，甚至会遭到它严重的破坏。从唯物主义反映论的要求出发，我们必须严肃地揭露它们剥开它们丑恶的灵魂，并深掘这些腐朽思想之所以存在和发展的社会根源，使它们暴露于光天化日之下，这样，才能阻止它们，并战胜它们！

要揭露它们，是因为它们与社会主义制度是不能兼容的，是彻底对立的。只有狠狠地批评并暴露它们，才能顺当地建立我们的革命事业。暴露是为了革命，清除障碍是为了前进。为了完善社会主义制度，才迫切地需要清除它的对立物——损人利己的资产阶级思想和封建意识。

来信说："最近看了一个'荒诞派'的剧本《犀牛》，以人变为犀牛这样离奇怪诞的情节，表现了西方人格异化的过程。不知怎的，我竟从这次调资中，看到了那股促使人格异化的力量——一些原来勤奋、憨厚的人，居然抛弃了自己的美德，而企图用奉承、手腕……一句话，用人格去换取那区区的几元钱。当然，这类人学得不像，更谈不到高明，所以他们常常以失败告终（我们这里有因此而精神失常的，也有因此而上吊或互相殴伤的人）。正因为如此，才让人心里发颤、发痛、不忍耳闻目睹……"作为题材，你的编辑朋友虽然很是称赞，可是他却认为"这类作品很难发表得出去"，理由是"太现实了"——"除非给作品多涂抹些明朗的色调，否则很可能被扣上'阴暗'或'暴露'的罪名，被打入冷宫或置于审判台上。"你自己呢？对于这类涉及人格毁灭的题材似乎既欣赏，也有顾虑，吞吞吐吐地赞同"涂抹些明朗的色调"，但是又担心这一来，可能给作品加上了一条"光明的尾巴"，平平白白地多添了个累赘。

我认为你应该从生活出发，严格地按照生活的本来面貌去描写生活，并按照你所认识的样子去表现它们。只要你写出它存在或产生的必然性及其发展的趋势，作品不仅令人感到真实，而且会使人信服。那种对近似阴暗的题材，随便添加光明尾巴的做法，除了使作品导向"虚假"之外，大概什么也不会获得。有些该有个美好结局的题材，当然不在这个范围之内。不久前，康濯同志送来他的小说集《春种秋收》，其中有一篇《我的两家房东》，就有个明朗的令人欣慰的结局。但这不是画蛇添足，不是离开人物之间的逻辑关系、平白增添的多余的情节，因为这个光明的结局，正是该小说中特定环境与人物相互关系的必然结果。类似的情况，赵树理同志的《小二黑结婚》也有过。相反，鲁迅先生的《祝福》《孔乙己》和《故乡》能添一条光明的尾巴吗？契诃夫的《万卡》和《小公务员之死》能添一条光明的尾巴吗？什么题材决定什么形式，既然要暴露那些腐朽的意识和作风，不仅要撕开它们丑恶的灵魂，而且连促使它们发展的特定环境也暴露出来。只有这样，才能清除它们。只有把这些障碍清除了，完善的社会主义制度才能建立起来……

一九八〇年九月十日

探索是为了什么？*

时代在前进，社会在发展，要反映前进中的矛盾斗争和新的时代精神，文艺的表现形式或创作方法，应当有所发展和变化，这为适应新的时代需要，是理所当然的。那种规定只准用一种表现形式或创作方法去反映生活的观点，并把那种方法看成是唯一的、完美的、一成不变的观点，显然与生活逻辑和文艺本身发展的规律，是相互矛盾的。正确的态度应该是，为适应不断前进的时代需要和日新月异的变化，应当不断地勇敢地向前探索。

但是首先应当弄清楚，探索是为了什么？也就是说，探索的目标和出发点是什么？如果为了更完美地、更深刻地反映时代——反映时代的生活和时代的精神，并使新创造出来的艺术形象更容易为人民所理解和乐于接受，从而更好地发挥文艺的教育、认识生活和审美功能的作用。毫无问题，这种探索正是人民所需要，也是文艺发展本身所迫切需要的。

所谓解放思想，从文艺创作本身来看，就是使创作更符合时代的需要，更切合人民的利益，更善于反映当代的生活与斗争，正是为此目的而坚决从过去的框框条条的束缚中解脱出来，努力去探求更适合、更完美的表现形式和创作方法。绝不能把解放思想理解为毫无目标、毫无理想、毫无倾向；并把"我爱怎么样就怎么样"或"资产阶级自由化"或"无政府主义"当作思想解放的最终目标。如果这样来理解思想解放，那么，在这种思想支配下的"探索"，能有什么积极意义？

当前在探索活动中，首先遇到的疑问，是现实主义创作方法是否已成为障碍？是否成了妨碍反映时代生活和时代精神的绊脚石？如果确实如此，这样的创作方法当然

---

* 载1984年4月版《萧殷自选集》。

不宜继续沿用；但可惜，至今并没有人能拿出事实来证明这一点，谁也没有用事实确凿地证明现实主义已陈腐不堪，应该把它抛进历史博物馆去。

其实，现实主义在我国无产阶级的文艺实践中，曾发挥过巨大的威力。历史已经证明，不仅过去它发挥过决定性的作用，而且今天仍未丧失它的战斗力（这样说，不等于说它十分完美，无须汲取其他养分来补充自己），打倒"四人帮"以后，正因为恢复了现实主义的优良传统，扫除了"瞒"和"骗"、"假、大、空"的恶劣作风，才使我们的文艺创作重新获得了人民的信任，重新恢复了艺术生命，因而它能与时代的脉搏一起跳动。既然如此，可以预料，今后我们的创作，大概不会抛开这个优良传统，相反，现实主义将继续发挥它的活力和战斗性。当然，这并不意味着要排斥或否定其他创作方法。但不管怎样探索，也不管同时有多少创作方法并存，上述的目标和前提，却是应该坚持的。

近来随着我国在经济方面采取逐步对外开放的政策，在外来技术设备及外国商品流入的同时，也涌来了五花八门的外来思想和文化，这是必然的，也是不奇怪的现象。问题是我们对这类思想文化采取什么态度：是吸收有利于社会主义建设的东西，吸收那些有助于我们发扬民族文化的长处或有助于我们更加突出传统文艺的某些特点的东西呢？还是不分青红皂白，凡外来的都认为是好的，一律加以赞美，一律给以廉价的宣传呢？

可是，现在有人却采取一种盲目的态度，不加分析，不分是非，把一切外来的文化都视为珍品；其中的某些流派和创作方法，被一些人看作海外奇珍，竟五体投地、顶礼膜拜，都被捧为天衣无缝、完美无缺的文化精华。其实这些流派和创作方法并不新奇，早在二十年代或三十年代初期，就在中国出现过，而且经过考验和较量，已被中国人民所抛弃。最奇怪的，在接纳这些外来流派和风格时，有人竟把扑朔迷离、连猜也猜不懂的表达形式，也当作最完美的风格来吹捧。有人甚至说："你不懂，怨你的水平太低，再过三百年，你大概就能读懂了。"这种态度只能说他脱离人民太远了。此外，你还能说什么呢？

最近艾青同志从美国回来，在香港演讲时，听众要他谈谈对某些"难懂"的诗的看法，艾青说："所谓'难懂'的诗，有各种各样的难懂。有些写得朦胧，但没有什么东西在里面，所以难懂。作者没有什么东西告诉读者，只在做文字游戏。有些难懂，是因为看诗的人看不懂。但诗发表出来，是应该让人家能懂的，人家不懂，最好不发表，这是天经地义的事情。编辑看不懂，他就有权利不发表这首诗，他发表了，便应该回答这个问题。编辑不懂，批评家不懂，读者也不懂，那发表出来不过是浪费纸张罢了。"（见香港《新晚报》一九八一年一月十三日《星海》周刊）这是一针见血的意见，正切中要害。其实这种"文字游戏"不仅现在看不懂，将来永远也无人看得懂。

我们社会主义国家的文艺事业是为人民，为他们的长远利益，为他们整个的革命事业服务的。如果说，我们的文艺创作可以不管人家懂不懂，那么文艺如何存在下去？戏剧的演出、电影的放映、音乐的演唱、绘画的展览、文学作品的出版等，它们的读者和观众是什么人呢？既然人民可以排除在外，那么，除了人民群众之外，难道我们文艺的服务对象就是那些自以为是绝顶聪明的、能够欣赏情节隐晦、轨迹难寻、忽前忽后、潜流飘忽……的所谓作品的人类中极少数的特异人物吗？

如果有一天，文艺真的发展到这样"高超"的境界，那么，文艺的反映生活、陶冶心灵、认识生活和审美功能等作用，将会全部丧失，这意味着文艺濒于毁灭的边缘。到那时，所谓"文艺"顶多只能变成少数人抒发特异情怀或吟哦变态心理的工具。

但愿这种局面永远不会出现！

为了繁荣社会主义文艺创作，让它能更完美地反映日新月异的生活斗争和新的时代精神，使所创造的艺术形象更易为人民所理解和乐于接受，一方面，要坚定不移地发扬现实主义的优良传统；同时，也应该大胆地吸收一切外来的或自己在实践中创造的新鲜经验、风格和方法。目的是使现实主义获得新血液而更富于表现力；使我们的民族风格因外来流派、手法的补充，能够更鲜明突出地表现我们民族的特点。如果抱着这样的目标和宗旨来探索，我们将衷心拥护，而且坚信，将来一定会获致丰硕的成果。

一九八一年一月二十六日于广州

为社会主义文学事业发现人才、培养人才*
——广州文学讲习所成立致语

同志们：

你们好！

由暨南大学中文系、《广州文艺》《南风》编辑部联合主办的广州文学讲习所，经过一系列的筹备工作，现在已经正式成立，很快就要开学上课了。文学讲习所的创办，得到省、市各文化单位的赞助和支持。希望今后在办学过程中，能继续得到各方面的关心。我在此代表文学讲习所，向省、市各文化单位表示我们由衷的感谢！

我听说，近年来市里举办过多次文学讲座、音乐讲座、美术讲座、电影讲座等，回回座无虚席，大受欢迎。这说明了广大干部职工和青年们如饥似渴的求知欲望和对文学艺术事业的热爱与追求。五十年前，我也是个爱好文学的青年，五十年来我走过了艰难曲折的文学道路，并且与许多文学青年交上了朋友。因此我很理解文学爱好者急切的求学心情和求学无门的困难处境。当我得知暨大中文系和《广州文艺》《南风》准备联合主办文学讲习所时，我十分高兴，为业余文学爱好者们高兴。但要我出任所长，我却觉得很为难。因为我病重住院，实在无力担当所长重任。可我又想到，办文学讲习所是一件有益于社会、有益于文学事业、有益于文学爱好者的好事情，自己也负有义不容辞的责任。经同志们一再要求，我就答应下来了。建国初期，我在北京也曾经参加过中国作协主办的文学讲习所的工作，那已是三十年前的事了。现在，我只能根据自己多年从事文学事业积累起的一点心得体会、经验教训，对办学的方针方法，出点主意，不可能多操心、多出力了。请大家谅解我这个力不从心的不能胜任的所长。

---

* 载1985年1月版《创作随谈录》。

我们的学员，自己掏腰包缴纳学费，挤出夜间和星期天的宝贵的业余时间，来到我们所学习，是很不容易的。他们满怀希望而来，我们决不能使他们失望。我们一定要以负责的态度和认真的工作，努力实现我们办学的宗旨，切实提高他们的理论水平、文艺修养和创作评论能力，从而为社会主义文学事业发现、培养人才，为建设社会主义精神文明尽点心力。

为实践服务，是我们办学的目的；联系实际，结合实践，就是我们办学的方法，这是一定要明确、要强调、要坚持的。脱离实际，离开实践，再多的理论也是空的、僵死的。只有从实际出发，才能真正理解和掌握理论，只有将理论运用于实践，落脚于实践，为改进和推动实践服务，理论才是真正有用的、有生命力的。我们将开设文学概论、文学创作、文艺批评、当代文学、现代文学、古典文学、外国文学等课程。我们还将在星期天举办各种文学讲座。无论讲授什么课程，讲演什么学术问题，无论是老师教学，还是学生学习，都应切忌从理论到理论，老师切莫照本宣科，学生切莫死记硬背。我们应该从古今中外各种丰富复杂的文学现象出发，指导学员了解文学艺术的各种规律性的东西，扎实地灵活地掌握各种理论知识，并能用来发现、分析、说明、解决当前文学实际中的各种现象和各种问题。我们要鼓励学员解放思想，独立思考，经常自己开动脑筋，运用学得的理论知识指导自己从事文学创作、文学批评和文学研究等各种实践活动，提高实践能力。我们的学员，不能成为空头理论家，而应成为一个有作为的文学人才。

暨南大学中文系一向具有理论联系实际、理论与实践相结合的优良传统，教师们又都具有丰富的教学经验。《广州文艺》和《南风》一直是青年们喜爱的文学刊物，是专门扶植文学青年的园地；编辑们熟悉文学青年，了解文学青年，对指导、培养文学青年具有丰富的实践经验。他们联合起来主办文学讲习所，取长补短，相得益彰，再好不过了。我们的学员，本身也都有了不少社会经验和生活体验，也有一定的文学基础，又是自觉自愿，付了不少代价来学习的，学习目的较明确，学习态度也必然较认真刻苦。况且，我们还得到省、市各文化单位的大力支持。因此，我认为，我们办学的客观条件是十分有利的。我相信，我们大家同心协力，努力工作，我们的文学讲习所一定能办好！

预祝文学讲习所成功！

一九八三年八月十二日于广东省人民医院东病区

359～385

其他

做一个文艺通讯员*

《文艺报》为了加强与广大群众的联系，及时了解各地群众文艺运动的情况，以便交流经验，发现问题，展开讨论，使《文艺报》不仅是文艺工作者的刊物，而且也是群众对文艺工作发表意见的园地，会先后向全国各地发出广泛征聘文艺通讯员的启事。在启事发出后的半个月间，就得到各地同志热烈的响应。这里面有工人、有战士、有学生、有商店的学徒，他们纷纷来信，都要求做文艺通讯员。中纺公司上海第十八纺织厂的工友于士鸿在他的信上写道："我虽然是一个工人，学识很浅，但我愿意学习文艺，做你们忠实的读者和积极的通讯员。"长安部的战士赵友樵这样说："在报上看到你们征聘通讯员的启事后，心里很高兴，我觉得这是一个锻炼自己的好机会，我愿意在你们的帮助下，做一个部队的文艺通讯员。"北平艺专的何鑅同学的信上说："我一直就渴望着做一个文艺通讯员，而且希望你们今后能拿出一部分力量来，指导青年文艺工作者和爱好者。"石家庄市文艺工作委员会的来信中，说他们每月至少可以寄通讯稿一篇，而且他们的工作同志都愿意做《文艺报》的通讯员。这些来信都充分地表现了各地同志对于文艺工作深切的关心和热情的帮助。中共徐州市委宣传部还指定了新徐日报社的修孟千同志为本报的文艺通讯员，说明了领导上对于这一工作的重视。这种帮助给了我们很大的鼓励、更多的信心，我们愿意在今后能与各方面的同志取得更密切的联系，在大家的帮助下，一起把这一工作做好。

由于各地报纸上所发表的关于征聘文艺通讯员的消息过于简单，许多同志对于《文艺报》的性质、内容和写稿的范围都不够了解，寄来许多不适合《文艺报》性质的稿件，对于这种情况，我们已发出通知（附后），做一般答复。同时，许多愿意

---

* 载1949年9月25日《文艺报》创刊号，署名编辑室。

做文艺通讯员的同志，都非常希望他们能够在文艺的学习上得到我们的帮助，有的同志还具体地提出了怎样阅读文艺作品的问题，他说："常听人说，这个作品不好，那个作品好，这部影片、那个戏又如何如何，但到底好在哪里、坏在哪里？却不很明白。"这说明了许多文艺爱好者正迫切地需要一定的帮助和指导。今后我们愿意尽可能地用一些篇幅来解答同志们所提出来的各种文艺上的问题，或展开讨论，和同志们一起学习。

我们希望各地愿意担负这一任务的同志们和我们紧紧地握起手来建立一个健全的文艺通讯网，而且在工作中互相帮助，互相学习，为实践为工农兵的文艺方向而共同努力！

给读者以激励　给读者以发迪*

广东几个作家的散文，各有特点与风格：杨石的散文浓郁，饱含着强烈的战斗热情；林遐的散文冲淡，从平凡生活中透视出美好的实质；秦牧的散文，以思想、诗的情绪所融化了的知识和生活，传达出清新的富于启发性的思想；残云的散文，则以理想融合着现实生活，高声歌唱生活中美好的事物。风格尽管不同，然而都富于诗情画意，都能给人以革命的健康的情操的感染。我们不应当妄自菲薄，应看到作品好的一面，继续努力创新，继续发展各自的风格。

把生活中许许多多美好的事物，给以艺术的概括，使之比生活更完美、更理想，以鼓舞人们朝社会主义目标勇往直前，是我们这个时代的散文的新任务，也应该是这个时代的散文的特色。要做到这一层，首先要求作者从生活出发，从生活中抓取有特征意义的典型事象，"加以改造，或生发开去"，一直到把作者的思想感情充分表达出来为止。这里的关键有二：一是所抓取的事象是否有典型意义；二是抓住了典型事象，作者能否进行较深较高的概括。这取决于作者的思想修养与艺术修养的程度。我们希望新的散文，都能在精神上、情操上给读者以激励，在品德上给人以有益的发迪；即使写的是落后现象，也应当给人以积极的鞭策。也就是说，散文应当更多地在精神上启迪读者，而不应当单纯从物质生活的角度去"引导"读者。这样的作品不仅很难提高人们的思想觉悟和振奋人们的精神，反而容易因"时过境迁"而失去意义。

谈到形式问题，我以为适当地注意我们祖先某些优秀散文的精练，是有益的。它们一般都写得很短，然而内容却很丰富；且各具风格，从结构到语言，莫不如此。在诗的问题上已引起注意，且已获得一定成绩，散文作者是否也可以在这方面探索

---

* 载1962年9月27日《羊城晚报》第二版《文艺评论》的《海阔天空论散文》专版。

一下？

散文，是对着诗的严谨来说的。在这意义上，小说也属于散文的范围。两者的区别，主要是在语言上。一是通过音乐性的、有抑扬顿挫的语言来表达思想感情和境界，一是通过比较自由的语言来表达思想感情和境界。但不管语言存在多少差异，诗或散文都应当有诗的魅力。散文虽然在结构上不必像诗那样严谨，那样凝练，但散文不能没有结构，也不能没有重心。为表达某种美好的思想或优美的境界，散文作者有权通过各种观察和感受来表现。既可以通过一种事物来表现，也可以通过许许多多的事象来表现；但不管你采用多少事象，总应力求突出重心，使之成为浑然一体。

每一种式样的文学作品，都有不同的读者对象。小说的接触面最广，诗和散文次之。如何使散文更群众化，确是值得我们深思的课题。形式固然力求群众化，但最主要的，我认为在内容上应写出广大群众所关心、所感兴趣的人和事、思想和感情。如果它在内容上不能引起广大群众的兴趣，不能解答群众头脑中存在的疑问和反映他们所关心的生活；而仅仅是花花草草或山山水水，或者仅仅是作者身边琐事的抒写，无论如何也谈不到群众化。魏巍同志在《谁是最可爱的人》中所获得的成就，很值得我们深思。

希望有个辅导青年的文艺刊物出现*

《广州文艺》编者按：老作家萧殷同志给本刊编辑部转来了文毓同志的来信《希望有个辅导青年的文艺刊物出现》，并亲自就此事致函本刊编辑部，这对我们的工作是一个鼓舞和鞭策。在我们确定把《广州文艺》办成一个综合性、群众性、辅导性的面向业余作者和广大文艺青年的刊物以后，既受到文艺界的老同志、老作家的热情赞助，又受到了广大青年文艺爱好者的欢迎、支持。我们决心沿着这个方向，坚持下去，努力下去。

《广州文艺》主编同志：

上月，听说你们的刊物今后将逐步办成为一个辅导青年写作、向青年传授文艺知识的月刊，这消息令人鼓舞，不仅文艺青年热烈拥护，我也为之高兴。因为长期以来，我曾收到过无数的文艺青年来信，不是要求解答一些写作的疑难，就是将习作寄来要求评论指点。但个人的精力和知识毕竟是有限的，况且我有我的本职工作，只有完成了本职工作之后，在很有限的时间之内做一点辅导工作。而来稿来信太多（每月百件以上），大大超过了我力所能及的限度，因之无法做到每信必复。同时由于"一批未了一批又来"，结果，信稿越积越多，时间越来越不够用；时间愈少，能得到复信的青年也就越来越少。这样，固然使许多青年同志感到失望，而我自己又何尝不感到心疲呢？因此，深深感到，辅导青年写作这项意义重大的工作，应当有更多的人来做，特别是要动员有经验的老同志、老作家来做。

现在将一位文艺青年——文毓同志的来信转给你们，请你们看看。如果你们认为

---

* 载1979年5月《广州文艺》第5期"文艺书简"。

有必要，最好把这封信发表出来。信，虽然是写给我的，实际上，这是广大业余作者向文艺界发出大声的呼吁。其中涉及许多问题，但归结到最根本的一条，是热烈地希望有个辅导写作的文艺刊物来指引他们。

从这位青年所提出来的问题和要求来看，恰恰证明了你们刊物的新方针是完全切合广大文艺青年的需要的。在五十年代，广大文艺青年对《文艺学习》和《萌芽》是多么喜爱呵！事实上，这两个刊物对于丰富文学知识、辅导业余写作、培养青年作者确曾起过不小的作用。可是这十多年来，林彪、"四人帮"出于反革命政治需要，把创作规律、创作方法和创作常识搅得像一潭污水，混浊不堪，真伪混淆，泾渭难分；其中受害最深的是青年，以至于使他们连最起码的生活与艺术创造的关系，也被颠倒得是非难分。"四人帮"的某些邪说（譬如"文艺黑线专政论""根本任务论"等）虽然在报刊上受到批判，但他们在创作实践方面所散布的流毒，却远未肃清，它们还继续束缚着文艺青年的思想，蒙蔽着青年的眼睛，在创作实践上许多不应有的问题和缺陷，还是经常出现。这说明在创作问题上的拨乱反正、正本清源的工作还要认真做下去。这工作，如果没有一个（或几个）专门面对文艺青年的刊物来担负，是很难见效的。

其次，经过动荡时代的颠簸与冲击，广大青年从各个角度经受了考验，经受了磨炼，热泪擦亮了他们的眼睛，剧烈的痛楚和压抑的沉思使他们慢慢觉醒起来。而这种觉醒是饱和着生活的血肉，渗透着强烈的爱憎之情。可以说，这是优秀作品的基础，是不朽作品的胚胎。这是一种极应珍视的，而且应该紧紧抓住的东西。近一年来，不少青年忽然带着生命力极强、令人感奋、令人惊叹的作品冲进文坛，这绝不是偶然的，这正是他们经历了战斗，积累了生活，引起了思考，孕育了爱憎的结果。但是，这些作品多少还带着稚气，正像一个生机盎然的婴孩一样，稚气只是暂时的，不会损害他蓬勃的生命力。这类文艺青年，只要勤于写他们的感受和爱憎，又意图表达他们的觉醒，就应当认真热情地给以辅导，积极地引导他们从生活出发、按照生活原有的样子去反映生活，引导他们通过个别来反映一般，并使他们努力去写出典型环境中的典型人物……总之，要认真地引导他们按照艺术创造的规律去反映生活和塑造形象，努力帮助他们更快地成长起来。不但希望他们在奔向四个现代化的征途中成为一支文学艺术的生力军，而且希望他们在时代的下一个阶段，成为反映这个时期生活斗争的创作主力军！

显然，这种种辅导工作都不是个别人所能胜任的。因此，你们确定把《广州文艺》办成一个综合性、群众性、辅导性的面向业余作者和广大文艺青年的刊物，其方向是十分正确的，是切合广大青年需要的，因而也一定会受到广大读者的欢迎。

针对目前文艺青年的知识水平以及他们的写作情况，除了以前向你们提到的《中外文人轶事》《作家谈创作》《作品欣赏》和《文艺知识介绍》之外，我建议《广州文艺》再开辟两个栏目：一个叫作《作品诊所》，针对一些青年习作目前普遍存在的缺点（例如：只写情节、不注意刻画人物；从概念出发去构思作品的内容，忽视从生活中去提炼主题等），指出其症结所在，提出努力的方向。习作与"诊断意见"同时发表。一个叫作《小蓓蕾》，从习作中选择一些较有生活基础和艺术基础的作品发表出来，附上简要分析，着重指出这些习作的优点和特点，使习作者明确努力的方向。这两栏都应以短小作品为宜，《诊断意见》或《简要分析》也应力求精短，力避套话和空话。

以上意见不知对否？仅供参考。本来还有一些话想说，但时间不多了，不少琐事还等着我去做，信就写到这里吧。匆祝

撰安！

萧殷　一九七九年二月二十七日

发挥文艺编辑培养新人的作用*

粉碎"四人帮"三年多了，文艺界是很有成绩的领域之一。除了表现在思想解放、创作丰收、理论批评活跃以外，新人辈出也是一个显著的特点。但是，我们现有的文艺队伍，同我们这样一个十亿人口的大国、同我们正在发展着的四化建设的需要以及广大群众对文化科学日益广泛的需要相比，还是很不适应的。文艺界埋没人才、浪费人才的现象到目前依然相当严重。五十年前，鲁迅先生就曾大声地疾呼过："我们应当造出大群的新的战士。因为现在人手实在太少了……"五十年过去了，我们的事业发展了，加上"四人帮"对文学队伍的摧残戕害，文学人才的开发和培养问题，在当前便变得更加尖锐、更加紧迫了。

要解决文学人才的开发和培养，关键在于各级文艺领导的重视和文艺各个领域的努力。此外，我以为期刊编辑在培养文艺新人方面也有着重要的作用，这应该作为文艺领导工作中一条重要的指导思想来认识。我们要重视和造就一支比较得力的文学编辑队伍，使其在培养文艺新人方面大力发挥作用。

在重视和造就文学编辑队伍方面，现在还存在两个方面的问题：

一是有些文艺领导部门重创作、轻编辑，把编辑工作摆到一个很不适宜的位置上，甚至还存在着不少片面的以至十分错误的观点：有人认为，编辑工作只不过剪子加糨糊，文字工匠而已，似乎可有可无，否认编辑需要有专门的业务知识，也否认需要其他方面的知识。一提到文艺成果，除了创作的成果之外，其他成就却很少人谈及。而终年劳劳碌碌的编辑工作，却有意无意地被抛到一边；他们的贡献，仿佛变得

---

* 载1980年8月20日《人民日报》第5版；1980年12月刊载《中国现代、当代文学研究》第24期。本文收录的为前者版本。

虚无缥缈，无从捉摸似的。因此在评薪、提干、进修、创作假、外出考察等方面，编辑人员常常遭到冷遇，被列为"等外"。有个文艺单位，一位干了三十多年的文学老编辑，最近被提名为副科级，竟遭到一些人的异议，说这是"突击提干"。解放以来，中国作家协会召开过两次文学期刊会议，都谈到了要重视文学编辑工作，要解决文学编辑的地位、待遇等问题。前一次，已成"画饼"，不了了之，后一次要变为现实，大概也不容易，可能还需要付出很大的努力。面对这种情况，曾经有个老编辑发出沉痛的浩叹："我们天天为人作嫁衣裳，但我们从未坐过花轿！"

二是编辑不安于位。由于创作和编辑工作的关系没有调节好，忽略了编辑队伍的培养和建设，使他们得不到应有的鼓励与评价，于是好些编辑不安心本职工作，纷纷表示想改行，或搞专业创作，或去做教学、研究工作。这些问题，无疑会直接间接地妨碍文学人才的开发和培养，也不利于创作的繁荣和理论批评的活跃。

文学人才，有一个新陈代谢的问题，也有一个自生自灭的问题。前者，是一个自然规律，是不能违背的，我们只能够顺应潮流，选贤任能，努力把文学事业推向前进。而自生自灭的问题，靠着人们的努力，应该是可以改变的。长期以来的事实证明：文学青年中，靠着自身的努力，学有专长，业有专攻，而在文学上崭露头角，成为拔尖人才的，是有一些，但很少很少。而多数却是处在自生自灭的状态中，有的不被人发现，还未曾面世，即胎死腹中；有的偶尔射出一线光芒，但带有很大的偶然性，由于不善于学习、不善于总结，又缺乏翔实的辅导，只昙花一现，便半途夭折了。事实上，在每个编辑部那浩如烟海的稿件中，就隐藏着许许多多文学的好苗子，常常由于编辑的修养、功力不够，或因漫不经心，疏懒塞责，而被埋没了。编辑，与其说是刊物、书籍的编者和工匠，不如说是文学人才的发现者和指导者更为确切。出色的编辑，应不限于埋头取舍稿件，更重要的要着眼于发现和分析问题，发现和扶持人才。文学青年，正因为他们年轻、幼稚和不成熟，才需要辅导和指点，使之逐步成熟起来；也正因为他们年轻、幼稚和不成熟，他们不仅有被名人"盖住"的危险，也有被编辑"漏掉"的危险。作品的质量和人才的成长是不可分割的。有些编辑不顾质量，专靠名人的名字作为招徕的广告；又鄙弃某些有好苗头但还不成熟的稿件，热衷于照顾熟人、朋友和上司的来稿；坐等完整可用的作品，而不愿意做十分刻苦而又十分细致的辅导。这都是值得引起重视和亟待解决的。因此，编辑，不仅是发现人才的伯乐，而且也是辛勤的园丁，他们在文学苗圃上选种、育苗、浇水、施肥和除虫，用一切可能，努力去培育一代的文学新人。这是他们应尽的职责，也是他们的光荣。编辑也好像是"工作母机"，他们是第一个读者，是最了解创作实际情况的人，又是长期从事创作的分析、比较、鉴别的人，他们不仅注意每篇作品的优缺点，同时，也深知这些优缺点产生的原因。因此，他们对文学青年作品的指导，就更具体、更实际和更易为青年作者接受，而成为青年作者的良师益友。这是学习任何其他文艺理论所不能代替的。就作者来说，他们对自己作品所存在的问题和不足，有时也可能迷惑不解，闹不清症结在什么地方；这时候，如果摸清了作者创作实际的编辑能出来指点一下，可能对作者会有很大的启发，如果引起作者进一步的补充说明，这说明又反过来加深了编辑对问题的理解，这叫作教学相长。也就是在这种反复的探索和互相帮助之下，编辑不断地得到充实和提高。我国老一辈的著名作家，如鲁迅、郭沫若、茅盾、丁玲、巴金和老舍等，无一不做过编辑，培养过众多的文学青年；而他们也无一例外地都是在编辑的扶持、帮助下逐步成长，成为中国文学的一代巨匠。

事实上，所有的文学工作都围绕着创作而展开活动，都为创作的繁荣和发展而工作，无论是文学领导机关、文学组织机构，不管是从事文学教学、文学理论研究还是从事文学编辑出版……都围绕着这一中心工作而发挥自己的智慧和才干。因此，当文学工作在某些方面取得一些成就时，尤其是领导方面，不应该完全抛开其他与这事有关联的单位，只把成就归于作者自己，或者归于他们的部门。领导方面对编辑工作在整个文学事业中的作用，应该有一个合理的评价。忽略、抹杀编辑的作用和贡献，或在口头上重视而在实际上轻视，就不能充分发挥其积极性和创造性，就不能使他们甘为泥土和蜡烛，也不能吸引他们兢兢业业地为培养文学新人而出力。

编辑工作，实际上也是一种文学教育、文学理论的工作。目前那种只强调编辑实际工作的锻炼，而不重视文艺理论的学习、研究的倾向；不强调从理论高度来整理、总结编辑工作的生动活泼的实际经验，都是片面的，不利于编辑人员的提高和充实。事实上，编辑人员联系创作实际来探讨文学理论，会更有实效，也更有利于理论的发展。而这样的理论，对于辅导青年写作，引导他们走向文学道路，可能会有更直接、更切实的意义。

编辑业务本身要求编辑人员具有较高的理论修养和丰富的社会经验。因此，编辑不仅不能脱离生活、脱离社会，还要了解创作过程和创作规律。此外还要有多方面的知识，如政治、哲学、美学、心理学、社会学等。为了不断提高对作品的判断和分析能力，就必须不断地考验自己对生活的认识能力和审美能力。只有这样，编辑才能真正识别人才和培养人才。

目前，在我国的文学编辑队伍中，中年的居多，几乎成了文学期刊的主力和骨干。他们除了已到中年，担负着许多责无旁贷的家庭杂务外，编辑工作本身的担子又相当重，其劳动强度也很大。论其困难不能说不大，因此在生活上和政治待遇上，需要给以必要的照顾。要鼓励他们本身立志成才，给以学习、进修、深入生活、写作锻炼和外出考察的机会，使他们逐步充实提高，成为出色的编辑人才。另外，要制定出文学期刊的评奖制度，要改革文学期刊的经营管理制度，各期刊对社会贡献的大小、发行数量的多少和盈亏情况不同，从出版企业部门所得到的收益也应当不同，以体现按劳分配的原则和鼓励刊物间的竞赛。还要制定出一套编辑职称、晋升、奖励制度，按照他们的刻苦钻研精神、专业水平的高低、发现和培养人才上的贡献，给予相应的政治、物质待遇，对于卓有成就的，应给以特别奖励。

第四次全国文代会曾向文艺界发出号召，要尽一切力量，培养各类文学艺术人才，以逐步改变和克服当前文艺界青黄不接、埋没人才的严重现象。我们广大编辑同志怀着迫切的心情，恳切盼望有关领导部门一定根据这个精神，制定具体有力的措施，高效能地付诸实践。希望再不要停留在会议决议和纸上空谈了。这样，文学战线人才济济、群星灿烂的壮丽局面，则必将出现。

关于编辑、创作问题的问答[*]

问：你长期编文艺刊物，积累了不少经验，但现在编刊物应注意些什么？请谈谈你的想法！

答：现在应当引起注意的，首先要记住：（一）文艺刊物是意识形态的阵地。既然是阵地，就不会平静无事，就不能不随时准备战斗。特别是在这个时候，在林彪、"四人帮"长期实行文化专制主义之后，人们都需要松一口气，大家都强调"双百"方针的时候，一方面，我们应当认真贯彻这个长期的政治方针，一切有关科学文化的问题，坚持通过"争鸣"来解决，反对扣帽子、抓辫子和打棍子。但另一方面，我们这些编刊物的人和革命文艺工作者，在这时候，却不应该忘记广大人民的长远利益和社会主义的事业。因为所谓"双百"方针，不能理解为双方放弃政治理想，也不能理解为彼此没有斗争，甚至理解为没有竞赛的方针。我们办文艺刊物总有个方针，起码总有一个理想或一个奋斗目标。文艺刊物要坚持"双百"方针，不等于刊物不要政治倾向。现在虽说不提文艺从属于政治，但不等于说，刊物可以不要政治倾向，也不等于说不要马克思主义的领导。有些人把"双百"方针与"绝对自由""资产阶级自由化"等同起来，这是错误的，本来"双百"方针是党提出来的，是在发展社会主义科学文化的前提下提出来的，现在怎么可以听之任之、由它跑野马呢？事实上，每个刊物的负责人都有他的爱憎，都有他拥护什么和反对什么的立场和态度；用他这种观点和爱憎感情所审视过的稿件，能不着政治色彩、不带政治倾向吗？何况我们编文艺刊物的人都希望把人民引向最光明、最理想、最幸福的社会，怎能自己先走上不分

---

[*] 载1980年10月版《编余漫笔》。

是非、不分好坏、没有立场和没有竞赛的道路呢？如果抱着这种"温、良、恭、俭、让"的态度来办文艺刊物，不仅不能发展社会主义文艺，首先就不能贯彻"百花齐放，百家争鸣"的方针。

（二）一个刊物的好坏，首先表现在内容上，不但在引导方向上要对读者负责，在稿件的质量上（它的思想性和艺术性）也要对读者负责，即要拿尽可能好的作品，或能引起读者思考的作品献给读者，质量第一；而不应该置广大读者于不顾；反因热衷于照顾熟人、朋友、名人、上司、"长官"或照顾时令、会议甚至照顾作品的品种而降低了刊物的质量。

（三）文艺刊物由于出版地区的不同，必须有各不相同的特色，如地方色彩、风俗习惯、历史传统等。带共性的主题，如果通过地方特色的题材表现出来，刊物的地方特色就更浓郁。其次，主编人的观点与爱好，也会直接影响刊物的风格与个性。有目的地发挥上述两种特点，是编好刊物的重要环节。

（四）文艺刊物在一个地区，有发现人才，发现好作品，培养青年一代的责任。编辑人员应把主要精力用于通过发现优秀作品去发现新生力量。当发现了有基础、有培养前途的"幼芽"时，不仅对作品要提出实事求是的、切实可行的具体意见，而且要在如何观察和概括生活以及如何生动地表现生活的问题上，经常进行切磋，使之不断地提高观察、积累生活、构思作品和创造形象的能力。这种做法不仅有助于辅导青年作者，也有利于青年编辑的培养。这样，稿件才会源源而来，不仅提高刊物的质量（稿件的挑选）有了物质基础；同时，地区文艺的新生力量也会逐渐壮大起来。

问： 你怎么选稿？有什么标准？是否先在政治上肯定了，再在艺术形式上进行考察？

答： 我看稿从来没有分成两个步骤，即先政治、后艺术。一篇文学作品首先要经得起检验的，是真实性的问题。无论对细节、场景、性格、情节或环境的可信性与感染力，都要经过读者的检验；如果这些都在阅读过程中被通过了，就说明题材是来自生活，又经过作者思想感情的培养，也经过作者美学理想的过滤、概括，而且还用恰当的语言表现出来。可见在形式方面是用形象表现了生活，是有感染力的。也就是说，这篇作品在艺术性方面是合格的。但我常常碰到这样的情况：当这一关被通过时，其他问题（如作品的主题思想、作品的社会意义……）几乎同时也解决了。因为所谓"真实可信"，是在典型意义上讲的。既然情节（甚至细节以至于场景）是真实的、有说服力的,说明它们不但没有脱离典型环境的影响和作用,而且作品还把这种因果关系,通过活生生的生活描写——通过形象——表现得很有力量。事实上,作品的社会意义差不多都是通过一桩事或一个人(或几个人)的命运,同时还把社会根源毫不含糊地烘托出来来完成的。在作品中,我们既然承认情节、性格、环境的关系是合情合理的,即它们的出现和发展是合乎逻辑的,那就说明它们不但反映了生活的本来面貌,也显示了它们固有的本质和意义。这样的作品不是也有它的思想性吗?

如果一篇作品的真实性使人怀疑,即它的人物干巴巴,它的情节不合情理,它的细节和场景描写到处出现破绽;你能同时在这样的一篇作品中发现它的积极意义和健康的主题思想吗?至少,我是没有见过。因为这种在形象之外的"主题思想",实际上是不存在的。它够不上称为文学作品的主题思想,顶多只是作者企图表达的一种"抽象观念"而已。因为文学是以艺术形象来表现生活、体现思想感情的;难道有一种主题思想,能超然于艺术形象之外,超然于生活画面之外吗?既然没有这样的"主题思想"和这样的"思想性",我们又怎么能先在政治上肯定它呢?既然是文学,首先要看它的形象动不动人、真实不真实,是否深刻地反映了生活。如果这些方面都表现得令人失望,它首先就不是文学作品;既然不是文学作品,就不应该拿它当文学作品来要求。

当然,所谓"真实地表现生活",也有不同的理解:一种是描写那些表面的偶然的现象;一种是反映一定本质特征或某种发展规律的事物。而所谓本质,也不等于"主流"或"主要矛盾方面";本质是生活发展的内在规律,在发展中矛盾双方就有联系,也有斗争。所以在文学作品中只反映发展的一面,是片面的,应该反映矛盾双方的斗争,在斗争中揭示它们的本质特征。只有如此,才可能真实地反映生活发展的内在规律。所以,不仅先进的是典型,落后的、反动的也是典型,符合发展规律的,固然是典型,阻碍事物发展的也是典型。

综合上面讲的意思,是否可以这样说:凡是写出了典型环境中典型人物的作品,不仅真实地表现了生活,也反映了生活的一定本质和规律性;也就是说,这类作品不仅有一定真实性和艺术感染力,而且在思想方面也有一定的社会意义和教育意义的……

问:在文学作品中,为什么要重视对生活细节的描写?

答:文学是通过生活来说明生活,文学作品的意义,是通过生活的真实面貌来感

染读者和打动读者心灵的；而不是用概念、道理向读者说教来达到的。

生活本身是丰富多彩的，即使在同一条件下的生活，也存在着千差万别，各具特异色彩。如果不把这种丰富多彩的差别性和特殊性表现出来，作品所反映的生活必然千篇一律，生活中事件的发生、发展和结局也必然一般化。一般化的作品是不能感染人的，如"四人帮"时期的那些所谓"作品"，一看头就知道尾，人物一出场就知道他是什么人，这样的"作品"还有什么看头，有什么意义呢？更哪里还谈得上真实地反映生活。

要反映丰富多彩的生活，就要重视对生活细节的描写。因为文学作品是通过生活细节的描写来表现生活和矛盾斗争的。所谓细节，包括人物性格，事件发生、发展，特定环境等在内，描写这些细节，必须跟生活本身那样千变万化、那样特异、那样丰富多彩。只有这样，才能把社会纠纷或生活矛盾的发生、发展和收场有血有肉地表现出来，才能达到使读者如见其人、如入其境、如听其声、如闻其味那样地受到作品的感染。

其次，短篇小说总是截取一个事件的横断面，或生活的一个角落，要不然，就选择一个人物或某一情节为题材的；也就是通常所谓的"通过一粒沙子反映一个世界"。如果连生活细节也不真实，事件的因果关系不清楚，怎么能从一粒沙子看到一个世界？

可见在文学作品里，细节是否真实关系到作品的成败。细节如果不真实，那么整个作品就很难谈得上真实了。细节不真实，不合乎情理，不但影响到人物性格，而且也直接影响到事件的发生、发展和结局，不仅人物很难表现得活灵活现、栩栩如生；而且情节发展的逻辑关系，也不可能表现得合情合理；那么蕴藏在这人物和情节中的社会意义，也就必然为之削弱。

有些作品在情节上虽然编得很离奇，实际上，是经不起推敲，其可信性也是极有限的，主要原因是细节描写得很不真实。既然读者对人物性格、人物行动、人与人间的关系都产生了怀疑，都不相信；那么再曲折离奇的情节有什么用？所以写作者在写作时必须十分重视细节的描写，细节写得越朴素、越自然，就越真实有力。越是这样的细节描写，越说明作者在观察时的细致和描写时所付出的艰辛劳动。

社会事件要写得真实、生动，就必须注意生活场景和细节的个别性、偶然性、特殊性等特征，只有这样，对某些具体事件的描写，才能逼真地具体表现出来。但是在描写生活细节时，必须注意把产生这些差别性、特殊性的特定环境表现出来，否则，事件的发生、发展的原因，就会模糊起来。若这样，不仅整个作品的真实性和可信性受到损害，而作者意图体现在作品中的意义，也就会变得苍白无力。

问：在文学作品中，写人物时为什么要写出个性？

答：要提倡作品的题材多样化，首先要使作品的人物多样化——人物性格多样化。要做到这一步，就要努力反映出人物个性的复杂性和多样性。

恩格斯曾说过，每个人是典型。就因为每个人都有自己的个性。个性就像"人同其脸"一样，不可能相同的。世界上的事物极少是相同的；如果有的话，只是大致相同，但还有不同程度的差异。

人的性格却存在着很大差异，为什么？那是因为个性丰富多样。大致相同是有的，一个社会集团或一个阶层的人们，就存在着共同特征的，那是类型性或共性；但由于每个人的个性不同，即使在一个集团里，而性格也是各种各样的。

所谓个性，不能表面地理解为人的脾气和爱好等，它应该包括着更多的东西。由于各人所处的具体的生活环境、具体的社会条件等不同，人也会形成不同的性格。比方，在草原生长的人，比较骁勇善骑，这与他的生活环境有关。有的人惯于面面圆，善于点头哈腰；有的却很有原则，十分倔强……这都是由于他的具体环境、生活方式等所形成，总之有他的历史原因和社会原因的，不能抽象地从个人的脾性来解释。一个人好打架，也不能简单地说成是偶然的原因，是有其历史的、社会的原因的。由于这些个性不相同，因而，他们所形成的性格就各各特殊。

即使在一个阶级里面，其性格也不可能是相同的。在果戈理的《死魂灵》里，他写了很多地主形象。作为一个阶级，他们的集团特征是一样的，都表现了其阶级的共性，但是，出现在果戈理笔下的地主，却各有不同的个性：有的很吝啬，有的表面上很大方，有的很胆小，有的却好打架……各种个性的都有，给人一种非常复杂、丰富而又深刻的印象。从《死魂灵》里可以看出，因性格不一样，他们所造成的事件也各不相同，并显得五花八门。

大凡成功的作品，都写出复杂、多样的人物性格。如果作品只追求离奇的情节，即使十分奇特，也容易被人忘掉；而个性鲜明而又深刻的人物，却是忘不了的。我们曾浏览过不少古今中外的文学作品，但其中的情节大部分记不清楚了，而好些典型人物却永远活在脑海里。比如《红楼梦》，反映了荣、宁两府的生活，情节并不复杂，可不容易记住；但那许多人物，如宝玉、黛玉、宝钗、凤姐等，却永远鲜明地印在脑海里。《水浒传》为什么上半部比下半部更生动且印象深刻呢？原因是上半部刻画了一些性格鲜明的人物，而下半部只偏重叙述事件的缘故。契诃夫、鲁迅等短篇小说中的人物，都给人留下了很深的印象。小说戏剧如果不把性格写出来，那么，人物肯定像个木偶，不仅人物没有活生生的"人味"，而作品的生命，也会跟这类人物一样，很快就会被人忘掉。

文学的真实性，首先取决于人物性格的真实性，取决于人物性格描写的具体性和生动性。所谓具体性和生动性，主要表现在人物的个性及个别事件上面。如果人物不是写得极其具体、生动，不能把人物个性描绘出来，只留下集团的特征，只剩下阶级的共性，这样的人物顶多只够得上称为是类型的人物，绝不可能称为艺术形象。这样的人物肯定活不起来，他不仅没有脉搏，没有呼吸，没有自己的意志和感情，而且也没有自己独立自主的行动和能力。他之所以有时还能说话和行动，只是由于作家还操纵着他的喉舌和牵动着他行动的线索。与其说这是人物，不如说是作者的木偶更恰当些。只有那些有生命的、按照自己思想去说话的、按照自己的意志去行动的、按照自己感情去喜怒哀乐的人物，才可能是打动心弦的艺术形象，他的遭遇和他的命运，才可能引起读者的深思和共鸣。

不写出个性，就没法把人物写活；人物不写活，就会直接损害作品的真实性。

关键还是如何描绘人物的个性问题，是来自概念，还是来自生活？是把表面的脾气、爱好、习惯等当作"共性"的外壳或"生动"的装饰呢，还是直接来自活生生的、有血有肉的感受和印象？

如果性格是来自个别，然后作者根据许多个别，经过集中概括，经过浓缩、凝聚，创造成个性鲜明的有呼吸、有脉搏、有生命的艺术形象，那么，这样的形象必然带着人物中间应有的"人味"——带着其所固有的脾气、爱好、习惯等；而且在这些个性鲜明的人物背后，还渗透着集团的共同特征和一定时代的烙印……

关于文学评论与编辑工作[*]

关于文学评论

问：现在有些文学评论写得干巴巴的，读者不喜欢看，是什么原因？什么样的文学评论才能吸引读者？

答：这类评论大多是应景文章。或人云亦云，样子很吓人，但内容空空洞洞。既无新鲜的观点，也无能够说服人的具体分析，只好翻来覆去套用几个文学理论术语。或惯于贴标签、戴帽子，既不摆事实，也不讲道理，所以显得干巴，谁看了都皱眉。

写评论，要言之有物，要有中肯的分析和自己的见解，起码要能给人一点启发或起到同感共鸣的作用。这样的评论读者才会愿意看、喜欢看。一定别去写应景文章或人云亦云的东西。

问：你觉得当前某些文学评论的通病是什么？要如何克服这些毛病？初学评论写作应具备什么样的基本功？

答：某些评论文章存在着绝对化的毛病。评论作品好就好得不得了，坏就什么都坏，不是捧，就是打。在这些文章中看不见唯物辩证法，是彻头彻尾的形而上学。本来，艺术创造是个十分复杂的过程，是个不断探索、不断否定，又不断提高的过程；艺术作品包含着十分复杂的构成，包含着许多成败得失，怎能用绝对化的眼光和方法去看待、去评论呢？

其次，有些文章的政治论断多于艺术分析，很少或没有根据现实生活的实际和作品的实际所作的具体分析，而且往往以偏概全，以人物的话或作品的片言只语来代替

---

[*] 载1985年1月版《创作随谈录》。

作品的思想，以作品的政治内容来代替作品的全部思想内容，缺乏对作品的形象整体做全面深入的分析研究。

"四人帮"横行时期，则根本没有文学评论，所谓的文学评论实际上沦为政治判决书。在这些判决书中，绝看不见对形象的艺术分析，全是些棍子、帽子，大大败坏了文学评论的声誉。

我们的青年评论者，应在正确观点指导下，多学习具体艺术分析，从中学习掌握艺术创作规律。这是基本功。评论者掌握了创作规律，才有可能对作品进行中肯的分析和评论。

问：你是老评论家，为什么你写的评论文章读者很爱看？请谈谈你的经验。

答：我写的评论文章，并不是所有的读者都喜欢读。有些人用学究的眼光来看，认为我尽谈实践中的实际问题，并没有什么学术价值。离开文艺实践，空谈什么学术价值，是那些人的特点。对于这种所谓的学术价值，我也持怀疑态度。

我写评论时，从来没有想到自己在写论文，只感到创作实践中存在一些困难、障碍或疑难，想尽自己一份微薄的力量去协助解决。因此，只写我曾经发现到、分析过、认识了的东西；不想装腔作势，也不想故作高深，而是尽力做到像谈家常那样自然、通俗，并尽量用自己的语言去表达自己的认识。

写评论，其实也像写文学作品那样，必须费尽心机寻找合适的字眼与词句。因为经过具体的分析，产生了自己的新的思想与认识，既是一种崭新的思想，就只有用崭新的语言才能表达出来，用人家反复用过的语言文字是难以准确妥帖地表达出来的。因此，写评论，要表达作者自己的见解，就自然会有作者自己的表达方式与语言文字。这也是各人的评论文章风格所以不同的原因。

关于编辑工作

问：你认为要成为一个称职的编辑，应从哪几方面努力？应具备哪些条件？你是如何培养编辑的？

答：文学期刊的编辑要有鲜明的政治观点和政治敏感。在一定时期（几年或十几年）的总任务下，提倡什么，反对什么，态度要鲜明，观点要明确，不能随风倒。也不能只是赶中心，或要求用作品来图解政策条文或政治概念。

文学期刊的编辑还应有较高的艺术修养,有正确、健康的审美观,提倡什么,反对什么,艺术观点也应明确,不能赶时髦。要善于发现和分析作品的优劣高下,并能对作品提出建设性的修改意见。

这些都是在认真工作中,在长期锻炼中积累、培养起来的。刊物的负责人,也不是天生就成熟的,而是在实践中不断经受考验,不断进行总结而逐步成长起来的。

如何培养编辑?我首先是在退稿信上提出要求。要求编辑在写退稿信时,不仅指出作品的缺点,更重要的是应指出这缺点产生的原因,这样对作者才有辅导作用。退稿信可写三四千字,也可只写三四十字。每日来稿多、时间少,不可能写得太长。但对比较突出的、有代表性的问题,每周至少写两篇较长的退稿信。

然后编辑部负责人细读这些退稿信。目的是:一、防止出问题、出笑话。二、通过退稿信,掌握编辑的思想水平、业务水平和分析的方法。有一些当时就要求改写,其余的记在笔记本上。规定每两周开一次业务会议,编辑的发言若能提出普遍存在的问题,又有科学的分析,总结出一些规律性的东西,就要他整理出来发表。在审阅退稿信时,发现写得较好的,再给出修改意见,让编辑同志加工后也予发表。(当年《文艺报》上的《读稿随谈》专栏,就是根据退稿信加工修改、补充而成的。)

这一来,编辑同志就不会再讨厌那些幼稚的、低水平的来稿,而是乐于从中发现问题,分析问题,注意寻找因果规律,从而提高业务水平。刊物负责人,在这经常思想交流的气氛中,也能不断丰富、提高自己。

另外,我也常给编辑压担子,在艰苦中锻炼,能磨炼出硬本领,提高很快。

问:编辑和作者之间应建立什么样的关系?如何发现和培养作者?

答:编辑和作者之间应该是朋友的关系、同志的关系,彼此之间应互相切磋、互相帮助。

当编辑的不应只注意某一篇作品,而应当通过作品发现作者有无文学才能(就是看作者是否善于选择、构思题材,是否有刻画人物的才能,是否有概括生活的本领,等等)。如果发现了,就应抓住不放,把他当作重点来培养。不要希望作者的每篇作品都能写得好,这不可能。重要的是要注意帮助作者总结教训,帮助掌握规律,不断提高。我常比喻,作者写出作品,就像母鸡产鸡蛋,不应急于捡鸡蛋,要紧的是要想方设法把小母鸡哺养长成。母鸡长成了,自然会源源不断地下鸡蛋。编辑不能光顾着向已经显露才能的作者索稿,还应费心血培养、帮助作者,这是编辑的责任,也是他们的光荣任务。

编辑审读作品和处理作品的过程，也是考验自己、磨炼自己的过程。一方面向作者指出问题，提供建议；一方面又注意听取作者的反映。如果作者提出了不同的意见，或者提出了更合乎实际的意见，编辑应认真考虑，这样可以反过来纠正编辑自己的某些不成熟的意见或不正确的观点，得到提高。这叫教学相长。

问：在目前新形势下，编辑工作应着重注意哪些问题？

答：在这个伟大转折时期，思想非常活跃，出现了大量好作品，有不少新的探索、新的突破。但也出现了一些问题，有左的，有右的，有左的右的相互交错的，思想也比较混乱。在这种形势下，编辑部一定要清醒，不能见风使舵。

四项基本原则不能动摇，也不能与实事求是、解放思想对立起来。实事求是、解放思想正是为了更好地贯彻四项基本原则，而贯彻四项基本原则，也必须实事求是、解放思想。

民族化、大众化的方向要坚持。文艺要为广大人民谋利益，为他们说话，要让他们喜闻乐见。如果一味只求表现自己的内心，不屑于表现时代和人民，同时尽搞一些人民看不懂的东西，完全抛弃民族传统，文艺将走向何处？文艺一旦脱离人民，就必然走向绝路，这是客观规律，也是历史的教训。

探索、充实，是需要的，我们永远不自满自足。但吸收外来的东西必须经过自己的消化，不能生搬硬套。盲目崇洋是错误的，不懂装懂是愚蠢的，以为越难懂就越高超更是可笑的。

应允许有益的探索，允许不同意见的互相讨论。在四项基本原则的指导下，应贯彻百花齐放、百家争鸣。要摆事实，讲道理，不能胡缠。否则，真理怎能愈辩愈明呢？

过去，若干年来，"双百"方针执行得太差了。"双百"方针刚提出，接着就开展"反右"斗争，"反右"又大大地扩大化了，这给人们留下的创伤太深了。什么是政治上反动，什么是错误的学术思想和艺术观点，这是应严格划分的，应区别对待的。绝不能把两类矛盾混淆起来。这样，文艺民主才有保障，"双百"方针的贯彻才有保障。一九五六年提出"双百"方针，当时没实现，现在有希望了。我们只要坚持原则，就能贯彻下去。

一九八一年六月三十日于湖南宾馆

关于文学期刊的编辑工作*

文学刊物是社会主义文学事业的重要组成部分,刊物办得好不好,直接影响到文学事业的繁荣和发展。为了办好刊物,为繁荣我国的文学事业做出贡献,经常交流各地文学刊物的编辑工作经验,是很有意义的事情。根据我个人在编辑工作中的体会,要办好一个刊物,我认为应注意如下几点:

一、文学刊物一定要有自己的特点和个性。否则,刊物就不能有自己的风格,也就将失去自己的生命力。我们的国家幅员辽阔,各个省、市、自治区的情况不同,革命历史、地理条件和风俗习惯的不同,决定了各地的刊物都应有自己的特色。譬如广东省,它有侨乡,有潮汕平原,有珠江三角洲,有岭南山区,有南海渔港,这些都是广东的地理特点。广东还毗邻港澳,是祖国的南大门,现在又是实行特殊政策和灵活措施的经济特区,这也是一个很大的特点。有些中国香港作家写信来,说广东的刊物能转载一些香港作家的小说,反映了港澳的生活,他们看了都很高兴,认为既然是祖国南大门的刊物,就应该能闻到一点大门外的气息。

在全国来说,有很多具有普遍性的问题,如揭批林彪、"四人帮",恢复革命传统,四个现代化的建设,等等。对这些有全国意义的主题,如果能通过各地方不同的生活方式、历史特点、风俗习惯和地方色彩表现出来,作品就会有更强烈的吸引力和更浓郁的地方色彩。我们的文学刊物,如果在这些方面都注意表现自己的特色,各地的文学刊物一定会更富有活力和有更鲜明的特色。

二、一个文学刊物要办得像样,还应该有鲜明的主导思想,不是来什么稿就发什么稿,而要有所选择,要体现自己的主张,才能显出自己独特的风貌。每个刊物都应

---

* 载1984年4月版《萧殷自选集》。

有自己的主张，提倡什么，反对什么，歌颂什么，暴露什么，一点也不能含糊，在政治倾向上要旗帜鲜明；在艺术形式和艺术风格上也应有自己着重追求的方向。

譬如叙事诗，我们就主张通过抒情来叙事，而不要仅仅用韵文来叙事，另外，我们也提出抒情诗一定要有意境，希望诗人们写抒情诗要注意诗的意境。我们需要有意境的抒情诗，不需要那种说空话、假话的东西。我们希望新诗应在民歌和古典诗歌及五四以来新诗的基础上进行探索，在民族形式上有所追求。总之，办刊物要有明确的主张，不是来啥发啥。

在理论上也要有鲜明的主张，不要随风倒。在小说方面，我们提倡五千字以下的短篇（但实际上还很难办得到），也提倡题材多样化和人物多样化。但也应该有所侧重，自己心中还是有重点的。

即使是同一个刊物、同一个编辑方针，由于主编的人不同，编出来的刊物的风格也不一样。从这里，可看出主编的影响与作用是极其重要的。

以上这些，对于形成一个刊物的特点、个性和风格，都起决定性的作用。

三、刊物要不要配合政治任务？一般来说，文学刊物完全脱离当前的政治形势是不行的，但不能机械地配合，也不能什么都配合。如果像过去那样，"五一""六一""七一""八一""十一"都配合，那就成了"时令刊物"了，这样办刊物是办不好的。既要不脱离时代，又要注意艺术质量，不要为配合而配合，不要流于形式，更不要从政策条文上去配合，而应从总的精神上去配合，比如在落实干部政策时，发一点评论《十五贯》的文章就很适时且有启发作用。现在有些人还有一种机械配合的观点，以为从精神实质上的配合不是配合，其实这才是真正的配合。同时，也不能每种艺术形式、每个栏目都去配合，这也会影响刊物的质量。

四、如何保证刊物的思想和艺术质量？在这个问题上，来稿的质量当然很重要，但首先要解决的还是编辑思想问题。在编辑的指导思想上，要时刻想到广大读者，要向广大读者负责，要经常想到向读者提供健康优美的精神食粮，即思想和艺术质量都比较好的作品。首先要考虑对读者是否有益，是否有艺术魅力，要考虑读者是否会受到感染，并乐于接受。因此，选择稿件一定要注意思想质量和艺术质量。艺术效果问题与读者是否乐于接受，其实是一个问题的两方面。

在选择稿件上，公式化概念化的东西固然不行，思想内容有问题和政治倾向有错误的也不能选用。我们不能为了照顾某些作者而发表质量太差的东西，这关系到我们对读者的责任感的问题。我们不能搞"照顾文学"。对于一些老作家、老作者，偶然照顾一下，是允许的，但如果其作品质量不好，就不应当照顾下去。

坚持质量第一，是为了向读者负责。对作者、对编辑部自己培养的重点对象，都不能离开质量去考虑问题，如果人人都照顾，那么刊物的质量必定大受影响，使读者忍无可忍，最后只好"敬而远之"。

在题材上，也不能讲照顾。题材好，作品不一定就好。写了好的题材，还得看你是否能通过艺术形象去感染人、感动人。如果不问作品的思想和艺术的质量，只看作品所写题材，而且还考虑各条战线、各个阶层、各个方面的平均数，结果，刊物的质量势必垂直下降，某些人也许很满意，但是读者却不会欢迎。

在这方面，我认为在保证作品质量的前提下，要注意两点：一是要注意反映本地区的人民生活，应当以反映本地区的生活斗争为主；二是要注意依靠本地区的作者，特别是青年和中年作者。他们的成长、发展和本地区的文学事业以及刊物的成长、发展，都有着密切的关系。要不断地关心青年作者的健康成长，要注意评论他们的作品。他们在成长过程中会出现各种各样的问题和创造新鲜的经验，为了及时吸收他们好的经验并纠正他们的偏差，地方刊物应积极地评论本地区青年作者的作品。

五、组稿问题。光坐在编辑部里等稿，"守株待兔"，是难以在刊物上体现自己的主张的。要积极地组稿，主动地按照编辑方针和意图去组稿，但我们也不主张盲目地到全国各地去组稿。为了组织到好的稿件，我们前几年，用举办短期创作学习班的办法是可行的，它可以解决部分稿源问题。在举办学习班之前，先发现一些基础较好的稿子，然后把作者集中起来，一方面学习、讨论，一方面改稿子，这里面，先抓作者的学习是最主要的，而不是让作者急急忙忙去改稿子。在这样的创作学习班上，对当前文艺界的文艺思潮，对文艺界有争议的问题，对创作上的思想障碍，等等，都可以展开讨论，通过学习讨论来解决作者的认识问题，努力把创作思想提高一步。需要修改的稿子，也应该在更小型的学习小组上组织讨论，集思广益，共同提高。这样的创作学习班如果能不时开办，作者就会得到不断提高。在编辑思想上，首先要着眼于培养作者，为他们打基本功，而不是急于看到他们较好的作品。因此，要注意把母鸡养好，不能光想到拾取鸡蛋。

评论文章，更要靠组稿，不能来什么稿就发什么稿。来稿一般都跟不上形势，也不一定符合编辑部的意图和要求，所以不组稿不行。在评论上，主张什么，反对什么，都要旗帜鲜明，不能含糊。编辑部的主张，可通过评论员的文章来表达，也可用比较轻松活泼的形式来体现，这都要有意识地进行组稿。刊物要提倡有艺术分析的评论文章，对作品的评论更要强调艺术分析，无论是谈主题、谈思想倾向、谈艺术成就或不足，都应当通过艺术分析来得出恰当的结论。人家的作品既然是通过艺术手段来表现主题的，你评论作品的时候，如果不通过具体的艺术分析去剖析作品的艺术形象和典型环境，往往就会使评论脱离作品的实际，而容易变成不讲道理的武断或粗暴的判决。因此，要提倡从作品的实际出发的、有艺术分析的评论，反对那种脱离作品实际的、从概念到概念的学院派的文风。

在改稿时，应尊重作者原有的生活基础和艺术构思，不能用编辑的想法去代替作者的想法，更不能包办代替地帮作者修改稿子，这不是培养青年作者的办法。任何越俎代庖的办法对作者都毫无帮助，这样培养出来的作者至多只能昙花一现，或者如契诃夫所说：像乌鸦那样叫了两声就不叫了。

六、编辑的提高问题。提高编辑人员的思想水平和业务水平，十分重要。我们要辅导培养青年作者，首先就得提高编辑人员的思想和艺术水平。这要在编辑人员平时看稿、分析稿件、处理稿件的过程中，不断发现编辑思想上的问题并帮助他们解决。有些编辑人员，缺乏分析能力，审稿或评价作品时往往是标签式的，而不是从对作品的具体分析中得出实事求是的结论。为了提高编辑人员（特别是年轻的同志）的分析能力，应特别强调和要求他们经常给作者写退稿信，在退稿信中，不仅要指出稿子存在的缺点和问题，更重要的是要指出产生这些缺点和问题的原因。这样分析得多了，慢慢就能掌握住缺点产生的规律。一个编辑如果能掌握住规律性的东西，他的水平也就逐渐提高了。对于编辑写的退稿信，应经常进行检查，其中质量好的，可以改为文章发表（过去在《文艺报》，叫《读稿随谈》）。也可以在一定时候在编辑部召开来稿问题的讨论会，由大家各抒己见，谁的发言好，就叫他把发言改成文章，给予发表。这样既能提高对来稿的分析能力，又能提高他们对来稿发现问题的兴趣，使他们成长得更快，也使大家都乐于承担重担子，同时感到有进步、有奔头。

编辑的水平提高了，就容易从来稿中发现有苗头的稿子，发现好的题材；一旦发现了，编辑就能抓住不放，就能进行切实的辅导，一直让作者把稿子修改出来。教学相长，不但培养了作者，也培养了编辑。

作为文学编辑，也不能脱离实际，不应长期坐在编辑部看稿子。应定期让编辑下去接触生活实际。搞评论的编辑更要经常接触生活实际，掌握各方面的创作思想情况。每个编辑都应担负一定的写作任务，要对他们压担子，要磨炼他们，在压担子中练出真本领来。这对于提高编辑的业务水平是十分重要的。